Heren van de thee

HELLA S. HAASSE

– Constantijn Huygensprijs 1981 –
– P. C. Hooftprijs 1984 –
– CPNB Publieksprijs voor het Nederlandse Boek 1993 –

° *Oeroeg* (novelle, 1948)
Het woud der verwachting (roman, 1949)
* *De verborgen bron* (roman, 1950)
De scharlaken stad (roman, 1952)
De ingewijden (roman, 1957)
* *Cider voor arme mensen* (roman, 1960)
Een nieuwer testament (roman, 1966)
De tuinen van Bomarzo (essay, 1968)
* *Huurders en onderhuurders* (roman, 1971)
* *De Meester van de Neerdaling* (verhalen, 1973)
Een gevaarlijke verhouding of *Daal-en-Bergse brieven* (roman, 1976)
Mevrouw Bentinck. Onverenigbaarheid van karakter &
De groten der aarde (geschiedverhaal, 1978 en 1982, 1990)
° *De wegen der verbeelding* (roman, 1983)
Bladspiegel (Een keuze uit de essays, 1985)
° *Berichten van het Blauwe Huis* (roman, 1986)
Schaduwbeeld of *Het geheim van Appeltern.* Kroniek van een leven
(biografische roman, 1989)
Heren van de thee (roman, 1992)
Een handvol achtergrond, 'Parang Sawat'. Autobiografische teksten (1993)
Transit (novelle, Boekenweekgeschenk, 1994)

Over leven en werk van Hella S. Haasse
Ik maak kenbaar wat bestond (Schrijversprentenboek, 1993)

* Salamander
° ook als Salamander

Hella S. Haasse

Heren van de thee

AMSTERDAM

EM. QUERIDO'S UITGEVERIJ B.V.

1994

Eerste, tweede, derde, vierde, vijfde, zesde, zevende, achtste, negende en tiende druk, 1992; elfde, twaalfde, dertiende, veertiende, vijftiende, zestiende, zeventiende, achttiende, negentiende, twintigste en eenentwintigste druk, 1993; tweeëntwintigste, drieëntwintigste, vierentwintigste, vijfentwintigste, zesentwintigste en zevenentwintigste druk, 1994.

ISBN 90 214 6525 6 / CIP / NUGI 300

Voor W.H.J. Haasse, Wim, mijn broer

Je zegt: die brieven zijn geschiedkundig niet van belang. Misschien niet. Maar het is toch ook een feit dat het nageslacht dikwijls het meeste heeft aan de 'side-lights', die een veel klaarder beeld geven van de toen heersende toestanden, en vooral van de toen gangbare opvattingen, dan bij voorbeeld een serie cijfers. De zaken zijn dood, en kunnen niet herrijzen, maar de personen kunnen voor ons weer leven als we vernemen wat ze dachten en voelden.

Bertha de Rijck van der Gracht-Kerkhoven aan haar broer Karel Kerkhoven, 1959

Un ouvrage de fiction mélange à sa guise le vrai et le faux, le vécu, le retranscrit, l'imaginaire, la biographie.

Philippe Labro

Inhoud

Gamboeng, de eerste dag
1 januari 1873

'Hier!' zei hij hardop. Zijn stem klonk ijl in de ontzaglijke ruimte.

Hij stond aan de rand van een ravijn. Middagmist versluierde de nabijgelegen toppen. Dit waren de voorgebergten van de Goenoeng Tiloe: diepe plooien in de aardkorst, een draperie van dicht woest groen over een rustend reuzenlichaam. Tussen de ruige flanken lag een komvormige vallei.

Daar, in de omarming van het oerwoud, wilde hij altijd blijven. Hij had de plek bereikt waar heel zijn nog on-geleefde werkelijkheid op hem wachtte.

'Ik durf het wel aan,' had hij gezegd, toen zijn vader – na een eerste gezamenlijk bezoek aan Gamboeng, een half jaar tevoren – alle bezwaren had opgesomd die het pachten van juist dit stuk land met zich mee zou brengen. Het klimaat leek te nat voor goede koffie-oogst, de oude gouvernementstuinen waren verwilderd, de paden dichtgegroeid. Het terrein was grillig door hinderlijke steilten en vrijwel ontoegankelijke uitlopers van het oerwoud; afgelegen ook, het transport van produkten zou moeilijkheden opleveren. Het was bovendien de vraag of er op deze dunbevolkte hellingen voldoende werkvolk gevonden kon worden.

Maar hij had vanaf het eerste ogenblik – dat vergezicht! die groene glans over myriaden boomkronen! – zijn zinnen op Gamboeng gezet. Er bestond voor hem geen alternatief meer. Dat de zo lang al afgeschreven koffietuinen grondig gesaneerd en waarschijnlijk zelfs geheel gerooid en opnieuw beplant moesten worden, schrikte hem niet af. Hij vond het een uitdaging. Lukte het niet met koffie, dan zou hij omschakelen op thee, een cultuur die hij, na een jaar leertijd, redelijk wel onder de knie had.

Zijn vader had dus bij het gouvernement de erfpachtsrechten aangevraagd. Bericht van inschrijving was nog steeds niet ontvangen. Eerst moest een commissie van onderzoek het terrein in ogenschouw nemen. Dat ambtelijke molens langzaam malen wist hij intussen wel. Het zou hem niet beletten om de grond waar hij wilde werken en wonen vast klaar te maken voor ontginning. Vruchtbare grond: de bovenste laag van twee, drie voet diep was rul, klei gemengd met gruis van vulkanisch gesteente.

Hij steeg af, bukte zich, en schepte met zijn hand een klont van die donkerrode vochtige aarde.

Toen hij zich omdraaide, zag hij dat de bewoners van Gamboeng zich verzameld hadden rondom zijn twee bedienden, Moentajas en Djengot, met hun paarden, en de dragers die hij aan de voet van de bergkam had gehuurd. Zijn bagage lag opgestapeld bij het bamboebos waarin de kleine kampoeng schuilging. Meer dan zeven of acht gezinnen woonden daar niet: de laatst-overgeblevenen van mensen die destijds uit desa's in de omtrek naar boven getrokken waren om in de koffietuinen te werken. Zodra zij merkten dat hij naar hen keek, hurkten zij neer. De oudste van de mannen bracht de traditionele groet, en sprak hem aan met de titel djoeragan, landheer. Hij antwoordde eveneens in het Soendaas, dat hij voldoende beheerste. Onderweg had hij de korte toespraak voorbereid die van hem verwacht werd, waarin hij vroeg om vertrouwen en medewerking. Hoewel niemand hem aankeek–dat was niet gepast–kwam hun zwijgen als instemming op hem over.

De Gamboengers waren grover en taaier van uiterlijk dan de mensen met wie hij gewend was om te gaan op de ondernemingen in het Buitenzorgse. Zij leken ook terughoudender. Hun instelling was beslissend. Bleken zij niet bereid op zijn plantage te werken, of volk van elders in hun omgeving te dulden, dan kreeg hij het moeilijk. Hun woordvoerder maakte een kalme, verstandige indruk. Die man moest hem helpen om de juiste houding en toon te vinden.

Maar eerst de gronden. Hij kon niet wachten. Zijn schimmel, Odaliske–damp sloeg van haar huid na de steile klim langs het paardenpad–vertrouwde hij toe aan de zorg van Moentajas. Gevolgd door Djengot daalde hij te voet af naar de vallei waar hij eens zijn huis hoopte te bouwen. De regenwolken van de westmoesson zwollen alweer achter de bergtoppen, de lucht was verzadigd van vocht. Op het glooiende veld voor de bosrand stonden enkele bomen vuurrood in bloei; kaarsrechte gladde stammen van tientallen rasamala's staken blinkend af tegen het donkere oerwoud waar hun kruinen zich torenhoog boven verhieven.

Omdat hij zijn geweer bij zich had, kon hij de wildernis verkennen. Nu liep Djengot voor hem uit en maakte met het kapmes een pad vrij door de dichte ondergroei. Grof wild vertoonde zich niet – zij vonden ook geen verse sporen, wél de diep ingesleten groeven van regelmatige doortochten – maar hoog in de loofmassa's ritselde en kraakte het, pitten en stukken schil regenden op hen neer, en bij een open plek vingen zij even een glimp op van een horde apen, die hen in een wemeling van grijze witbuikige lijven, slingerend van tak tot tak, steeds nieuwsgieriger, steeds schriller kwetterend, bleven vergezellen.

Hij gaf zijn ogen goed de kost, vond ten slotte wat hij zocht: de oude waterleiding langs de bedding van een der bergbeken die het terrein doorsneden. Verborgen in de diepten van het woud ruiste een waterval. Zij gingen op het geluid af en kwamen bij een stroom die breder en woester was dan de andere riviertjes. Hij begreep dat dit de Tjisondari moest zijn; de steile oever aan de overkant leek hem de natuurlijke grens van de plantage. Maar Djengot, die de omgeving kende, hield vol dat dit niet zo was. Zij liepen langs de Tjisondari totdat zij een plek vonden waar zij wadend en springend van steen op steen konden oversteken. Inderdaad ontdekte hij nog oude tuinen waarvan hij het bestaan niet had vermoed, en enkele min of meer open plekken die geschikt leken voor nieuwe veldjes.

Het liefst was hij dadelijk naar de top van de Goenoeng Tiloe geklommen, om vandaar de omvang van zijn gebied te kunnen schatten – nog had hij geen flauw idee hoe hij de grenzen van de her en der over de berghelling verspreide koffietuinen in kaart moest brengen. Landmeten zou zijn eerste taak zijn. Hij had daar echter deskundige hulp bij nodig. De talloze ravijnen, onbruikbaar voor aanplant, vormden moeilijk te becijferen enclaves.

Djengot hoorde eerder dan hij het grommen van de donder in de verte. Hoewel het nog geen drie uur in de middag was, viel in het bos de nacht. De lucht, soms nog even zichtbaar door een opening in het bladerdak, was pikzwart. Zij sprongen en gleden omlaag door de wildernis – hij hoorde zijn jas krakend scheuren – en zetten het, toen zij bij het open veld kwamen, op een lopen, maar de slagregen haalde hen in. Schelle flitsen spleten het zwerk, horen en zien verging hun.

Zijn vader had voor hem even buiten de kampoeng een pondok – twee kamertjes en een smal voorhuis – laten neerzetten: een planken vloer op neuten, wanden van gevlochten bamboe, een dak van palmvezels. Meer dan het hoognodige, een slaapbank, tafel, stoelen en een provisiekast, stond er niet in. Zolang de voorbereidingen tot de ontginning zouden duren, wilde hij daar kamperen.

Toen het onweer voorbijgedreven was, ging hij op het trapje zitten dat naar de ingang voerde. De hemel was nu helder als glas; in het late middaglicht leken de ontelbare schakeringen van groen op de Goenoeng Tiloe als met een penseel ingekleurd.

Hij trok zijn schoenen en sokken uit en zag wat hij gedurende het laatste gedeelte van de tocht al gevreesd had: bloedzuigers waren onder de vilten slobkousen doorgedrongen en zogen zich vol aan zijn kuiten. Het kon hem in zijn euforie niet deren.

'Rakkers!' mompelde hij, terwijl hij ze voorzichtig lostrok. Straaltjes bloed liepen langs zijn benen. Hij liet zich door Djengot, die aan het uitpakken was, de verbandtrommel aanreiken. Engels pluksel had hij in overvloed.

Hij werd zich er nu van bewust dat hij, behalve wat brood en een paar vruchten op de heenweg naar Gamboeng, sinds de vroege ochtend nog niets gegeten had. In de kookruimte hoorde hij Moentajas rondscharrelen, die geen kok was, maar zich bereid verklaard had die taak te vervullen.

'Sedia?' riep hij over zijn schouder. 'Is het eten klaar?'

'Mangkè, dadelijk,' klonk de slepende neuzige stem van Moentajas.

De maaltijd bestond uit soep, getrokken van een meegebrachte kip. Scherpere geuren verrieden dat Moentajas en Djengot zich achter het huisje te goed deden aan een van die inheemse gerechten waar hij maar steeds niet aan wennen kon.

Maanlicht scheen door de spleten en kieren in de bamboewand, en wierp een diffuus patroon van glans op vloer en deken. Hij lag op zijn rug te luisteren naar de geluiden van de nacht, het gonzen en ritselen daarbuiten, verre kreten in het oerwoud. Hij hoopte dat de paarden veilig waren in hun geïmproviseerde stal; na het invallen van de duisternis kwamen, naar hij gehoord had, panters vaak tot binnen de omheining van de kampoeng. De mensen hielden hun honden, kippen en geiten 's nachts achter slot en grendel. Hij nam zich voor de roofdieren aan te pakken zodra zijn andere taken hem daar de tijd toe lieten.

Omdat hij niet meer slapen kon, ging hij nog eens na wat hij in de komende dagen moest doen. Het was – dat had hij wel begrepen – een ongelofelijk zwaar karwei, dat het uiterste zou vergen van zijn krachten en uithoudingsvermogen. Geen van de andere planters in zijn familie was ooit voor de opgave gesteld om zo lang al verwaarloosde gronden opnieuw in cultuur te brengen.

Behalve het uitzetten van het terrein waren er meer prioriteiten: er diende een brug geslagen te worden over de Tjisondari, want de doorwaadbare plek lag te ver weg; hij zou, tegelijk met het schoonmaken van de oude koffietuinen, een proeftuin voor thee klaren. Hij moest werkvolk werven voor het openkappen van dichtgegroeide paden en ladangs. Hij wilde ook de 'poreuze' wanden van zijn huisje laten pleisteren en witten, en tussen Gamboeng en de op enkele uren gaans gelegen onderneming van zijn ouders een dagelijkse boodschappendienst instellen, voor nieuws, gereedschap en voedsel. Dat laatste was schaars in de kampoeng; hij had al begrepen dat de mensen niet graag hun kippen wilden verkopen.

Ten slotte viel hij toch in slaap. Hij werd wakker door het kraaien van de hanen. Het begon al licht te worden. Hij droeg een stoel naar buiten, en zag ademloos toe hoe de zon boven de kim rees en verre wolkenvelden in gloed zette. Als met inkt omlijnd tekenden de bergtoppen zich af tegen de hemel. Fonkelende nevelstrepen dreven door de vallei en tussen de stammen van de rasamala's. Het bos weergalmde van het gefluit van duizenden vogels. Bij de klaterende waterstraal van de wasplaats klonken stemmen helder op in de ochtendlucht, het rook naar houtvuren.

Djengot, met zijn kain saroeng om de schouders geslagen tegen de frisse wind, kwam uit het bamboebos te voorschijn, gevolgd door een jongetje van een jaar of zeven dat de opvallend dociel voortstappende schimmel aan een touw leidde.

'Si Djapan is zijn naam,' wees Djengot. 'Hij kan oppassen. Hij is niet bang. Djoeragan ziet het zelf.'

Verbaasd, en ook ietwat ongerust, keek hij hoe zijn gewoonlijk zo temperamentvolle merrie zich klopjes op de flank liet welgevallen van een vreemde, een kind nog wel, half zo hoog als zij. Hij vond dat Djengot voorbarig gehandeld had door vast een staljongen in dienst te nemen, maar nuttig was het zeker. Djengot kon voorlopig niet gemist worden bij het opmeten, en ook Moentajas had andere dingen te doen dan paarden weiden.

'Het is goed,' zei hij, terwijl hij Odaliske op de wangen krabde. 'Braaf zijn, meid. Niet bijten! Niet weglopen!'

Langzaam dronk hij de koffie die Moentajas had gebracht. De zon klom hoger, maar nog bleef het koel. Aan de rand van het ravijn bloeiden heesters met grote witte kelken, als lelies, die hij nooit eerder gezien had. Het landschap vóór hem, de dag, zijn leven, baadden in ochtendglans.

Hij was vierentwintig jaar, voor het eerst geheel op zichzelf aangewezen, eindelijk eigen baas. Al wat hij tot nog toe had meegemaakt, was voorbereiding geweest tot dit ogenblik. Hij rekte zich uit, de armen wijd gespreid. Eldorado!

Taferelen van voorbereiding 1869-1873

Nadat hij zijn boeken uitgepakt en gerangschikt, en de tafel dichter naar het raam geschoven had, beviel de nieuwe kamer hem wel. Het meubilair was eenvoudig, door vele lichtingen studenten gebruikt, maar goed onderhouden, en vormde met de dingen die hij zelf had meegebracht een aangenaam ogend geheel. Hij had uitstekend geslapen in de ouderwetse bedstee, al lag hij liever in een ledikant. De hospes en zijn vrouw leken gedienstig en netjes; er was hem stipt op tijd warm was- en scheerwater gebracht.

Terwijl hij zijn kleren aantrok, keek hij om zich heen om te zien wat hij nog meer naar zijn smaak veranderen kon. Boven de ladenkast hing een ovale spiegel. Hij tilde die weg, en sloeg met de hak van een schoen de kram tien centimeter lager in de muur. Nu kon hij in de spiegel kijken zonder op zijn tenen te staan. Hij zag: heldere ogen onder een breed, hoog voorhoofd; een rechte neus, een mond met volle, nog kinderlijke lippen. Zijn haar was donkerblond, niet dik, en begon bij de scheiding al wat te wijken. Er was een zweem van zelfgenoegzaamheid in de uitdrukking van zijn gezicht, die hem hinderde, want zo voelde hij zich niet.

'Rudolf Eduard Kerkhoven!' zei hij tegen zijn spiegelbeeld, als stelde hij zich voor aan een vreemde. Hij vond dat hij er te jong uitzag voor een eenentwintigjarige, een melkmuil. Zou hij zijn snor laten groeien? Hij trok de zwarte veterdas onder zijn kraag door en maakte een strik.

Bij het raam, met uitzicht op de in zondagsrust verzonken Brabantse Turfmarkt, las hij de brief uit Indië. Zijn vader schreef dat hij na vele omslachtige formaliteiten eindelijk voor de duur van twintig jaar het stuk land had kunnen pachten waar hij een thee-onderneming wilde beginnen. Het had een omvang van bijna driehonderd hectare, nu nog woeste grond, van oudsher jachtgebied van lokale Hoofden. Voorbereidende werkzaamheden waren in volle gang; de plantage had ook al een naam gekregen: Ardjasari, wat in het Soendaas zoveel wilde zeggen als Geurige Voorspoed.

In eerdere brieven had Rudolf gelezen over de verkenningstochten op zoek naar geschikte grond in het nog maar gedeeltelijk ontsloten gebied ten zuiden van Bandoeng, het bergland van de Preanger. De wijze waarop zijn vader tussen verslagen van huiselijke wederwaardigheden en zakelijke mededelingen door, uitweidde over de onvoorstelbare verscheidenheid en welige pracht van de natuur, had in hem een weerklank gewekt die hem zelf verbaasde. Hij wist dat ook zíjn toekomst daarginds lag. Zodra hij zijn studie in Delft voltooid had, zou hij zijn koffers pakken. Het naderende afscheid, het vooruitzicht van de maandenlange zeereis, vervulden hem nu al met een rusteloosmakend gevoel van voorlopigheid, van niet-meer, nog-niet. Dat zou pas overgaan wanneer hij zijn bestemming bereikt had.

Java was een constante in het leven van zijn familie. Zijn ouders hadden zich er twee jaar tevoren gevestigd, nadat in de loop van twee decennia vele bloedverwanten hen waren voorgegaan. Hij herinnerde zich hoe vroeger, bij zijn grootouders Kerkhoven op het Huis Hunderen in Twello, de 'kolonisten' steeds tastbaar aanwezig leken. Op fotografieën in prominent uitgestalde albums keken zij, poserend tegen de achtergrond van een veranda met witte zuilen, of van lanen omzoomd door exotisch geboomte, naar de beschouwer in Nederland met de starre blik van mensen die lang onbeweeglijk stil moeten staan. Geschenken van overzee – jachttrofeeën: horens van wilde buffels, een pantervel! – pronkten aan de wanden tussen vaderlandse zeegezichten en Delfts blauw. Vooral echter bestonden zij in de nooit aflatende betrokkenheid bij hun wel en wee. Onzichtbaar namen zij de hun toekomende plaatsen in wanneer de familie op Hunderen verzameld was. Zij herleefden dan als het ware in de gelaatstrekken en gestalten van de baardige en besnorde heren Kerkhoven, Van der Hucht, Bosscha, Holle; en van de dames met hun zedige kapsels en omvangrijke rokken: Pauline, Cecilia en Octavia, Ida, Caroline, Albertine, Sophie en Cateau, die kunstig gevlochten haarlokken van de afwezigen, in goud gevat, als broches droegen op hun hooggesloten kraagjes. Aan tafel keerden de namen van de verwanten in Indië telkens weer terug in de gesprekken; steevast werd er voorgelezen uit hun lange brieven, 's winters rond het haardvuur in de grote salon, en in de zomermaanden bij goed weer buiten onder de bomen achter het huis. De kinderen uit al die gezinnen groeiden op in het besef dat hun werkelijkheid zich tot ver voorbij de evenaar uitstrekte.

Rudolf was, zoals de anderen, van jongs af vertrouwd met die gebeurtenis zonder precedent in de geschiedenis van de vaderlandse betrekkingen met Indië: hoe in 1845 maar liefst drieëndertig leden van hun familie gezamenlijk naar de koloniën waren vertrokken. Na lang oponthoud door weersomstandigheden waren, in de meimaand, de driemasters Anna Paulowna en Jacob Roggeveen met een–eindelijk–gunstige wind door het Nieuwe Diep naar open zee gezeild. De loods bracht nog een laatste groet aan wal: welgemoed, hoopvol, begonnen de passagiers aan hun tocht naar het andere einde van de wereld. In september van dat jaar waren zij Gode zij dank heelhuids op de rede van Batavia voor anker gegaan.

Er lagen daarginds intussen al heel wat dierbaren begraven. Ook Rudolf had een verlies te betreuren. Een jaar geleden was zijn zusje gestorven, het jongste van de kinderen die zijn ouders meegenomen hadden. Paulientje, ter wereld gekomen met mismaakte handjes en voetjes, was altijd een zorgwekkend schepseltje gebleven. Volgens hem was haar dood het gevolg van aangeboren gebreken, en misschien wel een verlossing. Met de bedoeling te troosten had hij dat bij de bedroefde verwanten te berde gebracht. Tot zijn verbazing werd hem ongevoeligheid verweten.

'Rudolf is hard,' bleek het algemene oordeel te luiden. Hij kreeg dit te horen van zijn jongere broer Julius, die in Deventer op kostschool was, en 's zondags vaak door de in en om die stad wonende familieleden werd uitgenodigd. 'Juus' bracht de kritiek over op een toon die zijn instemming verried. Hij had zijn ouders beloofd Rudolfs gezag te aanvaarden, en te luisteren naar diens raadgevingen; maar hij vond zijn broer overdreven streng, en vooral bemoeiziek. Julius was zestien, zeer vatbaar voor invloeden, en gauw uit zijn evenwicht gebracht. Hoewel zeker niet dom, had hij zonder voortdurend toezicht moeite met leren. Het kwam niet in zijn hoofd op zich te dwingen tot iets dat hem tegenstond. Rudolf beriep zich op zijn verantwoordelijkheid. Als Julius in zijn ogen weer eens te lui, te slap, was geweest, haalde hij met de ernst van een oudere en wijzere een zinsnede aan uit een van zijn vaders brieven, die hij in zijn zakboekje had overgeschreven: 'Het vooruitzicht dat gijlieden mij hier later te hulp zult komen, en dat ik dan een paar flinke assistenten krijg, met wie men wat durft aan te pakken, *onbedorven, goede* jongens . . . dat is een heerlijke, opbeurende gedachte voor mij.'

Vanwege die als een opdracht ervaren woorden verwachtte Rudolf van zijn broer de discipline die hij zichzelf oplegde. Hij wist maar al te goed dat hij níét hard was. Het griefde hem geen begrip te ontmoeten voor zijn streven naar volwassen mannelijk gedrag.

Er werd geklopt.

'Meneer! Je ontbijt.'

Rudolf deed de deur open. De hospita bracht, behalve het dienblad, de geur mee die beneden in haar garen- en bandwinkeltje hing, een geur van textiel en stijfsel, hem bekend van de linnenkamer thuis. Van onder de strook van haar muts registreerden haar ogen onmiddellijk de veranderde opstelling van de meubels.

'Och, Van der Drift had die spiegel voor u moeten verhangen. Onze vorige meneer was een stuk langer dan u.'

Zij spreidde een servet over de tafel en zette brood en koffie klaar. Haar blik schoot van zijn kousevoeten naar de vuile was die hij in een hoek op de grond gegooid had.

'Van der Drift zal ook je laarzen poetsen, meneer. De bewassing doe ik. Wij zorgen voor alles, behalve voor warm eten. Dat ken niet, met m'n winkel.'

Rudolf had dit al gehoord van haar echtgenoot, een bleke kuchende man, toen hij de kamer kwam huren.

''t Is geregeld, ik kan terecht in het kosthuis van een vriend van me,' zei hij kortaf. Hij vond het vervelend dat juffrouw Van der Drift zijn hemden en onderbroeken begon op te rapen. Hoewel twee ongetrouwde tantes die in Den Haag woonden hem toestonden af en toe zijn verstelgoed bij hen te brengen, had hij daar in de afgelopen maanden geen gebruik van gemaakt. Hij was zich terdege bewust van het gevaar voor prestigeverlies door onverzorgd linnen. De mimiek van de juffrouw verried dat zij de ontbrekende knopen en losgeraakte plooitjes en zomen inmiddels had opgemerkt. Er trad een subtiele verandering op in haar manier van doen. De eerst overwegend zakelijke gedienstigheid kreeg het accent dat Rudolf altijd had horen roemen als het kenmerk van de ideale hospita, maar dat hij nog niet uit eigen ervaring kende. Hij wist wel wat dat betekende: zij had hem 'aangenomen'.

'Moet de kachel niet branden? 't Is oktober, te koud om zonder vuur te zitten leren.'

'Niet nodig, ik ga de hele dag weg.'

'Heb u gauw examen? Hoe heet het wat u studeert, als ik zo vrij mag zijn?'

'Technologie. Ik ben volgend jaar juni klaar,' zei Rudolf, met de bedoeling haar te doen beseffen dat hij ondanks zijn jeugdige uiterlijk en zijn weinig imposante een meter zeventig voor vol aangezien diende te worden.

'Dat is mooi. En dan?'

'Dan ga ik naar Indië.'

Zij bleef hem zwijgend staan aankijken. Dit was het ogenblik waarop hij, door wat meer over zichzelf te vertellen, in snel tempo een huiselijke verstandhouding op gang kon brengen. Hij wist niet of hij die familiariteit wel wilde. De dienstboden en tuinlui vroeger bij hem thuis en op Hunderen had hij van kindsbeen af beschouwd als figuren in het verlengde van zijn ouders en grootouders. Zij hoorden binnen een feodaal verband waar verschillen van rang en stand vanzelfsprekend en functioneel waren, en geen beletsel vormden voor vertrouwelijkheid. Het gemak waarmee de volwassenen in zijn familie die joviale omgang handhaafden zonder ooit de gezagsverhoudingen uit het oog te verliezen, was hem voorbeeld en maatstaf. Pas wanneer hij de juiste toon wist te treffen, zou hij klaar zijn om de taak te vervullen die hem op Java wachtte als rechterhand van zijn vader te midden van mensen bij wie–zoals hem telkens weer werd voorgehouden–een strikte afbakening van status en wederzijdse plichten geboden was. Gaf hij nu toe aan de uit zijn aard en omstandigheden voortvloeiende neiging tot gemoedelijkheid, dan zou hij later misschien niet in staat zijn het noodzakelijke overwicht op te brengen.

Bij de twee vorige kamerverhuurders–de een dom en bot, de ander hinderlijk onderdanig–had zelfbewust optreden hem geen moeite gekost. Tot zijn eigen verbazing was hij er herhaaldelijk in geslaagd de kortaf-bevelende toon aan te slaan die hem van andere studenten altijd zo vlegelachtig in de oren klonk; hij had, net als zij, nalatigheden en slordigheden van de 'ploerterij' met fikse uitbranders beantwoord, kortom, de gedragslijn gevolgd die jongelui van zijn stand zich ten opzichte van dienstverleners meenden te kunnen veroorloven. De kleine propere vrouw met haar scherpe blik die nu voor hem stond, zou zich nooit zo laten behandelen. Zij wist, beter dan hij, wat binnen hun relatie passend was en wat niet. Hij behoorde nu met een paar vriendelijke woorden duidelijk te maken dat hij haar niets meer te vragen of te zeggen had, maar dat hij een andere keer best voor een gezellig praatje te vinden zou zijn. Zijn onhandigheid ontging haar niet.

'Drink nou je koffie, meneer, voordat-ie koud wordt.'

Zij rolde het wasgoed tot een bundel en liet hem alleen.

Rudolf schaamde zich over zijn gebrek aan savoir-faire. De korte confrontatie met juffrouw Van der Drift liet bij hem dezelfde nasmaak achter als zovele ontmoetingen sinds hij op eigen benen stond. Het was een probleem waarover hij met niemand kon praten. Hij wilde graag gewaardeerd, ja, aardig gevonden worden, maar hij had vaak de indruk dat men hem eigenlijk niet mocht. Het leek alsof hij anderen op een afstand hield, ook al hunkerde hij inwendig naar contact. Tegenstrijdige gevoelens bestormden hem in de omgang met de mensen die hij na het vertrek van zijn ouders zelfstandig tegemoet moest treden. Hij rekende op begrip voor zijn streven zich, als oudste zoon en in zeker opzicht ook als plaatsvervanger van zijn vader, bezadigder en gewichtiger te gedragen dan gewoonlijk van een jongmens verwacht werd. Hij deed zijn best zich te houden aan codes van 'maintien' en fatsoen die hem in de kinderkamer waren ingeprent, en die hij ook altijd om zich heen had waargenomen in de kringen van notabelen te Deventer tot welke zijn ouders behoorden. Moest hij zich daarom een stijve provinciaal voelen? Het ergerde hem en maakte hem onzeker wanneer hij, op visite bij bevriende relaties in Amsterdam en Den Haag, waar het wereldser toeging dan in Overijssel, niet aan onbekende aanwezigen werd voorgesteld (alsof hij een kind was, of een ongenode gast!), zodat hij volgens de etiquette niet aan de conversatie kon deelnemen en er voor Piet Snot bij zat. School er waarheid in de beweringen van Julius, dat hij de naam had ouwelijk en eigenwijs te zijn, een 'broekje' met schoolmeesterachtige pretenties?

Hij kon nu eenmaal zijn mening niet voor zich houden wanneer hij andermans opvattingen en gedrag onjuist of ongepast vond. Hij had belijdenis gedaan, en was aangenomen als Broeder van de Mennistengemeente in Deventer, maar dat betekende niet dat hij voortaan uitingen van medebroeders die hem hypocriet of aanmatigend toeschenen zonder commentaar kon aanhoren. Op feestdagen van het Koninklijk Huis weigerde hij, tot groot ongenoegen van zijn omgeving, oranje te dragen, omdat hij Willem III een waardeloze figuur vond. Hij speldde dan rood-wit-blauw op, in de trant van de Patriotsgezinden uit zijn voorgeslacht, en aanvaardde stoïcijns de consequenties (beledigende opmerkingen, bedreiging met geweld op straat) van zijn als uitdagend beschouwde houding.

In zijn ouderlijk huis was kerkgang vrij geweest, een kwestie van ieders persoonlijke keuze. Hij verzette zich er dus tegen, dat Julius in Deventer gedwongen werd elke zondag de godsdienstoefeningen bij te wonen. De kostschoolhouder verklaarde dat hij bezwaren op dit punt alleen van Julius' vader zou accepteren. Rudolfs argument: dat de traag-lerende Julius nu stiekem zijn schoolboeken meenam naar de kerk, omdat hij 's zondags niet uit mocht voor hij zijn huiswerk af had, bracht het tegenovergestelde teweeg van wat hij beoogde. Julius was woedend om het 'verraad': 'Klikspaan! betweter! Pietje precies!' De familie noemde Rudolf achterbaks.

In vrouwen die dames waren wilde Rudolf wezens van een hogere orde zien, behoedsters van verfijning en goede zeden. Een wat studentikoze toon in hun aanwezigheid vond hij ongepast. Hij was vaak verliefd, uit de verte, op een knap gezichtje gebogen over een handwerk, een sierlijk sereen figuurtje aan piano of theetafel. Wat deze aangebedenen eigenlijk van hem dachten (meestal behandelden zij hem tamelijk onverschillig) bleef een kwellend raadsel. Wat deed hij verkeerd? Wat ontbrak hem? Hij kampte dagelijks met dergelijke gevoelens. Wanneer mensen wier vriendschap hij zocht, of die hij eerbiedigde, hem met terughoudendheid bejegenden, bracht de herinnering aan het pijnlijke ogenblik hem dagenlang van zijn stuk. En nu zat hij weer met het vermoeden dat juffrouw Van der Drift hem een vervelende kerel vond en hem voortaan over één kam zou scheren met de vlerken die hij zelf zo haatte.

Uit de bovenste lade van de commode nam hij een fotografie, die zijn ouders hem gestuurd hadden: nog in Batavia gemaakt, voordat zij naar Bandoeng vertrokken waren om daar te wachten totdat hun woning op de onderneming klaar zou zijn.

Het gezin poseerde samen met twee vrouwelijke bedienden op de treden van een galerij. Zijn moeder en zusters droegen, net als die vrouwen, inheemse kleding, een lang wit jak over een om de heupen gewikkeld met strepen en andere figuurtjes bedrukt stuk katoen. Bertha en Cateau hadden loshangend haar. Het gezicht van zijn moeder leek een masker, vreemd gevlekt, alsof de huid gedeeltelijk afgeschilferd was. Zijn vader keek niet naar de fotograaf, maar vanaf de balustrade waarover hij leunde schuin omlaag naar Rudolfs jongste broer, August, die wat terzijde van de groep stond, een kleine jongen met een nog ongevormd gezicht. Alleen Cateaus onbevangen kinderblik was hetzelfde gebleven. De opname moest gemaakt zijn kort na de dood van Paulientje. Er was iets armoedigs, slordigs, in hun kleren en in de kale diepte van de galerij achter hen. Het waren niet meer de mensen die hij uitgeleide had gedaan. Hij zou hen van het papier willen plukken om hun moed in te spreken.

Hij hield zichzelf voor dat dit beeld meer dan zes maanden tevoren was vastgelegd en dat zij nu, in het koelere klimaat van het Preangerbergland, en volop bezig met de voorbereiding tot hun nieuwe leven op de plantage, weer zouden lijken op de portretten die zij bij hun afscheid als souvenir hadden uitgedeeld. Die stonden ingelijst voor Rudolf op tafel. Hij nam ze in de hand.

Als altijd trof hem het waardige, voorname uiterlijk van zijn vader: dat hoge voorhoofd, die milde open blik. Mr. R. Kerkhoven senior zat ontspannen in een gebeeldhouwde stoel, de rechterarm losjes gesteund op een tafel, zijn glacéhandschoenen in de linkerhand. Zijn volle baard en snor, in werkelijkheid donkerblond, leken op het portret diepzwart. Voor Rudolf was het zonder meer duidelijk dat deze nobele persoonlijkheid op den duur geen bevrediging had kunnen vinden in de advocatuur in Deventer, in zijn Veenderij en Kwekerij te Dedemsvaart, of in de functie van inspecteur van het lager onderwijs in Overijssel – en dat hij zelfs als lid van de Provinciale Staten geen armslag had gekregen voor zijn ambitie bij te dragen aan sociale vooruitgang en volksontwikkeling. Dat streven behoorde tot de familietradities waar Rudolf trots op was. Had niet zijn oudoom Jan-Pieter van der Hucht, de aanvoerder van het gezelschap dat zich in 1845 had ingescheept, al een jaar voor zijn vertrek een brochure gepubliceerd, *Betoog tot aanprijzing ener kolonisatie van Nederlanders naar Java*, met als voornaamste doel: de bestrijding van werkloosheid in het vaderland, en bevordering van het stoffelijk en geestelijk welzijn van de bevolking daarginds? En ijverde niet een aangetrouwde neef, mr. Engelbertus de Waal, na een Indische carrière nu minister van Koloniën, voor vernieuwing van de agrarische wetgeving op Java?

De 'kolonisten' hadden bewezen dat zij het gelijk aan hun zijde hadden toen zij iets waagden waarvan de uitkomst onzeker was. Wat destijds door de goegemeente excentriek en roekeloos was genoemd, oogstte lof, nu hun pogingen met succes bekroond leken te worden. Twee neven Holle en een oom Kerkhoven hadden in het district Buitenzorg de pacht van thee-ondernemingen overgenomen van oudoom Willem van der Hucht, de enige nog levende van de eerste generatie planters, en wisten zich behoorlijk te handhaven. Rudolf twijfelde er geen ogenblik aan dat het ook zijn vader zou lukken Ardjasari tot bloei te brengen–de hele wereld dronk immers thee. Dat hijzelf en zijn broers later dat bedrijf zouden voortzetten was voor hem een uitgemaakte zaak.

Het portret van zijn moeder riep bij nadere beschouwing vragen op. Hij bewonderde haar mooie ogen, maar meende nu toch bij haar mondhoeken al een zweem van de droevige trek te bespeuren die zich op de Bataviase fotografie tot een verbeten lijn had verhard. Hij wist uit brieven dat zij vaak aan hoofdpijn leed, en last had van wat zijn vader 'zenuwachtigheid' noemde. In de familiekring in Overijssel deed het gerucht de ronde dat Bertha en Cateau al zo goed als verloofd waren. Er werd gesuggereerd dat men het in de tropen niet zo nauw nam met de usances van grondige kennismaking. De meisjes gingen vaak uit logeren. Hij had met verbazing het verslag gelezen van zo'n meerdaags bezoek aan een bevriend gezin even buiten Batavia: hoe zijn zusters met de dochters des huizes op blote voeten door de rijstvelden zwierven, en–slechts bekleed met een omgeknoopte doek!–baadden in een rivier. Hoe reageerde zijn moeder op al die onbekende gewoonten, die wellicht geheel andere zedelijke opvattingen?

Eldorado: zo had hij als kind, zodra hij het vreemde woord kende, de buitenplaats van zijn grootouders Kerkhoven genoemd, Hunderen bij Twello in Gelderland. Eldorado: hoge ruisende bomen, rododendronhagen, stroken dicht struikgewas rondom een grasveld, slingerpaden tussen het loof, die telkens uitzicht boden op weilanden en akkers. Eldorado, ook binnen het grote huis, met opkamers, alkoven, gangen en trappen en diepe kasten, en een immense zolder vol schuilhoeken onder de balken. Meer nog dan voor zijn zusjes, neven en nichtjes, de speelgenoten van lange zomers, betekende Hunderen voor hem vrijheid, een eigen wereld. Toen na de dood van zijn grootouders het buiten verkocht werd – hij was twaalf jaar – had hij dat als een onherstelbaar verlies gevoeld. Het afscheid van Hunderen was ook een afscheid van zijn kinderjaren geweest. Voor de hbs'er te Deventer begon de ernst des levens. Nooit had hij echt gespeeld.

De stijl van zijn grootouders was toonaangevend gebleven voor heel de familie: degelijk, maar ruimdenkend, mild en met gevoel voor humor, maar zonder toegeeflijkheid voor gebrek aan goede manieren. Zijn grootmoeder, altijd gehuld in klokvormige donkere japonnen, met op haar grijze pijpekrullen een muts waarvan aan weerszijden lange linten afhingen, troonde in zijn herinnering als de verpersoonlijking van rust. Zelden, en dan nog met tegenzin, verliet zij Hunderen; en op Hunderen had zij besloten ruimten van haar voorkeur, een kleine zitkamer waar haar naaitafeltje stond, de bijkeuken met al het nodige voor inmaak en confitures, en in de tuin een prieel als een groene korf.

Grootvader Kerkhoven werd in de wandeling door zijn vrouw 'Kerkje' genoemd, iets dat de kinderen die op Hunderen kwamen altijd weer deed proesten van het lachen omdat het door dat woord opgeroepen beeld niet strookte met zijn rijzige gestalte en opvallend krachtige kop. In tegenstelling tot zijn vrouw was hij – ofschoon rentenier, 'in ruste' – een en al beweging, meestal onderweg om de polder die hij in het noordoosten van Groningen bezat te inspecteren, of om bezoeken af te leggen bij relaties uit de tijd toen hij nog directeur was van de firma Kerkhoven & Co, commissionaris in effecten te Amsterdam. Wanneer hij op Hunderen aan zijn schrijftafel zat, toonde hij zich nooit gehinderd door de vele in- en uitlopende huisgenoten (er waren altijd logeergasten of bezoekers), of door om hem heen spelende kinderen. Onvermoeibaar leidde hij belangstellenden rond in zijn curiositeitenkabinet, haalde dozen en laden uit om zijn verzamelingen schelpen en opgeprikte insekten te laten zien. Rudolf had vooral telkens weer de zeldzame, in de zestiende eeuw door Ortelius samengestelde wereldatlas willen bekijken, en ook de telescoop, ontworpen door de grote Duitse natuur- en werktuigkundige Fraunhofer. Niets prikkelde zozeer zijn verbeelding als die platen van continenten en oceanen (nog niet werkelijkheidsgetrouw, zoals zijn grootvader benadrukte, maar toch getuigend van een verbazingwekkend waarnemingsvermogen), en die metalen cilinders en kunstig geslepen lenzen die al wat ver weg was, tot sterren en planeten toe, binnen oogbereik brachten.

De specialiteit van zijn grootmoeder was vertellen. Voor Rudolfs gevoel hing die gave samen met haar onbeweeglijkheid, en met haar intense, nooit aflatende aandacht voor haar naaste familieleden. Bijna woordelijk herinnerde hij zich haar verhalen, die hij als kind boeiender had gevonden dan de plaatjes van de toverlantaarn. Bij voorbeeld: hoe in de pruikentijd een schatrijke oom gestorven was zonder zijn erfgenamen mee te delen waar ergens onder de vloer of achter het behang hij zijn fortuin aan goud en kostbaarheden verborgen had; zij verkochten ten slotte het na hun vergeefse zoeken vrijwel gesloopte pand, maar moesten later tot hun schrik bemerken dat de nieuwe eigenaars binnen onverklaarbaar korte tijd in weelde baadden. De moraal, die grootmoeder Kerkhoven nooit verzuimde aan te stippen: het was zinloos te vlassen op het erven van andermans geld, of om af te gaan op voorspiegelingen. Men moest met hard werken en sober leven voor zich en de zijnen een goed bestaan opbouwen, en wat men van huis uit bezat zuinig beheren.

Een ander verhaal: hoe grootvader haar, de beeldschone Antje van der Hucht, het hof had gemaakt. Na haar voor het eerst gezien te hebben in een loge van de Amsterdamse Stadsschouwburg, was hij achter haar rijtuig aan gehold, in de hoop te ontdekken waar zij woonde; maar toen de koets de Haarlemmerpoort uit reed, had hij die poging moeten opgeven. Nasporingen van de wanhopig verliefde jongeling brachten aan het licht dat de man die hij voor haar vader hield een fabrikant van kantgarens in Haarlem was. Om toegang te krijgen tot diens kantoor, en woonhuis, was hij zelf tijdelijk een handeltje in die branche begonnen, maar tevergeefs. Pas veel later had het toeval hen samengebracht; zij bleek de zuster te zijn van een van zijn studievrienden. Hij had haar echter in diens huis nooit eerder ontmoet, omdat zij in Haarlem bij pleegouders woonde.

De geschiedenis van die vrijage sprak Rudolf bijzonder aan. Zo stelde hij zich echte liefde voor: de zekerheid op het eerste gezicht al, van de ware gevonden te hebben–en dan ook de wil en de kracht om desnoods jarenlang te wachten tot hij metterdaad bewezen zou hebben dat hij zijn aangebedene waardig was. De saamhorigheid van een man, een vrouw en hun kinderen leek hem de enige vorm van gebondenheid die opwoog tegen alle vrijheden, ja, die misschien wel voorwaarde was tot waarachtig zelfstandig-zijn. Hij weigerde aan te nemen dat hij 'ouwelijk' was omdat hij geloofde in iets dat hem volmaakt natuurlijk toescheen. Het zou hem–dat hoopte en verwachtte hij–ook zo gaan. Eens zou hij degene ontmoeten die voor hem bestemd was, zoals hij voor haar, en ter wille van wie hij geduld oefenen en zelfbeheersing betrachten wilde, dwars tegen alle aanvechtingen in.

Hij slaagde er beter in die aanvechtingen de baas te worden sinds hij gemerkt had dat hij ook in dit opzicht Julius tot voorbeeld moest zijn. Vuilbekken vond hij minderwaardig, hoerenlopen boezemde hem angst en afschuw in. Van die dingen distantieerde hij zich zo oprecht, dat hij ze met gezag ontoelaatbaar kon verklaren. De verleiding echter waarvoor Julius, naar hij wist, te vaak bezweek, kende hij zelf maar al te goed. Dat zelfbevrediging een zonde was die verschrikkelijke ziekten veroorzaakte, geloofde hij niet, maar er kleefde voor hem iets beschamends aan het heimelijke, solitaire van die handelingen. Hij voelde zich er niet werkelijk door bevrijd. Hij gaf niet meer toe aan de soms toch kwellende aandrang, sinds hij er door een incident op Julius' kostschool achter gekomen was dat de kwalijke gewoonte daar welig tierde. Dit verklaarde zijns inziens voor een deel de fletse gelaatskleur en de sloomheid van zijn jongere broer. Maar hoe kon hij Julius overtuigen van de noodzaak zich te beheersen, wanneer hij daar zelf niet toe in staat was? Dat hij Julius beschaamd en kwaad maakte met zijn bemoeienis op dit punt, ontging hem niet, maar hij kon niet nalaten te doen wat hij zijn plicht achtte.

Hij had geprobeerd zijn ouders op de hoogte te brengen (in bedekte termen, omdat zijn zusjes de brief ook zouden lezen). Het leek hem uitgesloten dat Bertha en Cateau weet hadden van de problemen waarmee een jongeman te kampen had. Als terloops zinspeelde hij op de *grote* en *goede* invloed die er van meisjes kon uitgaan. Hij onderstreepte die woorden, in de hoop dat zij intuïtief de bedoeling ervan zouden aanvoelen.

Tot de geschiedenissen waar de kinderen die vroeger op Hunderen kwamen ademloos naar luisterden, behoorde in elk geval het verhaal over oudoom Guillaume van der Hucht (die voornaam dateerde nog uit de tijd van de Franse overheersing). Hij was een figuur van haast mythische afmetingen. Veertien jaar oud, had hij – om zijn moeder, een door omstandigheden verarmde voorname weduwe, niet tot last te zijn – dienst genomen als scheepsjongen op een koopvaardijschip. De duvelstoejager van de bemanning had een hard bestaan, maar Willem (zoals hij aan boord genoemd werd), liet zich daardoor niet afschrikken, integendeel! In zijn schaarse vrije tijd klom hij in het kraaienest met leerboeken, om zich te kunnen voorbereiden op de examens voor derde, tweede en eerste stuurman, die hij, het een na het ander, met goed gevolg aflegde. Jaren later kwam in volle zee de kapitein te sterven. Willem, intussen bij het scheepsvolk in hoog aanzien, nam aan boord de leiding op zich. Hij bevoer daarna lange tijd de wereldzeeën op een eigen koopvaardijschip, de Sara Johanna, en deed goede zaken. Zijn laatste reis als kapitein maakte hij naar Java.

In die dagen had het Nederlands-Indische gouvernement besloten de gouvernements-theecultuur uit te breiden en zocht nieuwe contractanten. Willem ontpopte zich nu als een bekwaam ondernemer. Hij belegde zijn geld in theelanden die door al op Java gevestigde familieleden en bevriende particulieren waren gepacht. In hem herleefden eigenschappen van de aristocratische voorouders van zijn moeder, een geboren baronesse Van Wijnbergen. Die heren waren altijd beroepsmilitairen en hartstochtelijke jagers geweest. Het liefst had hij zonen in die tradities opgevoed; hij kreeg echter drie dochtertjes, van wie er twee heel jong stierven. Weduwnaar geworden hertrouwde hij met een veel jongere Engelse vrouw, die noch een vriendin, noch een opvoedster bleek voor zijn moederloze Mientje. Hij kon niet meer voor zijn kind doen dan haar uithuwelijken met een mooie bruidsschat. Vaderlijke zorg wijdde hij voortaan aan de jongens in de uit

Nederland overgekomen gezinnen van zijn broer en zusters. Hij was het onbestreden hoofd van de clan; zijn woord gold als wet.

Rudolf had, behalve die verhalen van vroeger waarin oudoom Van der Hucht als held optrad, in de loop der jaren ook wel eens andere, meer kritische geluiden vernomen. Sinds hij schatrijk voorgoed naar Nederland was teruggekeerd, op een landgoed in de Kennemer duinen woonde, zitting had in de Tweede Kamer, en daar als een deskundige voor koloniale zaken werd beschouwd, stelde oom Willem zich binnen de familie soms wat al te autoritair op. Nog steeds hield hij een wakend oog op de intussen al lang volwassen en zelfstandige neven in Indië, die hij destijds in het zadel geholpen had. Rudolf herinnerde zich hoe zijn vader, vóór diens vertrek, herhaaldelijk naar ooms villa Duin en Berg was gereisd om overleg te plegen; maar wat daar besproken was, wist hij niet. Zijn vader had hem als nog te onmondig beschouwd om hem in toekomstplannen te betrekken. Wel was het hem bekend dat een aantal familieleden zich bereid verklaard had financieel deel te nemen in de te stichten nieuwe onderneming. Maar terwijl men nog wachtte op nadere inlichtingen uit Batavia, had een ondershands ontvangen bericht duidelijk gemaakt dat er al een stuk land gekozen en een maatschappij tot exploitatie opgericht was. Een en ander bleek ook geheel buiten oudoom Willem om gebeurd te zijn; en die had zich, zoals Rudolf ter ore was gekomen, gepikeerd getoond omdat zijn adviezen genegeerd waren en zich in krasse taal uitgelaten over 'die eigenwijze sukkel' van een Kerkhoven.

Rudolf had de gelegenheid aangegrepen om zich als oudste zoon en belanghebbende in de zaak te mengen. Voorzichtig had hij zijn vader op de hoogte gebracht van de verwarring onder de familieleden en van de ontstemming van oom Van der Hucht, de 'doyen'. Hoewel hij nog altijd niet precies begreep wat er daarginds op Java voor transacties en manipulaties nodig waren om de onderneming van de grond te krijgen en welke rol zijn neven Holle en Kerkhoven daarbij vervulden, had hij wel de indruk gekregen dat er iets veranderd was. De beledigingen aan zijn vaders adres geuit bleven knagen. Hij had besloten die niet onweersproken te laten, en bij oom Van der Hucht belet gevraagd. In een vormelijk schrijven was hij uitgenodigd om het zondagmiddagmaal te komen gebruiken op Duin en Berg. Een rijtuig zou hem bij het station van het Spoor in Haarlem afhalen.

Gestommel kondigde aan dat er iemand naar boven kwam. De deur werd opengestoten, en zijn studievriend Cox struikelde de kamer binnen.

'Verduiveld, Kerkhoven, wat is dat voor een trap! Ik heb haast mijn nek gebroken!'

'Ik zit hier dus goed,' zei Rudolf lachend. 'Nu weet ik tenminste zeker dat jij me minder vaak van mijn werk zal houden.'

'Waarom was je gisteren niet op de club? We hebben fameus opgespeeld.'

'Ik moest toch verhuizen. Toen ik hier klaar was, had ik geen zin meer om uit te gaan.'

'Heel netjes.' Cox keek rond. 'Chapeau! Maar die trap. Enfin, in je vorige ploerterij stonk het. Dit is een mooie kamer. Zeg 'ns, je bent toch wel van de partij op het jubileumfeest van Apollo, volgende week zaterdag?'

'Ik ben geen lid van Apollo.'

'Ik ook niet. En Ribbius en Berlage idem dito. Wij betalen gewoon introductiegeld.'

'Dat vind ik een vorm van klaplopen.'

'Man, wat een prinzipienreiter ben jij toch. Zo goedkoop is die introductie ook weer niet. Vijf gulden.'

'Dat is me te duur.'

'Dacht ik het niet!' Cox hief in theatrale wanhoop zijn armen ten hemel. 'Ik ken niemand die zo zuinig leeft als jij.'

'Je drukt je eleganter uit dan mijn broer Julius. Die zegt: Ru valt dood op een cent. Ja, ik ben zuinig. Het is tenslotte mijn vaders geld.'

'Zat je ook al weer ijverig te studeren?' Cox liep naar de tafel; met een uitroep van verrassing boog hij zich over de fotografie. 'Nee maar, de kleine Cateau! Die spring-in-'t-veld! Hoe oud is ze nu, achttien, negentien? Ze zeggen dat Europese meisjes daar in Indië aan elke vinger wel tien vrijers kunnen krijgen.'

''t Is nog een kind,' zei Rudolf kortaf, terwijl hij zijn familie aan Cox' onbescheiden blik onttrok. Cateau was altijd zijn lieveling geweest. Het hinderde hem dat Cox zijn aandacht vestigde op het feit dat 'Toosje' ontgroeid was aan de rol van troetelkind en kameraadje.

'Ga je mee biljarten? Berlage komt ook.'

'Nee merci, ik kan niet.'

‘Ga me nu niet vertellen dat je naar de kerk moet.’ Cox maakte een hoofdbeweging in de richting van het raam. Buiten luidden klokken, niet voor het eerst die ochtend; stemmig geklede kerkgangers liepen met bedaarde pas langs de huizenrij aan de overkant.

‘Ik ben te eten gevraagd bij mijn oudoom in Santpoort.’

‘Ai, de nabob! Eén oom miljonair en in de Kamer, een andere oom minister van Koloniën, het kan niet op. Weet je, met zulke kruiwagens als jij hebt zou ik toch wat anders ambiëren dan employé te worden op m’n vaders plantage. Je studeert aan de Polytechnische School in Delft. Man, je hoort bij de Gideonsbende!’

‘Maar ik wíl toevallig graag naar Indië.’

‘Je bent toch geen gesjeesde student, of een kneus.’

‘Juist daarom wil ik naar Indië.’

‘Maar wat moet je in Jezusnaam als technoloog in de théé?’

‘Als je met me meeloopt naar het Spoor zal ik het je vertellen,’ zei Rudolf.

Het was niet de eerste maal dat hij probeerde de flierefluiter Cox iets bij te brengen over de dingen die voor hem en zijn familie van belang waren. Wat had hij al niet afgepraat met die jongen. Zij kenden elkaar van de hbs in Deventer. Het was alsof voor Cox de wereld niet verder reikte dan de grenzen van Nederland. In hem zag Rudolf belichaamd wat hij zelf niet (meer) wilde zijn: de ‘burger’, die in elk geval de Indië-vaarders onder zijn familieleden hadden afgeschud als een te enge huid. Hij wist wel dat Deventer en Dedemsvaart nog aan hem kleefden, en dat zelfs Delft een beperking inhield.

'Bij oudoom Van der Hucht op Duin en Berg. Schitterend landgoed, op zijn minst een paar honderd hectare grond. Veel zeedennen, eikehakhout. Een park met vijver, een oranjerie. De rijkdom binnenshuis. Oudtante Mary zeer chic gekleed, maar niet aardig, Engels-koel, formeel, helemaal zoals ik mij haar altijd heb voorgesteld. Begrijp nu waarom nicht Mientje het niet met haar vinden kon. Ontvangst eerst stijf, later joviaal (vooral wat oom betreft). Na het eten (zes gangen, bediening door huisknecht met witte handschoenen aan!) gesprek met oom onder vier ogen in diens "study" zoals tante Mary het noemt. Oom kapittelde mij wegens bemoeizucht, toonde later echter wel waardering voor idem, omdat papa als gevolg daarvan blijkbaar toch ooms raadgevingen ter harte heeft genomen. Heb veel gehoord wat ik nog niet wist. Oom is nuchter, pragmaticus. Dat heeft hem geen windeieren gelegd. Hoop mij ooit ook zo uit zaken te kunnen terugtrekken.'

Rudolf legde de pen neer. Nog was hij geheel vervuld van het bezoek aan de villa in Santpoort, en van de sfeer die daar heerste, zo volstrekt anders dan wat hij gewend was in de toch bepaald ook welgestelde huishoudens van zijn Overijsselse familieleden. Hij had zijn ogen uitgekeken. De kostbare curiositeiten, door oom op zijn zeereizen verzameld, gaven aan het interieur van Duin en Berg een uitheems aanzien. Tussen Chinees en Japans porselein, kastjes van lakwerk, bontgekleurde weefsels en maskers, en met fraai houtsnijwerk versierde meubels uit de dagen van de Oost-Indische Compagnie, had hij wel urenlang willen ronddwalen. Maar oom had hem na het diner meegenomen naar de herenkamer, om bij het haardvuur een sigaar te roken. Dáár heerste de jacht oppermachtig; de wanden waren er van boven tot onder bedekt met wapentrofeeën, geweien, koppen en huiden van exotische dieren. Het haardkleed was een tijgervel, een opgezette krokodil diende tot voetenbank.

Weer las Rudolf de aantekeningen over die hij – voor een deel al op de terugreis in de spoorwegcoupé – haastig in zijn zakboekje had opgeschreven, met de bedoeling zijn vader nauwgezet verslag te kunnen uitbrengen van het op Duin en Berg besprokene. Nog klonk ooms zware, wat hese stem van stevig roker en drinker hem in de oren, was het hem als had hij de walm van de fijne sigaar in zijn neusgaten, de smaak van de voortreffelijke cognac op de tong. In verbeelding zag hij oom tegenover zich zitten, met zijn door zeewind en tropenzon als gelooide gezicht en zijn vervaarlijke snor, de forse gestalte gehuld in de fluwelen kamerjas die hij bij het betreden van zijn 'study' had aangetrokken om, zoals hij zei, straks geen tabakslucht mee te brengen in de salons van zijn vrouw. De herinnering aan de behaaglijke gloed van het haardvuur bracht Rudolf tot het besef van de oktoberkilte in zijn eigen kamer. Bij zijn thuiskomst was juffrouw Van der Drift het avondbrood komen brengen, met de vraag of de kachel aan moest; hij had er nu spijt van dat hij – alweer die zuinigheid, maar ja, voor een paar uur! – nee had gezegd. Hij kleedde zich uit en kroop in de bedstee. Nu kon hij het hele gesprek nog eens beleven, rustig nadenken over wat hij gehoord had.

'Jongmens, je hebt het blijkbaar nodig geoordeeld je te bemoeien met zaken die jou niet aangaan. Althans voorlopig nog niet. Zie maar eerst dat je je diploma haalt.'

'Oom, u hebt zich tegenover anderen over mijn vader uitgelaten in termen die ik als rechtgeaard zoon niet over mijn kant had laten gaan als u ze tegen míj gezegd had. 't Zou een reden voor mij geweest zijn om u in het vervolg nooit meer de hand te willen drukken.'

'Die trouw siert je, al vind ik je wel wat heetgebakerd. En je weet van toeten noch blazen. Dat was trouwens ook mijn grief jegens je vader: handelen zonder voldoende kennis van zaken. Hij heeft intussen wel geleerd dat men in de Oost geen haast moet maken, en rekening dient te houden met 's lands wijs.'

'Papa was teleurgesteld omdat hij niet dadelijk aan de slag kon. 't Was al jarenlang zijn droom.'

'Je vader is volgens mij naar de Oost vertrokken uit dépit. Daar kijk je van op. Hij heeft nooit kunnen verwerken dat je grootvader Kerkhoven zijn positie in de effectenhandel heeft overgedragen aan een jongere zoon. De familie weet heel goed dat je vader geen zakenman is. Met die Veenderij en Kwekerij van hem is het ook nooit veel geworden.'

'Toch heeft papa die goed kunnen verkopen.'

'Jawel, dat is niet tegengevallen. Maar een bom duiten heeft hij er ook niet aan verdiend. En dat had gemoeten, want toen je grootvader gestorven was bleek de spoeling dun. Die heeft te veel kinderen verwekt.'

'Mijn vader is niet in de eerste plaats naar Indië gegaan om het geld.'

'Ik twijfel niet aan zijn goede bedoelingen. Hij denkt dat hij daarginds zijn humanitaire en filantropische denkbeelden kan verwezenlijken. Hij heeft de Overijsselse keuterboeren niet kunnen beschaven, nu wil hij op Java als landheer bijdragen tot de nieuwe vormen van werkverschaffing die het gouvernement gaat invoeren. Uitstekend, maar dan moet men wel weten waar men aan begint. Ik heb hem aangeraden geld te lenen aan anderen, die al ervaring hebben, bij voorbeeld aan je oom Eduard Kerkhoven, voor uitbreiding van diens plantage Sinagar, maar niet zelf een onderneming te beginnen. Afgezien van zijn gebrek aan vakkennis: hij is te oud.'

'Maar hij heeft het toch voor elkaar gekregen. Híj is de pachter van Ardjasari geworden.'

'Laten we er het beste van hopen! Als hij nu maar luistert naar onze neven Holle. Die weten alles van theecultures, vooral Adriaan en Albert, en ze zijn beter dan wie ook op de hoogte van de gang van zaken bij het gouvernement. En wat nog belangrijker is, ze hebben relaties onder de bevolking, ze zijn bevriend met inlandse regenten – dat was ik ook in mijn tijd, we gingen met die heren op jacht, en respecteerden hun adat. Als de Holles op het land zijn, dragen ze een gebatikte kain en lopen met gedekt hoofd. Ze kennen de zeden en gewoonten. Karel Holle gaat wat te ver naar mijn smaak. Die heeft als boezemvriend een mohammedaanse godsdienstleraar, ook een aristocraat, met aangename manieren, maar men weet het nooit. Godsdienst en politiek gaan bij de islam in elkaar over, die lui zijn vaak fanatici. Deze penghoeloe heeft zeer veel invloed in de Preanger. Karel en hij ijveren voor de verheffing van het volk, ze schrijven boekjes in het Soendaas, Karel heeft een kweekschool voor inlandse onderwijzers opgericht, hij is compleet een weldoener! Volgens mij timmert hij te veel aan de weg met zijn idealisme.'

'Mijn vader heeft groot respect voor neef Karel.'

'Dat mag ook wel, want Karel heeft je papa aan die onderneming geholpen door zijn relaties in het district Bandjaran. Nu het ernaar uitziet dat het Cultuurstelsel eindelijk definitief wordt afgeschaft, kan je vader op Ardjasari meteen de loonarbeid invoeren. Op Karels eigen land, Waspada, geldt die regeling al. Hij overlegt ook alles met zijn inlandse opzichters, en houdt spreekuur voor zijn werkvolk. Het is de vraag wat dat zal opleveren. 't Is een dromer. Ik zie Baud al meesmuilen.'

'Wie is Baud, oom?'

'Onze concurrent! Een zoon van de oud-Gouverneur-Generaal. Zodra hij de veranderingen zag aankomen heeft hij links en rechts landerijen gecontracteerd, dat kan hij makkelijk doen, hij kent al die bureaucraten. Hij is op het ogenblik de grootste theeproducent op Java. Waar het maar kan probeert hij onze familie de voet dwars te zetten wanneer wij ergens gronden willen pachten. Hij noemt ons "ware vampiers", beweert dat wij alleen uit zijn op eigen gewin. Maar hij zou wel graag van onze diensten als administrateurs gebruik willen maken, tegen belachelijke voorwaarden, of ons kapitaal aanvaarden als dekking in zijn eigen ondernemingen. Ik was als de dood zo bang dat je vader, die immers geen ervaring heeft in die dingen, zich door Baud zou laten inpalmen. Wij van Parakan Salak zijn de pioniers. Wij moeten ons handhaven.'

'In de troonrede is gezegd dat dit een belangrijk jaar voor Indië wordt...'

'De agrarische wet van onze neef De Waal is zo goed als aangenomen. Ik heb hem in de Kamer uit alle macht gesteund.'

'Oom, die mogelijkheid tot particulier ondernemen is dus vooruitgang? Toch zijn veel liberalen terughoudend. Dat begrijp ik niet.'

'Dat zijn liberalen met een radicaal tintje. Die worden niet geplaagd door overmatig groot inzicht in de stand van zaken. Ze beroepen zich op de ideeën van die aangetrouwde neef van ons, Douwes Dekker, die zich tegenwoordig Multatuli noemt. En dan moet je weten dat die man allesbehalve liberaal denkt.'

'Maar hij schrijft gloeiend. Ik heb zijn boek gelezen, *Max Havelaar*.'

'Ik zal je eens wat zeggen. Dekker heeft zijn thema, zijn verhalen, geját, excusez le mot, van dominee van Höevell, die twintig jaar geleden al de vinger op de wonde plek heeft gelegd. Die man was echt een martelaar voor de goede zaak–ze hebben hem destijds Indië uitgezet–maar die heeft niet zoveel herrie gemaakt als Dekker. Ken je Dekker eigenlijk? Toen hij met zijn vrouw in Nederland was, is hij veel bij de familie op bezoek geweest.'

'Ik was nog een kind, ik herinner het me niet. Maar ik heb vorig jaar een lezing van hem bijgewoond, in Den Haag. Ik vind hem een meeslepend spreker. Het leek me dat hij in veel opzichten gelijk heeft.'

'Natúúrlijk vorderen de inlandse Hoofden herendiensten van de bevolking, dat is de adat–en natúúrlijk deugt er niets van de manier waarop ze dat doen. Maar je moet wel met blindheid geslagen zijn als je denkt dat te kunnen veranderen door die Hoofden aan te klagen bij het gouvernement, dat zelf de grootste schuld draagt aan de misstanden. Het hele systeem moet veranderen, zo dat de bevolking er beter van wordt, en de Hoofden geen schade lijden in hun prestige en hun portemonnaie. En vooral zo dat zij hun gezicht niet verliezen. Iedere ambtenaar die een paar jaar op Java gediend heeft, weet dat.'

'Na afloop van die lezing ben ik hem–Dekker, Multatuli–gaan complimenteren. Toen ik mij voorstelde, zei hij: "Ach, een Kerkhoven!" Ik legde uit wie ik was, en toen vertelde hij me dat hij met u bevriend geweest is, vroeger in Indië.'

'Voor zijn huwelijk met nicht Tine van Wijnbergen kwam hij vaak op Parakan Salak logeren, om haar te zien. Hij vlaste op een aanstelling bij ons, of met onze hulp op een andere onderneming, omdat hij uit de ambtenarij wou. Hij verwachtte toen van ons een soort van brevet van bekwaamheid. Hij geloofde dat wij hem tegenwerkten. Maar de kwestie was dat wij hem niet wilden steunen in ondeugdelijke plannen. Hij had geen flauw benul van cultures of van zaken doen. Die man was totaal ongeschikt voor het leven op een plantage. Wij konden in die tijd best wat hulp gebruiken op Parakan Salak, maar denk niet dat mijnheer een hand uitstak. Hij wandelde rond met de dames, of zat in een hoek te lezen, het bedrijf interesseerde hem geen moer. Maar 't is waar, ik ben min of meer met hem bevriend geweest, totdat ik zag hoe hij nicht Tine behandelde. Al die mooie praatjes! Het was hem om geld te doen. Hij heeft jarenlang gedacht dat zij nog een erfenis te wachten had. Vraag maar eens aan je ooms en tantes hoe hij bij de familie kwam bedelen en klaplopen, toen zij voor de eerste keer met verlof waren, ik meen in '53.'

'Mijn grootmoeder op Hunderen vond hem een amusante man die boeiend kon vertellen.'

'Het is een fantast. Een charlatan! Hij logeerde als grandseigneur in een duur hotel, en als het op betalen aankwam was zogenaamd zijn portefeuille gestolen. Oude tantes van ons hebben hem een flink bedrag geleend dat ze nooit teruggekregen hebben. En nu! Je weet zeker wel hoe hij leeft. Ik ben geen zedenpreker, maar dit loopt de spuigaten uit. Zijn vrouw en kinderen laat hij aan hun lot over, zelf reist hij rond met zijn maîtresse, houdt lezingen, poseert als de held van de Javanen. Het zal dan misschien briljant zijn wat hij schrijft, maar wat heeft hij ermee bereikt? Nog geen fractie van wat Karel Holle voor elkaar krijgt... Ik maak me kwaad, dat is niet goed voor mijn lever.'

'U hebt dus wél veel waardering voor neef Karel?'

'Dat hij zich kleedt en gedraagt als een islamiet... en zich compleet vereenzelvigt met de bevolking... dat vind ik verkeerd. In de Preanger noemen ze hem nu al Said Mohammed Ben Holle. Maar ik ontken niet dat hij als tussenpersoon een belangrijke rol kan spelen. Het gouvernement zal nog van zijn diensten gebruik maken. Het is goed dat hij inziet hoe nuttig juist de particuliere ondernemer kan zijn voor de ontwikkeling van het volk, die hem zo ter harte gaat. Hoe moeten die mensen de cultures leren, als wij hun die niet bijbrengen? Rijst, daar zijn ze van oudsher mee vertrouwd, dat doet niemand ze na, maar thee kennen ze niet, ze hebben geen verstand van de pluk, en koffie laten ze verslonzen als ze het alleen moeten doen. Kijk, het is natuurlijk prachtig als de mensen in vrije loondienst werken. Maar men zal er nog achter komen dat het volk op Java een totaal andere opvatting heeft over geld verdienen dan de westerling. Begrippen als sparen, beleggen, zeggen hun niets. De landman is tevreden als hij maar genoeg te eten heeft en er een paar geiten of een buffel op na kan houden.'

'Maar oom, komt dat niet omdat die mensen tot nu toe in een vorm van slavernij geleefd hebben... en omdat het land zo warm en vruchtbaar is...? Mijn vader zegt dat wie een eigen tuintje en een paar kippen heeft, daar leven kan als in het paradijs.'

''t Is alsof ik Dekker hoor. "Bewoon een bamboehuisje, kleed u en eet als een inlander, hebt elkander oprecht lief, en ge zult gelukkig zijn!" De tijd staat niet stil, zelfs niet in het paradijs. Die mensen moeten het nut van geld leren begrijpen, en hoe men het verdiende kan omzetten in zaken van algemeen belang. De bodemschatten van Indië zijn grenzeloos. Om die naar behoren te exploiteren... nu, dat is een opgave die voorlopig de krachten van de regering te boven gaat... en hoe dan ook niets voor bureaucraten. Ik weet waarover ik praat. Ik heb mij een tijdlang bemoeid met de tin-winning op Billiton. Daar zou ik je verhalen over kunnen vertellen! Ik benijd je, omdat jij jong bent, en naar Java gaat.'

'Ik ben van plan hard te werken, oom.'

'Je moet vooral niet tegen moeilijkheden opzien. Ik heb ook slechte tijden gekend. In 1850 kon ik de termijnbetaling voor Parakan Salak aan het gouvernement niet nakomen, ik heb toen een voorschot moeten vragen om de onderneming draaiende te houden. Pas na mijn huwelijk met je tante Mary ben ik er door samenwerking met mijn zwager van het handelshuis Pryce in Batavia weer bovenop gekomen... Maar geloof me, ik zou alles wat ik hier bezit willen geven om mijn Indische jaren nog eens mee te kunnen maken... Nog één ding: zoek vooral contact met Eduard op Sinagar. Dat is een prima vent.'

Oom Van der Hucht had Rudolf uitgeleide gedaan tot aan het bordes, waar het rijtuig wachtte. Even ving hij nog een glimp op van tante Mary, die in de verte, zichtbaar tussen gedrapeerde portières, damesbezoek begroette.

'Nu, adieu,' had oom gezegd. 'Houd me op de hoogte.'

Rudolf dacht aan oom Eduard Kerkhoven, de jongste broer van zijn vader. Als kind had hij, zoals alle leeftijdgenoten onder zijn neefjes en nichtjes, een ware verering gekoesterd voor die knappe, jongensachtige oom, die niet echt bij de volwassen leden van de familie leek te horen. Eduard wist alles van paarden en honden, was een volleerd ruiter, een verwoed jager, een levenslustig avontuurlijk buitenmens. Dat hij in Nederland zijn draai niet vinden kon had dan ook niemand verbaasd. Hij was de 'kolonisten' achternagegaan, en door oudoom Van der Hucht, na een leertijd op Parakan Salak, samen met een van diens pleegzoons Holle, op de thee-onderneming Sinagar op de westelijke helling van de Gedeh geïnstalleerd. Gedurende vele jaren had Eduard regelmatig van zijn wedervaren verslag uitgebracht in lange brieven, de meest spannende en smakelijkst-vertelde bijdragen aan de familieberichten die de Kerkhovens onder de nostalgische titel 'De Hunderense Courant' aan elkaar plachten rond te sturen.

Aangezien Eduard zijn epistels bij voorkeur richtte aan Rudolfs vader, met wie hij van jongsaf een sterke band had gehad, waren die verhalen het eerst in diens gezin gelezen en herlezen. Een aantal daarvan kon Rudolf zich nog altijd haast woordelijk herinneren: hoe Eduard door een woeste hertebok aangevallen en zo ernstig verwond was dat, zoals in de brief stond, 'Eduardje nog nooit zo dicht bij Heintje-met-de-zeis was geweest.' Of: hoe Eduard op Sinagar een loods had laten schoonmaken waarin honderden ratten bleken te huizen, 'verscheidene keren kropen ze bij de inlanders door de broekspijpen naar binnen, en sprongen bij de nek weer naar beneden.' Of: hoe hij een bezoek gebracht had aan de krater van de vulkaan Salak, en daar in adamskostuum tussen de kokende zwavel- en modderbronnen had rondgewandeld, 'ik dacht nog bij mezelf, wat is dat toch een geheel andere toestand dan om bij voorbeeld bij de heer en mevrouw Zo en Zo in Twello op theevisite te gaan.' Of: hoe zijn dierbare jachthond Vesta, in het oerwoud weggeraakt en doodgewaand, na weken weer de weg naar de onderneming gevonden had.

In het afgelopen voorjaar had een van de tantes Rudolf onder geheimhouding een brief laten lezen die zij van zijn moeder ontvangen had. Er stonden dingen in over Eduard, waarvan niemand in de familie ooit iets had vermoed. De in aller ogen 'eeuwige vrijgezel' bleek een vrouw en twee kinderen te hebben. Maar die vrouw was een Chinese, en hun verbintenis stond niet op één lijn met een Europees huwelijk.

Rudolfs moeder schreef dat de kinderen door Eduard erkend waren en dus, hoewel van gemengd bloed, halve Aziaten, beschouwd moesten worden als Kerkhovens. Het ging niet aan hen te laten opgroeien in een zo buitenissige huishouding als die op Sinagar. Zij, en ook Rudolfs vader, waren van mening dat de familie in Nederland de kleine Non (die eigenlijk Pauline heette) en de kleine Adriaan onder haar hoede moest nemen.

Het bericht had de bewuste tante erg aangegrepen–zij wist niet hoe zij er de anderen van in kennis moest stellen. Rudolf had dat ook niet geweten. Hij vond niet dat hij aan zijn ouders kon laten merken dat hij het geheim kende, voor zij zelf hem in vertrouwen namen.

Het speet hem nu, dat hij niet over deze aangelegenheid begonnen was toen oudoom Van der Hucht Eduard ter sprake had gebracht.

Na de roes van geslaagd te zijn, met mooie cijfers (slechts één vijf, voor bouwkunde); na de champagne en een feestelijke rijtoer met Cox en andere vrienden, het triomfantelijke schouwspel van de bij Van der Drift door het zolderraam uitgestoken vlag ('Onze meneer is erdóór!' verkondigde de juffrouw heel de dag aan haar klanten) en de satisfactie van recht te hebben op een visitekaartje met in sierlijke letters 'technoloog' onder zijn naam–kwam de terugslag des te harder aan. Hij had een geestdriftige reactie uit Indië verwacht, de opdracht om onmiddellijk plaats te bespreken op een snelvarend schip, en zijn koffers te pakken.

Hij weet het vertraagde antwoord van zijn ouders in de eerste plaats aan het feit dat tussen Frankrijk en Duitsland de oorlog was uitgebroken die men al een tijd had zien aankomen; en ook aan het lage cijfer voor bouwkunde, een vak waarvan hij hield en waar hij hard voor gewerkt had, hij begreep zelf niets van die vijf. De lauwheid van thuis zette een domper op zijn stemming. Over zijn komst schreven zij niet. Veronderstelde zijn vader misschien dat hij minder bruikbaar zou zijn op Ardjasari, nu hij niet bewezen had uit te blinken in de aanleg van wegen en het bouwen van bruggen en fabrieksloodsen?

Hij voelde zich rusteloos, mismoedig, volgde ongeduldig de oorlogsberichten: dat het nu maar gauw afgelopen mocht zijn met al dat geweld, vooral nu de Fransen bij Sedan zulk een verpletterende nederlaag hadden geleden.

''t Is jammer dat de kronkelwegen van de diplomatie niet zullen toelaten dat men ooit kan uitmaken wie eigenlijk de oorzaak van deze oorlog is,' schreef hij in zijn zakboekje. 'Uit hetgeen aan het licht gekomen is, zou ik echter altijd afleiden dat de Franse keizerlijke regering alléén de strijd heeft uitgelokt; en dat zij daarin handelde volgens de volkswil blijkt uit het algemene enthousiasme waarmee Frankrijk de oorlog begonnen is, en uit de hardnekkigheid waarmee hij wordt voortgezet. Met de politiek van Bismarck kan ik het niet eens zijn, maar ik geloof niet dat déze oorlog daar direct iets mee te maken heeft. Die is alleen door de Fransen uitgelokt om de Duitse Bond weer uiteen te doen vallen. Verbrokkeling van Duitsland is immers altijd de politiek van de Franse regeerders geweest? De politiek van Bismarck is volgens mij alleen een *binnenlandse*, die zich ten doel stelt met alle middelen, goedschiks of kwaadschiks (en juist dát vind ik er het afkeurenswaardige in, maar daar heeft een buitenlands volk toch niets mee te maken?) het Duitse ideaal van eenheid te verwezenlijken. Het streven naar de Duitse eenheid komt mij zeer billijk voor, maar de manier waarop die in 1866 gedeeltelijk bereikt werd, was verkeerd. Het Duitse volkskarakter zal zeker niet aangenamer worden door grote machtsvermeerdering, maar direct gevaar voor óns ligt daar, dunkt mij, niet in. Wij zijn immers in 't geheel geen Duitsers, en zijn ook nog nooit van die zijde bedreigd. Daarentegen heeft Napoleon I ons wél geannexeerd, en ons "Fransen" genoemd.'

Rudolf verwonderde zich erover, dat zijn vader in zijn brieven zo uitgesproken Frans-gezind bleek, en zo weinig kritisch stond ten opzichte van het nu al zo vaak vertoonde optreden 'pour la gloire' van de Fransen. Hij meende tussen de regels door te lezen dat zijn eigen opvatting over de Duitsers als weliswaar onaangename, maar in elk geval degelijke en overwegend vreedzame lieden, door zijn vader niet gedeeld, en zelfs nogal naïef gevonden werd.

In hun brieven besteedden zijn ouders de meeste aandacht aan het feit dat zijn jongste broer August binnenkort naar Holland zou gaan om in Den Haag de hbs te kunnen bezoeken, en dat zijn zuster Bertha zich verloofd had met Jan Joseph van Santen, werkzaam bij de Nederlands-Indische Handelsbank te Batavia, die achttien jaar ouder was dan zij.

Wat zijn eigen toekomst betreft: zijn vader raadde hem aan eens zijn licht op te steken inzake zijdeteelt, en de bereiding van etherische oliën uit bloemen; volgens neef Karel Holle waren dat nieuwe, veelbelovende mogelijkheden voor cultures op Java, en wellicht geschikt voor iemand die, zoals Rudolf, met hoge cijfers voor toegepaste scheikunde geslaagd was. De vaagheid van deze directieven hinderde Rudolf verschrikkelijk: moest hij nog een winter in Holland blijven? Hoe kon hij die nieuwe mogelijkheden bestuderen? Noch de Polytechnische School, noch de door hem geraadpleegde professoren, bleken in staat hem wegwijs te maken. Voor etherische oliën en zijdeteelt zou hij in Frankrijk moeten zijn, maar hoe te gaan reizen door een land in oorlog?

Zijn vader scheen voor de financiering van Ardjasari veel steun te hebben aan de aanstaande schoonzoon Van Santen. Een met diens hulp opgestelde circulaire die tot deelname aan de onderneming opriep, deed nu de ronde onder de familieleden in Holland. Gunstige reacties van ooms en tantes sterkten Rudolf in zijn overtuiging dat er daarginds op Ardjasari voor hem hoe dan ook werk te vinden zou zijn. Dat zijn vader in het vooruitzicht van de thee-oogst een opzichter in dienst genomen had, vond hij niet meer dan natuurlijk. De eerste pluk had ongeveer negenhonderd kilo verhandelbare thee opgeleverd. De algemene verwachting was dat het produkt op de Amsterdamse veiling een goede prijs zou maken.

Zijn vader schreef dat ondernemers op Java gedwongen waren zelfs de eenvoudigste machinerieën en werktuigen uit Europa te laten komen. Iemand met praktische kennis van de vervaardiging van gereedschap was dus onmisbaar. Rudolf besloot niet langer te wachten tot hem verteld zou worden wat hij doen moest. Hij huurde een kamer in Amsterdam, en meldde zich als volontair bij De Atlas, de fabriek van stoom- en andere werktuigen op het Realeneiland, om zich daar te bekwamen in de techniek van lassen, smeden en vijlen. Ook bestelde hij materiaal voor een klein scheikundig laboratorium, dat hij wilde meenemen naar Java. Het stond nu voor hem vast dat hij uiterlijk in het voorjaar van 1871 zou vertrekken.

'Sakkerloot, Gus, wat ben ik blij je te zien, jongen. Je bent wel wat gegroeid, maar verder vind ik je niets veranderd.'

Rudolf had zijn broer van de boot gehaald in Den Helder, en hem bij zijn oom en tante Bosscha-Kerkhoven in Den Haag gebracht, waar August gedurende de middelbare-schooljaren zou wonen. Na de emotionele eerste ogenblikken van weerzien op de kade, de conversatie zonder kop of staart in de trein, en de onstuimige begroetingen in het kinderrijke pleeggezin, waren zij nu samen bezig op Augusts kamertje zijn koffer uit te pakken. De twaalfjarige was niet te klein voor zijn leeftijd, maar wel erg kinderlijk, vond Rudolf. Hij had met August te doen, omdat die zich kennelijk niet op zijn gemak voelde in het 'Hollandse' pak dat een Chinese kleermaker in Bandoeng voor hem had gemaakt. Uit het weinige dat de jongen verteld had werd al duidelijk dat zelfs een gastvrij huis met veel speelmakkers niet het gemis kon vergoeden van het leven waaraan hij gewend geraakt was in Indië. Het was hem vooral zwaar gevallen afscheid te nemen van het paard dat hij op zijn laatste verjaardag cadeau gekregen had van oom Eduard op Sinagar.

August legde een voor een de zorgvuldig verpakte geschenken die hij voor de familie had meegebracht op tafel.

'Voor Juus heb ik schelpen, van de Zuidkust. Denk je dat hij die aardig vindt? Heeft hij een verzameling? En dit is voor jou. Een boedjang op Ardjasari maakt die dingen.'

'Wat is een boedjang?' Rudolf wikkelde een spitsgeslepen stuk buffelhoorn uit het vloeipapier. 'Mooi! Dat kan ik als pennemes gebruiken.'

'Daar is het ook voor bedoeld. Boedjangs, dat zijn de jongens die op de onderneming werken. Deze heet Si Ramiah. Hij is timmerman, hij kan alles maken.'

'Ik brand van verlangen om Ardjasari te zien.'

'Het stikt er van de wilde karbouwen. Die vertrappen de aanplant. 't Is een plaag. Papa looft beloningen uit voor wie ze vangen.'

'En het huis? Schiet dat op?'

'Ze blijven in Bandoeng wonen tot na Bertha's trouwen, in oktober.'

'Waarom wordt daar zo weinig werk van gemaakt?' vroeg Rudolf. 'Is dat niet wat vreemd? Ik bedoel, papa en mama hebben toch wel kennissen in Bandoeng?'

'Nou, niet veel. 't Is maar een kleine plaats. En Bertha wil geen feest.'

'Is Bertha gelukkig, Gus? Het lijkt me zo'n ouwe vent, die Van Santen.'

August haalde zijn schouders op. Zijn kindergezicht, wat vaal van tint, kreeg een gesloten uitdrukking. 'Dat weet ik niet, hoor. Hij praat heel bedaard, net een notaris, maar hij is best aardig.' Na even zwijgend bezig te zijn geweest met zijn pakjes, voegde hij eraan toe: 'Bertha wil graag in Batavia wonen. Van Santen werkt in Batavia. Hij heeft daar een huis.'

'En Too? Is Too gelukkig?'

'Wat zeur je toch! Waarom zou Too niet gelukkig zijn?'

Op verhalen over Ardjasari hoefde Rudolf niet lang aan te dringen. Hoewel August nog maar hoogstens een half dozijn 'uitstapjes', zoals hij het noemde, had gemaakt naar de onderneming, die te paard in drie uur vanuit Bandoeng te bereiken was, wist hij zoveel te vertellen, dat Rudolf het gevoel kreeg er zelf geweest te zijn. Hij zág het open terrein, op een hoogvlakte omringd door golvend bergland, de uitgestrekte woeste gronden van het voormalige Tegal Mantri, waar de Hoofden van de streek op tijgers en herten plachten te jagen; hij zág de paar al ontgonnen tuinen met hun jonge theestruiken, de kleine nederzetting van bamboehuisjes. August beschreef de ceremonie van inwijding van Ardjasari die twee jaar tevoren had plaatsgevonden, het plechtige uitzetten van de eerste plantjes. 'Dat had je moeten meemaken! Een optocht, met muziek voorop, en een heleboel deftige inlanders, en papa en neef Karel Holle, en oom Eduard van Sinagar, en ik, en bedienden die pajoengs boven ons hoofd hielden, dat is heel voornaam, en achter ons al het werkvolk... en toen heeft iedereen die daar was, ik ook, een plantje in de grond gezet... en daarna was er eten, nee, eerst mohammedaans bidden, en neef Karel Holle heeft een toespraak gehouden, maar dat kon ik niet goed begrijpen, ik ken nog niet genoeg Soendaas.'

'Dat zal ik ook gauw moeten leren,' zei Rudolf. 'Heb je modellen meegebracht van de kleren die ik moet laten maken? Mama heeft beloofd me die te sturen.'

De knippatronen voor slaapbroeken en baadjes bleken echter onvindbaar. Zijn moeder had er niet aan gedacht. Wat Rudolf sinds zijn examen tegenover zijn ouders niet had durven aanroeren: wilt u werkelijk dat ik bij u kom, of eigenlijk niet? kon hij onmogelijk met August bespreken.

Hij liep naar de jongen toe, die bij het raam stond en tussen de gordijnen door (een stel van filet-kant, een van zware pluche) naar buiten keek, waar de late zon een rij achtergevels verguldde.

'Heimwee, Gus?'

Rudolf maakte er een gewoonte van eenmaal per week naar Den Haag te gaan om August te zien en met hem te praten. Als het goed weer was, wandelden de broers 's avonds na het eten in de Scheveningse Bosjes. Dat August niet toegaf aan neerslachtige buien wanneer het verlangen naar huis hem overviel, vond Rudolf prijzenswaardig, maar hij maakte zich zorgen over de baldadige vlagen die in het gezin Bosscha telkens weer opschudding veroorzaakten. August plaagde de meiden en de huisdieren op een bevreemdende, niet-'Hollandse' manier, en gedroeg zich bij het spelen buitengewoon bazig en onverdraagzaam ten opzichte van de veel jongere kinderen. Rudolf concludeerde dat Gus (na Paulientjes dood de benjamin thuis) door zijn ouders en zusters geducht verwend was. Om duidelijk te maken dat hij zijn taak als plaatsvervangend opvoeder begreep, schreef Rudolf naar Bandoeng: 'Ik heb tegen Gus gezegd, dat hij bij het spelen met zijn neefjes en nichtjes altijd royaal moest wezen, en liever wat toegeven dan zo heel nauw zien. Nadat ik hem dat gezegd, en natuurlijk ook het voorbeeld gegeven had, merkte ik tot mijn genoegen dat hij zeer veranderde op dat punt, en menige kleine overtreding van de regels van het spel door de vingers zag. Hij kreeg er toen zelf plezier in, en spoorde de anderen zelfs aan om ook onderling zo royaal te spelen.'

Rudolf liet van August en ook van Julius fotografieën in kabinetformaat maken, om naar Java te sturen; echter niet van zichzelf, en met bedoeling: híj zou immers gauw in levenden lijve verschijnen!

Met Julius waren er weer andere problemen. Die leed aan een overmaat van angstvallige bescheidenheid, zelfs in het gezelschap van leeftijdgenoten. Het hinderde Rudolf dat Julius – bijna achttien – sinds enige tijd zijn vrije uren doorbracht bij een wat achterlijke veertienjarige neef, met wie hij zich wel op zijn gemak bleek te voelen. Ook had hij zich door een predikant in Deventer laten overhalen om belijdenis te doen, hoewel hij daar eigenlijk niets om gaf. Rudolf trachtte hem het zinloze van dat besluit aan het verstand te brengen – en kreeg, verdiend, het verwijt van hypocrisie te horen. Zelf had hij immers ook zonder innerlijke noodzaak maar louter en alleen om de Overijsselse familie te plezieren, zich laten aannemen bij de Doopsgezinde Gemeente. Nog schaamde hij zich wanneer hij dacht aan zijn verplichte schriftelijke belijdenis, een opstel van wel twintig bladzijden. Waar heeft die jongen dat allemaal vandaan gehaald? had hij verbluft gemompeld toen hij het stuk later nog eens overlas, enigszins geschrokken ook, vanwege de mate van doen-alsof waartoe hij blijkbaar in staat was. Hij had gezworen dat zo iets hem nooit weer zou gebeuren.

Julius zou ook naar Delft gaan. Hij zag niet op tegen studie, maar verdroeg geen langdurige inspanning. Rudolf meende dat zijn broer er beter aan deed af te zien van de voor hem, met zijn verlegen aard, zenuwslopende examens; hij moest maar als toehoorder lessen volgen in de vakken die later in Indië voor hem van nut zouden zijn. Maar Julius wilde daar niet van horen, en toonde plotseling een verrassende vastbeslotenheid. Rudolf nam zich voor hem in contact te brengen met jongere leden van zijn eigen club, die ervoor konden zorgen dat Juus niet vereenzaamde. Bij zijn ouders drong hij erop aan Julius een niet al te karige toelage voor persoonlijke uitgaven toe te staan: 'Juus moet eens naar een concert of opera kunnen gaan, en lid worden van een vereniging tot nut en ontspanning. Dat is toch nodig wanneer men jong is. Later komt het er misschien niet meer van.'

In zíjn studiejaren waren dergelijke evenementen aan hem voorbijgegaan. Dat zijn vader hem zo krap gehouden had, wilde hij wel toeschrijven aan diens Indische zorgelijkheden, en vooral aan zijn eigen onwil om meer te vragen dan hij kreeg. Hoe graag hij ook eens echt was uitgegaan, zoals andere jongelui die hij kende, naar een gekostumeerd bal bij voorbeeld, of naar een theatervoorstelling, toch had hij niet het gevoel door dat gemis wezenlijk schade te hebben geleden in zijn ontwikkeling. Maar voor de opwekking en verfijning van de goede kwaliteiten die sluimerden in Julius' lome natuur van 'stille filosoof', leek zorgvuldig gekozen werelds vertier een noodzaak.

'Maar ik hoef dat allemaal niet!' had Julius ontzet geroepen, toen Rudolf hem deze zienswijze voorlegde.

'Wat wil je dan? Lang uitslapen elke dag, een eindje wandelen, lessen volgen, weer wandelen, eten, alleen op je kamer zitten lezen?' Rudolf maakte zich kwaad; wie zou op Juus letten, hem raad geven en steunen wanneer hij niet meer in de buurt was? Want weggaan zou hij, zodra hij op de fabriek De Atlas de vereiste technieken onder de knie had gekregen.

Toen in de afdeling bankwerkerij het vijlen hem goed afging, werd hij als helper toegevoegd aan een van de bekwaamste vaklui in de smederij. Hij moest met een zware voorhamer, die slechts met twee handen tegelijk te heffen was, op gloeiend ijzer de door de smid aangetikte plaatsen raken, een moeilijk en uitputtend werk, waar hij bovendien erg smerig van werd. Hij kon zijn handen haast niet schoon krijgen, hetgeen hem op visites bij het uittrekken van zijn handschoenen noodzaakte steeds weer hetzelfde excuus te herhalen: ik ben voor de duur van een half jaar werkman. De ooms en tantes en hun kennissen zouden vreemd opkijken wanneer hij behalve die handen met zwarte poriën en gebroken en gebarsten nagels ook de taal en de manieren van zijn Atlas-kornuiten zou meebrengen in hun zitkamers.

Hij had het gevoel nog heel wat meer, en andersoortige, kennis dan ijzerbewerking op te doen. In het begin was hij om de haverklap gechoqueerd geweest door de rauwe grappen en snel gewekte agressie van de mensen met wie hij nu dagelijks te maken had, maar op den duur keek hij door de grove buitenkant heen; hij moest zelfs erkennen dat wat hij op De Atlas zag en hoorde een nuttig tegenwicht vormde voor de beschaafde, 'genteel' gedragscode waarmee hij was opgevoed. Hij besefte wel dat die code uiteindelijk zijn wezen bepaalde; hij zou er nooit van loskomen.

Maar hij besefte ook, dat de tijden waarin alleen de 'gentlemen' het voor het zeggen hadden, voorgoed voorbij waren. De gebeurtenissen in Parijs, waar na de nederlaag van de keizerlijke legers het volk het heft in handen genomen had, en een Commune de dienst uitmaakte, leken een ernstige waarschuwing in te houden voor de liberale politici die van Frankrijk opnieuw een Republiek wilden maken. Zij zouden rekening moeten houden met krachten die zich niet meer lieten onderdrukken. Op De Atlas deed hij zijn best zich aan te passen; die leerschool had hij nodig. Maar de anderen bleven hem behandelen als een vreemde eend in de bijt, de 'meheir' die het zich kon veroorloven van tijd tot tijd de werkbazen een sigaar aan te bieden.

Een strengere winter had hij nooit meegemaakt. Al sinds half december lag er sneeuw, werd er geschaatst op de grachten, en op de waterpartijen in het nieuwe Vondelpark buiten de Leidse Poort. Hij ging daar kijken, en zag tot zijn verrassing te midden van de schaatsenrijders heel wat dames en jonge meisjes, die ondanks hun lange rokken, pelisses en paletots in staat bleken die sport serieus te beoefenen en elegant over het ijs zwierden. Het schouwspel trok veel publiek: de beau monde van de stad! Maar Rudolf vond het te vol op die vijvers en gaf de voorkeur aan de Amstel, waar men flink kon doorrijden tot Ouderkerk.

Hij hoorde dat er een goed schip in het Oosterdok lag, het clipperfregat Telanak dat voor gerenommeerde reders en cargadoors op Java voer. In de loop van de herfst had hij al enkele schepen bezocht en informatie ingewonnen over kosten, route en reisduur. Zijn indrukken waren niet gunstig geweest; hij vond de accommodatie onvoldoende: nauwe, bedompte hutten, te weinig ruimte aan dek. Ook de prijzen vielen hem niet mee. De Telanak was geen snel schip. Volgens de kapitein zou de overtocht ongeveer honderdtwintig dagen duren, men voer om de Kaap, omdat de verbinding via het in '69 officieel in gebruik genomen Suez-kanaal nog veel te wensen overliet. De reders vroegen vijfhonderd gulden voor een passagebiljet. Aangezien dit vijftig gulden goedkoper was dan wat zijn ouders destijds betaald hadden, en ook de hut die hij krijgen kon hem beviel, met veel kastjes en planken om zijn goed op te bergen, ondertekende hij het reiscontract. Men dacht enkele weken na 'open water', maar zeker niet voor begin maart, uit te zeilen.

'Als ik nog deze maand klaar moest zijn, zou het mij heel slecht uitkomen,' schreef hij aan zijn ouders. 'Nu ligt echter mijn Telanak nog onwrikbaar vast in het ijs in het Oosterdok alhier. Ik kan zelfs niet aan boord komen. Als het móést zou het wel gaan, maar zonder noodzaak wil ik zo'n gevaarlijke expeditie niet maken. Men klimt eerst langs een allersmerigste, allerglibberigste wrakke trap een eind van de kaaimuur naar beneden, en moet dan met een sprong op het ijs neerkomen, waarop door de dooi al heel wat water staat. Daarna loopt men een eindje over het ijs, klautert over een paar turfschepen heen, loopt weer over het ijs, en komt eindelijk aan een opengehakte geul. Daar wacht men tot de een of andere behulpzame schipper zijn schuit als brug dwars door dat slop wil leggen zodat men erover kan komen, weer een eindje kan lopen, en vervolgens in een bootje tussen los drijfijs tot bij het schip geraakt. Sommige matrozen en enig werkvolk maken die tocht alle dagen, maar ik wil liever wachten tot men een geul heeft gehakt van het schip naar de wal. Toen ik het schip heb bezocht, kon men nog overal over het ijs lopen, maar nu, met de dooi, gaat dat niet al is het op sommige plaatsen nog wel anderhalve voet dik.'

Hij ging afscheidsbezoeken afleggen; eerst naar Arnhem, Elst en Velp, Deventer, Zwolle, Leeuwarden–daarna terug via Putten, Utrecht en Ameide. In de zitkamers van zijn familieleden (overal zwaar mahonie- of eikehout, bekleed met trijp en pluche in sombere tinten) herhaalde hij tegenover waardige welwillende ooms en neven en hartelijk-bezorgde tantes en nichten keer op keer bijzonderheden die hij uit brieven van thuis, en mondeling van August vernomen had over zijn vaders onderneming. De overtuiging die–naar hij vermoedde onder invloed van een bepaalde predikant in Deventer–hier en daar had post gevat: dat zijn ouders zich vooral in de Oost gevestigd hadden met de bedoeling de Javanen tot het christendom te bekeren, sprak hij niet zo heftig tegen als hij wel gewild had, omdat hij bang was de bereidwilligheid tot deelname in de financiering van Ardjasari te doen tanen. Alleen toen één oom, naar aanleiding van Julius' belijdenis, verklaarde dat het van belang was gedoopt te zijn 'omdat de gedoopte sommige materiële voordelen heeft of krijgen kan boven de heiden', kon Rudolf zich niet inhouden. Zo mogelijk nog grotere consternatie verwekte zijn bewering: 'Ik hoop dat de republikeinse beginselen onder invloed van de Frans-Duitse oorlog zeer gewonnen zullen hebben, en dat wij nog eens alle vorsten en monarchen op stal zullen zien zetten.'

Dergelijke hoofdschuddend en wenkbrauwfronsend aangehoorde uitspraken dreigden in sommige gezinnen een schaduw te werpen over het afscheid.

Hij stond versteld van zijn eigen reactie op de plaatsen waar hij als kind gewoond had of op bezoek was geweest, en die hij niet meer had teruggezien sinds zijn vertrek naar Delft in 1867. Vooral Deventer, de stad van zijn jeugd, van zijn schooltijd op de hbs, viel hem verschrikkelijk tegen. In zijn zakboekje noteerde hij: ''t Was er alles zo klein en zo achterlijk en ouderwets geworden in mijn oog, dat ik soms het gevoel kreeg of de wereld vijftig jaar achteruit was gegaan. Het Deventers spreken, zelfs bij beschaafde mensen, frappeerde mij nu ook geducht en ik, die wel een beetje dat Deventers accent verloren heb, en bij voorbeeld de letter n op het einde van een woord niet altijd meer uitspreek, was er niet meer thuis. Ze zagen mij dan ook wel een beetje als een wild dier aan, dat "bij deze zeldzame gelegenheid te kijk is"; en menigeen die op het punt stond uit te roepen "Wat ben je groot geworden!" schrok nog juist bijtijds terug bij het zien van mijn hoed en mijn handschoenen, en wist dan niet wat hij zeggen zou. Nee, 't mag een goed en degelijk ras zijn, die Deventersen, maar *stijf* zijn ze. Gemakkelijke manieren hebben ze niet.'

Terug in het westen des lands, maakte hij voor het laatst een lange wandeling met zijn broers in de duinen bij Scheveningen. Achter de wild springende en hollende August aan, zocht hij de kortste weg dwars door rul zand en helmgras. Julius, die als gewoonlijk wars van inspanning in bedaarde pas over een effen pad gelopen had, bereikte als eerste de vuurtoren.

August huilde bij het afscheid, maar toonde zich snel getroost toen oom en tante Bosscha hem een horloge cadeau gaven. Julius ging mee naar Nieuwe Diep om Rudolf uitgeleide te doen.

Op de achtentwintigste maart 1871 zeilde de Telanak uit. Rudolf bleef aan dek, zwaaiend met zijn hoed, totdat hij de gestalte van zijn broer op de wal niet meer kon onderscheiden.

Nog nooit in zijn leven had Rudolf zich zo opgelucht gevoeld als toen de Telanak op de rede van Batavia het anker liet vallen. De lange zeereis, die hem een opwindend avontuur had toegeschenen voor hij aan boord ging, was in werkelijkheid stomvervelend geweest. Honderdzeven en een halve dag had hij in de beperkte ruimten die aan dek en midscheeps voor passagiers gereserveerd waren moeten doorbrengen met mensen van wie hij zich nu niet kon voorstellen dat hij ze ooit vrijwillig tot gezelschap gekozen zou hebben. In zijn hut was het, zeker nadat zij de evenaar voorbij waren, te benauwd geweest voor langdurig verblijf overdag, en vaak zelfs te warm om er 's nachts te slapen.

Er waren, behalve de bemanningsleden, negen volwassenen en veertien kinderen aan boord, waaronder zes in de kleuterleeftijd. Aangezien de ouders zelden voor het middaguur uit hun hutten kwamen, en de enige meereizende 'bonne' zich herhaaldelijk versliep, hadden Rudolf en een andere vrijgezel zich dagelijks voor het ontbijt over de steeds lastiger, onbewaakt door het schip zwervende kinderen ontfermd. Een paar fikse ruzies waren niet uitgebleven. Een zoutwaterliefde had op het laatste ogenblik toch nog tot een verloving geleid; zowel de hij als de zij hoopte Rudolf nooit van zijn leven meer te ontmoeten. Het had vaak gestormd om de Kaap, met als gevolg algemene zeeziekte in alle graden van hevigheid. Stortzeeën sloegen bruisend over het schip, een angstwekkende ervaring. De leunstoel die Rudolf meegenomen had om aan dek te kunnen zitten, was tegen de verschansing gesmakt en in stukken gebroken. Driehonderd levende kippen, bij Nieuwe Diep aan boord gebracht (samen met de koe, die melk voor de kinderen moest leveren) hadden hun weg gevonden naar de scheepstafel, evenals Rudolfs privé-voorraad Deventer koek, beschuitjes en flessen wijn en bier.

De beste herinneringen zou hij bewaren aan de uren die hij aan dek had doorgebracht, wat terzijde van de met een tentzeil overdekte ruimte waar heren zaten te kaarten, en enkele dames, in capes en sjaals gewikkeld, wind en waaiend schuim trotseerden. Altijd weer adembenemend was het schouwspel van de machtige bolstaande zeilen, de bedrijvigheid van de zeelieden, en bovenal de oceaan, rijzende en dalende watermassa's, nu eens indigo-blauw, dan weer doorschijnend groen, met schuimstrepen gemarmerd; en van de vliegende vissen, en springende dolfijnen en de zwermen kwallen in alle tinten tussen wit en violet. Waarlijk indrukwekkend waren de avonden geweest wanneer hij, aan de verstikkende atmosfeer in de 'kajuit' ontsnapt, bovendeks in een stille hoek, achterovergeleund tegen een kist of een rol touw, tuurde in de diepte van de sterrenhemel van het Zuidelijk Halfrond.

In de schier eindeloze uitgestrektheid van de Indische Oceaan begonnen de tropen pas goed. Soms was het dagenlang windstil, dan dreven zij maar wat; het pek smolt in de naden, de reizigers hokten bezweet, naar lucht snakkend, bijeen in de schaarse schaduwplekken aan dek; binnen in het schip was het helemaal niet om uit te houden. Te Padang konden zij voor het eerst voet aan wal zetten onder de kokospalmen; enkele dagen later zagen zij, door Straat Soenda varende, de Bantamse kust, en, – sensatie – de uit zee oprijzende vulkaan van het eiland Krakatau.

Zij waren in Indië!

Nadat hij al geruime tijd gepakt en gezakt had staan wachten, vol ongeduld om aan land te kunnen gaan, daarginds, waar loodsen en lage gebouwtjes en de kronen van palmbomen schenen te bewegen in een van hitte trillende luchtlaag, kon hij eindelijk met de kapitein in een roeiboot meevaren naar het douanekantoor aan de Kleine Boom. Tot zijn verbazing zag hij zeer 'Hollands'-ogende daken met dakpannen uitsteken boven tropische bomen die grote langwerpige bladeren hadden als reusachtige kamerplanten. Het rook op de kade naar vis en slijk. Een golf van dampige hitte sloeg over hem heen.

Uit de groep wachtenden, die reizigers kwamen afhalen, trad een lange magere man op hem toe, vormelijk gekleed met hoed en wandelstok, die zich voorstelde als Joseph van Santen, zijn zwager. Na de begroeting, die ook formeel bleef – Rudolf had een persoonlijk woord verwacht, in ieder geval een zweem van hartelijkheid – loodste Van Santen hem mee naar een rijtuig. De bagage zou later op de dag thuis bezorgd worden.

Rudolf keek zijn ogen uit naar het straatbeeld: mannen, met een doek om de lendenen geknoopt, een loshangend baadje over het naakte bovenlijf, die manden of kistjes aan een juk torsten; tweewielige karren, met ossen bespannen, en eveneens tweewielige rijtuigjes, meestal getrokken door kleine schonkige paarden, die zijn medelijden opwekten.

'Wat een merkwaardige huizen!' zei hij, zich vooroverbuigend om onder de kap van de landauer door te kunnen kijken naar een reeks gevels die zij passeerden. 'Zo gesloten en armoedig. Heel anders dan ik me had voorgesteld.'

'Daar wonen Chinezen. Dat kan men zien aan de vorm van de daken.' Van Santen tekende met zijn wandelstok een golvende lijn in de lucht. 'Dat armoedige is maar schijn. Binnen valt heel wat fraais te aanschouwen. Die heren zijn uiterst gewiekste handelaren, ze vergaren fortuinen. Ik kom soms voor zaken in zo'n huis. De doodkist voor later staat vast klaar in de binnengalerij, maar verder is het een en al verguld snijwerk en rode zijde en vazen van een meter hoog, en huisaltaren met porseleinen afgodsbeelden...'

'Ik zou graag eens een kijkje nemen bij zulke Chinezen.'

Van Santen lachte even, voor het eerst sinds de kennismaking. 'Je zult er nog wel mee te maken krijgen, Kerkhoven. Zeker als je op Sinagar komt.'

'Bij oom Eduard?' vroeg Rudolf, die in Van Santens woorden een bedekte toespeling meende te beluisteren op datgene waarover in de familie niet gesproken werd.

'Jazeker, daar kom je te werken. Weet je dat nog niet? De Holles vinden dat je bij hen en bij Kerkhoven van Sinagar het vak moet leren.'

'Maar mijn vader verwacht mij op Ardjasari! Vlak voor ik scheep ging, kreeg ik bericht dat zijn assistent zou vertrekken.'

'Er is al een ander. Iemand die goed schijnt te voldoen, heb ik gehoord.'

'Maar waarom *ík* niet?'

'De Holles willen dat je het theevak goed leert. Dat is ook in het belang van Ardjasari.'

Rudolf was sprakeloos van verbazing, gemengd met ergernis, omdat er over hem beschikt werd alsof hij nog een schooljongen was. Maar hij voelde zich volstrekt geen jongen meer. De Holles vonden, de Holles wilden... En zijn vader voegde zich naar die wensen en meningen?

Zij reden nu langs een kanaal waar het wemelde van badende en wasgoed spoelende mensen. Vrouwen, tot hun middel in het bruine water, toonden onbekommerd hun naakte schouders, en als zij hun haren aan het wassen waren nog meer. Rudolf had dit aan boord al horen beschrijven als een voor Europeanen vaak gênant karakteristiek tafereel van inlands leven, maar het overrompelde hem toch, zodat hij zijn blik afwendde.

Hij trachtte het zo juist door Van Santen meegedeelde te verwerken, kreeg echter niet de tijd zijn gedachten te ordenen. De loofkronen van hoge bomen aan weerszijden van de weg raakten elkaar, het was verkwikkend koel in de schaduw. In diepe groene tuinen lagen huizen zoals die welke Rudolf zich herinnerde van de fotografieën in de albums op Hunderen. Het rijtuig draaide een oprijlaan in, grof grind knerpte onder de wielen. Nog voor het tot stilstand was gekomen, daalden twee witte gedaanten op klepperende muiltjes de treden van de voorgalerij af, en liepen met geopende armen op hem toe: het waren Bertha en Cateau, in lange kebaja's. Nu hij hen in levenden lijve van zo dichtbij zag in die voor hem ongewone dracht, vond hij hen nog vreemder dan op het groepsportret dat hij destijds had gekregen. Bertha is dik geworden, dacht hij teleurgesteld; maar toen hij haar omhelsde, begreep hij de ware aard van die corpulentie.

'Ja, je wordt oom!' lachte Cateau, die niet langer de kleine Cateau was, maar een jonge vrouw met rijpe vormen en een pittig gezicht. 'Die verrassing hebben we voor je bewaard.'

'Jullie wonen in een paleis, wat een ruimte! En wat een bediening, ik weet niet hoe ik het heb,' zei Rudolf, laat in de middag, na uren die voorbijgevlogen waren met gesprekken, beurtelings vertellen, herinneringen ophalen en vragen stellen – zijn zusters hadden zich zelfs de tijd niet gegund andere kleren aan te trekken en zaten na de thee nog in saroeng-kebaja, met ongekapte haren. 'Maar ik wil zo gauw mogelijk naar Ardjasari. Ik verlang naar die lieve mensen, en ik moet ook weten waar ik aan toe ben wat het werk op de onderneming betreft.'

Bertha wisselde een blik met haar man.

'Zo'n reis naar de Preanger dient geruime tijd van tevoren geregeld te worden,' zei Van Santen. 'Men is twee à drie dagen onderweg, men moet aangekondigd zijn bij de posthuizen om daar verse paarden te kunnen krijgen. In het binnenland gaat er heel wat tijd verloren als men de taal nog niet kent. Het is raadzaam samen te reizen met iemand die ervaring heeft. Helaas kan ik op het ogenblik niet weg uit mijn werk.'

'Ik red mij wel, ik ben heus droog achter mijn oren,' zei Rudolf enigszins geprikkeld.

Cateau sprong op. 'Nu heeft hij van Batavia nog niets anders gezien dan de weg van de Boom naar hier. Laten we gaan toeren! Maar eerst baden.'

'Neem de calèche maar.' Van Santen zuchtte en wiste zich het zweet van het voorhoofd. Hij zag er vermoeid uit. Het rustuur was erbij ingeschoten. 'Jullie moeten mij excuseren, ik heb nog het een en ander te doen.'

Rudolf zat achterovergeleund in het open rijtuig, zijn benen bedolven onder de strokenrokken van zijn zusters. De kleine maar pittige Batakse paarden draafden in een gelijkmatig tempo voort onder de tamarindebomen.

'In de schemering is de stad het mooist,' zei Cateau. 'Kijk, de maan komt op.'

Rudolf was als betoverd. De zoele wind voerde geuren mee die hij niet kende, van bloemen en fruit, van houtskoolvuren, vreemde kruiderijen. Op de bermen langs de weg flakkerden olielampen in kraampjes; hij kon in het voorbijgaan zo gauw niet onderscheiden wat daar te koop werd aangeboden, het rook steeds weer anders; in het rossige schijnsel bewogen silhouetten en snelle glimpen kleur.

Zij reden langs de uitgestrekte vlakte van het Koningsplein. Aan zijn linkerhand zag hij grote huizen wit oplichten in de schemering. In vele voorgalerijen brandden lampen, of, ouderwets maar stijlvol, kaarsenkronen; goudgele glans scheen naar buiten, op de erven en de onderzijde van het loof der reusachtige bomen. Bertha en Cateau noemden de namen van de bewoners, zij bleken iedereen te kennen, als in een dorp; maar nooit was Rudolf in een minder dorpse omgeving geweest.

In een onafgebroken stroom en tegenstroom bewogen calèches, victoria's en milords en kleine inheemse rijtuigjes rondom het plein. De lichte toiletten van dames, het praten en lachen en groeten, de lucht van paarden, de lantaarns aan voor- en achterzijde van de wagens, de fakkeldragers die een enkele luxueuze equipage begeleidden, de maan die honingkleurig boven de bomen rees... Rudolf voelde zich in een roes, een droom.

Zij reden langs het paleis van de Gouverneur-Generaal ('Kijk, er is receptie!' riepen zijn zusters, en inderdaad zag hij daar onder de luchters een wemeling van uniformen en geklede zwarte jassen), langs een ronde kerk die de vorm had van een antieke tempel, en de met vetpotjes verlichte tuin van de Sociëteit Concordia, waar óók iets te doen was, langs een ander groot plein, voorbij aan de burelen van het gouvernement, en daarna weer door stille donkere lanen als tunnels van loof, waarboven zich hier en daar de kruinen van koningspalmen verhieven; de in het maanlicht glimmende bladerschermen wuifden tegen een hemel van nachtblauw glas.

'Zalig is het, zo te toeren,' zuchtte Cateau. 'Begrijp je, Ru, waarom ik liever hier bij Bertha wil zijn dan in de bergen, op Ardjasari? O, om een frisse neus te halen ga ik graag naar boven, maar ik kan daar niet leven. Er is helemaal níéts. Gelukkig heeft Bertha mij nog maanden nodig.'

'Misschien trouw je later met een planter,' zei Rudolf lachend.

Cateau sloeg met haar gesloten waaier op zijn knie. 'Nooit! Nooit! Nooit! Dat weet ik zeker.'

Het duurde lang voor hij in slaap viel in zijn klamboe-bed als een grote vierkante kooi van wit gaas, maar daarna sliep hij ook zo vast, dat de zon al hoog aan de hemel stond toen hij zijn ogen opendeed. Hij zag dat aan de lichtval door de jaloezieën. Buiten op het erf was iemand aan het vegen, hij hoorde ook de stem van Bertha, die in het Maleis orders gaf. Met zijn handdoeken over de arm liep hij aarzelend in slaapbroek en -jak over de smalle galerij waar zijn kamer op uitkwam naar de badkamer in de bijgebouwen. Bij de ingang van de goedang vond hij Bertha; haar sleutelmand hing aan haar arm, zij had juist de voorraden voor die dag uitgegeven. De keukenmeid droeg een blad met stopflessen en kommen. Vanwege zijn nonchalant tenue ging hij niet naar zijn zuster toe, maar riep een ochtendgroet, en verdween in de schemerdonkere ruimte, waar uit een grote bak met water een vage putlucht opsteeg. De Indische manier van baden: een emmertje vol water scheppen en dat dan over zijn hoofd uitgieten, beviel hem goed, hij werd er klaarwakker van.

Bertha bleef op de overloop tegen de bedienden praten. Hij verbaasde zich, evenals de vorige dag, over de kortaf-gebiedende toon die Europeanen aansloegen tegen inlanders. Hij was er zeker van dat een tuinknecht of een wasvrouw op Hunderen, of een arbeider op zijn vaders Veenderij in Dedemsvaart, mensen die toch gewend waren zich onderdanig op te stellen in de omgang met hun werkgevers, zich niet op die manier zouden laten commanderen. De paar grof-autoritaire personen die hij bij aankomst aan de Kleine Boom bagage-koelies had horen afbekken, had hij onmiddellijk gerangschikt onder de algemeen geminachte 'kolonialen', kerels zonder opvoeding die in Nederland bepaald nergens voor vol aangezien zouden worden.

'Lieve zus, je klinkt als een sergeant-majoor,' zei hij, toen hij uit de badkamer komend Bertha aantrof bij de trap naar de achtergalerij. 'Na je belijdenis in Deventer heb je de dominee op erewoord verzekerd dat je hier op Java de leer van mildheid en mensenliefde in praktijk zou brengen. Weet je nog?'

Bertha kreeg een kleur. Haar mooie gezicht stond strak, zij had wallen onder de ogen. Nu zij een peignoir droeg, was haar vergevorderde zwangerschap pijnlijk zichtbaar. Zij was maar een jaar ouder dan hij, maar leek door een wereld van ervaring van hem gescheiden.

'Van Santen is zo lang vrijgezel geweest. De bedienden waren hier heer en meester. Als ik mij niet laat gelden, kan ik dit huishouden niet leiden. Het volk in Batavia is brutaal, en liever lui dan moe, ik moet wel streng zijn. Waar ga je heen?'

'Me aankleden.'

'Kom eerst even ontbijten, dan kan Sidin afruimen.'

Van Santen was al naar kantoor, maar Cateau zat, 'Hollands' gekleed aan tafel te wachten. 'Luilak!' zei ze lachend, terwijl zij koffie voor hem inschonk. 'Als Bertha klaar is, gaan we weg.'

'Boodschappen doen met mijn twee zusters, dat is me nog nooit overkomen. Ik zal jullie dankbaar zijn voor je steun en advies. Breng me maar eerst bij dat kantoor waar ik mijn vervoer naar Ardjasari moet regelen.'

'Boodschappen doen we later wel. We gaan rijsttafelen bij oudtante Holle. Dat is al lang afgesproken.'

'Leven in Indië begint altijd met kennismaken bij de "clan" Holle,' zei Bertha, naar het hem voorkwam niet zonder ironie, terwijl zij een bord met zorgvuldig van schillen en pitten ontdaan tropisch fruit voor hem neerzette.

Rudolf wilde protesteren; hij had zich vast voorgenomen deze dag te besteden aan het afhandelen van een aantal noodzakelijke praktische besognes. Maar zijn zusters bleken voor geen enkel argument vatbaar. De afspraak was gemaakt nog voor hij voet aan wal had gezet. Hij moet eerst kennismaken met zijn Bataviase familieleden.

'Kunnen wij erheen wandelen?' vroeg hij. 'Dan zie ik deze wijk eens bij dag.'

Cateau barstte in lachen uit. 'Hoor je dat, Bertha? Een echte "baar"! Lieve jongen, na negen uur 's ochtends loopt hier niemand. Het is veel te warm.'

'Ik mag me eigenlijk niet meer buitenshuis vertonen,' zei Bertha mat. 'Maar rijden, als het donker is, en op bezoek bij familie, dat kán.'

In oudtante Alexandrine Holle, geboren Van der Hucht, hervond Rudolf haar zuster, zijn grootmoeder Kerkhoven, en zag hij oudoom Willem van der Hucht als het ware terug in vrouwelijke gedaante. Van de eerste had zij de gelaatstrekken, en ook de intense betrokkenheid bij haar naaste bloedverwanten; van de tweede de gezaghebbende houding en een nuchter inzicht in zakelijke belangen. Zij woonde in een vorstelijk huis aan het Koningsplein. Op vaste dagen verzamelden zich daar haar in Batavia wonende kinderen, om te rijsttafelen en familie-aangelegenheden te bespreken. Omdat zij al zo lang in de stad gevestigd was, en letterlijk iedereen kende, kon zij met een briefje of een persoonlijk woord relaties tot stand brengen en onderhandelingen in gang zetten, waarvoor anderen ingewikkelde en langdurige demarches nodig hadden.

Rudolf begon te beseffen welk een sleutelpositie de Holles innamen in de Indische maatschappij. Herman Holle was chef van de firma Pryce & Co, het destijds mede door oom Willem van der Hucht opgerichte handelshuis; Karel, Adriaan en Albert beheerden grote ondernemingen in de Preanger; van de dochters was er een getrouwd met een bankier, een andere met een directielid van een vooraanstaande factorij in Batavia, en de derde met de administrateur van een plantage in het Buitenzorgse. Dat bovendien Karel Holle sinds kort benoemd was tot adviseur-honorair voor inlandse zaken op het departement van Binnenlands Bestuur, gaf aan de overwegend zakelijke en agrarische positie van de familieleden een ambtelijk cachet.

Tante Holle droeg met kalme waardigheid een zwartzijden japon van ouderwets model, over een crinoline, en ook haar kapsel stamde uit een voorbije periode. Al dadelijk na de begroeting bleek zij ondanks haar hoge leeftijd zeer alert, en tot in details op de hoogte van wat er in de buitenwereld voorviel. Vanuit haar leunstoel tussen potten met kamerplanten en chevelures overzag zij als een strateeg haar grote huishouding.

Rijtuigen reden voor, en de een na de ander kwamen zij binnen, het echtpaar Denninghoff Stelling (Albertine Holle en echtgenoot), de Van den Bergs (Caroline Holle en haar man), Herman Holle, en ten slotte ook Van Santen. Rudolf had het gevoel zich te bevinden te midden van de Indische tegenvoeters der Hunderianen. Hij vond zijn nichten knappe vrouwen van middelbare leeftijd, vooral nicht Albertine, die gekleed en gekapt was als een Parisienne. Neef Herman was een placide vrijgezel, tamelijk gezet, met een verkleurde rossige snor. Denninghoff Stelling maakte een joviale indruk; zijn bakkebaarden waren in hun soort even modieus als de dure japon van zijn vrouw. Voor de beminnelijke Caroline voelde Rudolf dadelijk sympathie; eenvoudig en direct in zijn optreden was ook Van den Berg, wat schraal van postuur, met intelligente doordringende ogen achter de glazen van zijn lorgnet.

In de achtergalerij, waar het middaglicht gezeefd werd door zonneschermen van dunne bamboelatjes, en de marmeren vloer die gedempte glans weerkaatste, werd een royale Indische maaltijd opgediend. Tante Holle moest hartelijk lachen om de aarzelingen waarmee Rudolf zich mondjesmaat bediende van gerechten wier geur en kleur hem bevreemdden.

'Je zult er wel aan wennen, neef. Je zusters waren er ook vies van, toen zij hier kwamen, en kijk nu eens.'

'Kepiting-pasteitjes, heerlijk! Ru, dit is krab. Dendeng, rundvlees met kruiden, dat móét je proeven.' Cateau koos zorgvuldig uit de vele schoteltjes waar de twee huisjongens mee rondgingen. Met een handgebaar belette Rudolf haar om over de tafel heen lekkernijen op zijn bord te leggen.

'Je moeder maakt fijne atjar en gelei,' zei tante Holle, 'maar verder lusten zij en je vader geen Indisch eten, jammer is dat, en ook onpraktisch, en duur. Ze kweken anders wel groenten op Ardjasari die wij hier niet kunnen krijgen.'

Van den Berg, die kip gekloven had, doopte zijn vingers in het kommetje met water naast zijn bord. 'Als altijd een fameuze rijsttafel, mama.'

'Die van jullie mag er anders ook wezen,' zei Denninghoff Stelling.

'Caroline en Norbert houden elke zondag open tafel,' legde Albertine uit. 'Soms zijn er wel dertig gasten.'

Caroline voegde eraan toe: 'U moet aanstaande zondag ook komen, neef. Ik reken op u.'

'Maar zondag hoop ik op Ardjasari te zijn,' zei Rudolf. 'Ik heb mijn ouders nu in meer dan vijf jaar niet gezien, ik wil graag naar huis.'

'Alles is al geregeld!' Tante Holles stem klonk vriendelijk maar beslist. 'Herman brengt je naar Parakan Salak, bij Adriaan, dat is je eerste pleisterplaats. Daar vind je ook Albert, en natuurlijk Eduard Kerkhoven, die nemen je daarna mee naar Sinagar en Moendjoel. En ga dan meteen even kennismaken met onze Pauline en haar man Hoogeveen op Tjisalak, dat grenst aan de zuidkant van Parakan Salak.'

'Als ik het wél heb, zal je hetzij op Parakan Salak, hetzij op Sinagar Karel ontmoeten. Hij wil jou natuurlijk zijn land Waspada laten zien. Langs een omweg kan je vandaar naar Ardjasari,' merkte Herman op, en Cateau riep: 'Op die manier heb je ook geen soesah met het huren van paarden en karretjes, en voor logies onderweg, zij zorgen voor alles!'

'Maar ik zou graag eerst naar huis gaan,' herhaalde Rudolf. Hij zag hoe Bertha hem aankeek en even haar hoofd schudde.

Albertine legde haar hand op zijn arm. 'Laat het nu maar aan ons over. Je ouders weten ervan. Zij rekenen nog niet op je komst.'

Er scheen geen einde te komen aan de maaltijd. Telkens weer werden schotels met warme rijst en weer andere bijgerechten aangeboden. Voor de heren was er een goede witte wijn, aangenaam koel ('wij zetten onze flessen in de mandi-bak,' legde tante Holle uit), de dames dronken koude thee. De conversatie was levendig, en bestreek een caleidoscopische veelheid en verscheidenheid van onderwerpen. Men sprak over de Willem III, het nieuwe stoomschip dat op de eerste reis door brand verloren was gegaan. Rudolfs mededeling dat hij er aanvankelijk over gedacht had juist dat schip te kiezen voor zijn overtocht, wekte heel wat beroering. Naar aanleiding van ongelukken op reis had men het vervolgens over neef Engelbert de Waal, de nu afgetreden minister van Koloniën, die Gode zij dank herstellende was van verwondingen, opgelopen bij een spoorwegramp in het zuiden van Frankrijk: een met munitie geladen goederenwagon van de trein waarin hij naar Nice reisde, was in de lucht gevlogen.

'Een schandaal! Dat de Franse spoorwegen transport van oorlogsmateriaal koppelen aan reizigersvervoer!'

'En zonder het publiek in te lichten!'

'Neef De Waal heeft glasscherven in zijn gezicht gekregen. Als hij maar niet blind wordt.'

'Wat een slag zou dat zijn, juist voor hem. Een man van de studeerkamer en de schrijftafel. Zijn boek *Onze Indische Financiën* zal hij nu misschien niet kunnen voltooien. Dat is uiterst belangrijk werk, daar wordt veel van verwacht.'

'Neef De Waal heeft een ongelooflijke geestkracht,' merkte tante Holle op. 'Ik heb dat hier van nabij meegemaakt. Zoals hij gewerkt heeft, toen hij gouvernementssecretaris was! Van 's ochtends vroeg tot 's avonds laat over de papieren gebogen. Hij kwam nergens. En altijd die astma, kasian!'

'En dat voor een mager traktement,' zei Denninghoff Stelling droog.

'Als zijn gezondheid niet zo beroerd was, had hij GG kunnen worden,' meende Van den Berg. 'Apropos Frankrijk. Naar wij hier nu horen heeft Thiers de zaak fors aangepakt. De Commune behoort tot het verleden.'

'Gisteren, toen wij van boord gingen, was er net een telegram ontvangen dat een deel van Parijs in puin ligt.' Rudolf was blij een steentje te kunnen bijdragen tot het gesprek waarin hij tot nu toe de rol van luisteraar had vervuld. 'Het volk is beschoten. Is het verstandig van de regering Thiers om dergelijke geweldmiddelen te gebruiken? Nu lijkt die Republiek die democratische beginselen aanhangt behoorlijk reactionair.'

Aller ogen waren op hem gevestigd.

'Dat is het probleem,' zei Van den Berg. 'Hoe ver moet men gaan in het bestrijden van radicale elementen? Hoe kan men zonder te verstarren handhaven wat er waardevol is in conservatieve denkbeelden? Onze eigen hedendaagse politiek krijgt daar ook mee te maken. Echte liberalen zijn dun gezaaid.'

'Zoals neef De Waal!' riep tante Holle, die kennelijk het gesprek dichter bij huis wilde houden. 'Een bijzonder mens. Hij komt er wel weer bovenop. Ik zal altijd dankbaar blijven voor de goede invloed die hij heeft gehad op mijn jongens, door zijn ijver en gezond verstand.'

Er werden herinneringen opgehaald aan de tijd toen zij, pas weduwe geworden, met haar kinderen op Parakan Salak had gewoond; en nu viel ook de naam van de sensatie en schandaal verwekkende neef Douwes Dekker. Rudolf greep de gelegenheid aan vragen te stellen over dit verre familielid dat hem zo intrigeerde.

'Dekker?' riep Albertine. 'Heel geestig, en als hij wou heel charmant, maar zo ijdel! Hij flirtte met Caro en Pau en mij waar nicht Tine bij stond. Al waren wij nog kinderen, wij moesten allemaal idolaat van hem zijn. Alle meisjes moesten hem adoreren.'

'Och ja, die charme,' zei tante Holle hoofdschuddend. 'Ik weet nog goed dat nicht Tine eens op een avond hier kwam aanzetten, in een huurwagentje. Dat moet geweest zijn in 1851, wij woonden nog maar kort in dit huis. Ze was gevlucht omdat Dekker haar zo treiterde. Later verscheen hij zelf ook, om haar te halen. Een flux de bouche had die man! Ik stond verbaasd over haar onderdanigheid, over de manier waarop ze hem om de hals vloog. Zij liet over zich lopen. Sommige mensen, vooral jongelui, dweepten met Dekker. Gelukkig hebben mijn kinderen dat nooit gedaan.'

'Karel wél, een tijdlang, toen hij in Tjandjoer op de secretarie werkte,' zei Caroline. 'Dat herinner ik me heel goed, mama. Dekker vertelde als hij bij ons kwam op Parakan Salak vaak over een Franse roman die hij zo prachtig vond, met een hoofdpersoon die een ware mensenvriend en weldoener was... een beschermer van armen en onderdrukten. Dekker had die figuur als voorbeeld gekozen. En Karel dus ook.'

Albertine viel haar bij: 'Dekker wou keizer van Insulinde worden! En Karel de Ratoe Adil. Ik hoor ze nog samen praten in de maneschijn op de voorgalerij, over hoe ze het volk van Java uit de slavernij zouden verlossen.'

'Karel heeft woord gehouden. Hij doet werkelijk heel veel goed.'

'Vaak ten koste van zichzelf. Geld laat hem onverschillig.'

'Als hij het nodig heeft voor zijn projecten, weet hij ons wel te vinden,' merkte Van Santen nuchter op.

'Het is heerlijk dat wij nu zulke knappe financiers in de familie hebben.' Tante Holle knikte glimlachend naar haar schoonzoons. 'Dat was vroeger anders. Wat hebben wij het in het begin moeilijk gehad! En toch zijn wij gelukkig geweest op Parakan Salak, toen wij nog allemaal bij elkaar waren. Jammer dat Adriaan het oude huis afgebroken heeft.'

'Maar het nieuwe moet prachtig mooi zijn. Jans is er dodelijk van,' zei Albertine.

'Jans, moet je weten, Rudolf, is de vrouw van Adriaan. Zij zijn vier maanden geleden getrouwd. Zij was een meisje Van Motman.'

Cateau vulde aan: 'Bertha en ik hebben vaak bij de Motmannen gelogeerd, op hun land boven Buitenzorg. Het zijn eenvoudige mensen, erg Indisch, maar zo hartelijk en gastvrij.'

'Zo eenvoudig nu ook weer niet,' merkte Herman op. 'Die familie woont al sinds het begin van de vorige eeuw op Java. 't Zijn grootgrondbezitters van de oude stempel, Indische landadel, mag je wel zeggen.'

'Rudolf, heb jij voor je vertrek mijn beste broer Willem nog gesproken?' vroeg tante Holle.

Rudolf beschreef het buitengoed Duin en Berg, waar hij nog een keer een bezoek had gebracht om afscheid te nemen, en voegde eraan toe: 'Er heeft in het begin van dit jaar een heel eigenaardig stukje over oom in de courant gestaan. Hij werd genoemd: "de heer Van der Hucht, over wie we alleen weten dat hij in Indië thee verkocht heeft en in Velsen konijnen schiet, en in de Tweede Kamer zó stemt dat het niet duidelijk wordt welke politieke beginselen hij er eigenlijk op na houdt." In dat artikel werd gesuggereerd dat die onduidelijkheid een reden voor de partijen zou zijn om voor zijn stem te bedanken.'

Herman barstte in lachen uit. "t Zijn Indische beginselen! Daar hebben ze in Den Haag geen kaas van gegeten.'

Dat Batavia niet een stad van louter witte paleizen was, werd Rudolf duidelijk gedurende de dagen van wachten op Herman Holles reisvaardigheid. Hij wandelde veel, meestal alleen; Cateau was slechts bereid hem vroeg in de ochtend gezelschap te houden in de schaduwrijke lanen ten westen van het Koningsplein. Zij liepen dan over Tanah Abang naar het kerkhof, lazen de opschriften op de tomben en grafstenen, en stonden stil bij de zerk waaronder hun kleine zuster Pauline rustte.

Zonder begeleiding verkende Rudolf voorzien van hoed en zonnescherm te voet (dit laatste baarde enig opzien) verder weg gelegen wijken: de benedenstad, waar hij zich in China kon wanen, tussen huizen met veelkleurig geglazuurde stenen draken voor de deur, uithangborden vol grillige lettertekens aan alle gevels, voorbijgangers die hun haar in een lange vlecht op de rug droegen; en ook de inlandse markten, waar vruchten, tabak, levende kippen in trossen met de poten aan elkaar gebonden, katoentjes, en een oneindige hoeveelheid hem onbekende zaken verkocht werden, en hij de bewoners van de stad van nabij zag in hun eigen bestaan vol kleur en beweging, zo geheel anders dan dat van de geruisloze bedienden bij de Van Santens en de Holles. Tussen de tuinen van Europese woningen kronkelden paden, die hem deden belanden in uitgestrekte kampoengs, doolhoven van dicht groen, bamboehuisjes –soms niet meer dan een afdak op palen–, omheinde akkertjes; of hij stond plotseling aan de oever van de rivier die door de stad stroomde, en zag daar mensen baden en hun behoeften doen; kleine naakte kindertjes schoolden samen om naar hem te staren.

Het was juli, midden in de droge tijd. Onder de witgloeiende hemel viel tegen het middaguur een verlammende loomheid over het land. Rudolf snakte naar wind. Alleen tijdens het toeren na zonsondergang herademde hij. In Bertha's huis werden zijn avonden vergald door de muskieten, die hem vroeger dan hij wilde een toevlucht deden zoeken binnen de klamboe van zijn bed.

Hoewel elke dag nieuwe, boeiende ervaringen bracht, en een brief uit Ardjasari bevestigd had dat zijn ouders het voor hem door de Holles ontworpen programma kenden en goedkeurden, verging hij van ongeduld om nu eindelijk eens zekerheid te krijgen over de toekomst waarop hij zich in de afgelopen jaren had voorbereid. Hij voelde zich op zijn gemak bij zijn zusters in Bertha's onberispelijke huishouden, maar na een week had hij toch wel genoeg van gesprekken over familie en kennissen, de luiermand en de naderende bevalling. Van Santen kreeg hij nauwelijks te zien. Een paar maal had hij geprobeerd iets meer aan de weet te komen over de financiering en andere zakelijke aspecten van Ardjasari; dan toonde zijn zwager zich terughoudend, met een beroep op de codes van het bankwezen.

Onder leiding van Cateau vulde Rudolf zijn tropenuitzet aan met kledingstukken en gebruiksvoorwerpen die volgens de Holles onmisbaar waren op een onderneming.

Juist toen hij, tegen de raad van zijn zusters in, bij Herman wilde aandringen op spoed, kwam het bericht dat alles voor vertrek gereed was.

Bij het krieken van de dag, het was nog niet helemaal licht, reed de door vier paarden getrokken reiswagen voor. De bagage werd achterop vastgesnoerd. Bertha en Cateau gaven versnaperingen mee voor onderweg.

In het dampige licht van de vroege ochtend, bij het gekraai van de hanen in de stadskampoengs, draafde het vierspan Batavia uit, zuidwaarts. Herman leunde slaperig in een hoek van het rijtuig, maar Rudolf wilde zich niets laten ontgaan van deze tocht het binnenland in. Nu het nog koel was, en de zonwerende flappen aan weerszijden van de wagen niet neergelaten hoefden te worden, had hij een weids uitzicht over rijstvelden en gaarden met vruchtbomen; tussen het loof herkende hij de langwerpige pisangbladeren en het handvormige blad van papajabomen, die hij bij Bertha op het erf had gezien. Hij was onder de indruk van de weelderigheid en de ontelbare schakeringen van groen in het landschap, en begreep nu ook waarom zijn vader in brieven zo dikwijls gewaagd had van de onbeschrijfelijkheid van de tropische natuur. In de verte doemden de eerste bergen van de Preanger op, steeds waziger blauw naarmate de zon hoger klom en gloed zich door de luchtlagen verspreidde.

'Kijk, de Salak!' zei Herman, ontwaakt. 'Nu zijn wij haast in Buitenzorg.'

Het speet Rudolf dat er geen tijd was om een bezoek – hoe kort ook – te brengen aan 's Lands Plantentuin, die hij altijd had horen roemen als een wereldwonder. Maar Herman wilde doorrijden, dadelijk nadat zij in het hotel Bellevue zich verfrist, en wat gegeten hadden, en verse paarden, geschikt voor bergachtig terrein, waren ingespannen.

'Adriaan verwacht ons voor zonsondergang. De weg van hier naar Parakan Salak is slecht, vooral het laatste stuk, dwars door het bergland. Het is goed wat armslag te hebben, voor het geval dat we onderweg malheurs krijgen.'

Eenmaal hielden zij halt, om de paarden te laten rusten. Op een schaduwrijke plek waar tussen de begroeiing op de helling water omlaag sijpelde, strekten Herman en Rudolf de benen. Rudolf had het gevoel zintuigen te kort te komen. Het licht, de geuren die uit de warme struiken opstegen, het uitzicht over het in de diepte en verte voor hem openliggende landschap overweldigden hem. In de vlakte glinsterden natte sawahs; de heuvelruggen leken ontkleurd onder de middagzon. Maar over de bergtoppen gleed diepblauwe schaduw van wolken, die als bij toverslag opdoemden uit de ondoorzichtige hoge luchtlagen.

Adriaan Holle kwam hen bij de ingang van het theeland Parakan Salak tegemoet rijden op een Arabische volbloed. Rudolf bewonderde de prachtige hengst en de 'zit' van zijn neef, die het onstuimige dier voor de reiswagen uit liet caracoleren.

Adriaans uiterlijk trof door het contrast tussen zijn tengere maar gespierde gestalte en zijn lijdende gezichtsuitdrukking. Een donkere snor en puntbaard leken als geschilderd op zijn vale huid.

'Adriaan is niet gezond,' zei Herman halfluid. 'Hij heeft nogal eens last van zijn ingewanden, en vaak hoofdpijn. Jammer, hij is altijd zo'n taaie geweest, de sterkste van ons allemaal. Hij was nergens bang voor, vroeger. Toen we nog in het oude huis hier woonden, hadden we veel te lijden van dolle honden. Zo'n beest kroop vaak in de kolong, dat is de ruimte onder het huis, niemand durfde erbij te komen, maar Adriaan ging erop af, met een lange stok, op blote voeten, en als hij eens een keer gebeten werd brandde hij de wond dadelijk zelf uit. Je had hem moeten meemaken op de tijgerjacht! Dat is nu afgelopen, hij jaagt niet meer, het vermoeit hem te veel.'

Adriaan kwam naast de reiswagen rijden, en wees voor zich uit: 'Mijn gedoeng!'

In de verte konden zij het veelgeroemde nieuwe huis zien liggen op een heuveltop, omlijst door hoog geboomte, tegen een achtergrond van nevelige bergkammen. Zo ver het oog reikte waren de golvingen van het terrein bedekt met evenwijdige rijen struiken. Rudolfs eerste indruk van een theeland was die van een in ribbels geschoren dik groen tapijt, hier en daar beschaduwd door het ijle loof van een hem onbekende boomsoort; alleen de palmen met hun reusachtige geveerde bladeren, en de lange bamboestengels met afhangende toefjes puntig blad, die boven de bosjes langs de weg uitstaken, wist hij te benoemen.

Tussen een dubbele haag van hoge damar-bomen naderden zij het huis. Het was verrezen op dezelfde plek waar ooit de door tante Holle met liefde beschreven eenvoudige oude administrateurswoning naar beproefd Indisch model had gestaan. De groeiende welvaart van de onderneming scheen verzinnebeeld in de kolossale villa van twee verdiepingen die Adriaan had laten bouwen vóór zijn huwelijk met Jans van Motman. Een veranda met vierkante uitbouw, in het midden van de voorgevel op de eerste verdieping aangebracht, leek de brug van een schip vanwaar men het landschap kon overzien.

Zij werden buitenshuis opgewacht door staljongens en bedienden, en binnenshuis door de gastvrouw. Rudolf vond dat men moeilijk een minder passende naam dan 'Jans' had kunnen bedenken voor deze statige exotische verschijning in saroeng-kebaja, die hem en Herman met onstuimige hartelijkheid begroette, en daarna voorging naar de logeerkamers gelijkvloers, zich in een stortvloed van woorden verontschuldigend omdat zo kort na de voltooiing van de bouw, nog niet alles was zoals het behoorde te zijn.

Na gebaad te hebben verkleedde Rudolf zich bij de kortstondige purperen gloed van de ondergaande zon. Zijn raam keek uit op het westen; de schaduwen op de flanken van de omringende bergen werden dieper, in de bomen begonnen de krekels luid te sjirpen.

De olielampen brandden al, toen hij de trap opging naar het bovenhuis. Hier betrad hij een weer volstrekt andere, dubbel uitheemse wereld. Dit vertrek had een hoog koepeldak dat aan de binnenkant diepblauw geschilderd en met ornamenten in lichtere tinten versierd was. Men kon zich wanen in een Italiaanse villa uit de renaissance. De wanden waren op zijn Europees behangen, en op de grond lag een groot veelkleurig tapijt.

Adriaan en Herman zaten aan de gedekte tafel bitter te drinken. Op een wenk van Jans werd er door een van de bij het buffet wachtende huisjongens ook voor Rudolf een glaasje ingeschonken. Hij had dit krachtige Indische aperitief al leren kennen bij de Van Santens, en zich voorgenomen er een spaarzaam gebruik van te maken.

'Neem plaats!' zei Adriaan. 'Morgen verwacht ik Eduard en Albert. Zij brengen Karel mee, die eerst naar Sinagar is gegaan.'

De volgende ochtend liet Adriaan zijn stallen zien, met meer dan vijftig paarden, onder andere zijn 'racers', die op de jaarlijkse wedrennen in Buitenzorg heel wat prijzen plachten te winnen. De lome verstrooidheid die Adriaans houding aan tafel gekenmerkt had (Jans had met verve de conversatie gaande gehouden) was geheel geweken nu hij tussen zijn paarden liep, ze toesprak, zout of jonge rijsthalmen liet eten uit zijn hand, en in verband met hun verzorging de staljongens orders gaf. De paarden, met hun nobele hoofden en grote vochtige ogen, waren onderling zo verschillend als personen, luisterden naar melodieuze namen, en werden door Adriaan vaderlijk streng én liefdevol, en door de bedienden met eerbied behandeld. Het viel Rudolf op, hoeveel verschillende rassen er vertegenwoordigd waren, behalve kostbare Arabieren ook Batakkers en Makassaren en grote Australiërs, en zelfs enkele Sandalwoods.

Vervolgens bezichtigden zij de fabriek. In een uit palen en bamboeschotten opgetrokken loods stonden lange rijen ronde platte schotels van vlechtwerk.

'Dat zijn tampirs,' legde Adriaan uit. 'Als de pluksters straks uit de tuinen komen, en hun oogst is gewogen, storten ze het natte blad op deze manden.'

'Het regent toch niet?' zei Rudolf. Adriaan barstte in lachen uit.

'Nat blad wil zeggen: het pas geplukte blad, vóór de bewerking. Minstens de helft van het vocht moet eruit, we noemen dat verflensen, dat gebeurt op deze tampirs. Na een uur of wat, dat hangt van het weer af, meestal duurt het een nacht, moet het blad gerold worden; met de hand doen mijn mensen dat, ook wel met de voeten, maar dat heb ik liever niet. Loop mee, dan kan je zien hoe ze bezig zijn met het verflenste blad van gisteren.'

Zij gingen een andere loods binnen. Hier was het gehele vloeroppervlak bedekt met volle tampirs. Mannen en vrouwen zaten gehurkt tussen de platte manden, namen daar telkens wat blad uit en rolden dat onder hun handpalmen op een plank. Er hing een wrange geur van vrijkomend sap in dit deel van de fabriek, dat Rudolf met welbehagen opsnoof. De bewerkte bladeren vormden een groenbruine kleffe massa.

'Hoe lang duurt het voor de thee klaar is?'

'Een dag of drie, vier, dat is alweer een kwestie van het weer en de temperatuur. We laten de gerolde thee eerst fermenteren, in pannen boven houtskoolvuur, "braden" heet dat, en dan drogen. Ik maak souchon, dat is de pluk die de mensen het beste ligt.'

Hij liep voor Rudolf uit naar een derde loods. 'Hier doen ze de afpakking van de thee. En daarachter is de zagerij waar de kisten gemaakt worden. Zoals je ziet heb ik alleen al in de fabriek bij elkaar wel honderd mensen aan het werk. Er schijnen tegenwoordig machines voor het rollen te bestaan. Mijn assistent is er erg voor dat ik zo'n ding aanschaf. 't Bespaart natuurlijk tijd, en het betekent ook dat ik minder volk nodig heb.'

'Dan is het dus voordeliger?'

'Jawel. Maar de bedoeling is nu juist, dat wij de bevolking werk verschaffen. Ik weet nog niet wat ik doen zal, ik wil er eerst eens met Karel over spreken.'

Toen zij weer buiten stonden, zei Adriaan: 'Ik heb begrepen dat je niet rijdt? Jammer, ik zou graag met je de tuinen ingaan, dat kan dus niet. Je moet wél een van mijn kampoengs zien. Ik heb een paar jaar geleden alles laten opknappen.'

In de schaduw van dicht geboomte wandelden zij naar de meest nabijgelegen nederzetting van werkvolk. Het verschil met de stadskampoengs in Batavia was zo groot, dat Rudolf een uitroep van verbazing niet kon onderdrukken. Goed onderhouden rechte wegen en zijwegen verdeelden de kampoeng in vierkante stukken grond, die door heggen van bloeiende struiken begrensd, en weer in kleinere erven gesplitst waren. De met witkalk bestreken huisjes zagen er ordelijk uit. Er waren op dat uur van de dag alleen wat oude mensen en kinderen in de kampoeng, die Adriaan groetten met een in Rudolfs ogen overdreven eerbetoon: zij hurkten neer en brachten hun samengevouwen handen naar hun voorhoofd. Adriaan beantwoordde iedere groet met een paar vriendelijke woorden.

Teruggaande namen zij een omweg. Adriaan wees naar een gebouwtje met een gepleisterd koepeldak en een smalle toren: 'Onze moskee! Die heb ik op aanraden van Karel laten neerzetten. Nu kan ik bij de mohammedaanse priesters geen kwaad meer doen. Die sporen het volk aan om goed te werken, en de zaak hier te onderhouden. De mensen wedijveren met elkaar wie het netste huis en de mooiste pagger heeft.'

'Zo moet oudoom Jan zich destijds de ideale kolonie voorgesteld hebben!' zei Rudolf lachend.

Uit de richting van het grote huis kwamen twee mannen naar hen toe lopen. Adriaan hoefde niet uit te leggen wie dat waren. Degene die zowel op Adriaan als op Herman leek, moest Albert Holle zijn. De ander herkende Rudolf dadelijk, ook al was het tien jaar geleden sinds hij hem voor het laatst gezien had. Nu Eduard Kerkhoven een snor droeg, zou men hem voor een zoon van oudoom Van der Hucht houden. Hij had een merkwaardig hoofddeksel op, een muts zoals Rudolf wel eens door Schotten had zien dragen, met een gleuf in het midden, en van achter twee neerhangende eindjes geruit lint. Hij was groot en fors, maar had in zijn manier van bewegen en gebaren het jongensachtig-uitbundige behouden dat Rudolf zich herinnerde van de dagen op Hunderen.

'Welkom!' riep Eduard. 'Waar blijven jullie? Karel zit te wachten in de gedoeng.'

De man die opstond om hem te begroeten leek zo sprekend op zijn vader, dat Rudolf gedurende een ogenblik dacht dat die uit Ardjasari was overgekomen.

Karel Holle was wel iets jonger, maar had ongeveer hetzelfde postuur, droeg ook een volle baard, en zijn ogen, hoewel lichter van kleur, hadden een even stralend-goedhartige uitdrukking als die van Rudolfs vader. Maar houding, en manier van doen waren geheel anders. Karel had een Turkse fez op, met een afhangende kwast, en aan de pink van zijn linkerhand pronkte een ring met een grote diamant, die vonken schoot bij ieder gebaar; zijn jas was van vreemde snit, zijn voeten staken in leren muilen. Hij raakte even met zijn tegen elkaar gedrukte duimen zijn lippen aan voor hij Rudolf de hand reikte.

'Zo, neef, jij komt dus onze gelederen versterken. Bismillah!'

Aanstonds bleek Karels overwicht in dit gezelschap. Hij nam als vanzelfsprekend de leiding. De anderen behandelden hem als een oudere wijze leermeester, hetgeen hij zich waardig liet welgevallen. Veel opvallender nog was het gezag dat hij genoot bij de Soendase bedienden van Adriaan, die hem naderden met haast bijgelovige eerbied wanneer zij hem iets moesten aanbieden. Karel Holle zat op een lage bank met het rechterbeen opgetrokken en de rechtervoet onder de linkerknie geschoven. Zijn manier van spreken was zacht en langzaam, zijn stem had een zangerige klank. Hij leek een vorst die audiëntie verleent. Rudolf staarde gefascineerd naar dit familielid over wie hij zoveel had vernomen.

'Hier op Parakan Salak is het allemaal begonnen, dit is de bakermat van onze ondernemingen. Daarom is het passend dat je dit theeland het eerst bezoekt. Je hebt al gezien hoe uitgestrekt de tuinen zijn. Adriaan heeft je hoop ik ook verteld op welke wijze, volgens een systeem dat ik het enig juiste acht, deze plantage geëxploiteerd wordt. Iedere opgezetene met zijn gezin krijgt een stuk grond toegewezen, en is verantwoordelijk voor de snoei en de pluk van de thee die daar groeit. Ik zou willen dat je vader op Ardjasari Adriaans voorbeeld volgt.'

'Ik ben nog niet op Ardjasari geweest, neef Karel. Ik weet niet hoe alles dáár reilt en zeilt, en welke methode mijn vader toepast.'

'Het is niet alleen een kwestie van de juiste behandeling van de aanplant. Mijns inziens is het van primair belang dat de mensen die op de onderneming werken zich persoonlijk bij het produkt betrokken voelen. Er moet een leef- en werkgemeenschap zijn, zoals de landman hier die gewend is, dan hecht men zich aan de grond. Ik ben blij dat Adriaan mijn raad heeft opgevolgd, en voor zijn volk nette woningen heeft gebouwd. Heb je die gezien? Geef de mensen goed onderdak, goed gereedschap, dan zullen ze met vreugde werken en alles naar behoren onderhouden. Nietwaar, Adriaan?'

'Ik ben tevreden over de gang van zaken,' zei Adriaan.

Karel Holle wendde zich weer tot Rudolf. 'Laat je nooit wijsmaken dat de Soendanees gemakzuchtig is. Wél is het waar dat men deze mensen geleidelijk en rustig, proefondervindelijk, het nut van nieuwe systemen van landbouw moet aantonen. Het geweldige voordeel dat zij daarvan kunnen hebben, beseffen zij nog niet. Toch heb ik op dat gebied al iets bereikt. Ze weten nu wat ze moeten doen om op bergachtig terrein afspoeling van de grond te voorkomen, namelijk door terrassen aan te leggen, zoals ze dat al eeuwenlang gedaan hebben met hun sawahs. En ik heb ze laten zien dat ze de bibit, de jonge rijstplanten, met meer tussenruimte moeten uitzetten om een betere oogst te krijgen. Met de thee is het net zo. Als een gewas hunzelf aangaat, ik bedoel daarmee: tot hun eigen levensbehoeften behoort, zullen zij op den duur heus wel betere methoden van verbouwing toepassen. De bevolking hier geeft net als de mensen in China en Japan, voor eigen gebruik de voorkeur aan zogenaamde groene thee.'

Rudolf zag hoe Eduard en Albert een blik van verstandhouding wisselden. Blijkbaar was dit Karel evenmin ontgaan.

'Ik heb jullie al vaker gezegd dat het de moeite zou lonen over te gaan op de produktie van groene thee. Dus niet of nauwelijks fermenteren. Het maakt geen verschil welk blad gebruikt wordt, dat vergemakkelijkt de pluk, en uitzoeken op soort is niet nodig.'

'De Europese markt heeft geen interesse voor groene thee,' merkte Eduard op. Karel bleef gedurende enige ogenblikken zwijgend zitten. De bladeren van de varens in hun potten van geglazuurd aardewerk bewogen op een tochtstroom. Het was aangenaam koel in de hooggelegen galerij.

'Door de nieuwe agrarische politiek van het gouvernement verandert onze verhouding tot de bevolking ten enenmale,' vervolgde Karel, op een minder bedaarde en docerende toon dan tevoren. 'Dat moet men begrijpen! Daarnaar moet men handelen! De mensen werken niet alleen voor ons, wij werken ook met hen. Als wij groene thee maken, dan is er een ruim afzetgebied voor het blad van de inlandse theetuinen. Dat bevordert de werklust en de welvaart hier, en daarom is het toch begonnen. Er ligt een immens grote Aziatische markt open voor groene thee. Het is ook in het belang van Europese planters om dat in te zien. Ja, ik blijf erbij!' zei hij heftig. 'Laten wij in godsnaam niet weer vervallen in de fouten van het verleden! Kijk, Rudolf... vanaf het ogenblik dat ik hier kwam, ik was nog maar een jongen, heeft dat me onuitsprekelijk pijn gedaan: de tegenstelling tussen de vruchtbaarheid van dit prachtige land en de armoede van het volk, de kleine mensen, de tani's. De Soendalanden zijn een vergeten, verwaarloosd gebied, eeuwenlang overheerst door de vorsten van Midden- en Oost-Java. Ze hebben hun eigen cultuur verloren. Het mag een wonder heten dat hun taal nog bestaat. Dit is een volk op zichzelf. Daar wordt nooit aan gedacht door de heren in Batavia. Over de heren in Den Haag praat ik maar niet eens!'

'Maar Karel,' zei Adriaan kalmerend, 'er is toch veel veranderd door jouw bemoeienis. Je bent nu adviseur voor Preangerzaken. Ze hebben je het ridderkruis van de Nederlandse Leeuw gegeven. Het gouvernement luistert naar je. Je hebt toch maar gedaan gekregen dat ze je subsidies verlenen voor die scholen van je.'

'Vraag niet na hoeveel verdachtmakingen! Is het niet vernederend dat mijn vrienden, de patih van Mangoenredja, en de patih van Galoeh, en ook Radèn Hadji Moesa, verhoord moesten worden over mijn activiteiten? Nog altijd heb ik tegenstanders in de pers, bij de *Java-Bode* vooral, die met belachelijke beschuldigingen komen. Laatst weer: dat ik door steun te verlenen aan de islam de bevolking in de armen drijf van een samenzwering tegen het gouvernement. Dat mijn scholen en mijn winkeltjes en mijn werkplaatsen voor volksnijverheid broeihaarden van opstand kunnen worden! Is men dan blind, ziet men dan niet dat alles afhangt van onze eigen houding?'

Hij boog zich naar Rudolf toe en raakte met de hand waaraan de ring flonkerde even diens knie aan. 'De mensen hier zijn zeer kwetsbaar in hun eergevoel. Je moet hen met de uiterste kiesheid behandelen, en vooral respect tonen voor hun tradities, hun adat. Beschouwen ze je als hun meerdere, dan zullen ze je graag gehoorzamen en trouw zijn. Zelfbeheersing is van het allergrootste belang. Laat je nooit meeslepen door drift, en vooral: hou je handen thuis! Een onrechtvaardig opgelegde straf of een belediging zijn onverdraaglijk. Ik ken voorbeelden van ambtenaren en planters die met hun leven betaald hebben voor een scheldwoord of een klap. Een rechtvaardig en waardig uitgesproken oordeel wordt in dit land altijd aanvaard. Zorg ook dat je zo snel mogelijk het Soendaas leert. Je hebt hier geen enkele kans van slagen zonder grondige kennis van die taal. Het is spijtig dat je vader zich nog altijd met Maleis moet behelpen, en een tolk nodig heeft in zijn omgang met het werkvolk.'

'Ik zal ter harte nemen wat u gezegd hebt, neef Karel,' zei Rudolf. Hij was onder de indruk van het gehoorde, en van de persoonlijkheid van die man met zijn lichtblauwe dwingende blik.

'Nu iets anders. Adriaan, een van de redenen waarom ik van Waspada hierheen ben gekomen is, om naar jouw gamelan te luisteren.'

Adriaan maakte een afwerend gebaar en schudde het hoofd. 'Ik laat alleen nog spelen tijdens het wegen van de thee, 's middags in de fabriek.'

'Er zijn composities van jou voor de rebab die ik nog niet ken.'

'Ik raak de rebab tegenwoordig zelden aan, ik heb geen tijd.'

'Stel me niet teleur, broer,' zei Karel, onverstoorbaar kalm. Na enig heen en weer gepraat gaf Adriaan toe, op achteloze wijze, met ironische opmerkingen over zijn gebrek aan oefening en niet-gedisponeerd zijn, maar Rudolf meende te merken dat hij eigenlijk verheugd, zelfs opgewonden was in het vooruitzicht muziek te kunnen maken. Adriaan gaf opdracht de gamelanspelers te waarschuwen en de instrumenten te laten klaarzetten. Daarna verwijderde hij zich, om een half uur later terug te keren in inheemse dracht: een hooggesloten jak met strakke mouwen over een aan de voorkant kunstig geplooide kain. Zijn hoofddeksel stak zonderling af bij deze exotische kleding; hij droeg nu, zoals Eduard Kerkhoven, een Schots mutsje met van achteren twee afhangende eindjes lint. Hij wenkte de anderen om hem te volgen, de trap af naar de benedengalerij die aan het gastenverblijf grensde. Hij leek niet meer bij hen te zijn. Die indruk werd nog sterker, toen hij met gekruiste benen ging zitten bij de gamelanspelers, die hun plaatsen achter de instrumenten al ingenomen hadden. Het waren slaginstrumenten zoals Rudolf nog niet eerder had gezien. Op lage onderstellen rustten toetsenborden in hout en metaal; ronde bolle koperen klankketels stonden in een dubbele rij van groot tot klein gerangschikt, en aan een fraai gebeeldhouwd rek hing een bronzen gong.

'Ik groet Sari Onèng!' Karel Holle hief weer zijn samengevouwen handen naar zijn gezicht. Hij draaide zich naar Rudolf toe: 'Voor de Javaan is de gamelan een persoon, met een naam, een karakter. Deze hier, Sari Onèng, is vijftig jaar oud, zeer eerbiedwaardig, zij werd gemaakt in Soemedang, waar de mooiste gamelans vandaan komen.'

Stoelen werden in een halve cirkel tegenover het orkest geplaatst in de lange smalle galerij. Jans Holle verscheen even in een deuropening, maar voegde zich niet bij de toehoorders. Voor zij zich weer terugtrok, ving Rudolf een glimp op van haar gezicht; iets in haar blik deed hem veronderstellen dat de voorstelling, en met name Adriaans haast trance-achtige aandacht voor zijn tweesnarig strijkinstrument, haar niet aanstonden.

Adriaan hield de rebab vast bij de lange ivoren steel, liet de klankkast (een met buffelpens bespannen halve kokosnoot) op het voetstuk vóór zich op de grond rusten, en stemde de snaren door voorzichtig aan de twee zijwaarts uitstekende schroeven te draaien, telkens de strijkstok voerend om de klank te controleren.

'Let op,' zei Karel Holle zacht, 'nu gaat Adriaan solo de inleiding spelen, de gending, dat is de melodie van het stuk, zijn compositie... en die wordt dan overgenomen door de bonang en de saron en de gendèr... Stil, het begint.'

Adriaan streek een wijs die Rudolf smachtend in de oren klonk, vreemd ook, door de vele halftonen. Na een aantal maten vielen de andere instrumenten in. Rudolf had gamelanmuziek horen beschrijven als klingklang en dingdong van slaapverwekkende eentonigheid; maar wat hij nu hoorde trof hem juist door de variatie in klank en ritme in het samenspel van de rebab en een fluit, en het veelstemmige slagwerk, telkens geaccentueerd door een diepe galm van de gong. Onwillekeurig bewoog hij hoofd en schouders mee. Toen hij merkte dat Karel Holle van terzijde glimlachend naar hem keek, dwong hij zich tot onbeweeglijk stilzitten.

In de vroege ochtend, na het ontbijt, vond Rudolf zijn oom Eduard wachten in de uitbouw van de bovenveranda. Hij stond tussen de zuilen met hun spiraalvormige ribbels, die deden denken aan brosse witte suikerstokken van de kermis, en keek uit over het landschap. Tussen de theestruiken op de afdalende hellingen bewogen honderden kleurige figuurtjes van pluksters. Door hun grote ronde zonnehoeden leken zij van bovenaf gezien op reusachtige paddestoelen.

'Goedemorgen!' zei Eduard Kerkhoven. 'Ik heb gehoord dat je niet kunt paardrijden.'

'Ik heb het op Hunderen wel gedaan. Maar dat is lang geleden. Nee oom, ik rijd geen paard.'

'Dan zullen wij vandaag eens beginnen met daar verandering in te brengen. Je gaat te paard met mij mee naar Sinagar. Adriaan heeft een aardig beestje voor je, mak als een lam. Je kunt hier niet bestaan, jongen, als je niet rijdt. Alleen al om de tuinen te inspecteren heb je een paard nodig. Ik heb je vader aan een paar prima Preangers geholpen, dat zijn kruisingen van Arabieren en inheems ras, daar moet jij er een van elke dag berijden, straks op Ardjasari. Zorg dat je gauw zadelvast wordt, en meer dan dat. Allons, we gaan vertrekken. Karel en Albert volgen later op de dag.'

Met Eduards opvatting over de makheid van lammeren kon Rudolf het niet eens zijn. Op vlakke stukken weg slaagde hij er wel in het paard, dat naar de naam Si Fatima luisterde, min of meer in de hand te houden, maar op de smalle, steile, nu eens steenachtige, dan weer modderige bergpaden, als de nerveuze merrie uitgleed aan de rand van een ravijn, of schrok van een langs de helling omlaagtuimelend stuk steen, werden zijn zelfbeheersing en summiere rijkunst zwaar op de proef gesteld. Van tijd tot tijd riep Eduard hem raadgevingen toe, die hij in zijn zenuwachtigheid maar half verstond. Hij was zich bewust van de pracht van het landschap, maar waagde het niet er aandacht aan te besteden. Na wat hem een eindeloze tijd toescheen – in werkelijkheid hadden zij maar een paar uur gereden – kwamen zij op het terrein van Sinagar.

'Dit is een heel ander land dan Parakan Salak,' zei Eduard naast hem, terwijl zij nu in bedaarde wandelrit (Rudolf herademde) hun weg vervolgden; de twee bedienden hadden hun paarden de vrije teugel gelaten en stormden vooruit om de komst van de landheer aan te kondigen. 'Mijn tuinen, en ook die van Albert, op Moendjoel, liggen te ver uit elkaar om het systeem van Karel toe te passen. Dat zou bij ons leiden tot een ongelijke en onregelmatige produktie. De ene boedjang snoeit vaak, de andere wacht te lang met snoeien, veel vrouwen plukken te grof, ieder doet het dan maar op de manier die hem of haar het beste uitkomt, of op zijn elfendertigst. Ja, vooral dat laatste! Gemeenschappelijk werk, en controle door flinke mandoers, daar krijgen Albert en ik tot nog toe de beste resultaten mee. Ik heb nogal wat Chinezen als opzichters, die voldoen prima. Kijk, daar ligt míjn gedoeng. Een oude kast, nog uit de tijd van de eerste gouvernementscultures, maar ik voel me daar thuis.'

'Azalea's!' riep Rudolf verrast. 'Ik wist niet dat die hier groeiden.'

Voor de administrateurswoning schitterde een groot perk van deze bloeiende heesters in het zonlicht, scharlakenrood, purper, en fel oranje.

'Dat is mijn trots,' zei Eduard. 'Herinner je je de azalea's op Hunderen? Ik heb stekken aan je moeder gegeven. Laat zij vooral werk van haar tuin maken op Ardjasari, dat loont de moeite in ons bergklimaat.'

Nauwelijks waren zij uit de schaduw van de overloofde toegangsweg op het voorplein gekomen, of onder oorverdovend geblaf stormden zeker vijftien grote en kleine honden te voorschijn van achter het huis. Eduard steeg af en sprak de dieren toe die hem van louter vreugde haast omverwierpen. 'Af, Mirza! braaf, Gètok! wég Courtois! schei uit, Pecco! kalm jongens! down, Beer!'

'Je zult bij mij geen gezellige tierelantijnen aantreffen,' zei Eduard, terwijl hij omstuwd door zijn honden Rudolf voorging in de schaars gemeubelde ruimten (maar de muren hingen vol met geweien en geprepareerde dierehuiden). 'Hier is alles ingesteld op praktisch dagelijks gebruik. Ik vind Adriaans nieuwe gedoeng te "fancy". Mijn honden moeten door het huis kunnen lopen, en de favorieten uit mijn hertenkamp, als ze daar zin in hebben, desnoods mijn kippen ook. Wat zeg je van de wanddecoratie in mijn binnengalerij? Digestie-bevorderend, nietwaar?'

Tijdens het middagmaal had Rudolf het gezicht op een vele meters lange pythonhuid die over de gehele lengte van een der muren gespannen was. Het skelet van een geitje, dat de reusachtige slang verorberd had vlak voor hij gedood werd, hing ernaast.

'Ik hoop dat je tenminste met een geweer kunt omgaan,' zei Eduard. 'Je vader is een jager naar mijn hart.'

'Als jongen ben ik wel eens met papa mee geweest om snippen te schieten. Toen hij naar Indië ging, was ik nog student. In Delft wordt niet gejaagd.'

'Ik raad je aan er als de bliksem voor te zorgen dat je een goede schutter wordt. Dat is een vereiste, als je in de bergen woont, en het bos in moet. Trouwens, ook in de tuinen of achter je huis kun je een panter of een wild varken tegenkomen. En je prestige is voor een groot deel afhankelijk van de manier waarop je een achterlader hanteert. Toen ik hier pas was, schoot ik eens per ongeluk het steeltje doormidden van een kanjer van een nangkavrucht, die hoog in een boom hing. Het ding viel precies voor mijn voeten op de grond. Sindsdien kan ik geen kwaad meer doen bij mijn mensen.'

'U bent altijd een fameuze schutter geweest, dat weet ik nog van vroeger, op Hunderen.'

'Jongen, er is geen betere jacht dan de hoender- en hazejacht in Gelderland! Hier vind ik er eigenlijk weinig aan. Ik heb wel gejaagd met een paar van Karels inlandse Hoofden, hoewel, jagen... het is meer een georganiseerde moordpartij. Wilde varkens worden binnen een omheind stuk terrein losgelaten, en de heren schieten vanaf een stellage. En als ze de rimboe intrekken, is het bepaald een lachwekkende vertoning. Ze hebben een heel gevolg bij zich, kerels die de paarden moeten verzorgen, jongens die stoelen, tabak, sirih, sigaren, geweren en kruit dragen, en als het wild gesignaleerd is stormen ze er zonder overleg of systeem op af. In het belang van de bevolking moet er beslist iets gedaan worden tegen de roofdieren, maar dat is niet hetzelfde als uitroeien. Het is nog altijd een droom van mij om ergens aan de zuidkust een groot stuk land te pachten of te kopen, met bos en bergen en woeste gronden, om er een beschermd gebied voor wild van te maken, waar de echte jachtregels gelden. Maar ik ben bang dat het altijd een droom zal blijven. Ik heb er het geld en de tijd niet voor.'

De honden zaten in een wijde kring op gepaste afstand om de tafel heen, en volgden met begerige blikken ieder gebaar van de beide eters. Van tijd tot tijd hief Eduard zijn hand op, met een stukje vel of een botje; dan ging er als het ware een schok door de rij honden, zij vlogen overeind, maar zonder binnen de cirkel te komen die als verboden terrein gold. Eduard riep hen om de beurt bij de naam, en gooide dan de versnapering naar de aangeroepene. Rudolf bewonderde hun gedisciplineerde gedrag.

'Dat breng ik ze dadelijk bij. Anders is het geen leven. Ik heb soms wel twintig honden over de vloer, behalve die van mij ook nog logés van Moendjoel of van Parakan Salak wanneer de bazen daar op reis zijn. Er zijn een paar beste jachthonden bij. Je zult het misschien vreemd vinden, maar weet je wat ik zou willen? Nog eens jagen op de Mheen bij Beekbergen, en tussen de eiken in het Orderbos, of de dennen op het veld van Berghuis... je kent die buurt wel.'

'Verlangt u naar Nederland, oom?'

'Och, verlangen is een groot woord. 't Is een weelde die ik me niet kan veroorloven. Wind en weder dienende kom ik misschien nog wel eens in patria. Ik bekijk het maar filosofisch. Weet je dat ik op een blauwe maandag nog eens filosofie heb gestudeerd in Leiden? Lach niet! Nee, ik heb geen graad behaald, ik heb er de brui aan gegeven en ben hier naar toe gegaan. Meer filosofie dan wat er alzo in me opkomt wanneer ik naar die bergen om me heen kijk, heb ik niet nodig.'

De theefabriek op Sinagar bestond evenals die op Parakan Salak uit een aantal loodsen. Tussen de palen die het dak schraagden was een traliewerk van bamboe aangebracht, naar Eduard uitlegde niet alleen om licht en lucht toe te laten, maar ook om het werkvolk te beschermen tegen de dolle honden, die in deze streek een ware plaag bleven.

Rudolf liep achter Eduard aan tussen de mensen door die aan het werk waren. Zij groetten de djoeragan, en keken nieuwsgierig naar de vreemde bezoeker. Hoewel zijn botten en spieren pijnlijk waren na de lange rit, deed hij zijn best een waardige houding te bewaren. Eduard sprak op de verschillende afdelingen met de Chinese opzichters, die tijdens het werk hun staarten opgerold tegen het achterhoofd droegen. Hij wees Rudolf de vormen van bewerking aan.

'Ik maak thee op een ietwat andere manier dan Adriaan. Hij houdt zich in alles aan wat Karel hem adviseert. Ik mag Karel graag, en ik bewonder hem zeer. Hij is een goed mens en een geleerde. Hij leest klassieke Soendase teksten, geschreven in Oudjavaanse lettertekens, zoals jij en ik een roman van Walter Scott lezen. Maar ik ben zo vrij wel eens te twijfelen aan de juistheid van zijn methode als theeplanter. Hij wil ook Albert en mij de wet voorschrijven, en Albert is meestal gehoorzaam. Ik ga liever mijn eigen gang. Ik ben een Kerkhoven, geen Holle!'

'De theestruiken zijn bij u minder hoog en ook allemaal meer van hetzelfde model dan op Parakan Salak voor zover ik daar vanmorgen bij het langsrijden een indruk van gekregen heb. Of lijkt dat maar zo?'

''t Is een kwestie van opvatting over het snoeien. Onze China-theeheesters kunnen drie meter hoog worden, maar dan zouden ze volstrekt ongeschikt zijn voor de pluk. Natuurlijk laat ik er een aantal vrijelijk groeien en bloeien, die leveren het zaad voor nieuwe aanplant. De struiken die voor de bladpluk bestemd zijn snoei ik zo dat de pluksters er goed bij kunnen. Kijk!' Eduard boog zich over een bak, en nam er een twijgje uit. 'We nemen per pluk nooit meer dan drie of vier blaadjes van een jonge uitloop. Na een week of tien dagen zitten er alweer nieuwe bladeren aan. Het is de kunst de plukken zo te regelen dat je het beste rendement krijgt wat kwantiteit en kwaliteit betreft. Ik heb mijn land verdeeld in zoveel tuinen als er dagen zijn tussen twee opeenvolgende plukken en elke tuin zo aangelegd dat die in één dag geplukt kan worden. Begrijp je? Op die manier kan het werk doorgaan. Adriaan laat zijn volk snoeien en plukken naar eigen inzicht. Meestal wordt het blad dan te oud, dat levert een grove kwaliteit op. Ik vind die souchon die hij maakt niet mooi om te zien, en ook niet lekker. 't Is eigenlijk congo, de goedkoopste soort. Ik produceer liever pecco-souchon, van jonger fijner blad. Bij mij wordt dan ook vaker geplukt.'

Tijdens de uiteenzetting van Eduard waren zij langzaam teruggewandeld naar het huis, en in de voorgalerij gaan zitten. Eduard stak een sigaar op en bood er Rudolf ook een aan.

''t Is mijn stellige overtuiging dat de theecultuur niet op een idealistische en ook niet op een alleen maar commerciële, maar in de allereerste plaats op een wetenschappelijke manier aangepakt moet worden, wil er iets goeds uit voortkomen. Volgens mij is de China-thee die wij in Indië planten niet de meest geschikte soort voor de bodem hier.

Op Ceylon schijnen ze bijzondere heesters te hebben. We zouden moeten proberen daar zaad van te krijgen. Albert is er óók voor. Als die trouwerij van hem achter de rug is, moet hij er maar eens op af gaan.'

'Ik wist niet dat Albert gaat trouwen.'

'O, nou, dat staat al zo lang vast. Dat is geen nieuws meer in de familie. Hij trouwt over drie maanden met een zuster van Jans, ook een Van Motman. Hier in het Buitenzorgse is het alles Van Motman wat de klok slaat. Die lui bezitten meer ondernemingen dan ik op de vingers van mijn twee handen kan tellen. Hetzelfde geldt voor de huwbare dochters. Adriaan heeft Jans, en zijn assistent heeft Suze, en een van onze relaties bij Pryce & Co heeft óók een juffrouw Van Motman, en Albert krijgt dus Wies, of Jacoba, dat weet ik niet precies.'

'Ik vind nicht Jans van Parakan Salak heel aardig, en ook knap om te zien.'

'Voor een nonna is ze knap, dat is zeker. Wies trouwens ook. Het zijn prima plantersvrouwen, ze kennen het leven in de bergen, weten met het volk om te gaan. Ze rijden paard als de beste, ze kunnen zelfs zwemmen.'

'Ja, dat heb ik vroeger al eens van Cateau gehoord. "Als waterratten" schreef die mij.'

'Het belangrijkste is dat ze van kindsbeen af gewend zijn aan de manier waarop het hier toegaat. Jans en haar zusters piepen niet als een man zich eens wat vrij gedraagt, en zich na het werk lekker maakt in slaapbroek en kebaai. Met Bataviase dames moet men altijd zo gekleed en gesoigneerd zijn. God, wat heb ik een hekel aan die Hollandse mevrouwen, de goede, zoals je moeder en nicht Pauline op Tjisalak, niet te na gesproken.'

Rudolf verwachtte nu iets te horen over datgene waarnaar hij niet durfde te vragen: de Chinese gezellin en haar kinderen, die toch ergens in de buurt moesten zijn.

'Eén ding wil ik je op het hart drukken,' vervolgde Eduard. 'Voor het prestige van de Europeaan moet je altijd een zeker decorum bewaren. De inlanders letten verschrikkelijk op het uiterlijk, er is maar een kleinigheid voor nodig of ze lachen je uit, en minachten je. Daar dien je geducht op te letten, want anders verlies je dadelijk het morele overwicht op je mensen. Dat is precies het probleem met die onbehouwen vlegels die zuipen en de beest uithangen, die helaas steeds meer in cultures komen werken. Dergelijke lui moest men niet in Indië toelaten. Overigens, om terug te komen op dat discours van Karel, gisteren: je moet je op grond van zijn verhalen niet voorstellen dat de Soendanezen doetjes zijn die zich maar willoos laten onderdrukken. Er zijn in de loop van de geschiedenis heel wat opstanden geweest, tegen landeigenaren en ook tegen inlandse Hoofden. De mentaliteit is hier minder slaafs dan bij voorbeeld in de Vorstenlanden. Dat zul je nog wel merken.'

Een vlucht duiven kwam zo plotseling luid klapwiekend de voorgalerij binnenfladderen, dat Rudolf in schrik wegdook. Zij streken neer op stoelen en tafels, en tripten over de vloer, terwijl zij met korte driftige rukken hun kopjes heen en weer bewogen.

'Ja jongens, ik ben laat vandaag!' zei Eduard. 'Klokslag vier uur zijn ze present om gevoerd te worden, je kunt er je horloge op gelijk zetten. Naar buiten makkers, ik kom eraan!'

Na het voeren van de duiven en van de siervogels in de grote volière naast het huis, bleek het tijd te zijn voor weer een ander dagelijks ritueel. Twee gemakkelijke stoelen werden tot aan de rand van de voorgalerij geschoven.

'Ga zitten, Rudolf. Gisteren heb je Adriaans paarden gezien. Let nu eens op de mijne.'

Uit de stallen kwamen zij aangerend, een tiental hengsten en merries, meest jonge dieren. De grond dreunde onder hun hoeven. Briesend en hinnikend, met opgestoken staart en wapperende manen stoven zij rondom de bloemperken op het voorplein, konden niet genoeg krijgen van spelen en springen. Toen zij gekalmeerd waren, liet Eduard hen één voor één voorgeleiden, noemde hun leeftijd en hun namen (Favorite, Bedouin, Gloriosa, Selim, Odaliske...) en de prijzen, rozetten en bekers die zij op de renbanen in Buitenzorg en Batavia hadden behaald. 'Dit zijn mijn lievelingen! Maar ik heb ook prima trekpaarden gefokt uit inheemse rassen, Bimanezen bij voorbeeld, die zijn sterk en vlug, pittige beestjes. De bergpaarden hier zijn over het algemeen niet groot, en slecht gebouwd, met zwakke hoeven. Van verzorging en behandeling weten de mensen weinig, dat verbaast mij altijd. Daarom zijn de inlandse paarden vaak bedorven, koppig. Bij mij in de stoeterij leer ik de staljongens hoe het moet. 't Is in het belang van het volk om behoorlijke werkpaarden te houden.'

De schemering ging snel over in nacht, de bergen waren niet meer zichtbaar.

'Waar blijven neef Karel en Albert?' vroeg Rudolf. 'Kunnen zij in het donker wel vooruitkomen over die bergpaden?'

Eduard haalde zijn schouders op. 'Als ze voldoende lopers met fakkels bij zich hebben, is het te doen. Maar het zou mij niet verbazen wanneer zij nog een nacht op Parakan Salak blijven. Volgens mij heeft Adriaan de hele dag rebab zitten spelen met zijn gamelanorkest. Gisteravond zag ik aan zijn gezicht, zijn houding, dat hij weer in de ban is van de muziek – als je dat tenminste muziek wilt noemen. Een kwartier kan ik het aanhoren, langer niet. Toen ik nog bij Adriaan op Parakan Salak woonde, in '61 en '62, had hij ook van die bevliegingen, oefende de godganselijke dag met zijn spelers, om stapelgek van te worden. Karel en Albert komen wel opdagen, is het morgen niet, dan overmorgen.'

'Oom, ik stel het op prijs dat u en de neven Holle mij alle familieondernemingen willen tonen, maar ik zou het liefst zo gauw mogelijk naar huis gaan.'

Tot Rudolfs verrassing antwoordde Eudard dadelijk, alsof hij op die woorden had gewacht: 'Daar heb ik alle begrip voor. Je moet morgen maar vertrekken, op mijn gezag. Je kunt van mij een karretje en paarden krijgen, en een goede koetsier, en ik geef je nog iemand mee om je te helpen. Onderweg moet je om de zes paal verse postpaarden huren. Meestal is het nodig dat ruim van tevoren te regelen. Gouvernementspaarden zijn alleen voor ambtenaren en andere officiële lui, maar de inlandse districtshoofden kunnen ook paarden leveren. Je hoeft mijn naam maar te noemen, de djoeragan sepoeh van Sinagar, en 't komt in orde. 't Wordt wel voor dag en dauw opstaan geblazen, want het is een bliksems eind weg. Tussen Bandoeng en Ardjasari moet je met een veerpont de Tjitaroem oversteken, dat gaat na zonsondergang niet meer. En het traject door het voorgebergte van de Malabar is vergeven van de tijgers. Je kunt het beste in Tjandjoer blijven overnachten, er is daar een redelijk logement.'

'Ik ben u zielsdankbaar voor uw hulp. Neef Karel was zo pertinent...'

'Niet alles hoeft te gebeuren zoals Karel het wil. Op Waspada heeft hij het voor het zeggen, hier ben ik de baas.'

'Oom, wat is ervan waar dat ik bij u geplaatst zal worden om het vak te leren? Ik heb dat in Batavia gehoord.'

Eduard strekte zijn benen over de uitgeschoven zijleuningen van zijn luierstoel, en staarde zwijgend in het aardedonker buiten de galerij.

'Ja, dat is ook weer zo iets...' zei hij ten slotte. 'Ik weet het niet, jongen, ik weet het werkelijk nog niet. Ik kan wel een employé gebruiken. Daar moeten wij het later nog maar eens over hebben. Dat hangt ook van een aantal dingen af...'

Rudolf keek van opzij naar het verweerde gezicht met de in de loop der jaren grover en harder geworden trekken. Maar de mond onder de dikke snor was niet hard, integendeel.

'Luister eens,' zei Eduard plotseling. 'Je weet waarschijnlijk dat ik kinderen heb?'

'Ja oom, dat heb ik gehoord. Maar niet meer dan dat.'

'De naam van de moeder is Goey La Nio. Zij komt uit een Chinese familie. Haar vader heeft een rijstland boven Buitenzorg. Ik doe zaken met die man. Natuurlijk heb ik de kinderen geëcht. Zij heten Pauline en Adriaan, ze zijn mijn erfgenamen. Je krijgt ze nog wel eens te zien. Ik denk erover om ze naar Holland te brengen, en dan heb ik hier een plaatsvervanger nodig. Er staat nog niets vast.'

Op Parakan Salak had Rudolf geslapen als een blok, hier op Sinagar kon hij de slaap niet vatten. Hij lag in een groot vierkant bed, onder een klamboe die naar kamfer rook. Bij de bediendenkamers achter het administrateurshuis, en verder weg bij de stallen, klonk telkens geblaf van Eduards hondenschare. De nacht gonsde in het hoge geboomte dat het erf omsloot. Wat zich daarachter uitstrekte, wist hij niet: theetuinen? oerwoud, zoals hij gezien had op de hellingen waar hij die ochtend met Eudard overheen gereden was?

Hij had het gevoel steeds dieper door te dringen in die volstrekt vreemde wereld, bij dag zo overweldigend van gloed en groen, en in de nacht vervuld van een ritselen en ruisen dat hij niet herkennen kon. Voor hij eindelijk wegzonk in slaap, meende hij nog een ander geluid te horen, het huilen van een zuigeling, in of vlak bij het gastenverblijf.

Na het schaduwrijke Parakan Salak, en Sinagar met zijn azalea's en omlijsting van groen, vond Rudolf Ardjasari –gelegen op een hoogvlakte tussen heuvelruggen– teleurstellend kaal. De bergtoppen van de zuidelijke Preanger leken ver weg. Het erf met pas aangelegde cannaperken en rijen bloempotten lag naar alle zijden open. Jonge bomen waren geplant, maar gaven nog geen schaduw. Rondom strekten zich de theetuinen uit, evenwijdige golvende rijen van driejarige heesters.

Het huis was gebouwd in de oude stijl, zoals de gedoeng van Sinagar, maar groter. In voor- en achtergalerij schraagden zes, in de zijgalerijen aan iedere kant vier zware witte kolommen het naar weerszijden overhellende pannendak. Het uitzicht was adembenemend wijd. Rudolf had zich geen beter verblijf kunnen wensen dan de kamer die voor hem bestemd was, met een raam op het oosten, zodat hij elke ochtend kon genieten van de zonsopgang.

Nu hij zijn ouders terugzag drong het pas goed tot hem door hoeveel er veranderd was in de afgelopen vijf jaar, niet alleen in hun uiterlijk, maar vooral ook in zijn verhouding tot hen. Zijn vaders haar en baard waren grijs geworden, zijn moeders gezicht droeg de sporen van doorstane ziekten en verdriet. Zij waren zorgzaam en voorkomend, maar maakten de indruk alsof zij niet goed wisten hoe zij met hem moesten omgaan nu hij een volwassen man was.

Het ontroerde hem te zien hoe zij probeerden in hun huishouden op Ardjasari de sfeer en de gewoonten vast te houden van hun leven in Dedemsvaart en Deventer. Overdag waren zij in Indië, hun gedrag en werkzaamheden afgestemd op de onderneming; maar zodra het donker werd sloten zij de deuren van de binnengalerij, en zaten daar onder de olielamp in die met draperieën van gebloemde stof, portretten, kunstplaten en snuisterijen zo Europees mogelijk aangeklede ruimte. Er stond zelfs een piano. Zoals destijds in Nederland zongen zij ook hier 's avonds, tweestemmig uit Valerius' *Gedencclanck*, of duetten, en liederen van Schubert en balladen van Loewe. Terwijl zijn moeder met naaiwerk bezig was, las zijn vader voor; de boekenkast bevatte naast klassieken en werken op het gebied van geschiedenis en land- en volkenkunde, een keur van moderne, meest Engelse romans; hun favorieten waren Dickens en Thackeray.

Aan de voortdurende aanwezigheid van de assistent van zijn vader kon Rudolf moeilijk wennen. Zijn moeder vond de gewoonte om een ongetrouwde medewerker van lagere rang na de dagtaak aan zijn lot over te laten barbaars. Het leek soms of die employé op een meer vanzelfsprekende manier een plaats bekleedde in het gezin dan hijzelf. Micola was een Indischman van middelbare leeftijd, die ervaring in de thee had opgedaan op een plantage van Baud. Onder Micola's voorganger had de nu tot volle wasdom gegroeide eerste aanplant van Ardjasari een produkt opgeleverd dat op de veiling in Amsterdam niet ongunstig beoordeeld was. Dat de volgende oogst tot mislukken gedoemd scheen, lag niet aan Micola of aan het werkvolk, maar aan een onverklaarbaar over het land gekomen plaag: zwermen krekelachtige insekten, die de Soendanezen kassirs noemden, vraten de heesters kaal. Ploegen vrouwen en kinderen vingen per dag duizenden van deze diertjes, zonder dat hun aantal noemenswaard slonk.

In de fabrieksloodsen ging het naar Rudolfs oordeel rommeliger toe dan op Parakan Salak en Sinagar. Veel uitzoeksters hadden een zuigeling in de slendang, er liepen ook steeds kleine kinderen rond tussen de bakken en rekken met blad in verschillende stadia van bewerking. Micola had nogal wat aan te merken op de timmerlui, en de boedjangs die moesten graven en spitten; Rudolf was haast dagelijks getuige van meningsverschillen tussen zijn vader en de assistent over de behandeling van het volk.

'U bent te vriendelijk, mijnheer. Ramah-tamah! Daar maken ze misbruik van.'

Maar Rudolfs vader was van mening dat de mensen net als hij moesten wennen aan een manier van werken, van samenwerken, zoals nog niet eerder gebruikelijk was geweest in de koloniën. Hij had er geen moeite mee hun te laten zien dat hij er in alle oprechtheid naar streefde een landheer-nieuwe-stijl te zijn, zoals Karel Holle, maar dat hij zich wel degelijk bewust was van zijn gebrek aan kennis en ervaring. Omdat hij hun taal niet sprak – zou hij het ooit leren? – maakte hij veel meer rondgangen in de tuinen en de fabriek dan nodig was; vergezeld van zijn tolk, Djengot, die op Waspada in dienst was geweest, keek hij aandachtig toe hoe de mensen werkten; met een welwillende houding, een vriendelijk gezicht hoopte hij vertrouwen in te boezemen; net als Karel Holle vond hij 'warme aanwezigheid' van onschatbare waarde. Mede daarom hield hij zich strikt aan de dagelijkse ceremonie van het thee-proeven, die meer was dan alleen keuren van het laatst bereide produkt en van mengsels van verschillende plukken. Op een tafel voor de achtergalerij stonden kleine kannetjes van geglazuurd aardewerk, die elk een lepel afgewerkte thee bevatten; een voor een werden zij met kokend water volgeschonken. Was de thee getrokken, dan namen hij, en na hem zijn vrouw en Micola, en sinds kort ook Rudolf, op de voorgeschreven wijze een slokje (het was veeleer een vorm van slurpen), terwijl zij tevens de geur keurden. De mandoers, en enkele pluksters en uitzoeksters waren altijd aanwezig bij dit proeven. De ernst waarmee zijn vader zich van zijn taak kweet, had Rudolf aanvankelijk verbaasd; gaandeweg zag hij in dat de dagelijkse herhaling van het thee-proeven, altijd op hetzelfde uur, en de manier waarop, met enigszins plechtige gemoedelijkheid, wel degelijk zinvol was. Het schiep een verstandhouding, het werk van de dag werd afgerond.

Rudolf mocht tijdelijk als beheerder optreden toen zijn ouders in Batavia waren voor de geboorte van Bertha's kind. Hij schreef de dagstaten bij en deed administratief werk, terwijl Micola de tuinen en de fabriek inspecteerde. Door veel met Djengot op te trekken, maakte hij snelle vorderingen in het Maleis. Aan het Soendaas durfde hij zich nog niet te wagen, uit angst dat hij de twee talen door elkaar zou halen. Ook oefende hij zich alle dagen in paardrijden en schieten. Zijn vaders achterlader had al gauw geen geheimen meer voor hem. Het was een pin-vuur kaliber zestien, met getrokken lopen, een volgens hem toch wel verouderd model. Hij kon zich niet goed voorstellen hoe men bij voorbeeld op tijgerjacht zou durven gaan met dit topzware wapen. Het was geen uitzondering dat het schot niet afging omdat de pin niet precies in het daartoe bestemde gleufje viel, of dat – vooral bij regenweer – de papieren kruithuls in de kamer van het geweer bleef klemmen, waardoor snel herladen onmogelijk werd. Hij gaf het niet op, en merkte tot zijn voldoening dat hij een zekere handigheid kreeg in het gebruiken van Si Soempitan, zoals het roofdieren-verdelgende wapen op de onderneming genoemd werd.

Met zijn vaders rijpaarden had hij meer moeite, vooral met de beurtelings luie en schichtige Darling, die hem lang gehoorzaamheid bleef weigeren. Omdat oom Eduard met name van dit paard de goede eigenschappen geprezen had, wilde hij zijn pogingen niet opgeven, maar bewijzen dat hij in staat was haar vertrouwen te winnen. Toen het hem bleek te lukken, gaf dat hem een nooit eerder gekend gevoel van eigenwaarde.

Te paard doorkruiste hij de voor een deel nog onontgonnen hectaren terrein van Ardjasari. Hij besloot een wegenstelsel voor de onderneming te ontwerpen, in de hoop dat zijn vader hem de aanleg daarvan zou opdragen. Na een langdurig verblijf in Batavia kwamen zijn ouders terug op Ardjasari. Zij hadden Cateau bij zich, die verklaarde alleen ter wille van Rudolf de rol van 'fluwelen baker' bij Bertha's dochtertje te hebben opgegeven. Rudolf toonde zijn tekeningen en berekeningen. Hoewel zijn plannen in goede aarde vielen, kon de uitvoering ervan voorlopig niet doorgaan. Hij werd zo spoedig mogelijk op Sinagar verwacht, want Eduard Kerkhoven had besloten zijn kinderen naar Holland te brengen. Na gedurende enkele maanden ingewerkt te zijn, zou Rudolf het beheer over de onderneming op zich kunnen nemen, onder oppertoezicht van Albert Holle.

Hoe anders ging het toe op Sinagar! Om te beginnen was daar de vrijwel onafgebroken stroom van vaak onaangekondigd opdagende gasten: kennissen van Eduard uit de warme kuststreken, die voor herstel van gezondheid 'boven' kwamen, planters en ambtenaren op doorreis, al dan niet vergezeld van hun gezin en bedienden. In het logeergebouw was altijd plaats.

Rudolf had nu een eigen kamer, met een eigen huisjongen, een eigen wasbaas. Heerlijk vond hij de badvijver in het ravijn achter de tuin, waar hij dagelijks ging zwemmen. Het enige waaraan hij moeilijk wennen kon, na de door zijn moeder bereide 'Hollandse' kost op Ardjasari, waren de onregelmatige en willekeurige maaltijden. Wanneer er logés waren, werd er gejaagd, en kwam er wild – meestal gevogelte, een enkele maal een hert – op tafel; maar dan weer was wekenlang schraalhans keukenmeester, en bestond het eten voornamelijk uit rijst met een paar gebakken visjes en geroosterde maïskolven. Voor Eduard vormde dit geen enkel probleem. Had hij behoefte aan een stevig maal, dan reed hij eenvoudig naar Albert Holle en diens jonge vrouw op Moendjoel. Hij vond het vanzelfsprekend dat Rudolf meeging. Maar die kon nog niet op onbevangen manier gebruik maken van de Indische gastvrijheid. Hij voelde zich opdringerig, en gedroeg zich terughoudender dan hij wilde.

Alberts vrouw, die eigenlijk Reiniera-Jacoba heette, maar zich Louise of Wies liet noemen, omdat die andere namen om onnaspeurlijke redenen als ongeluksnamen golden, vertoonde zich nauwelijks; meer dan een paar woorden als welkomst- of afscheidsgroet kreeg Rudolf nooit te horen. Waren er gasten, dan kwam zij een kwartier voor de maaltijd te voorschijn, en zij verdween weer na het eten. Eduard en Albert bleken dit teruggetrokken gedrag normaal te vinden. Het was, zei Eduard, 's lands wijs dat vrouwen voor de tafel zorgden en daarna de gastheer en zijn herenbezoek 'onder elkaar' lieten.

Toen Rudolf op Sinagar kwam, had Eduard kortaf verklaard dat Goey La Nio enkele maanden tevoren gestorven was bij de geboorte van haar derde kind. Dit kleine meisje had hij ook erkend, en haar de in de familie Kerkhoven gangbare voornaam Caroline gegeven. De kinderen woonden met hun grootmoeder en een tante in een huis achter het logeergebouw. Rudolf noemde het in stilte 'het Chinese Kamp'.

Sinagar was een mannenhuishouding. De vrouwen kwamen nooit in de ruimten waar Eduard verblijf hield en zijn gasten ontving. De vierjarige Adriaan – door iedereen Tattat genoemd – wél; hij trok een spoor van kattekwaad tussen het 'Chinese Kamp' en het grote huis, sleurde zijn speelgoed over de tegelvloeren, klom op de meubels. Het liefst treiterde hij de honden, hitste ze op of zat ze achterna, als een jager het wild; het was een wonder dat hij nooit gebeten werd. Hij kende geen angst. Eduard was verzot op dat kind. Hij nam hem overal mee naar toe, vóór zich op zijn paard bij het inspecteren van de tuinen, of in een draagstoel wanneer hij bezoeken ging afleggen op andere ondernemingen.

Tattat was een tenger maar taai kereltje met een matbleek gezichtje en onmiskenbaar Aziatische ogen; aanhalig als dat in zijn kraam te pas kwam, onhandelbaar wanneer hij iets niet wilde. Hij at en sliep zoals het hem paste, gewoonlijk dwars tegen de wens en de gewoonten van de andere bewoners in. Er was een stoet van bedienden nodig om hem te verzorgen en te bewaken. Rudolf vond dat een pak slaag van tijd tot tijd geen kwaad zou kunnen; het kind werd naar zijn mening grondig bedorven door de adoratie van zijn vader en de onderdanigheid van het personeel. In het 'Chinese Kamp' regeerde hij als een despoot. Het meisje Pauline, nooit anders genoemd dan Non Besar – ter onderscheiding van haar jongere zusje, Non Ketjil – was daar de enige die niet alles van hem verdroeg. Als eerstgeborene had ook zij een bijzondere status. Liet Eduard haar halen om zich wat met haar bezig te houden, dan werd zij uitgedost in even wonderlijke als kleurige combinaties van Chinese zijden jakjes en broekjes van batik. Zij vond zichzelf prachtig, en paradeerde als een kleine pauw. Haar nuffigheid was vermakelijk om te zien.

Om het 'Chinese Kamp' hing een waas van geheimzinnigheid. Er werd nooit openlijk gesproken over Goey La Nio, zelfs niet door haar kinderen. Rudolf ving tegenstrijdige geruchten op. Bedienden fluisterden dat zij zelfmoord gepleegd had omdat de djoeragan sepoeh de kinderen van haar wilde wegnemen – haar geest zou 's nachts weeklagend rondwaren bij de badvijver. Albert Holle veronderstelde dat zij vrijwillig vertrokken was om te trouwen met een rijke Chinees uit de relatiekring van haar vader. Rudolfs huisjongen maakte eens een opmerking die suggereerde dat zij nog steeds ergens op Sinagar huisde, maar te trots was om zich te vertonen, omdat Eduard sinds enige tijd aan een Soendase minnares de voorkeur gaf. Rudolf wist niet wat hij denken moest. Zijn eigen indruk was, dat de zuster die nu in het 'Chinese Kamp' woonde, ernaar streefde de opengevallen plaats in te nemen. Zij werd 'Njonja Nèng' genoemd, 'Mevrouw de Liefste'; maar Eduard bemoeide zich zelden of nooit met haar. Men zei dat Nèng het evenbeeld was van Goey La Nio. Dat gave ronde gezicht met hoge jukbeenderen onder blauwzwart, in een strakke wrong opgebonden haar, fascineerde Rudolf, maar er was iets vreemds in haar uiterlijk en manier van doen dat hij niet aantrekkelijk vond. Soms kwam de gedachte bij hem op dat Njonja Nèng en Goey La Nio eigenlijk één en dezelfde persoon waren. Zij wás er en zij was er niet; hij kon het raadsel niet oplossen.

De grootmoeder, Mama Toea, was heel de dag bedrijvig in de weer in de kamers van het 'Chinese Kamp', vol planten en vogelkooien. Zij commandeerde de bedienden, omringde met zenuwachtige aandacht de kinderen, vooral Non Ketjil, die begon te kruipen; Njonja Nèng daarentegen zat laconiek toe te kijken in een leunstoel, de voeten in geborduurde slofjes op een voetenbank, terwijl zij zo nu en dan vliegen wegsloeg met een zwaai van haar zakdoek; óf zij stond zwijgend in de keuken lekkernijen te maken, gekonfijte tamarinde of gelei van vruchten.

Als Eduard weg was, zou Rudolf op Sinagar aan het hoofd van de huishouding staan, en met deze twee vrouwen moeten optrekken. Hij nam zich voor een einde te maken aan het harem-achtige isolement van het 'Chinese Kamp', dat hem ongunstig leek voor de ontwikkeling van de kleine Caroline.

Met de mannen die hij op Sinagar ontmoette, viel over niet veel anders te praten dan over theezaken, jacht en paarden. Het stelde hem teleur dat Eduard geen conversatie had, niet van lezen hield. Zij schaakten wel eens, en ook dwong Rudolf zich tot kaartspelen, als er gasten waren die een partijtje wilden maken. Verder hadden zij alleen omgang met het echtpaar Hoogeveen-Holle op het buurland Tjisalak. Daar ging Rudolf graag naar toe; hij betreurde het dat de afstand tussen de twee ondernemingen zo groot was, en de weg erheen, vooral 's avonds, vrijwel onbegaanbaar. Hoogeveen leek hem een flinke, bekwame kerel, en nicht Pauline vond hij allerliefst, de aardigste van alle Holles. Met die twee ontwikkelde mensen kon hij zoals thuis bij zijn ouders 'bomen opzetten' over de meest uiteenlopende onderwerpen: boeken, politiek, geschiedenis. De Hoogeveens hadden één kind, de elfjarige Marietje, een handig ding. In haar vrijmoedigheid en kordate optreden deed zij Rudolf denken aan de kleine Cateau van weleer. Het zag ernaar uit, dat zij binnen een paar jaren een knap jong meisje zou worden.

'Ik heb al heel wat theewijsheid opgedaan waarvan ik naderhand hoop te profiteren,' schreef hij aan zijn ouders. Hij liet geen gelegenheid voorbijgaan om hun brieven, fruit en stekken van planten voor hun bloementuin-in-aanleg te sturen met een van de boodschappenkoelies die regelmatig voor Eduard op pad waren. Nauwgezet maakte hij melding van al wat naar zijn indruk bij de theebereiding navolgenswaardig was.

'Ik geloof dat onze thee slecht wordt uitgezocht. Zou ik per kerende koelie een klein monster, zowel van souchon als van ruwe thee kunnen krijgen? Ik wil die vergelijken met het produkt van Sinagar. De thee wordt hier *koud* ingepakt. Als ze warm in de kisten komt, zoals op Ardjasari, krijgt ze volgens oom Eduard een zeepsmaak. Dadelijk na het inpakken wordt de loodkist dichtgesoldeerd, zodat er geen vocht meer bij de thee komt.'

Hij begon te begrijpen dat men op vele manieren thee kon maken, en dat de heren van de verschillende ondernemingen er allen hun eigen methode van planten, snoeien en plukken op na hielden. Albert Holle volgde in grote lijnen het door Karel voorgeschreven systeem, maar Eduard en Hoogeveen veroorloofden zich afwijkingen, over welke tijdens de bezoeken die zij elkaar over en weer brachten, steeds weer levendige discussies plaatsvonden. Hoogeveen had de terrasbouw, die Karel Holle voor theecultuur in de bergen de ideale achtte, vervangen door een netwerk van afvoergoten, die bijna horizontaal, zigzagsgewijze over de hellingen liepen; een in Rudolfs ogen praktische, want tijd- en ruimtebesparende oplossing. Eduard hield zich niet aan de door Karel aanbevolen produktie van groene thee; souchon en pecco maakten betere prijzen op de Amsterdamse theemarkt. Wel liet hij soms blad voor groene thee bereiden, in hoofdzaak om de nog onbekende eigenschappen van het looizuur te onderzoeken.

Karel Holle waakte overal en altijd als een éminence grise op de achtergrond van het bedrijf. Volgens Eduard had hij spionnen onder de mandoers op Sinagar, Moendjoel, Tjisalak en Ardjasari, die hem van thee- en personeelszaken op de hoogte hielden. Zo nu en dan kwam hij, meestal vergezeld van een vriend, de wedana van Tjitjoeroeg (die toezicht moest houden op het inlandse aandeel in de theecultures) logeren op Moendjoel, waar men zich dan verzamelde om dringende aangelegenheden te bespreken; de boedoeg-plaag, een roestachtige bladziekte die zonder naspeurbare oorzaak hele tuinen aantastte; de onrustbarende schaarste aan padi, als gevolg van misoogst, en het daarmee verbonden probleem hoe aan voldoende rijst voor het werkvolk te komen; de noodzaak nieuw personeel te vinden voor pluk en fabriek, nu de mensen in drommen wegtrokken naar streken waar geen hongersnood dreigde.

Ook op Ardjasari bleef Karels invloed voortdurend voelbaar. Hij had, tot verdriet van Rudolfs ouders, die hun best deden in alles zijn raad op te volgen, niet anders dan aanmerkingen op de gang van zaken in hun jonge bedrijf: hij vond de wegen beestachtig slecht, het uiterlijk van de theekisten lelijk, de thee te grof. Rudolf stuurde daarom een recept voor vernis: ‘Hier op Sinagar koken we een mengsel van olie en menie tot het dik wordt, en daar roeren we dan drie flessen bloed doorheen, en een beetje hars om het opdrogen te bevorderen. Probeert u dat eens op uw theekisten.’

In Eduards plaats inspecteerde Rudolf nu dagelijks het werk. Hij vond het prettig over het uitgestrekte land van de ene tuin naar de andere te rijden op de schimmel die Eduard hem in bruikleen gegeven had, een fiere jonge merrie, Si Odaliske. In de fabriekslоodsen voelde hij zich minder op zijn gemak. Hij was zich daar voortdurend bewust van zijn gebrek aan kennis van het Soendaas. Zijn vergissingen brachten onderdrukt gelach teweeg bij de uitzoeksters, en, later op de dag, uitbundige vrolijkheid bij de jeugdige pluksters, als die in een lange rij met hun mandjes vol blad langs de weegtafel schoven. Hij kon er wel tegen uitgelachen te worden, maar de overweging dat door zijn als komisch beschouwde optreden het gezag van de djoeragan werd aangetast, deed hem besluiten zijn bezoeken aan de fabriek voorlopig te beperken tot een korte rondgang zonder meer. In de zagerij had hij weer andere problemen. De mannen die de theekisten maakten sloegen de ingehamerde spijkers vaak zo slordig om, dat later de loodverpakking beschadigd werd. Door zijn onbeholpen woordkeuze werden de opmerkingen die hij hierover te berde bracht niet au sérieux genomen. Hij werkte dus hard om de taal onder de knie te krijgen, legde woordenlijsten aan, en oefende zich in de uitspraak. Die studie hielp hem om de lange avonden door te komen. In tegenstelling tot het pasar-Maleis dat zijn ouders en zusters in hun omgang met de bevolking spraken, bleek het Soendaas een rijke, gecompliceerde taal. Rudolf maakte zich een aantal zinnen eigen, kort maar krachtig, en in de correcte aanspreekvormen gesteld, die precies weergaven wat hij bedoelde.

Met Eduards Chinese opzichters kon hij over het algemeen goed opschieten. Zij maakten een ijverige en betrouwbare indruk; alleen vond hij hun gedrag vaak nogal aanmatigend. Zij vormden te midden van het werkvolk in de fabriek een kaste apart, alleen al door hun kleding en haardracht; zij spraken Maleis, de meesten van hen waren op Java geboren en getogen 'peranakans'. Dat zij vanwege hun Chinese afkomst meer verstand zouden hebben van de bereiding van de China-thee dan anderen leek Rudolf niet bewezen. Het duurde niet lang voor hij de oorzaak begreep van hun zelfbewuste houding tegenover de inlandse werkkrachten: de met veel gezag beklede mandoer van de voorraadloods was een broer van Goey La Nio.

Eduard nam Rudolf mee naar Buitenzorg om hem voor te stellen aan de heren die betrokken waren bij de organisatie van de wedrennen, en om hem te doen proeven van het society-leven in de residentie van de Gouverneur-Generaal. Voor het eerst sinds de dagen van zijn Deventer dansles ging Rudolf weer eens naar een bal. Hij merkte dat hij nog uitgelaten plezier kon hebben, al stuitte het gedrag van vele feestvierders in de Buitenzorgse Wedloop Sociëteit hem tegen de borst.

'Alle verteringen zijn à discrétion, waarvan dan ook met de grootste *in*discrétion gebruik werd gemaakt, vooral door een paar officieren,' meldde hij in een brief naar Ardjasari. 'Champagne vloeide bij stromen. Zelfs 's morgens bij de races bedronken volwassenen en kinderen(!) zich daaraan. Op het bal zag ik een officier in uniform midden tussen de quadrille lopen met twee flessen onder de arm. Ook zij die meedansten lieten zich onderwijl inschenken, en dronken de wijn bij bierglazen vol!'

Eindelijk kon hij de zo lang gewenste wandeling in de Plantentuin maken. Hij vond het daar prachtig mooi en interessant, en nam zich voor het unieke park tot in de verste uithoeken te verkennen wanneer hij voor de volgende races naar Buitenzorg zou gaan. Híj moest dan Eduards paarden laten lopen.

Einde juni vertrok Eduard met Paulientje en Tattat naar Nederland. De kinderen zouden in Arnhem in huis komen bij twee ongetrouwde zusters Kerkhoven. Hoewel gewaarschuwd voor de vaak fatale hitte in de windstille Rode Zee, had Eduard passage besproken op een schip dat de nieuwe route door het Suez-kanaal zou volgen. Hij wilde niet wachten, en ook de veel langere reis om de Kaap niet maken, om de opening van het Gelderse jachtseizoen niet mis te lopen.

Op Sinagar kreeg Rudolf de volle laag: zo ervoer hij tenminste de stortvloed van verantwoordelijkheden. Hij luchtte zijn hart in brieven:

'Er wordt hier veel droge thee gestolen. Vier hoofdmandoers, de schrijver, en een huisjongen zijn naar Soekaboemi overgebracht en hebben voor de Landraad terechtgestaan. Zij zijn veroordeeld tot straffen van één à drie maanden dwangarbeid. Ik heb er nog met de resident van Soekaboemi over gecorrespondeerd, maar ik kwam te laat; hij antwoordde dat het vonnis al uitgesproken was. Intussen laat hij nu, twee dagen later, toch nog nieuwe getuigen oproepen, en krijg ik weer hoop op een andere beslissing. Oom Eduard heeft met de aanklacht in die zaak net zolang gewacht tot hij op het punt stond weg te gaan, en nu moet ik de kastanjes uit het vuur halen. Dát weet ik wel, dat ik, als ik een eigen onderneming beheer, er niet gauw toe zal overgaan om dergelijke zaken voor de justitie te brengen. Wij trekken zelf aan het kortste eind. Ik heb nu nog maar op één afdeling een hoofdmandoer (een nieuwe) en moet in de drie andere tuinen dat baantje zelf waarnemen, iets waarop ik volstrekt niet voorbereid was. De afstand tussen de verschillende tuinen bedraagt gemiddeld drie à vier paal. Het ongeluk is dat elke morgen die ik in de tuinen doorbreng vast en zeker heel slechte thee in de fabriek oplevert. Als ik er niet bij sta knoeien ze daar verbazend. Bovendien heeft Albert Holle, geheel buiten mij om, op Sinagar een nieuwe manier van bereiding, namelijk van groene thee ingevoerd, die de mensen nog niet begrijpen, en die ik zelf ook nog niet ken. Dat vermeerdert de soesah.

De mensen hier hebben gedacht dat ik ze niet aandurfde. Ze zijn net zolang slof en beroerd in hun werk, tot ik ze opeens flink kort in hun traktement, en dan zijn ze zo verbaasd en geschrokken dat ze zich als lammeren laten leiden, en alles weer voor een tijd uitstekend gaat. Ik heb ook vanaf het begin ingesteld dat niet de boedjangs, maar de mandoers gestraft moeten worden als er iets niet deugt. Die zijn verantwoordelijk. Ook heb ik het systeem van leningen en voorschotten afgeschaft.

De padi is weer in prijs gestegen. Ik laat die door onze eigen boedjangs halen. Albert Holle moet nog meer betalen dan wij hier, omdat hij zich de padi laat bezorgen, maar toch keurt hij mijn regeling op Sinagar af. Zo zijn de Holles. Ze vinden niets goed dat anders is dan bij hen. Albert vergeet dat hij zelf als mede-eigenaar ook belang heeft bij de gang van zaken op Sinagar, en dat als ik zijn duurdere manier van padi kopen ging volgen, dat puur verlies voor hem zou zijn. Ik moet alle kromme sprongen nadoen die hij met de thee gelieft te maken. Dan is ze te grof, dan te fijn en dan dit en dan dat. Hij denkt dat zijn produktie altijd constant is en dat hij steeds dezelfde soort van thee maakt, maar ik weet wel beter; en mijn personeel is ook dikwijls erg verbaasd wanneer er weer iets niet goed is dat Albert zelf hier heeft ingevoerd. In sommige dingen veroorloof ik me echter wel om mijn eigen gang te gaan. Oom Eduard heeft mij indertijd dan ook gewaarschuwd om, al mocht Albert erop aandringen, hier en daar *niet* van onze gewone methode af te wijken. Ik heb overigens geen klagen over hem. Weliswaar is volgens hem alles op Sinagar slecht en op Moendjoel uitstekend, maar hij is zeer gematigd en voorzichtig in zijn woorden, zodat wij bedaard over de zaken praten kunnen, en in zo'n geval kost het mij geen moeite hem wat toe te geven.'

Rudolf was zich ervan bewust dat zijn aanpak van de theezaken op Sinagar, en dan vooral zijn organisatorische en disciplinaire maatregelen, in de familiekring van de Holles misnoegen wekten. De 'gemakkelijke' sfeer en de gemoedelijkheid die het beheer van Eduard kenmerkten, ontbraken nu híj de toon aangaf. Er kwam nog maar zelden bezoek. De enige logé die hij kreeg gedurende de maanden van Eduards afwezigheid, was de administrateur van een onderneming die aan Baud toebehoorde. De man was er kennelijk op uitgestuurd om informatie in te winnen over de bereiding van groene thee, en over de onderlinge verstandhouding tussen de gebroeders Holle. Over het een noch het ander liet Rudolf zich uit.

Ofschoon herhaaldelijk door hem uitgenodigd om gebruik te maken van de kamers in de gedoeng, bleven Njonja Nèng en Njonja Toea zich terughoudend gedragen. Met Nèng waren er schermutselingen geweest, toen zij buiten hem om bedienden wilde ontslaan; hij had haar echter snel duidelijk weten te maken dat hij de baas was in huis. Daarna had zij hem een paar maal stopflessen met gekonfijte vruchten gegeven om naar zijn moeder te sturen, als dank voor de Europese kinderkleren van Paulientje en Adriaan, die op Ardjasari gemaakt waren. Juist toen hij dacht dat er een betere verstandhouding mogelijk zou zijn, deelde Nèng hem plotseling mee dat zij zou gaan trouwen met een landgenoot in Buitenzorg. Een mooie saroeng van Chinese batik uit Pekalongan die Rudolf haar mede namens zijn ouders als geschenk aanbood, nam zij met een strak gezicht in ontvangst: 'Ik ben te oud voor dat bloempatroon.' Op een dag bleek zij verdwenen zonder afscheid te hebben genomen.

Na haar vertrek vormde Rudolf met Mama Toea en Non Ketjil een merkwaardig gezinnetje. De oude vrouw durfde hem nauwelijks aan te spreken, het kind was bang voor hem. Pas toen zij eens met haar hoofdje onder het buffet was blijven steken (zij had zich daar in een driftige bui willen verstoppen), en hij er als enige in geslaagd was haar te bevrijden, leek het ijs gebroken. Hij wilde dat zij gezond zou zijn en er lief zou uitzien als Eduard terugkwam, en deed zijn uiterste best haar met behulp van de hem door zijn moeder meegegeven huismiddeltjes af te helpen van een hardnekkige scrofuleuze uitslag.

Wanneer hij voor het een of ander op Moendjoel kwam, kreeg hij de indruk daar niet welkom te zijn. Albert, met wie hij in de fabriek best overweg kon, behandelde hem op Moendjoel koeltjes, en Louise bleef in hun schaarse gesprekken vormelijk 'neef' en 'u' zeggen. Het gebeurde herhaaldelijk dat er een koempoelan plaatsvond met de Hoogeveens van Tjisalak en de Holles van Parakan Salak, waar men hem niet bij gevraagd had. Bijzonder grievend vond hij het, dat men eens, toen hij toevallig langskwam, aan tafel ging zonder hem uit te nodigen mee te eten. Hij deed alsof hij niets merkte, maar de vraag wat er mis was, bleef hem dwars zitten. Verdachten zij hem van overlopen naar Baud? van instemming met artikelen die in de *Java-Bode* verschenen waren, waarin in bedekte termen Karel Holle wegens zijn houding van alwetendheid op de hak genomen werd? Hij wilde zich niet onzeker voelen, omdat dit hem zou belemmeren in de uitoefening van zijn functie.

Hij had soesah genoeg aan zijn hoofd. Hevige regenval veroorzaakte in heel West-Java overstromingen en in de bergen bandjirs, die ook binnen de grenzen van Sinagar bruggen wegsloegen en wegen verwoestten. Een kampoengbewoner had, per ongeluk naar het scheen, een bamboebos in brand gestoken; Albert veronderstelde dat het sabotage was, in verband met de door Rudolf ingevoerde strafmaatregelen. Onder pluksters en fabriekspersoneel was oncontroleerbaar verzuim aan de orde van de dag. De Chinese hoofdmandoer, Eduards 'zwager', nam ontslag. Een paard uit de renstal verongelukte. De nieuwe droogkamer met stenen muren en pannendak die Rudolf had laten maken, voldeed niet, zodat hij voor de taak stond de door de regens ongelooflijk overvloedige pluk boven houtskoolvuren te drogen, hetgeen de smaak niet ten goede kwam. Soms werd er per dag tienduizend pond ruw blad binnengebracht, een hoeveelheid die onmogelijk naar behoren afgewerkt kon worden.

Maar plotseling veranderde als bij toverslag zowel de houding van de Holles als die van het werkvolk. Sinds Rudolf op de races in Buitenzorg–waar hij Eduard vertegenwoordigde–kennis gemaakt had met huwbare nichtjes en vriendinnen van Jans en Louise, was hij op Moendjoel in de gratie als nooit tevoren; en nadat hij ter ere van het paard Emir, dat een grote prijs gewonnen had, de mensen op de onderneming een selamatan met muziek en danseressen had aangeboden (het paard werd bekranst rondgeleid en kreeg wierookstokjes in de stal) leek zijn prestige aanzienlijk toegenomen. Hij veronderstelde dat hij nu getoond had 'erbij te horen'.

Eduards terugkeer dat najaar van 1872 bleek even onduidelijk voorbereid als zijn vertrek. Hij had nooit geschreven, zelfs niet gereageerd op de uitvoerige verslagen die Rudolf hem had toegezonden. Door gebrek aan tijd moesten feestelijkheden achterwege blijven. Als eerste in de familie maakte hij gebruik van de pas geopende spoorlijn tussen Batavia en Buitenzorg.

Rudolf ging hem met een escorte van twaalf ruiters afhalen. Eduard zag er goed uit en was zielsblij weer op Java te zijn. Het verblijf in het moederland had hem doen beseffen dat hij voortaan nooit meer heimwee zou hebben. Toen zij Sinagar naderden gaf hij zijn paard de sporen.

Rudolf beschreef zijn ouders die thuiskomst: 'Het duurde niet lang of oom en ik waren de rest ver vooruit. Wij hebben nog nooit zo woest gereden. Maar omdat ik zo iets voorzag had ik een van de beste racers uit de stal genomen, het kostte mij dus geen moeite oom op zijn grote Sydneyer bij te houden. Heel in de verte achter ons zag men een lange streep van dravende en galopperende paardjes. U kunt zich voorstellen hoe de bevolking uitliep! Op Sinagar was alles in orde. Ik heb dan ook niet kunnen merken dat oom over iets van belang ontevreden is. Hij zei dat ik eer had van mijn werk. Het zal mij benieuwen of hij zich tegenover u over mijn beheer zal uitlaten. Oom zit nu aan u te schrijven. Ik hoor daar wel eens iets van, nietwaar?'

Een dag later voegde Rudolf een postscriptum toe: 'Oom heeft mij schitterend royaal behandeld. Ik ben er compleet verlegen onder. Ik krijg een nieuw geweer, een achterlader, central fire, dat nog onderweg is. En toen ik haast geen woorden kon vinden om te bedanken, zei oom nog: en dan moet je meteen die schimmel, Odaliske, waar je zoveel van houdt, maar meenemen!

P.P.S.S. Hoe komt het toch, dat ik zo weinig hoor van de theezaken op Ardjasari? Of zijn dat allemaal verrassingen die u voor mij bewaart?'

Een verrassing, zij het geen aangename, was de ontdekking dat zijn vader niet op zijn thuiskomst gewacht had, maar na de beëindiging van Micola's dienstverband weer een nieuwe employé had aangesteld, een jongmens dat volgens Rudolf zeker niet meer van theecultuur af wist dan hijzelf. Ook was er een logé in huis, Radèn Karta Winata, een zoon van Karel Holles vriend, de penghoeloe van Garoet. Deze jonge Soendase edelman had op de door Karel gestichte kweekschool een opleiding tot onderwijzer gevolgd. Hij was een bescheiden, hoffelijke huisgenoot, die voortreffelijk Nederlands sprak. Ten behoeve van de school vertaalde hij teksten voor leesboeken; *De avontuurlijke reis naar Oost-Indië* van Willem Bontekoe was al in het Soendaas verschenen, nu werkte hij aan een vertaling van de Nederlandse uitgave van Defoe's *Robinson Crusoë*. Rudolfs vader, die een Engelse editie van die roman bezat, hielp Karta Winata bij vergelijking met de oorspronkelijke tekst, in ruil voor Soendase les. Ook Rudolf maakte dankbaar gebruik van de geboden gelegenheid. Met veel geduld en tact wees Karta Winata hem de weg in de doolhof van dit taalgebruik met zijn 'hoge' en 'lage' vormen voor omgang tussen mensen van gelijke stand, de benadering van voorname lieden, het betuigen van diepe eerbied, het uitdrukken van minachting, het subtiele nuanceren van de waarde die men zichzelf toekent in het contact met een ander. Het zou Rudolf niet meer gebeuren dat hij, behalve in een geval van gerechtvaardigde toorn en uiterste verontwaardiging het hooghartige neerbuigende 'aing' voor 'ik' zou gebruiken tegenover een ondergeschikte in plaats van het gemoedelijker 'oerang' of 'dèwèk', of dat hij in een Soendaas gezelschap van zijnsgelijken in rang en stand, voordat er sprake was van wederzijdse vertrouwelijkheid, zichzelf zou aanduiden met het woord 'koering' in plaats van met het vormelijke 'abdi'.

Karta Winata glimlachte om Rudolfs verbazing en verwarring. 'U moet eens een receptie of een feest bijwonen in de kaboepatèn van een regent, mijnheer Kerkhoven. Het is de kunst om in toespraken zeer bloemrijke oude traditionele woorden en uitdrukkingen in te vlechten. Dat wordt bijzonder gewaardeerd, het getuigt van eerbied voor onze cultuur. Mijnheer Karel Holle is er zeer knap in!'

Op de vraag wat hij eigenlijk van *Robinson Crusoë* vond, antwoordde Karta Winata dat hij in dat boek de langzaam groeiende verstandhouding tussen een beschaafd en een door onwetendheid lager staand mens voortreffelijk uitgebeeld achtte. Rudolf had de vraag gesteld, omdat hij zich kon voorstellen dat de leerlingen van de Soendase kweekschool wellicht een opvoedkundige tendens–en een weinig vleiende vergelijking–zouden vermoeden in dit verhaal over een westerling en een wilde. Achteraf was hij er nog niet zo zeker van dat Karta Winata niet juist het omgekeerde had bedoeld.

Een tweede verrassing, die ook gemengde gevoelens wekte, was de mededeling dat Cateau zich tijdens een logeerpartij bij Bertha in Batavia geëngageerd had; halsoverkop, volgens Rudolf, die nooit eerder iets over een vrijage van zijn jongste zuster had vernomen. Hij had toch op zijn minst mogen verwachten dat men hem gekend had in die gezinsaangelegenheid voordat de zaak beklonken was. Cateaus aanstaande, een telg uit een onberispelijke Zutphense familie, heette Joan Henny, en was landsadvocaat te Batavia. Hij gold als een zeer bekwaam jurist, die zeker carrière zou maken. Over zijn persoon, zijn karakter, kwam Rudolf weinig te weten. Zijn ouders kenden het jongmens nauwelijks, maar de ingewonnen informatie was gunstig, en Van Santen, die met hem bevriend was, noemde hem in alle opzichten solide.

Cateau leek tevreden. Zij had het druk met haar uitzet, en was nu niet weg te slaan uit de gehate 'naaiklas' op Ardjasari. Rudolf verbaasde zich over het gemak waarmee zij zich, binnen een paar weken, en op basis van wat niet anders dan een vluchtige kennismaking geweest kon zijn, instelde op haar nieuwe leven. Vragen, bedoeld om haar gevoelens te peilen, beantwoordde zij met een naar zijn smaak al te conventionele geestdrift over de attenties en fraaie geschenken waarmee haar verloofde haar overlaadde. 'Wat ben je toch zwaar op de hand! Bertha en Van Santen hebben elkaar ook nauwelijks gezien voor zij trouwden, en dat gaat toch uitstekend. Binnenkort krijgt Bertha weer een kleintje. Een eigen gezin, dat lijkt me zalig!'

Ondanks de inspanningen van zijn ouders, de aanwezigheid van Eduard en de Hoogeveens en van de assistent-resident van Bandoeng, die het huwelijk voltrok; ondanks de elegante japon van Cateau, op Ardjasari vervaardigd naar een model uit de *Gracieuse*; ondanks het feestmaal, de champagne, de illuminatie van de tuin, het Chinese vuurwerk en de selamatan voor alle mensen van de onderneming, was de bruiloft geen onverdeeld succes. Joan Henny, blond, bleek, een tikkeltje 'fat', met in zijn optreden een zweem van pedanterie, viel bij geen van de familieleden echt in de smaak. Het gezelschap was ook niet voltallig: de Van Santens konden de verre vermoeiende reis niet maken omdat Bertha's bevalling elke dag verwacht werd; zowel de Holles van Parakan Salak als die van Moendjoel waren wegens ziekte verhinderd; Karel Holle volstond met het zenden van fruit van Waspada.

Nauwelijks waren de sporen van het feest opgeruimd, of de geboorte van Bertha's tweede kind, een zoon, riep de Kerkhovens naar Batavia. En toen zij na een verblijf van enkele weken weer thuisgekomen waren, verscheen – meereizend met een bevriende familie – volslagen onverwacht, een pruilende Cateau, die zich door haar kersverse echtgenoot achtergesteld voelde bij zijn advocatenpraktijk; weldra gevolgd door Henny zelf, die zich uitputte in verklaringen en excuses, en zijn jonge vrouw weer meenam. Er leek geen einde te komen aan het va-et-vient van mensen in karretjes en draagstoelen of te paard; de nieuwe treinverbinding tussen Batavia en Buitenzorg maakte de reis korter, al kwam het moeilijkste traject pas in de Preanger bij het overtrekken van de Megamendoeng-pas en Goenoeng Missigit.

Rudolf had het zijne bijgedragen tot de bruiloft door met een werkploeg de steile en vaak gevaarlijk-gladde toegangsweg naar de onderneming enigszins te verbeteren. Nu was dat karwei afgelopen. Na de zelfstandigheid die hij op Sinagar gekend had viel het hem moeilijk op Ardjasari rond te lopen, zonder naast zijn vader en diens assistent een duidelijk omschreven taak te hebben. Er was geen werk genoeg voor drie man. Men had hem niet nodig.

Hij was nu bijna twee jaar op Java, en had nog geen enkel vooruitzicht op een vaste werkkring. Even scheen zich een nieuwe mogelijkheid voor te doen toen bekend werd dat de gezondheidstoestand van Adriaan Holle steeds meer te wensen overliet. Het advies van de doktoren in Batavia luidde: repatriëren. Ondanks de eenparige reactie van de Holles: voor iemand die dertig jaar op Java gewoond heeft, en dan nog wel in een subtropisch bergklimaat als dat van Parakan Salak, is 'patria' híér! – dachten Adriaan, en tot aller verrassing ook Jans, er in ernst over naar Nederland te gaan. Zij hadden een zoontje, dat zij een Europese opvoeding wilden geven. Parakan Salak zou voor onbepaalde tijd aan een plaatsvervanger toevertrouwd worden. Rudolf hoopte – en verwachtte – dat Adriaan voor die functie hém op het oog had. Het bericht dat Adriaans assistent – ook getrouwd met een meisje Van Motman – als opvolger was aangewezen, sloeg die hoop de bodem in.

Karel Holle liet weten dat er misschien een beheerdersplaats te bekleden was op een land dat hij van plan was te pachten; maar Rudolf realiseerde zich dat hij dan door leeftijd en positie altijd min of meer aan Karel ondergeschikt zou blijven, en betwijfelde of samenwerking op den duur kans van slagen had.

Met zijn vader maakte hij een paar tochten naar de hoogvlakte van Pengalengan en omstreken, om voor pacht vrijgegeven stukken land te bekijken. De enige plek die hem wat ligging betreft op het eerste gezicht beviel, was een door het gouvernement afgeschreven koffieplantage, Gamboeng, op de noordwestelijke helling van de Goenoeng Tiloe. Maar hij had zich nu eenmaal op thee toegelegd, van koffiecultuur wist hij niets.

Door zijn werkzaamheden op Sinagar bleek hij zich de naam verworven te hebben een betrouwbaar en pijnlijk nauwkeurig boekhouder te zijn. Vanwege Van Santens Nederlands-Indische Handelsbank werd hem verzocht naar Oost-Java te reizen om daar de administratie van een tabaksplanter te saneren. De tocht zelf, van Batavia met een schip naar Soerabaja, en vandaar in etappes naar Blitar, was een belevenis die hij niet graag had willen missen; maar hij zegende de hemel dat het lot hem niet dwong zich in die buurt te vestigen. Groter tegenstelling dan tussen de groene theetuinen in de Preanger met hun haast feodale huishoudingen rondom de gedoeng, en het kleinsteedse onderlinge verkeer 'in de suiker' en 'in de tabak', kon hij zich niet voorstellen. Hier leek het schrikbeeld van leven-in-de-Oost, dat men hem in Holland vaak waarschuwend had voorgehouden, werkelijkheid geworden: mannen die maar één doel voor ogen hadden, zo gauw mogelijk zoveel mogelijk geld verdienen om Java voor altijd te kunnen verlaten, en hun mistroostige echtgenotes; vrijgezellen die de eenzaamheid trachtten te bezweren met drank.

Nadat Rudolf zijn opdracht had vervuld, ging hij op aanraden van zijn vader in de omgeving van Malang koffietuinen bekijken, om zijn licht op te steken over de wijze van verbouw en produktie. Hij vond die plantages de moeite waard, maar het werk in geen enkel opzicht zo boeiend als de veel ingewikkelder, onberekenbare en daarom uitdagende theecultuur.

'Ik verlang naar het Preanger-land!' schreef hij aan zijn ouders.

De ontginning 1873-1876

Het zweet liep hem tappelings langs de rug, en van onder de toedoeng door zijn haren en over zijn gezicht. Zijn hemd was doorweekt, de mouwen van zijn katoenen jas kleefden aan zijn armen. Hij benijdde de inlanders, die met hun baadje los over het naakte bovenlijf stonden te spitten. Hij bleef gekleed, niet alleen om zich te beschermen tegen de zon die in de ijle berglucht zijn huid sneller deed verbranden, maar ook vanwege het decorum. Het wekte toch al bevreemding dat de djoeragan zelf de patjoel ter hand nam. Hij deed mee om de mensen in het gewenste tempo aan de gang te houden. Wanneer Djengot als voorman optrad, duurde alles drie maal zo lang. Steeds weer verbaasde hij zich erover dat de bergbewoners, die bekwaam kapmes en bijl wisten te hanteren, zoveel moeite hadden met de blijkbaar door hen zelden of nooit gebruikte patjoel. Hij was de tel kwijt van het aantal malen dat hij met een 'Didijeu koerang djéro matjoelna!' had moeten duidelijk maken dat zij de grond niet diep genoeg hadden omgewerkt.

Dit veld, bestemd tot een proeftuin voor thee, was het zwaarste karwei tot nog toe. Dagenlang waren zij er al bezig. Eerst hadden zij de oude koffiestruiken omgehakt, daarna de stronken en stobben afgebrand. Maar onder de grond bevond zich een vrijwel onontwarbare laag van dicht vervlochten taaie wortels. Er kon geen sprake zijn van nieuwe beplanting voordat die uitgespit was.

Elke dag bracht weer andere problemen. Toch was hij wel tevreden. Na een stroef begin ontwikkelde zijn verhouding tot de Gamboengers zich gunstig. In de eerste dagen na zijn komst hadden er zich een paar gemeld om te helpen met het openkappen van de paden tussen de verschillende tuinen. Het bleef bij vijf, zes man, steeds dezelfden. Van Djengot hoorde hij dat er wel meer wilden komen, mits hij hoger loon betaalde. Hij was zich ervan bewust geweest dat zijn gedrag in deze kwestie bepalend zou zijn voor heel zijn verdere bestaan op Gamboeng. Hoewel hij vond dat er in beginsel over hun eis te praten viel, wilde hij niet dadelijk zwichten voor druk. Hij had de mensen die wél gekomen waren, en die hij al geneigd was oude getrouwen te noemen, lichtere bezigheden gegeven dan in de voorafgaande dagen, de werktijd verkort, tijdens de rustpauze tabak aangeboden, aan schijfschieten gedaan, nadat hij het gebruik van zijn geweer had uitgelegd en gedemonstreerd. Deze toenadering had de tongen losgemaakt. Op grond van bedekte toespelingen kreeg hij het vermoeden dat Djengot het brein achter de heersende onwil was.

Weer had hij gelegenheid gehad profijt te trekken uit wat hij op Sinagar had geleerd. Hij begreep dat hij de goede verstandhouding met Djengot moest bestendigen door een diplomatiek geschenk. Daarna was alles dadelijk veel beter gegaan. Het aantal werknemers was toegenomen; over het loon—enkele centen méér—was zonder moeite overeenstemming bereikt; ook liepen de Gamboengers niet meer schuw aan zijn huisje voorbij, maar kwamen soms aanlopen om hem merkwaardige vondsten uit het oerwoud te tonen of aan te bieden, zoals een geschubde miereneter, of een reusachtige zwarte vogelspin. De mannen rolden graag een sigaret van zijn Hollandse tabak, in stukjes blad van de nipahpalm, en zaten dan gehurkt voor zijn pondok onder waarderend gemompel te roken.

Tussen hem en zijn ouders op Ardjasari liep nu vrijwel dagelijks een koelie heen en weer. Zijn boodschappenlijstjes werden langer; kleren moesten gewassen en versteld, schoenen gerepareerd worden. Dit laatste leverde moeilijkheden op, omdat er in de hele Preanger geen schoenmaker te vinden was. De Chinese vakman in Batavia zond de laarzen terug met wandluizen in het binnenwerk, die door Moentajas gevangen, en naar Rudolfs indruk wat al te slordig tussen twee vingers weggeknipt werden. Hij was op zijn moeder aangewezen voor zendingen van de meest noodzakelijke levensmiddelen, suiker, eieren, en zo nu en dan een kip. Na een dag in de tuinen had hij razende honger.

Hij legde de patjoel neer en overzag de groeiende berg van uitgegraven wortels en taaie stengeldunne stammetjes die verscholen tussen de oude struiken waren opgeschoten. Het hinderde hem dat hij geen ervaring had met het ontginnen van bosgrond in deze streken.

Telkens deden zich problemen voor waarvoor hij zo gauw geen oplossing wist. Hoe in de nabije toekomst, wanneer hij meer grond klaar moest maken voor thee, die enorme hoeveelheid hakhout en snoeisel weg te werken? Voor transport beschikte hij nog niet over karren en trekdieren. Later zou hij karbouwen kopen en een kraal aanleggen. Intussen was het zaak greppels te graven waarin alle losse rommel gestort kon worden.

Er trok een wolk voor de zon, de eerste van de gestaag rijzende wal die later in de middag in een stortbui uiteen zou breken. Dat het op Gamboeng zo vaak en zo hevig zou regenen, had hij niet voorzien. Die regen en de eenzaamheid (hij had nu in bijna drie maanden geen woord Nederlands gehoord of gesproken) waren de schaduwzijden van zijn Eldorado. Hij dacht soms met een vleug zelfspot aan de grenzeloze verrukking die hem had bevangen toen hij voor de eerste maal op de bergkam stond. Nog beleefde hij dergelijke ogenblikken van puur geluk, wanneer na noodweer bij de uitgang van het druipende oerwoud, of 's ochtends als hij zijn deur opendeed, het grandioze panorama van de Pantjoer, de Patoeha en de Tambagroejoeng zich voor hem ontvouwde, de Gedeh op de achtergrond, in schakeringen van blauw en violet zichtbaar was, terwijl vlakbij de drietoppige Goenoeng Tiloe zich machtig verhief. Hij ervoer telkens weer dat dit landschap – al meende hij het nu beter te kennen omdat hij het in alle richtingen doorkruist had – zich als het ware terugtrok in een niet te doorgronden eigen bestaan. Hij begreep ook waarom voor de mensen die hier woonden elke boom, steen en bergstroom bezield was, een wezen met een naam, een bijzondere macht.

Nu de zon weg was, huiverde hij in zijn vochtige kleren. Hij gaf de mannen die met hun saroengs omgeslagen aan de rand van het veld hurkten, een teken dat het genoeg was voor die dag. Zij trapten de vuren uit en namen hun patjoels over de schouder. Had er geen regen gedreigd, dan was hij het liefst even gaan kijken bij de al schoongemaakte velden. De Gamboengers hadden voor nieuwe, op het oerwoud gewonnen en dus nog naamloze terreinen aanduidingen bedacht: 'het veld van de badak' (omdat eens, toen zij daar aan het werk waren, een neushoorn met oorverdovend geraas van brekende takken rakelings aan hen was voorbijgestoven), 'het veld van de rasamala met de rode bloem' (Rudolf had ter plekke op een van die vorstelijke stammen een parasiterende donkerrode orchidee aangetroffen), en 'het veld waar djoeragan in een dadapboom geklommen is' (een blijkbaar verbazingwekkend kunststuk dat door die naamgeving voorgoed aan de vergetelheid was ontrukt).

Bij het afdalen had hij moeite de anderen bij te houden. Een beenwond die maar niet genezen wilde, bezorgde hem veel last. Hij had een zakdoek om zijn kuit gebonden, maar die bleef hinderlijk afzakken.

Hij was er nu aan gewend met een nat pak en van top tot teen bemodderd thuis te komen. Het water in zijn 'badvijver' was ijskoud, toch vond hij het wassen een weldaad. Fris, nog nahuiverend, in een schone slaapbroek en een flanellen hemd met lange mouwen, at hij de door Moentajas opgewarmde ragoût van karbouwevlees die zijn moeder die dag aan de koelie had meegegeven.

Zolang het nog licht was, wilde hij wat lezen. Uit de boekenvoorraad op Ardjasari had hij zich *The Woman in White* van Wilkie Collins laten brengen, een boek dat hij al kende, maar dat hij spannend genoeg vond om zich er weer in te verdiepen. Hij zat nog geen kwartier, toen er uit de kampoeng iemand kwam aanrennen met de mededeling dat een van de werklui doodging. Als gewoonlijk bracht een beroep op geneeskundige hulpverlening hem meer van zijn stuk dan het zwaarste karwei in de tuinen. Voor wonden en schrammen had hij in zijn verbandtrommel wel middelen, en gebroken ledematen kon hij spalken, maar tegenover ziekte stond hij machteloos. Omdat hij een paar maal pijn had weten te verlichten met chlorodine, werd er op zijn kundigheid vertrouwd. Dat niet verantwoorde vertrouwen bezwaarde hem.

Onder het brede pisangblad dat Moentajas hem aanreikte – het regende nog – liep hij mee naar de kampoeng. De bewoners stonden verzameld rondom een man die zich, ineengekrompen van pijn, maar zonder een kik te geven, heen en weer wentelde op een mat onder het afdak bij een kookplaats. Uit wat hem verteld werd maakte Rudolf op dat de man maagkramp had.

Hij nam de dorpsoudste apart. 'Wat denkt Pak Erdji? Is deze man al eens eerder zo ziek geweest?'

Pak Erdji dacht na en schudde het hoofd. Nee, het was de eerste keer dat dit gebeurde. Voedsel kon volgens hem de oorzaak niet zijn.

De mannen die van het werk gekomen waren hadden hetzelfde eten gehad als de andere Gamboengers. Behalve die ene was er niemand ziek geworden.

'Waarom heeft Pak Erdji geen doekoen geroepen?'

'De doekoen woont in Tjikalong,' zei Pak Erdji. 'Dat is te ver weg. Dan was deze hier al dood.'

Rudolf opende zijn trommel. Aller ogen waren op hem gericht. Hij herinnerde zich hoe hij op Sinagar eens iemand van verlammingsverschijnselen aan de benen afgeholpen bleek te hebben met behulp van haarpommade, het enige smeersel dat hij toen bij de hand had. Wat kon hij voor inwendig gebruik geven? Er was alleen dat flesje chlorodine. 'God zegen de greep,' mompelde hij, 'baat het niet, dan schaadt het ook niet.' Hij deed twintig druppels in een kommetje water en liet de man drinken.

De regen buiten leek te bedaren. Hij hoorde de buï wegtrekken over de vallei. Doodstil keken de aanwezigen toe hoe de zieke zich ontspande. Rudolf voelde hem pols en voorhoofd en liet hem dichter naar de kookplaats schuiven, waar nog nagloeiend verkoold hout warmte verspreidde. Pas toen, drie kwartier later, de man overeind kwam en zei dat hij zich beter voelde, stond Rudolf zichzelf toe een zucht van opluchting te slaken. 'Pourvu que ça doure!' zei hij, in navolging van Napoleons moeder. Nu hij vrijwel zonder aanspraak leefde, had hij de gewoonte aangenomen om zijn dagelijkse doen en laten hardop te begeleiden met zegswijzen en 'bon-mots' die hij vroeger in de familiekring had gehoord, of die hem waren bijgebleven uit zijn lectuur. Het viel hem op dat hij over een heel repertoire beschikte; voor iedere gelegenheid had hij wel passend commentaar.

Hij was blij dat hij zich op Sinagar en met Karta Winata had ingespannen om Soendaas te leren. Sinds zijn verblijf op Gamboeng was zijn woordenschat nog aanzienlijk verrijkt. Behalve met Djengot sprak hij nooit Maleis.

Hij kende nu alle Gamboengers bij naam, en had de indruk dat hij wel gewaardeerd werd. Hij kon beter met deze mensen opschieten dan met het volk op Sinagar. Zij waren ruwer, in bepaalde opzichten nog primitief, maar zij hadden ook iets stoers dat respect afdwong, een gelijkmatig humeur, en gevoel voor humor. Zij konden hem geweldig ergeren wanneer zij zwijgend, om voor hem onnaspeurlijke redenen, het een of ander weigerden te doen dat hij hun opdroeg, maar hij had ook meegemaakt hoe zij, in een stemming die hij niet anders kon omschrijven dan als jolig, hem ongevraagd een dienst bewezen. Zo hadden zij op een keer, uit eigen beweging, met onderdrukt gelach, een vracht hout voor zijn kookplaats gehakt en bij de pondok gebracht: een 'herendienst' voor djoeragan!

Het gevoel van tevredenheid waarmee hij was gaan slapen, werd de volgende dag grondig verstoord. Vroeger dan anders terugkomend uit het bos – een wolkbreuk maakte verder werken onmogelijk – kreeg hij te horen dat Odaliske en de twee andere paarden weggelopen waren. De jongen Si Djapan bleek onvindbaar. Moentajas was zodra hij het nieuws vernam wel een paal ver in de richting van Tjikalong gaan zoeken, maar had geen spoor van de paarden kunnen ontdekken. Rudolf ging er onmiddellijk zelf op uit.

Binnensmonds vloekend liep hij met een paar Gamboengers in de stromende regen over gladde steile paden via het benedendorp Babakan naar Tjikalong. Hij was bang dat de dieren schade in de rijstvelden aangericht, of zichzelf aan het scherpe riet op de woeste gronden verwond zouden hebben. Erger nog was de gedachte dat zij misschien teruggehold waren naar hun oude stal op Ardjasari, en daar onrust gezaaid hadden door zonder berijders aan te komen.

Bij de brug van Tjikalong was al van verre een oploop zichtbaar. Daar waren de paarden door de bewoners opgevangen. Heelhuids maar smerig, en rillend van verwarring stonden zij aangebonden. Zij hadden op hun tocht nogal wat jonge rijstaanplant vertrapt.

'Kom, modderklont!' zei Rudolf kwaad tegen zijn schimmel, nadat hij de schadevergoeding geregeld had.

Later op de middag werd hij achter zijn pondok Djengot gewaar, die – zoals sinds enige tijd wel vaker gebeurde – 's ochtends niet op het werk verschenen was. De verklaring waar hij ditmaal mee kwam: het sterfgeval van een familielid in een nabijgelegen dorp, en de verplichting om aan de begrafenis deel te nemen, aanvaardde Rudolf zonder meer. Op Sinagar had hij wel geleerd zich niet al te zeer te verdiepen in de vraag of dergelijke absenties inderdaad op noodzaak berustten. Het ging hem nu ook niet in de eerste plaats daarom.

'Is Si Djapan terug?'

Djengot keek enige tijd zwijgend naar de grond voor hij antwoordde: 'Ik denk dat Si Djapan maloe is.'

Met andere woorden, dacht Rudolf, hij heeft genoeg van zijn baantje. Dat leek wel mogelijk, maar hij kon zich toch niet voorstellen dat de jongen de paarden met opzet had laten lopen.

'Als djoeragan mag ik diensten vragen van de mensen in Gamboeng.'

'Het mag,' gaf Djengot toe, maar op een ontwijkende manier die tegenspraak inhield.

'Bedoelt Djengot dat Si Odaliske niet weggelopen zou zijn als ik Si Djapan beloond had voor het oppassen? Ik heb hem een nieuw baadje beloofd. Dat krijgt hij ook.'

'Djoeragan weet dat de mensen nu werken voor loon, niet voor geschenken.'

Rudolf voelde zich op zijn nummer gezet. Hij trok zich meestal niet veel aan van Djengots vindingrijke, en soms slinkse, pogingen om betaling voor diensten te regelen, omdat hij ervan overtuigd was dat de mensen in Gamboeng de man als een buitenstaander beschouwden, en er de voorkeur aan gaven wensen en klachten bij monde van Pak Erdji kenbaar te maken. Hij geloofde dat Djengot heimelijk contact onderhield met Karel Holles onderneming Waspada. Dat zijn doen en laten ook hier voortdurend gecontroleerd werd, vond hij onaangenaam. Het liefst had hij Djengot teruggestuurd naar Ardjasari, maar hij kon hem voorlopig niet missen als hulpkracht bij het vaststellen van de terreingrens. Rudolf liet overal een strook grond van een paar meter breed openkappen als afscheiding tussen het oerwoud en de plantage, en daarbij hield Djengot toezicht. Zelf wijdde hij zich nu weer aan het opmeten, een karwei dat hem nooit verveelde omdat hij steeds weer nieuwe gedeelten van het bos en de berg ontdekte.

Nu hij zo dicht bij de kampoeng Gamboeng leefde, was hij zich in toenemende mate bewust van de armoede onder het volk. De mensen liepen rond in tot op de draad versleten lappen, hun huisjes waren vervallen. Het mislukken van de rijstoogst, dat in vele streken op Java hongersnood veroorzaakt had, deed zich ook in Gamboeng voelen. Een paar veldjes met maïs en knolgewassen leverden het hoofdbestanddeel van het dagelijkse voedsel. Er werd ook wat vis gevangen in een van de Tjisondari afgeleid meertje, dat tot kweekvijver diende.

Wanneer Rudolf met de mannen in het bos was, zag hij hen tussen het struikgewas speuren naar wilde vruchten en plantescheuten. Smalle, voor een ongeoefend oog niet waarneembare paadjes bleken te leiden naar een verborgen arènpalm met suikerhoudend sap, of naar een plek waar eetbare vogelnestjes te vinden waren. Hadden zij dorst, dan kapten zij een stuk van de overvloedig groeiende rotan en dronken het regenwater dat zich in de holle liaan bevond.

Rudolf stond met honger op en ging met trek naar bed. Het tekort aan stevige kost begon zijn conditie te beïnvloeden. Hij was gedwongen op jacht te gaan, hoewel hij daar eigenlijk geen tijd voor had. Een paar maal slaagde hij erin een kasintoe, boshoen, te schieten, dat in Moentajas' bereiding naar wildbraad smaakte.

Het regende iedere middag uren achtereen. In een oude wollen jas, het enige warme kledingstuk dat hij uit Holland meegenomen had, zat hij in zijn voorhuis. Aan een zijde had dat slechts halfhoge wanden van gevlochten bamboe. Een mist van fijne druppels woei onder het afdak door. Om droog te blijven moest hij stoel en tafel tegen de binnenmuur schuiven. Hij werkte daar de aantekeningen en schetsen uit, die hij in het bos gemaakt had; soms waren de bladzijden van zijn boekje zo vochtig geworden door regen onderweg, dat hij zijn schrift en de grillige lijnen van de 'protuberanzen' (zijn naam voor de bruikbare stukken grond in uitlopers van het oerwoud) nauwelijks ontcijferen kon. Om een landkaart te kunnen maken had hij een paar vellen papier aan elkaar geplakt.

Bracht de koelie van Ardjasari couranten mee, dan spelde Rudolf die van de eerste tot de laatste letter. De krijgsverrichtingen in Atjeh beheersten het nieuws. Dat op de tweede expeditie naar dat gebied de kraton van de sultan veroverd was, betekende nog lang geen overwinning. Verre van te zwichten zette, zoals het *Bataviaas Nieuwsblad* schreef, 'het trotse volk van Atjeh' dag en nacht de guerrilla voort tegen de Nederlandse troepen. Er was een bizarre tegenstelling tussen de berichten die van 'zege' repten, en het feit dat al een kwart van de uitgezonden manschappen gesneuveld, en een zeer groot aantal gewond was. Rudolf was het eens met de journalist die onbewimpeld de 'met weinig doorzicht en nog minder recht ondernomen veroveringstocht' had veroordeeld en daarom het land was uitgezet.

Hoe ver leek het bloedige optreden in Atjeh verwijderd van het door mist en regen versluierde landschap waar hij op uitkeek! Wind bewoog de fijnvertakte bladerschermen van de boomvarens aan de rand van het ravijn, de witte kelken van de ketjoeboeng hingen zwaar van vocht omlaag. De gezwollen waterstroom bij de wasplaats ruiste. In die natte middaguren zou hij veel gegeven hebben voor een glas cognac. Hij onthield zich van sterke drank, zoals hij ook geen varkensvlees wilde eten, om de gevoelens van de Gamboengers niet te kwetsen. Roken was zijn enige soelaas. Hij kon zich dagelijks niet meer dan twee of drie sigaretten veroorloven, omdat zijn voorraad tabak anders te snel slonk.

Op een dag had de koelie behalve levensmiddelen, schoon wasgoed en gereedschap om werktuigen te kunnen repareren, tot Rudolfs verrassing ook een van de honden van Ardjasari bij zich. De al bejaarde terriër, Tom, gaf duidelijk blijk van wantrouwen jegens de onbekende omgeving, bleef voortdurend aan Rudolfs hielen kleven, of onder diens stoel liggen, en toen het bedtijd was strekte hij zich uit naast de slaapbank. Zijn voortdurend krabben, en bijten naar ongedierte was zo hinderlijk, dat Rudolf hem verbande naar de smalle gang tussen de kamertjes. Daar kroop de hond met zijn neus tegen de kier boven de drempel. Hij durfde niet te janken, piepte alleen, maar zo doordringend dat Rudolf hem ten slotte met een paar ferme tikken tot stilte moest dwingen. Moentajas had de volgende ochtend dadelijk een verklaring bij de hand: de hond had de panter geroken die 's nachts om de pondok sloop.

Toen later op de dag bekend werd dat een man uit Babakan door een panter aangevallen en deerlijk gewond was, besloot Rudolf een poging te wagen de 'grote poes', volgens de Gamboengers een matjan toetoel, of gevlekte panter, onschadelijk te maken. Tijdens zijn verblijf op Sinagar had hij een paar maal met Albert Holle en andere planters deelgenomen aan een 'tijgerjacht', maar nog niet eerder een leidende rol vervuld. Hier op Gamboeng werd dat zonder meer van hem verwacht.

De minst riskante methode was de panter te vergiftigen, door 's avonds een met de dodelijke bast van de walikambingboom bewerkt lokaas, bij voorkeur een stuk van de al half verslonden prooi, waar de panter stellig weer op af zou komen, neer te leggen op een plek die zo gekozen was, dat het stervende roofdier de volgende dag omsingeld en afgemaakt kon worden. Rudolf vond dit een laffe manier van doen. De panter liep trouwens al rond met steken en houwen van een kapmes in het lijf; het zou stellig mogelijk zijn hem op te sporen.

Hij vroeg vrijwilligers – er meldde zich een half dozijn – en trok met hen naar het gedeelte van het bos op de steile zijde van de Goenoeng Tiloe, waar de man was aangevallen. Klauwafdrukken in de modderige bodem, en bloedsporen, leidden naar een door smalle diepe ravijnen en dichtverstrengelde begroeiing vrijwel ontoegankelijke bergkam. Zowel het afdalen in de kloven, waar na regenval gezwollen beken woest stroomden, als het weer naar boven klauteren onder overhangende rotsblokken, maakten de tocht tot een aaneenschakeling van halsbrekende toeren. Het wemelde tussen het natte groen van bloedzuigers. De lenige geharde Gamboengers klommen voor Rudolf uit, hakten takken weg, wezen hem steunpunten. Hij hield zijn geweer in de rechterhand, klampte zich met de linker vast aan lianen en wortels. Er werden steeds meer verse sporen gevonden; op sommige vlakke plekken was de grond omgewoeld, het struikgewas uiteengerukt.

'De matjan toetoel is erg kwaad,' zeiden de mannen, die nu met het kapmes in de vuist gebukt voortslopen. Bij een ondoordringbare massa ondergroei hielden zij stil, wijzend en gebarend. Toen Rudolf zijn geweer laadde, weken zij terug, en gooiden kluiten aarde in de struiken, maar daar bewoog niets. Een van de mannen trok Rudolf aan zijn mouw en maakte een hoofdbeweging in de richting van een schaduwplek als een donkere grot, hoger op de helling. Er vonkte iets in de duisternis, dat lichtspel op bladeren leek. Rudolf keerde zich geruisloos naar die kant, legde aan en loste een schot. Vrijwel op hetzelfde moment tuimelde met geraas van brekend hout en vallende stenen de panter stuiptrekkend omlaag. Hij was tussen zijn ogen getroffen, een dodelijk schot, dat Rudolf met dankbare verbazing vervulde. 'Meer geluk dan wijsheid!' mompelde hij. Ditmaal had hij geen tijd gehad om, voordat hij de trekker overhaalde, zich te bezinnen op een van zijn favoriete gezegden: dans le doute abstiens-toi! De Gamboengers, die toen hij vuur gaf met hun messen in een halve cirkel achter hem waren gaan staan om hem bij te springen indien de panter zou aanvallen, kapten opgewonden schreeuwend een paar takken en porden daarmee in de huid van het dier om te zien of hij werkelijk dood was. Aan poot en nek gaapten diepe snijwonden. Rudolf voelde respect voor de man uit Babakan, die er ondanks eigen kwetsuren in geslaagd was de aanvaller op de vlucht te jagen.

De buit werd met de poten aan een bamboestaak gebonden, en langs hetzelfde lastige traject meegezeuld naar Gamboeng. Rudolf ondervond nu dat een spectaculair schot wel degelijk bevorderlijk was voor het aanzien van de djoeragan. In de dagen die volgden kwamen zich een paar dozijn nieuwe werkkrachten aanmelden. Hij liet de panter naar Ardjasari dragen, een transport dat onderweg veel bekijks trok, met het verzoek de huid te prepareren. Hij wilde die in zijn toekomstige administrateurshuis aan de wand spijkeren.

Het werk aan de proeftuin voor thee viel hem tegen. Hij had een veld van vijf bouws willen schoonmaken en effenen volgens de op Sinagar toegepaste methode, maar uiteindelijk niet meer dan een stuk terrein van dertig bij dertig meter grondig kunnen voorbereiden. Hij liet de van Ardjasari gebrachte theezaden een nacht lang weken in zijn badvijver, en ze vervolgens in rijen, op vier voet afstand van elkaar, planten in de kweekbedden. Nu zat er niets anders op dan te wachten of, en zo ja hoe, de zaailingen zich zouden ontwikkelen.

Na weken lang in het oerwoud te hebben rondgezworven, schatte hij zijn land op ongeveer vierhonderd bouws, maar hij was er zeker van dat hij er zonder moeite nog tweehonderd bouws bij kon trekken. Diep in het bos bevonden zich enkele oude koffietuinen die door de mensen in de omtrek min of meer onderhouden werden. Maar zij ritsten de rijpe bessen zo onzorgvuldig van de takken, dat zij de aanzet tot nieuwe knoppen in de bladoksels vernielden. Die struiken waren ten dode opgeschreven, zoals verreweg de meeste Arabica die op Gamboeng groeide. De heesters waren te hoog geworden, zij zaten vol zuigers, waardoor zij minder bloemen kregen en er nauwelijks meer vruchtjes tot ontwikkeling kwamen. Door het teveel aan regen zag het blad er slecht uit.

Al gold Gamboeng als een koffieland, en zou het als zodanig te zijner tijd door de controlecommissie getaxeerd worden, Rudolf raakte er steeds meer van overtuigd dat het klimaat en de bodem op deze hoogte van veertienhonderd meter boven de zeespiegel oneindig veel beter geschikt waren voor theecultuur. Hij hoopte de middelen te kunnen vinden om een onderneming van zeshonderd bouws te financieren. Zijn vader had zich garant gesteld voor een deel van het kapitaal. Daar behoorde ook geld toe dat de familieleden in Nederland destijds in Ardjasari gestoken hadden. Maar voor Ardjasari dreigde het een zeer slecht jaar te worden; de theestruiken waren aangetast door een schimmelziekte; een cholera-epidemie in het district Bandjaran deed het werkvolk wegtrekken. Onder deze omstandigheden wilde Rudolf niet beginnen over de aanzienlijke som die hij nodig zou hebben om de ontginning van Gamboeng te voltooien.

Ondanks herhaalde uitnodigingen waren zijn ouders hem nog niet één keer komen opzoeken. Hij had het tweede kamertje in zijn pondok, bestemd tot logeervertrek, ook van binnen zorgvuldig laten witten. Omdat hij wist dat zijn moeder opzag tegen tochten door het woeste bergland, had hij verschillende plannen voor een zo geriefelijk mogelijk vervoer tot in details uitgewerkt: van waar tot waar zij in een wagen of te paard kon komen, op welke plaatsen er gelegenheid was te rusten en zich te verfrissen, en op welke manier men haar ten slotte over het laatste steile pad in een draagstoel naar Gamboeng zou brengen. Hij schreef vaak dat hij ernaar verlangde haar te zien, gaf te kennen dat hij zijn vader in de tuinen rondleiden en diens advies inwinnen wilde. Maar er waren steeds weer andere beletselen voor hun komst; hij verwonderde er zich over hoe dikwijls zijn ouders aan verkoudheden, hoofdpijn en koortsaanvallen leden.

Hij begreep heel goed dat de tegenslagen die Ardjasari teisterden zijn vader dag en nacht bezighielden. Maar waren die nu juist niet een reden om met hem, de oudste zoon, de 'tweede man' in hun Indische onderneming, eens vertrouwelijk over zakelijke belangen te praten? Hij had in de tijd die hij op Sinagar had doorgebracht wekelijks zijn vader nauwgezet op de hoogte gehouden van de methoden die Eduard Kerkhoven toepaste bij het plukken, drogen en sorteren van de thee, en nuttige wenken inzake fabrieksgereedschap gegeven, waarmee men op Ardjasari zijn voordeel had gedaan. Alle schakeringen in de bejegening die hij ondervond van de neven Holle en hun medewerkers had hij – als zijnde van belang voor de toekomst van zijn vader en hemzelf – zorgvuldig onder woorden gebracht en van commentaar voorzien. Wie kon twijfelen aan zijn betrokkenheid bij de familiezaak? Sinds zijn vader hem zo doortastend geholpen had bij het aanvragen van Gamboeng, schaamde hij zich voor gedachten die wel eens bij hem waren opgekomen. Waar had hij het vandaan gehaald dat zijn vader hem niet naast zich op Ardjasari wilde hebben, maar hem liefst op veilige afstand en in andere cultures dan thee zag werken? Toch staken oude gevoelens van onzekerheid weer de kop op. Alle aanbiedingen voor financiële steun, alle 'schoteltjes' en goede zorgen van zijn moeder ten spijt, meende hij soms weer dat eigenaardige voorbehoud jegens zijn persoon en gedrag te bespeuren dat hem ook in zijn jongensjaren gegriefd had.

Hij besloot zelf in Batavia op zoek te gaan naar geldschieters, eventueel vennoten. In eerste instantie wilde hij zijn zwager Van Santen benaderen, die met twee, weldra drie kinderen (Bertha was weer in verwachting) belang had bij deelname en hoe dan ook in zijn kwaliteit van hoofdagent (sinds 1873) bij de Nederlands-Indische Handelsbank in staat was krediet te verlenen, zoals hij destijds ook gedaan had voor Ardjasari.

Het verblijf in de stad bracht niets dan teleurstellingen. Noch Van Santen, noch neef Denninghoff Stellings handelsfirma achtten het gezien de zorgelijke economische omstandigheden en de slechte vooruitzichten van Ardjasari, verantwoord geld te steken in een tweede Kerkhoven-onderneming. De stemming bij de Van Santens thuis was gedrukt; Bertha, hoogzwanger, bleek en afgemat, had de handen vol aan haar dochtertje van drie, haar zoontje van nog geen jaar oud. Cateau werd in beslag genomen door mondaniteiten. De culturele genoegens van de grootste stad in Indië vielen tegen. Hij had een concert van amateurmusici bijgewoond, verder was er niets te beleven. Ook had hij te veel geld moeten uitgeven voor een jas en pantalon die hij hard nodig had, en waarvoor hij op aanraden van de modieuze Cateau terechtgekomen was bij de beste kleermakers van de stad, Oger Frères, in een winkel als een paleis. Door een verschoven afspraak kon hij pas dagen later uit Batavia vertrekken dan hij van plan was geweest. Haastig en verstrooid nam hij afscheid van Bertha; een vluchtige kus, nog een blik achterom naar haar wuivende gestalte in de voorgalerij, zo was hij weggegaan, vervuld van eigen zorgen.

De gedachte Gamboeng op te moeten geven was hem onverdraaglijk. Als het dan niet anders kon, was hij bereid minder bouws aan te vragen, al zou het hem de grootste moeite kosten vast te stellen van welke al door hem in kaart gebrachte stukken land hij afstand wilde doen.

Hij was nog maar sinds een paar weken terug op Gamboeng, toen een ijlbode uit Ardjasari het bericht kwam brengen dat Bertha 'in de kraam' overleden was, kort na de geboorte van een zoontje. Halsoverkop te Ardjasari gearriveerd, vond hij zijn ouders daar niet meer; zij waren dadelijk vertrokken om het moederloze gezin bij te staan. Uiterlijk onbewogen, zoals door de mensen in dit land passend werd geacht, nam hij zijn vaders werkzaamheden over. Maar de eerste avond, alleen in het stille huis, liet hij zijn tranen de vrije loop toen bij het zien van Bertha's trouwportret, op een etagère in de binnengalerij, de zinneloosheid van haar dood in volle omvang tot hem doordrong.

Hij ging hard aan het werk, de enige troost. Van de gelegenheid wilde hij gebruik maken om op Ardjasari het een en ander te reorganiseren. Hoewel zijn ouders bij het volk geliefd waren, bleek er achter hun rug toch veel te gebeuren dat naar zijn oordeel niet door de beugel kon. Ook begon hij met de in 1872 door hem ontworpen aanleg van wegen in de theetuinen. Het viel hem op hoe mooi Ardjasari geworden was, nu de bomen gegroeid waren. Terwijl hij zich bezighield met het uitzetten van het tracé voor de rechte, elkaar onder hoeken van negentig graden kruisende paden, waarlangs de pluk gemakkelijk in karren afgevoerd zou kunnen worden, vroeg hij zich af hoe het zijn zou hier aan de slag te gaan wanneer hij Gamboeng zou verliezen. Hij schreef er zijn vader over: had die misschien iets dergelijks in gedachten?

Toen zijn vader, eerder dan verwacht, op Ardjasari terugkeerde, hoefde Rudolf het onderwerp niet meer aan te roeren. De financiële problemen leken opgelost. Van Santen had zich alsnog bereid verklaard borg te staan voor de aangevraagde lening; de rente, acht procent, was wel hoog, maar Rudolf hoopte die door hard werken binnen een jaar of tien te kunnen aflossen. Ook Eduard Kerkhoven van Sinagar had in een van zijn karakteristieke vlagen van gulheid een bijdrage aangeboden, en liet weten dat Rudolf vooral 'met volle kracht' de ontginning van Gamboeng moest voortzetten, al was het recht van erfpacht hem nog niet officieel verleend. Zijn vader ten slotte wendde zich in een persoonlijk schrijven tot Gouverneur-Generaal Loudon (een vriend van Karel Holle!) met het eerbiedig doch dringend verzoek om een gunstige beslissing, en sloot bij die brief een fotografie van zichzelf in, een geste die Rudolf eerlijk gezegd nogal bedenkelijk vond, maar die bij nader inzien nut bleek te hebben: Zijne Excellentie antwoordde vrijwel onmiddellijk dat hij de zaak Gamboeng zou afhandelen zodra die via de burelen van het Binnenlands Bestuur onder zijn ogen kwam, en zond, als om zijn goede wil te onderstrepen, op zijn beurt een kabinet-portret.

'Ik denk dat ik mijn baard laat staan,' zei Rudolf. 'Dan lijk ik op u, zoals u meer en meer op neef Karel gaat lijken. Dat is kennelijk de beste aanbeveling voor hulp van hogerhand!'

Rudolf ging naar Batavia om zijn moeder te halen bij Cateau, die de kinderen van Bertha onder haar hoede genomen had. Met de zuigeling in haar armen, de twee kleuters spelend aan haar voeten, en behalve met de zorg voor haar eigen huishouding nu ook belast met het toezicht op kinderbaboes en een min, ontplooide zij een opgewekte energie. Dat Cateau naar kinderen verlangde en er verdriet van had dat die op zich lieten wachten, had Rudolf al eerder menen te begrijpen, en ook dat de opvallende aandacht voor mode en frivoliteiten die hem zo in strijd leek met haar ware aard, dienen moest om een leegte in haar huwelijksleven te maskeren. De nieuwe verantwoordelijkheid maakte haar tot de vrouw die zij eigenlijk moest zijn.

Toen Rudolf na maanden afwezigheid op Gamboeng terugkwam, had hij het gevoel weer van onder af te moeten beginnen. Tijdens zijn korte bezoeken vanuit Ardjasari – telkens op één dag heen en terug – had hij alleen het hoognodige kunnen inspecteren. De oude koffiestruiken die hij op stomp had gesnoeid, stonden er niet slecht bij ondanks onregelmatige bloei en vruchtzetting, en de zaailingen van thee in de proeftuin kwamen aardig op. Maar vele paden en grensstroken bleken weer dichtgegroeid te zijn.

Hij begon met de aanleg van een weg naar het plaatsje Tjisondari, waar de gelijknamige rivier in de Tjiwidej uitmondt. Vandaar zouden in de toekomst zijn produkten per kar naar Tjikao aan de rivier de Tjitaroem, en vervolgens in prauwen naar Batavia vervoerd moeten worden.

De steile hellingen van Gamboeng dwongen hem een tijdrovend zigzag-systeem toe te passen. Het graven en hakken op open terrein werd bemoeilijkt door een periode van ongewone droogte. In het oerwoud deden zich weer andere problemen voor. Op zonloze dagen was het vrijwel onmogelijk in die wildernis van stammen, lianen en loof de windstreken te bepalen. Het waterpas-toestel dat hij naar eigen ontwerp in Batavia door een instrumentmaker had laten vervaardigen, bewees goede diensten, al moest hij eindeloos scharrelen om het naar behoren te kunnen gebruiken op de dichtbegroeide steilten. Eerst kappen, en dan pas wegen en waterleidingen traceren, zou te veel tijd en dus te veel geld kosten. Ook bamboebruggen moest hij bouwen, zeker twee à drie, op lastig te bereiken plekken. Hij liet reparaties uitvoeren aan dak en vloer van zijn pondok, en het aangrenzende rietveld rooien, dat tijdens zijn afwezigheid was uitgegroeid tot een woestenij van scherpe halmen en pieken.

Het speet hem dat de nieuwaangekomen werklui geen gebruik maakten van de huisjes die hij voor hen had laten neerzetten. Zij gaven er de voorkeur aan bij de Gamboengers in te trekken, en sliepen daar opeengepakt in kleine ruimten als haringen in een ton. Er woonden nu zoveel mensen in de kampoeng, dat een markt niet gemist kon worden. Aan een vrouw die wel als waroenghoudster wilde werken, leende Rudolf geld om voorraden in te kopen. Door die waroeng werd Gamboeng een centrum dat steeds meer volk van elders aantrok, met het gevolg dat de nieuwe huisjes toch bewoond raakten.

Zijn blijdschap over het grote aantal mensen dat zich kwam aanmelden voor kappen en branden van bos, was maar kortstondig. Men ging niet akkoord met zijn aanbod om voor het schoonmaken van een bouw grond per werkploeg tien gulden te betalen. Na herhaalde lange besprekingen, gevolgd door fluisterend onderling overleg, vertrokken de mannen telkens weer. Rudolf had de indruk dat een minderheid de anderen belette op zijn voorwaarden in te gaan. Ditmaal kon Djengot niet de gangmaker zijn; die was op Ardjasari achtergebleven in de betrekking van nachtwaker. Rudolf was in beginsel bereid meer te betalen. Hij had uitgerekend dat hij voor tien gulden per bouw zijn land wel zeer voordelig ontgonnen zou krijgen – dat leek verdacht veel op uitbuiting–, maar evenals in zijn eerste tijd op Gamboeng wilde hij niet onmiddellijk toegeven. Ten slotte ging hij er weer toe over loon per persoon per dag uit te keren.

Door het onregelmatige komen en weer weggaan van werkvolk raakte hij de tel kwijt. De ene dag had hij zeventig man in dienst, de volgende veertig, en daarna bleek het aantal plotseling meer dan verdubbeld. Over de capaciteiten van de aannemers, die tevens als opzichters fungeerden, was hij niet erg te spreken, maar hij kon hen niet missen. Zijn beste medewerkers waren Moehiam, een 'oude getrouwe' van Ardjasari, en de timmerman Ramiha, zijn steun en toeverlaat bij het bouwen. Ook zijn huishouding had zich uitgebreid, met een kok en diens gezin, en een schrijver, de djoeroetoelis, voor het uitbetalen van voorschotten en lonen en het bijhouden van de boeken, een bezigheid die met verscheidene honderden werknemers per dag een afzonderlijke taak betekende.

Wanneer hij over zijn land reed, en overal de werkploegen in touw zag, betrapte hij zichzelf op wat hij 'sanguinisch denken' noemde: het gaat mij voor een begin al bijzonder goed. Ik zal de wildernis wel klein krijgen!

Op een dag toen een groep Gamboengers, zijn keurbende, na uren zwoegen aan de noordoostkant van zijn terrein een bres in het bos gehakt had, kon Rudolf door zijn verrekijker tussen de voorgebergten een gedeelte van de omheining van Ardjasari onderscheiden. Hoe klein was de afstand tussen hem en zijn ouders hemelsbreed berekend; en hoe groot–vier uur te paard–langs de omweg over gebaande paden!

Wanneer de kampoeng Gamboeng zich nog meer uitbreidde, zou hij zelf moeten verhuizen. Hij stelde zich graag voor hoe onder de rasamala's aan de rand van het oerwoud zijn gedoeng zou verrijzen, een langwerpig laag huis in de trant van Ardjasari, maar bescheidener van afmetingen, met ervoor een grote open ruimte, waar hij ooit een bloementuin wilde aanleggen. Hij verlangde naar de dag waarop hij de eerste paal in de grond kon slaan. Maar moest hij in dat huis alléén wonen? Steeds meer voelde hij het ongetrouwd-zijn als een onnatuurlijke toestand. De vrijgezellen-employés van naburige ondernemingen die hij soms ontmoette, toonden zich verbaasd over het feit dat hij er geen inlandse huishoudster op na hield. Hij wist heel goed van zichzelf dat hij geen man was om zonder vrouw te leven.

Bij de boeken in zijn pondok stond er een dat hij zich had toegeëigend aan boord van de Telanak, waar het onbeheerd rondslingerde. Het was geschreven door een zekere Agricol Perdiguier, en getiteld *Mémoires d'un Compagnon*, herinneringen van een timmermansgezel aan zijn leertijd in de Franse provincie. Jong, werkend voor karig loon, en dus nog niet in staat om te trouwen, had hij de kwellingen van een zelfopgelegde onthouding gekend; zijn beschrijving daarvan was Rudolf uit het hart gegrepen: 'Ik snakte naar de volledige ervaring, maar het was me niet mogelijk me over te geven aan prostituées, vrouwen voor wie ik geen liefde zou kunnen voelen; en om een jong meisje te verleiden, haar misschien zwanger te maken, en haar dan aan haar lot over te laten, dat was volstrekt tegen mijn principes, en in strijd met mijn karakter. Ik voelde begeerte, ik stond in vuur en vlam, ik leed, ik wist me geen raad, werd heen en weer geslingerd tussen mijn zinnelijkheid en mijn geweten; de ene stem zei: doe het! de andere gebood: laat af!'

Natuurlijk had Rudolf zijn blikken laten gaan over de vrouwen en meisjes van het land. Bij de puksters op Sinagar waren sierlijke figuurtjes geweest, vooral opvallend bekoorlijk wanneer zij in de regen, met aan hun lichaam klevend baadje en saroeng naar de theefabriek kwamen rennen; maar meer dan een kortstondige opwelling van lust had hij nooit gevoeld. Hij had dan ook onmiddellijk de gedachte verworpen aan seksueel contact in ruil voor geschenken, dat hij zonder meer beledigend voor die jonge vrouwen vond. Hun plagerige en soms uitdagende houding bewees dat zij heel goed wisten wat er in hem omging. Omdat zij altijd met zovelen waren, konden zij het zich veroorloven hem in zijn gezicht uit te lachen.

De meisjes in het bergland waren het tegendeel van vrijmoedig, eerder afwerend-schuw. Zij misten de koketterie van de vrolijke puksters en sorteersters uit het Buitenzorgse, die graag de aandacht trokken door een kleurig baadje, een bloem in het haar of op hun grote zonnehoeden gestoken. In de Preanger-bergen bestond niet zoals in Batavia en omstreken de bereidwilligheid, en ook niet de kennis van zaken, om bij een Europeaan het huishouden te doen. Dat hij met een inlandse vrouw zou samenleven in een intimiteit die praktisch voordeel en fysiek gemak opleverde, maar waaraan nu juist datgene ontbrak wat in zijn ogen een verhouding tot een huwelijk maakte, kon hij zich eenvoudig niet voorstellen.

Tijdens zijn verblijf in Batavia had hij bij kennissen Marietje Hoogeveen teruggezien. De elfjarige met haar aardige gezichtje en kwieke manieren, die hij op de onderneming van haar ouders had zien rondlopen als een handig huisvrouwtje in de dop, bleek veranderd in een dikke jongedame, nuffig in japonnetjes met onflatteus-gedrapeerde tournure, en ondanks haar veertien lentes al een aanstellerige kletstante, precies het type van het Europese meisje in Indië waar hij een hekel aan had. Het kwam hem nu eenvoudig als belachelijk voor, dat hij gespeeld had met de gedachte aanzoek om haar te doen zodra zij huwbaar zou zijn. Hij was blij dat hij daar nooit met iemand over gesproken had.

Op de uitlopers aan de zuidzijde van de Goenoeng Tiloe lag de gouvernementsonderneming Rioeng Goenoeng. Bij het opmeten van zijn terrein was hij al herhaaldelijk in de kinatuinen van dat bedrijf terechtgekomen. Aangezien hij ook de weg die van Gamboeng naar de vlakte van Pengalengan liep zou willen verbreden en verbeteren, besloot hij een bezoek te brengen aan de beheerder, de heer Van Honk, wiens medewerking hij nodig had. Hij stuurde een koelie met een briefje en werd per ommegaande uitgenodigd voor de rijsttafel. Hoewel het vooruitzicht hem niet toelachte – hij bleef afkerig van hete gekruide gerechten – reed hij naar Rioeng Goenoeng, met eigengebakken koekjes van zijn moeder als attentie voor de gastvrouw.

De Van Honks waren Indische mensen; in hun woning, nauwelijks geriefelijker dan zijn pondok, heerste een sfeer die hem deed denken aan het 'Chinese Kamp' op Sinagar, met vogels in kooien, hangplanten en schommelstoelen. De geur van sambalans mengde zich met die van de rozen op het erf.

Nog tijdens de zakelijke bespreking vóór het eten werd Rudolf voorgesteld aan de oudste dochter des huizes, een knap meisje, slank en elegant in haar saroeng en hagelwitte kebaja (hij begreep dat zij die zo juist te zijner ere aangetrokken moest hebben, want de vouwen zaten er nog in). Hij kon zijn ogen niet afhouden van dat matbruine gezichtje, met, zoals hij het in stilte noemde, 'Europees-blozende' wangen door de frisse berglucht, noch van haar sierlijke vormen, de bevallige lijn van taille en heupen bij elke beweging die zij maakte. Hij merkte ook dat zijn aandacht de ouders niet ontging. Hij kreeg te horen dat zij niets liever deed dan lekker koken, dol was op kinderen, en haar jongere zusjes lees- en rekenles gaf, 'als een echte schooljuffrouw, betoel, meneer!'

Terugrijdend naar Gamboeng trachtte hij zijn gevoelens te peilen. Het zou hem geen moeite kosten verliefd te worden, en dienovereenkomstig te handelen. Haar handdruk, de blik uit haar donkere ogen, waren veelbelovend geweest. Een meisje, geboren en getogen in de oedik, gewend aan het leven op een plantage, en gezegend met alle huishoudelijke gaven... het zou een voor de hand liggende keuze zijn. Wilde hij kinderen van die mooie nonna? Een huwelijk met haar zou de band met dit land voorgoed bezegelen. Hij dacht aan Eduard, en aan Tattat en Pautje en Lientje, en aan de als uitgewiste Goey La Nio; en aan Louise, Albert Holles vrouw, die zich onzichtbaar maakte wanneer er 'totoks' op bezoek kwamen bij wie zij een zeker voorbehoud ten opzichte van Indo's vermoedde. Hoe schuw was zij geweest in de tijd toen zij Rudolf ervan verdacht haar niet voor vol aan te zien! Hij dacht aan oudere Indische dames die hij in Batavia wel eens ontmoet had, die 'geacceuilleerd' werden omdat zij getrouwd waren met volbloed Nederlanders in gouvernementsdienst. Hij vond die meestal corpulente vrouwen, die ooit óók 'knappe nonna's' geweest waren, haast meelijwekkend lelijk in hun Europese toiletten. Wat was die exotische aantrekkelijkheid vaak gauw vervlogen! Zou hij opgewassen zijn tegen de te verwachten complicaties, ook binnen de kring van zijn eigen familie, wanneer hij trouwde met een Indisch meisje uit een eenvoudig milieu, zonder intellectuele pretenties of behoeften?

Hij nam zich voor bezoeken aan de Van Honks tot het strikt noodzakelijke te beperken.

Uit Batavia kwam, eindelijk, het bericht dat Zijne Excellentie de Gouverneur-Generaal van Nederlands-Indië goedgunstig had beschikt over de aanvrage om erfpacht; de verplichte (dure) landmeter uit Bandoeng kwam om Rudolfs opgave na te trekken; de controleur kwam, voor wie hij vervoer te paard en per karretje moest regelen; de wedana van Tjisondari kwam, om officieel te bevestigen dat er geen inbreuk was gemaakt op de grondrechten van de plaatselijke bevolking (voor hem en zijn gevolg zond Rudolf draagstoelen). Nadat zowel de Nederlandse als de inlandse heren het land Gamboeng bekeken en de door Rudolf verstrekte gegevens in orde bevonden hadden, viel er een last van hem af. Het wachten was nu nog alleen op de inschrijving, de formaliteit die alles zou afronden.

Op de zesde mei 1876 reed hij naar Ardjasari, waar hij bij zijn vader Van Santen aantrof, die de dag tevoren uit Batavia was gekomen. In de binnengalerij had een korte zakelijke plechtigheid plaats; Rudolf ervoer die als de onthulling van de eerste mijlpaal op een lange weg. Op tafel lag het resultaat van schriftelijk gevoerde onderhandelingen: een door Van Santen zorgvuldig, met inachtneming van de gebruikelijke termen geformuleerd document. Het land Gamboeng, waarvan Rudolf E. Kerkhoven zich nu voor de duur van vijfenzeventig jaar erfpachter mocht noemen, zou voor gezamenlijke rekening ontgonnen en geëxploiteerd worden. 'In de voor- en nadelen deelt mr. R. A. Kerkhoven voor één vierde, J. J. van Santen voor één vierde, en R. E. Kerkhoven voor de helft.'

Zij lazen alle punten nog eens door, en zetten daarna hun handtekening. Rudolf hief zijn glas champagne op het heuglijke moment, de bekroning van drie jaar zwoegen. Makkelijker zou hij het in de naaste toekomst niet krijgen. De Nederlands-Indische Handelsbank had bepaald dat alle hem verleende voorschotten terugbetaald moesten zijn vóórdat hij aanspraak kon maken op dividend of tantième. Het kon hem niet deren. Gamboeng was van hem!

Over het feestelijke samenzijn viel een schaduw. Rudolfs moeder had zorgen, waarvan zij hem later op de dag onder vier ogen deelgenoot maakte. Enkele weken tevoren was Cateau met de kindertjes Van Santen en een gevolg van baboes op Ardjasari gekomen, zogenaamd om een frisse neus te halen, maar in feite om zich te beklagen over Joan Henny, die bezwaar begon te maken tegen de aanwezigheid van de halve weesjes; voorlopige opvang had hij, vanzelfsprekend, niet willen of kunnen weigeren, maar het lag volstrekt niet in zijn bedoeling een pleeggezin te vormen. Cateau was diep geschokt. Haar verblijf had in het ordelijke huishouden op Ardjasari veel deining veroorzaakt. De kinderen, vooral het kleine meisje, waren lastig; op den duur waren er ook meningsverschillen geweest tussen Cateau en haar moeder over de manier waarop de opvoeding ter hand genomen diende te worden.

Rudolf was door de haast dagelijkse briefwisseling met Ardjasari op de hoogte gehouden van de ups en downs tijdens Cateaus bezoek. Eenmaal had hij zijn werk in de steek kunnen laten om zijn zuster te gaan begroeten. Hij was er toen van overtuigd geweest dat het conflict met Henny, evenals bij vorige gelegenheden, neerkwam op een storm in een glas water. Henny was 'mondain', hield ervan te ontvangen en zich te vertonen op recepties; hij was erop gesteld dat dan Cateau door haar smaakvolle verschijning en beminnelijk optreden luister bijzette aan die representatie. Rudolf vond dat er toch een bevredigende regeling mogelijk moest zijn, het was een kwestie van geven en nemen.

Zijn moeder liet hem nu een pas ontvangen hartstochtelijke brief van Cateau lezen: 'Henny wil met Van Santen praten. U kent Van Santen. Die zal het zo pijnlijk vinden en zo lastig; en om geen soesah te hebben in Batavia zal hij dan de kinderen naar Holland willen sturen. Maar naar wie? Wie kan in Holland drie kinderen tegelijk in huis nemen? Worden ze van elkaar gescheiden, moeten ze naar vreemden? En ik dan? Het is zo wreed!'

Rudolf beloofde in Batavia poolshoogte te gaan nemen. Hij moest daar toch naar toe voor een gesprek met de firma Pryce & Co, die zich bij monde van Herman Holle bereid verklaard had bij te dragen in de financiering van Gamboeng, echter zonder deelname.

Terug op Gamboeng trof hij de nodige maatregelen. De administratie vertrouwde hij toe aan zijn djoeroetoelis. Mandoer Moehiam werd belast met het oppertoezicht over de mannen die op de hellingen van de Goenoeng Tiloe bezig waren grote stukken oerwoud open te leggen voor nieuwe theetuinen.

Door de timmerman Ramiah liet hij een kegelspel snijden uit rasamalahout, als geschenk voor de kleine Van Santens.

Het paar 1876-1879

Rudolf liep in het huis van de Henny's door de binnengalerij naar achter. Cateau, in ochtenddracht, zat op een stoel; de drie kleine kinderen stonden om haar heen, met hun gezichtjes tegen haar aan gedrukt. Zij was aan het tellen:... drie... vier... vijf...

Achter het groepje baadde de tuin buiten in morgenlicht. De rode en oranje bloemtrossen van canna's in een rond perk, de rozen in hoge potten, staken als kleurige vlekken af tegen de schaduw onder het geboomte in de diepte van het erf.

Rudolf hield de doos met het kegelspel omhoog, knipoogde tegen Cateau, en verschool zich in een hoek van de binnengalerij. 'Kom maar!' riep hij.

Pas toen Cateau, de verblufte kinderen meevoerend, hem 'gevonden' ('Wat een verrassing!') en de doos in ontvangst genomen had ('Gauw kijken wat het is!'), hoorden zij uit de tuin een tweetonige roep klinken, als een echo van de zijne: 'Kom maar!'

'Och hemel ja, Jenny heeft zich verstopt voor de kinderen.'

'Jenny wie?' vroeg Rudolf, naar buiten turend. Hij meende iets te zien bewegen bij de struiken achter de canna's.

'Jenny Roosegaarde Bisschop, een kennisje van mij. Toe, ga haar halen.'

Hij liep voorzichtig dwars door het cannaperk, ervoor zorg dragend de langwerpige donkerbruine bladeren niet te knakken. Over de rand van struiken heen die het perk aan de achterzijde begrensde, zag hij neer op het gebogen hoofd van een meisje dat daar ineengedoken zat: donkerblond haar, met een fluwelen lint samengebonden.

'Kom maar!' herhaalde zij gesmoord, tussen de plooien van haar opbollende rokken.

'Hier ben ik,' zei hij lachend.

Zij rees op uit haar hurkhouding, en keek hem aan met grote grijze ogen, een verschrikte, strenge en toch stralende blik, die hem de adem benam. Nog voor hij iets kon zeggen, liep zij over het pad langs de canna's naar het huis.

Jenny Roosegaarde Bisschop hurkte tussen de grootbladige planten, verscholen, maar niet zo dat zij geheel onzichtbaar zou zijn voor de kleine kinderen die haar moesten zoeken.

'Kom maar!' riep zij, dieper bukkend. Zij hield de stroken van haar japon en onderrok met beide armen in een bundel tegen zich aan. Over de van droogte gebarsten grond bewoog een dunne stroom mieren.

'Kom maar!'

Zij verwachtte nu het geluid van snelle voetjes en opgewonden gegiechel te horen. Er ging alleen een ritseling door de struiken.

'Hier ben ik,' zei een onbekende stem boven haar hoofd.

Naderhand vroeg zij zich af hoe zij zo onopgevoed had kunnen reageren door weg te lopen zonder de jonge man die voor haar stond de gelegenheid te geven zich aan haar voor te stellen.

Zij vond Cateau Henny met de kinderen in de achtergalerij, druk bezig een kegelspel uit te zetten op de betegelde vloer.

'Kijk eens wat zij zo juist gekregen hebben van oom Rudolf,' zei Cateau. 'Waar is hij?'

Jenny knielde neer bij de kleinste jongen, Rudi, om hem te helpen de houten bal te laten rollen. Zij hoefde niet te antwoorden, want zijn peetoom kwam de treden naar de galerij al op. Hij stak zijn hand uit.

'Ik heb u aan het schrikken gemaakt. U moet maar denken, het is een planter uit de oedik, gewend om wild te besluipen. Vergeef me. Ik ben Rudolf Kerkhoven.'

Vol ergernis over haar verlegenheid en haar blos drukte Jenny de aangeboden hand. Omdat Rudolf Kerkhoven – anders dan de jongelui die zij gewoonlijk ontmoette – volstrekt geen stijve formele houding aannam, durfde zij ook het eerste te zeggen dat haar inviel: 'Nu kijkt u wéér op mij neer.'

Onmiddellijk hurkte hij naast haar. 'Dat is te verhelpen. Mag ik meespelen?'

De kinderen stortten zich juichend op hem, zodat hij zijn evenwicht dreigde te verliezen. In gespeelde schrik klampte hij zich vast aan Cateau. Zij verzette zich maar de kinderen trokken aan haar saroeng: 'Tante Too óók!' Ten slotte liet zij zich elegant op haar knieën zakken.

Van terzijde keek Jenny naar broer en zuster. Nu hun hoofden zo dicht bij elkaar waren, zag zij de gelijkenis, in de ogen vooral. Zij verheugde zich erover dat Cateau bezoek gekregen had van de broer op wie zij zo gesteld was, maar die zij te weinig te zien kreeg. Zijn komst zou misschien een oplossing brengen voor het probleem dat haar in de laatste tijd – vaker dan Jenny lief was – roodbehuilde ogen bezorgde.

Terugkomend uit de badkamer, zag hij Cateau bezig dorre blaadjes te plukken uit de weelderige chevelures in haar achtergalerij. Binnen dekte een huisjongen de tafel voor het middagmaal. Dunne matten, van de dakrand omlaaggerold tussen de pilaren, temperden het schelle middaglicht en hielden de warmte enigszins buiten. De djongos liep onhoorbaar heen en weer om glaswerk en bestek te halen uit het buffet op de overloop naar de bijgebouwen. Terwijl zij met Rudolf sprak, keek Cateau telkens even in die richting, soms met een hoofdbeweging aanduidend dat het te voorschijn gehaalde wél of juist niet gebruikt moest worden.

'Hij is nieuw, nog niet gewend. Toe, ga zitten, Ru. Je vindt het niet erg dat ik zó blijf?' Zij streek langs haar kebaja. 'Ik kleed mij pas 's middags na de thee. Henny zal dadelijk wel van kantoor komen. De kleintjes zijn gelukkig al rustig naar bed. Is dat geen lief meisje, Jenny Roosegaarde? Ik weet niet wat ik zonder haar zou moeten beginnen. Zij heeft er zo'n slag van ze bezig te houden.'

'Maar juffrouw Roosegaarde is niet bij je in dienst, neem ik aan?'

'Hemel nee. Haar vader is vice-president van het Hooggerechtshof. De Roosegaardes zijn oude vrienden van de familie Henny, nog uit Zutphen. Jenny helpt mij graag. Dan kan zij er eens uit. Het is daar een huishouden om gek van te worden.'

'Hoezo?' Rudolf leunde behaaglijk achterover in de luierstoel. Dergelijke stoelen waren er op Sinagar, maar op Ardjasari hadden zij hun intrede nog niet gedaan. Zijn vader zou zich generen in een tot zo nonchalante houding uitnodigend meubelstuk aangetroffen te worden, zoals het ook ondenkbaar was dat hij zich ooit overdag in slaapbroek en kebaai zou vertonen. Rudolf voelde zich op een aangename manier ontspannen, alsof hij juist goed nieuws vernomen, of na een lange vermoeiende tocht eindelijk het gestelde doel bereikt had.

'Ja, wat kan ik je over de Roosegaardes vertellen?' Cateau nestelde zich tegenover hem in een schommelstoel. Rudolf wist dat zij niets liever deed dan uitgebreid mensen beschrijven en hun doen en laten van commentaar voorzien. Hij vond het altijd vermakelijk naar haar te luisteren, of haar lange brieven te lezen, ook als de personen in kwestie hem niet zo bijster interesseerden. Maar ditmaal was zijn verlangen naar details even onstuitbaar als Cateaus woordenstroom. Uit wat zij vertelde rees een weliswaar onvolledig, maar door haar levendige voordracht intrigerend beeld op van het gezin waar het meisje met de grijze ogen thuishoorde. Hij zou zich later, wanneer hij alleen was, de tijd gunnen zijn indrukken te ordenen en om en om te keren in zijn gedachten, een voorraad gegevens die–dat wist hij al–van essentieel belang zouden blijken.

Er waren, zei Cateau, drie meisjes Roosegaarde Bisschop, Rose van negentien, Jenny van zeventien, en de vijftienjarige Marie. ('Rose is wat langzaam en stug, Jenny de intelligentste, en een schat, Marie een schoonheid, maar kattig.') Zij hingen aan hun vader, maar hun moeder koesterden zij alsof ze een kind was, of een dierbare pop. Mevrouw Roosegaarde, geboren Betsy Daendels, kleindochter van de IJzeren Maarschalk, was een hoofd kleiner dan haar opgroeiende meisjes, leek met haar broze gestalte en fijn gezichtje een jongere zuster. Zij bezat het nerveuze temperament dat erfelijk heette te zijn onder de nakomelingen van de beruchte Gouverneur-Generaal. Na elf zwangerschappen leed zij vrijwel voortdurend aan migraine. ('Elf bevallingen! Dat tere vrouwtje! De een wordt elf maal moeder, de ander nooit.') De meisjes voelden altijd zo'n aanval aankomen, brachten haar naar bed in een verduisterde kamer, probeerden hun lastige broertjes in toom te houden (leeftijden tussen vier en twaalf, en te veel verwend door bedienden) en commandeerden het personeel. Het grote huis in Gang Scott, een zijweg van het Koningsplein, had volgens Cateau veel weg van een druk logement. Een kinderjuffrouw voor de jongens, een gouvernante-gezelschapsdame voor de meisjes, en een stoet van bedienden liepen daar rond, maar zonder dat er iets te bespeuren viel van orde en regelmaat. Mijnheer Roosegaarde Bisschop had tegen Henny gezegd dat hij soms vreesde zijn verstand te zullen verliezen in het rommelige huishouden, waar er altijd wel een of twee ziek waren, of de een of andere calamiteit aandacht vroeg; waar bij voorbeeld rijlessen in de tuin, muziek- en danslessen in de achtergalerij plaatsvonden, terwijl in voor- en binnengalerij toebereidselen in volle gang waren voor een van de diners of ontvangsten die hij in zijn functie verplicht was te geven. Hij slaagde er wel in onder alle omstandigheden zijn zelfbeheersing te bewaren, echter ten koste van slapeloze nachten en aanvallen van benauwdheid; van dat laatste euvel mocht zijn vrouw niets weten. Hij was dol op zijn dochters. Cateau had voor haar huwelijk die meisjes al wel eens ontmoet bij kennissen, en gezien hoe graag hun vader pronkte met het aanvallige drietal, haast even groot, eender gekleed in wijduitstaande rokjes waar gesteven pijpebroekjes onder uitstaken. Zulke knappe gezichtjes! Maar heel kort geknipt haar tegen de warmte en ongedierte. Nu waren zij, vroeg, zoals alle in Indië geboren meisjes, eigenlijk al volwassen. Roosegaarde verklaarde de hemel te danken voor hun aanhankelijkheid. Aangezien zijn vrouw lang bleef slapen, waren zij het die 's ochtends zijn koffie inschonken, en hem gezelschap hielden voor hij naar het Gerechtsgebouw reed. Wie in het vroege morgenlicht langs zijn huis kwam, kon hem in de voorgalerij zien zitten, met zijn 'drie gratiën' zoals hij ze noemde.

'Een boeiende familie!' zei Rudolf.

'Zij komen morgenavond eten, mijnheer, mevrouw en de meisjes. Dan kan je kennismaken.'

'O Marie, wat zielig toch, kasian!' Jenny kwam uit de middaghitte de koele schemerdonkere kamer binnen waar haar jongste zuster gebogen stond over de naaitafel.

'Mmm?' vroeg Marie, met haar mond vol spelden.

'Henny blijft volhouden dat de kinderen weg moeten. En hun vader kan ze niet thuis hebben.'

'Er zijn toch grootouders? Die Kerkhovens op Ardjasari?'

Jenny voelde haar wangen warm worden. Zij keek in de spiegel en keerde zich toen weer snel af van haar beeld.

'Jawel... maar daar in de oedik, in de bergen, zo ver overal vandaan... dat is niet goed voor zulke kleintjes. En ze worden te veel verwend als ze daar zijn, zegt Cateau. Haar broer vindt dat ook.'

Jenny schoof een stoel naar de deur die op de zijgalerij uitkwam. De neergelaten kree bewoog zachtjes in de tochtstroom.

'Is die hier?' vroeg Marie. 'Wat denk je, hier nog een ruche? Ja hè? De djait moet het maar afmaken. Hoe is die broer van Cateau?'

'O...' Jenny aarzelde. 'Je zult hem morgenavond wel zien.'

'Wie komen er nog meer? Ik trek dit aan.'

''t Is gewoon huiselijk, net als anders, alleen wij en mijnheer Van Santen. Ik zou die japon niet aandoen, Marie. Die is te ouwelijk. En te gekleed.'

'Ach, onzin! Wanneer dan wel? Ik ga nooit ergens heen.'

'Ik toch ook niet? Als we achttien zijn, mogen we uit.' Terwijl zij het zei, bedacht Jenny dat haar jongste zuster met gemak voor achttien zou kunnen doorgaan. Marie was lang en slank, had in haar houding en in de uitdrukking van haar mooie gezicht niets kinderlijks meer.

'Ik weet óók iets dat zielig is, kasian!' zei Marie plotseling fel. 'Mama krijgt weer bezoek van de ooievaar.'

Aan de thee, alleen met Cateau – Henny was dadelijk na het rustuur weer naar kantoor vertrokken – bracht Rudolf voorzichtig de echtelijke meningsverschillen ter sprake.

Zij zaten buiten, op het plat dat aan de achtergalerij grensde. Een baboe duwde de kleine Rudi op zijn houten paard over de tuinpaden. Nonnie en Adri speelden onder de hoede van een andere kindermeid met blokken, op een mat in de schaduw van het huis. Cateaus ogen vulden zich met tranen, maar zij beheerste zich, trok haar zakdoek uit haar mouw, en hanteerde die terloops. 'Ach, hij is egoïst! Hij heeft zijn vaste gewoonten, daar mag niet aan getornd worden. Alles moet gebeuren op zíjn tijd en precies zoals híj het gewend is. Je hebt er geen idee van hoe moeilijk die man is met eten. Als wij ergens gevraagd worden, en hij kent de tafel niet, of vertrouwt het niet, stuurt hij onze kok erheen, verbeeld je, om voor hem apart iets klaar te maken. Ik schaam mij soms dood. De kinderen storen hem. En zij zijn toch heus heel zoet, je ziet het zelf. Nonnie huilt nog wel eens 's nachts, en roept dan om haar moeder, dat is zo zielig, daar kan je toch niet boos om worden. Hij is ook jaloers, om de aandacht die ik aan de kinderen geef. Belachelijk! Alsof hij zich zoveel met mij bemoeit. Die man is nooit thuis. Ik weet wel dat hij veel zaken heeft, en dat hij zich moet vertonen, maar hij overdrijft. Wat "men" ervan zegt is wet voor hem. De kinderen geven inhoud aan mijn leven, gezelligheid in huis. Mag dat dan niet?'

'Misschien hertrouwt Van Santen nog eens.'

'Dat kan toch niet, zo gauw na Bertha... enfin. Maar of zo'n vrouw de kinderen zal willen hebben? En of de kinderen gelukkig zullen zijn bij weer een andere moeder? En ik dan? Moet ik ze afstaan?' Cateau schonk met driftige gebaren nog eens thee in, morste op haar schoteltje. 'Ik word doodnerveus van dat gezeur.'

'Wil je dat ik met Henny praat, Too?'

Zij zuchtte. 'O, ik weet het niet. Au fond is hij niet kwaad. Ik wil niet dat jij moeilijkheden met hem krijgt. Hij kan zo lang op iets broeden. Hij vergeet nooit iets.'

Het diner bij de Henny's was huiselijk, maar zeer verzorgd. Cateau had een goede kok, die een aantal Europese gerechten wist te bereiden. Hoewel Henny gesteld was op decorum, zelfs bij informeel bezoek, hield Cateau de sfeer intiem; zij liet de bediende de schotels op tafel zetten en schepte zelf op voor haar gasten. Henny schonk een wijn die door Van Santen en Roosegaarde Bisschop om strijd werd geprezen; hij gold als kenner, en vond het aangenaam dat te laten merken. Het vrouwelijke deel van het gezelschap bewonderde de smaakvol gedekte tafel en het arrangement van soka's en bruidstranen in het midden.

Rudolf liet zijn blik gaan over de gasten. Het binnenkomen van Jenny had hem een schok gegeven. Hij kende haar nauwelijks, en toch was iedere trek van haar gezicht, iedere lijn van haar gestalte, hem al vertrouwd, voelde hij een mengeling van ongeduldig verlangen en tederheid telkens wanneer hij zag hoe zij op die voor haar karakteristieke wijze, verlegen, terughoudend, maar tegelijkertijd vol aandacht, haar ogen opsloeg naar degene die met haar sprak.

De zusters leken opvallend veel op elkaar, als drie varianten van eenzelfde grondvorm. Wat zich bij Jenny uitte als een natuurlijke reserve, scheen in Rose verstard tot angstige geslotenheid; naast de behaagzieke Marie was Jenny bekoorlijk door eenvoud. Zij waren alle drie gekleed in witte japonnen van dunne stof, zonder de in Rudolfs ogen onbegrijpelijk ingewikkelde draperieën en garneringen die de mode voorschreef. Jenny's verschijning vooral had iets puurs en luchtigs dat hem in verrukking bracht.

De heer en mevrouw Roosegaarde Bisschop vormden een merkwaardig paar; hij fors, met een markante kop, grijs, bijna wit, haar –in combinatie met zijn nog donkere wenkbrauwen gaf dat hem het uiterlijk van een gepruikte achttiende-eeuwer; zij kleiner nog dan Rudolf zich op grond van Cateaus beschrijving had voorgesteld, het smalle gezichtje met de sprekende ogen als het ware weggedrukt tussen een volumineuze kroon van vlechten en de stroken en frutsels van haar japon. Deze mensen en Henny gingen met elkaar om als bloedverwanten, ofschoon zij volstrekt geen familie waren. Roosegaarde had, na in Utrecht summa cum laude de meesterstitel te hebben behaald, in Delft een voorbereidende cursus voor het werken in Indië gevolgd. Ook hij was naar de Oost gegaan omdat in zijn vaderstad Zutphen geen toekomst weggelegd scheen voor begaafde jongelui. Hij maakte een sympathieke indruk, al vond Rudolf dat hij zich iets te nadrukkelijk liet voorstaan op het feit dat hij afkomstig was uit een familie van leerlooiers voor wie het behalen van een academische titel een stap omhoog op de maatschappelijke ladder betekende.

Rudolf was getroffen door de openhartigheid waarmee Roosegaarde zijn mening gaf over de misstanden die gaandeweg waren binnengeslopen in het Indische gouvernement. Volgens hem werden er miljoenen verknoeid aan openbare werken (die onnodig kostbaar waren door fraude en diefstal van materiaal), aan onevenredige bezoldigingen, wachtgelden, representatiekosten van ambtenaren aan de top. De bezuinigingen ten koste van pensioenen, verlofgeld en traktementen van hardwerkende en verdienstelijke gouvernementsdienaren en militairen van mindere rang, noemde hij een schandaal. Waarom besefte de Nederlandse regering niet dat het noodzaak was om júíst het budget voor de koloniën te vergroten? 'Dat Nederland Indië als een Nederlandse provincie behandelt, en dat dan bijzonder stiefmoederlijk doet–vooral als we in aanmerking nemen wat voor enorme voordelen deze "provincie" het moederland direct én indirect oplevert!–is een onloochenbaar feit, en ten hemel schreiend. Als hier ooit nog eens grote landbouwondernemingen gevestigd worden, zal er toch een afzonderlijk economisch beheer voor Indië nodig, en rechtvaardig zijn. Het is toch in-treurig, dat er in het overgangstijdperk dat we nu beleven, niet iemand te vinden is die Indië met beleid en vaste hand kan besturen! Niet zo'n hoveling en mediocriteit als Loudon, die de geschiedenis zal ingaan als de man aan wie we die afschuwelijke, onrechtvaardige, ja, dolzinnige veroveringstocht naar Atjeh te danken hebben!'

Van Santen kuchte even. De betekenis van dit signaal ontging Rudolf niet. Roosegaarde had in het vuur van zijn betoog vergeten wat hij vermoedelijk wel wist, dat de Kerkhovens en de Holles bij de bekritiseerde Landvoogd in de gratie waren.

Rudolf kon zijn ogen niet afhouden van Jenny die tegenover hem zat. Telkens wanneer de algemene conversatie daar ruimte voor liet, richtte hij zich tot haar, en vertelde van Gamboeng, en van zijn nieuwe thee-aanplant.

'Hoe lang duurt het voor u oogsten kunt?' vroeg Jenny.

'Van uitzaaien tot pluk... vier jaar ongeveer.'

'Dat lijkt me heel lang.'

''t Is de moeite waard lang te wachten op iets goeds.'

'U bent er dus zeker van dat u zult slagen op Gamboeng?'

'Het zal aan mijzelf liggen als het niet lukt.'

'O, ik denk wel dat het u lukt!'

'Ik weet dat ik niets beters had kunnen vinden,' zei hij, terwijl hij haar vol aankeek.

'Is het daar niet erg eenzaam?'

'Ja, dat wel. Maar het is er paradijselijk mooi. Ik ken geen mooier land. En ik hoop dat ik niet altijd alleen zal blijven!'

Mevrouw Roosegaarde, die tijdens de maaltijd steeds bleker en stiller was geworden, stond plotseling op en verliet, gevolgd door haar oudste dochter, haastig de binnengalerij. Rudolf zag hoe Roosegaarde zich naar Cateau boog en haar iets in het oor fluisterde; hij zag ook dat Jenny en Marie elkaar even aankeken, en dat Jenny daarna haar ogen neersloeg. Wat maakte haar ineens zo afgetrokken? Hij had er alles voor over om haar blik weer vast te houden, het gesprek voort te zetten, dat hem boeide als een verkenningstocht, stap voor stap, in een onbekend gebied; sinds een etmaal wist hij dat hij dat gebied voor zich zou opeisen, zoals hij Gamboeng 'veroverd' had.

De Roosegaardes bleven niet natafelen. Ook Van Santen nam afscheid. Toen hun rijtuigen weggereden waren, liet Cateau zich neervallen op haar schommelstoel in de achtergalerij. Henny die voor zich en Rudolf een glas cognac had ingeschonken, ging tegenover haar zitten.

'Wat was dat, met Betsy? Heb ik het goed begrepen? Gezegende omstandigheden? Alweer?'

'Ja, ja, je hebt het goed begrepen,' zei Cateau geprikkeld, terwijl zij haar waaier opensloeg.

'Ga je niet slapen, Too?' vroeg Rudolf. 'Je ziet er moe uit.'

'Cateau heeft het veel te druk tegenwoordig. Drie kleine kinderen, dat geeft heel wat last.'

'Mijn God! De kinderen van mijn zuster! Ru, zeg jij ook iets.'

'Ik vind Nonnie veel minder lastig dan toen jullie op Ardjasari waren. En wie kan beter onze arme Bertha vervangen dan Too? Het maakt Too gelukkig voor die kinderen te kunnen zorgen.'

'Cateau heeft alles wat haar hart begeert,' zei Henny koel. Het gesmoorde 'Oh!' van zijn vrouw negerend, keerde hij zich naar Rudolf toe: 'Hoor eens, Kerkhoven, ik apprecieer je belangstelling voor het welzijn van Cateau, maar ik moet je nu toch verzoeken om je met je eigen zaken te bemoeien.'

'Het zíjn mijn zaken. En die van mijn ouders. Het gaat onze hele familie aan.'

'De hoogheilige familie Kerkhoven! En waar blijft Van Santen, de vader? Ik krijg mijn bekomst van die families Kerkhoven en Holle met hun aanhang. Jullie gedragen je alsof jullie heel West-Java in eigendom hebben. Alles draait om jullie! Iedereen moet voor jullie klaarstaan.'

'Mag ik vragen wat je daarmee bedoelt?'

'Zeker mag dat. Ik heb ernstige bezwaren tegen dat speculeren op relaties, zowel van jou en je vader en je oom op Sinagar als van jullie neven Holle. Nu de oude Van der Hucht dood is, en De Waal niet meer in het Kabinet zit, krijgen jullie alles gedaan door die non-valeur van een Loudon te bewerken met behulp van "de vriend van de Soendase landman", ons welbekend!'

'Alsjeblieft!' Cateau was van haar stoel opgesprongen. 'Wat heeft dat te maken met de kinderen van Bertha?'

'Het heeft er in zoverre mee te maken dat ik me niet in mijn zaken, en zeker niet in mijn huiselijke leven, de wet laat voorschrijven door de familie Kerkhoven,' zei Henny droog. 'Ik ontvang je ouders en je broer, en ik ga natuurlijk ook naar Ardjasari als het moet, maar dat is afgelopen als jij niet ophoudt met je achter mijn rug om te beklagen.'

Rudolf was ook opgestaan, en had zijn arm om de schouders van Cateau geslagen, die bevend van opwinding naar woorden zocht.

'Geen scène!' zei Henny. 'Denk aan het personeel.'

'Laat maar,' fluisterde Cateau. 'Laat maar, Ru. Ik ga naar bed.'

Toen het geluid van haar hakken op de tegelvloer was weggestorven, wendde Rudolf zich tot zijn zwager: 'Ik kan geen genoegen nemen met je woorden van daarnet, dat begrijp je zeker wel. Ik eis dat je die terugneemt.'

Tot zijn verbazing toonde Henny zich plotseling bepaald aimabel. 'Bah, amice, dat zijn van die dingen die men zegt... Als je erop staat: mijn excuses! Het temperament van je zuster maakt me soms bingoeng, zoals men dat hier noemt. Ik blijf erbij dat drie kinderen in huis te veel is. Voorlopig zie ik geen betere oplossing. Ze kunnen blijven tot Van Santen iets geregeld heeft. Hij zal op den duur wel naar Nederland gaan.'

Twee dagen later, voor hij naar Gamboeng terugkeerde, vond Rudolf voor het eerst een gelegenheid om onder vier ogen een paar woorden met Jenny te wisselen. Cateau, die een visite ging maken en en passant Jenny zou thuisbrengen, was nog bezig instructies te geven aan de baboes. Na de kinderen goedendag gekust te hebben, liep Jenny langzaam door de tuin om het huis heen naar voor, waar de landauer klaar stond. De koetsier en zijn helper hielden de paarden aan de halster.

Omdat zij nog geen afscheid genomen hadden, volgde Rudolf haar. Zij talmde in de ijle schaduw van een groep bloeiende boengoerbomen.

'Ik zou u zo graag willen schrijven,' zei Rudolf. 'Maar ik weet dat ik daarvoor de toestemming van uw vader nodig heb. Als ik u zou mogen schrijven, zult u me dan antwoorden?'

'O, ik schrijf graag brieven. Maar ik maak niet zoveel bijzonders mee.'

'Alles interesseert me, ook de gewoonste dingen. Alles van u, wat u doet, wat u denkt.'

Jenny ging op haar tenen staan, plukte een takje bloesem, lila-roze van kleur, teer als vloeipapier. Zij draaide het rond tussen duim en wijsvinger. Rudolf nam het haar uit de hand en stak het in zijn knoopsgat. Van onder de pas besproeide planten steeg een geur van vochtige aarde op. In de stadskampoeng achter de heg klonken diffuse geluiden, rammelen met emmers, het plenzen van water bij een put, plotseling schril gekakel van wegstuivende kippen.

'Vraag het maar liever niet!' Maar de grijze blik sprak andere taal. 'Papa zal het niet goedvinden.'

'Maar hoe moet het dan?' vroeg Rudolf heftig. 'Hoe moeten wij elkaar leren kennen? Want dat is wat ik wil. En u? Wilt u dat ook... Jenny?'

'Jawel, dat wil ik wel,' zei Jenny zacht. 'Maar ik weet niet hoe. Daar komt Cateau. Adieu... Rudolf.'

In de warme avond wandelden Rudolf en Cateau langzaam op en neer op het achtererf. Er hing een zware geur van na zonsondergang ontloken sedep malam. In de bomen gonsden de krekels. De witgekalkte bloempotten langs het tuinpad blonken in het maanlicht.

'Ik wil Jenny,' zei Rudolf. Sinds zij buiten gekomen waren brandden die woorden hem op de tong. Cateau lachte zacht.

'Ik wist wel dat het zo zou gaan.'

'O, jij had het al bedacht? Koppelaarster!'

'Jenny is geknipt voor jou. Alleen, zij moet nog achttien worden.'

'Ik zal wel wachten. Maar niet te lang. Geef je me een kans?'

Cateau bleef staan en legde haar handen op zijn schouders. 'Ik zie hoe zij naar jou kijkt, als jij het niet merkt.'

'Ik merk het wél.'

Zij begonnen gelijktijdig te lachen. De verstandhouding uit hun kinderjaren was even terug. Hij gaf haar een kus op haar haren. 'Wat ik bedoel is: hoe zal haar vader reageren?'

'Wat zou hij tegen je kunnen hebben?'

'De zaken staan er op het ogenblik niet al te best voor. Niet op Gamboeng, en ook niet op Ardjasari. Papa heeft niets dan tegenslagen. Mijn koffie-oogst van de oude aanplant was maar zo-zo, en mijn thee wil nog niet.'

Zij liepen zwijgend verder. Naast zich zag Rudolf Cateaus waaier bewegen, een blanke vlek in de duisternis.

'Loop niet te hard van stapel. Laat de Roosegaardes er voorlopig buiten.'

'Maar ik wil haar niet verliezen. Straks komt er een ander!'

'Jenny blijft mij helpen met de kinderen. Wij praten veel samen. Vertrouw maar op je zuster.' Zij stak haar arm door de zijne. 'Jij moet mij heel vaak schrijven!'

'Als jij mij dan ook even vaak heel uitvoerig antwoord stuurt!'

In de verte verscheen Joan Henny op de vaag verlichte achtergalerij. Zijn silhouet tekende zich af tegen het in gele glans badende inwendige van het huis. Aan zijn gebaren zagen zij dat hij een sigaar opstak.

'Ssst!' zei Cateau. 'Híj moet zich er niet mee bemoeien.'

Rudolf hield haar staande. 'Too, nog even. Gaat het weer?'

'Och... maak je geen zorgen. Ik word ook wijzer, weet je,' zei ze luchtig, maar die toon overtuigde Rudolf niet.

'Kom!' Zij liet de sleep van haar japon, die zij in de tuin met één hand opgehouden had, vallen nu zij het geplaveide plat bij de achtergalerij betraden. 'Ga mee een glas stroop drinken. Ik sterf van de dorst. En dadelijk komt ons bezoek.'

Hij was te rusteloos om zijn laatste avond in Batavia te willen doorbrengen bij Henny en Cateau en hun gasten. Er zou gekaart worden; hij was niet nodig, omdat de viertallen compleet waren. In de Concordia werd een concert gegeven. Luisteren naar goede muziek leek het enig draaglijke in de stemming waarin hij verkeerde. Hij gaf Henny's koetsier opdracht langs Gang Scott naar het Koningsplein te rijden. Zo kon hij binnenkijken in het huis waar Jenny woonde. De grote voorgalerij was verlicht, maar er viel niemand te bekennen. Natuurlijk zaten zij achter, 'en famille'. Hij zou daar geen stap kunnen zetten voordat hij officieel toestemming gekregen had om Jenny het hof te maken.

De liederen van Schubert en Schumann konden zijn onrust niet doen bedaren. Integendeel, de hartstocht en het verlangen in die melodieën wakkerden zijn eigen emoties nog aan. 'Dein is mein Herz, und soll es ewig, ewig, bleiben' en 'Du bist die Ruh', der Frieden mild, die Sehnsucht auch, und was sie stillt' verwoordden en verklankten zijn zekerheid dat hij gevonden had wat hij had gezocht, de 'vrouw van zijn gemoed', om met Breero te spreken. Hij wilde geen andere. Hij had zo lang gewacht, nog langer wachten leek een zinloze kwelling. Hoe kon hij, ver weg op Gamboeng, het prille begin van genegenheid dat hij in haar ogen had menen te bespeuren, laten rijpen, en behoeden? Cateaus rol van middelaarster zou van onschatbare waarde zijn, maar kon zij, met al haar tact en handigheid, een goede uitslag waarborgen?

Uit alles wat Cateau haar over Rudolf vertelde – aanvulling en uitbreiding van verhalen die Jenny al vaker had gehoord, want Cateau had het graag over hem – rees het beeld op van de sterke, beschermende oudere broer. Niemand kende hem zo goed als Too, Toosje; al toen zij kinderen waren had hij liever haar in vertrouwen genomen dan Bertha of Julius.

'Mijn ouders vinden hem vaak eigenwijs, en zwaar op de hand. Die indruk maakt hij soms ook wel. Maar volgens mij komt dat door zijn plichtsgevoel, en omdat hij altijd heel grondig over de dingen nadenkt voor hij een oordeel geeft. Ik vind dat een goede eigenschap. En hij heeft meestal gelijk.

Hoe moet ik je zijn karakter beschrijven? Hij is zwijgzaam, maar niet omdat hij weinig te zeggen heeft. Hij leest veel, hij is bepaald literarisch aangelegd. Hij houdt van muziek. Hij kan ook heel geestig zijn. Hij is rechtvaardig, je kunt op hem bouwen als op een rots. Hij is een echte mán! En dat, lieve Jenny, kan je niet genoeg waarderen. Had ík er maar zo een.

Kijk niet zo verschrikt! Zo is het leven nu eenmaal. Om een functie te krijgen in de ambtenarij of in het leger wordt een man geëxamineerd... op zijn kennis, zijn geschiktheid – is het niet zo? Maar hij hoeft geen examen af te leggen om te bewijzen dat hij trouwen kan. Ach, hoe gaat het gewoonlijk met huwelijken, zeker hier in Indië. Je danst en praat en lacht wat samen, op een bal, aan een diner, maar wat weet je eigenlijk van elkaar? Je kent alleen de buitenkant.

Heb jij een dagboek?'

Jenny schudde het hoofd. 'Ik schrijf wel eens wat op, zo te hooi en te gras, maar een dagboek is het niet. Ik heb een album met een slot. Soms stel ik me voor dat ik praat met iemand die ik niet ken, en die mij niet kent.'

'Maar dat is prachtig! Dat moet je mij te lezen geven. Dan kan ik in mijn brieven aan Ru–die Henny niet onder ogen krijgt, dat zweer ik je–van alles over jou vertellen, lieve meid. Is dat geen goed idee? Geen correspondentie, want dat mag niet, en toch kennismaking?'

'Wat ben jij slim!' zei Jenny lachend. 'Het doet me denken aan dat oude sprookje over een meisje dat zich tegelijk naakt én gekleed vertonen moest, en toen alleen een visnet omsloeg. Je mag mijn album wel inzien, Cateau, maar ik weet niet...'

'Vertrouw mij maar!'

Uit het album van Jenny, 1876

Er zijn dingen waarover ik nooit praten kan. Als Mama haar zenuwhoofdpijn heeft, wordt zij een vreemde. Soms is Rose zo bang, dat zij niet bij haar durft te waken. Het gaat gelukkig altijd over, dan hebben we onze lieve kleine moeder weer terug. In de laatste tijd is zij bij vlagen erg druk, en dan opeens heel neerslachtig. Misschien omdat het zo vreselijk warm is, nu de regens maar niet willen komen. Ik hoop dat het beter zal gaan als het nieuwe kindje geboren is. Moge het een gezond lief meisje zijn, dat de plaats kan innemen van ons overleden zusje. De jongens zijn zo wild en lastig! Het is eigenlijk wel goed dat Willem en Frits in Holland gebleven zijn na het verlof. Mama kan hen niet aan, en Papa heeft te weinig tijd om zich met hen te bemoeien.

Waarom heeft Papa Willem en Frits achtergelaten, en niet ook August, die immers de oudste is? Frits is pas zeven jaar. Wil Papa Frits niet thuis hebben, omdat hij vaak raar doet, en dan Mama heel zenuwachtig maakt? Frits heeft als klein kind hersenkoorts gehad, baboe Roesminah zegt dat daar altijd iets van overblijft. Hij is ook geboren met twee aan elkaar gegroeide vingers. Willem had als baby een erg groot hoofd, ik vond dat toen griezelig. Nu valt het niet meer op, omdat hij verder ook veel gegroeid is. Hij is niet vlug van begrip, maar hij doet zijn best op school. Ik heb toch zo te doen met de jongens omdat zij nu alleen onder vreemden zijn. Zij hebben zo gehuild toen wij weggingen.

Het is vooral ter wille van Rose, Marie en mij dat Papa in 1873 met verlof is gegaan. Mama zag er vreselijk tegen op. Maar Papa heeft het doorgezet, hij vond dat wij meisjes 'de fijne schaaf' nodig hadden, zoals hij dat noemt, voor wij in de wereld komen, en dat wij van onze jeugd moesten genieten in Europa. Wat is daarvan terechtgekomen? Ons gezin is zo groot, wij konden niet steeds bij elkaar blijven, en werden verdeeld over verschillende families, in verschillende plaatsen. En wij moesten naar school. De reisjes en uitgangen die ons beloofd waren, zijn niet doorgegaan. Ja, de maanden dat Rose en ik in Luik op het pensionaat waren, dát is onze buitenlandse reis geweest.

Wij hebben er Frans geleerd, en de fijne keuken, en ik heb beter pianoles gehad dan hier. Wat was het daar rustig, in Luik, vergeleken bij ons huurhuis in Arnhem, met ons allemaal bij elkaar, en twee kinderjuffrouwen, en de meiden, en die rare knecht die zo vaak dronken was. Mama voelde zich niet goed, zij was toen in verwachting van ons zusje, dat op de terugreis naar Indië gestorven is. Nu zijn wij alweer een half jaar hier, en ik vraag mij af waar al die rompslomp van in- en uitpakken, en logeren in hotels en op gemeubileerde kamers eigenlijk toe gediend heeft. Ik had wel graag nog een jaar in Holland, of in Luik, willen blijven, om een diploma te halen voor onderwijzeres, ik geloof dat ik daar aanleg voor heb. Ik kon ook secondante worden op het internaat in Luik. Maar Mama had hulp nodig aan boord, met de kleintjes. Rose is zo traag, en Marie is wel heel handig als ze wil, maar ze wil meestal niet. Och, ik was mijn teleurstelling vergeten toen ik voor Herman en Philip kon zorgen na de dood van onze kleine Betsy. Dat is het ergste dat ik heb meegemaakt. Dat kleine lichaampje, stijf in zeildoek gewikkeld! Mama wilde niet dat het in zee gegooid zou worden, zij heeft gesmeekt, geschreeuwd. Toen hebben ze het lijkje aan boord bewaard, zodat wij Betsy in Padang konden begraven, bij de twee broertjes die gestorven zijn toen Papa op die plaats rechter was. Ons zusje heette naar Mama: Aleida Elisabeth Reiniera. Later heeft Mama Papa verweten dat hij die naam gekozen had. Er mogen nooit twee met dezelfde naam in één gezin zijn, zegt zij, dat brengt ongeluk. Zij heeft ook nooit gewild dat een van de jongens vernoemd zou worden naar de overleden broertjes. Anders gedenken wij hen niet naar behoren.

Mama was pas vijftien jaar toen zij Papa leerde kennen. Grootpapa Daendels was in die tijd assistent-resident in Modjokerto, en Papa griffier van de rechtbank in Soerabaja. Papa schijnt dadelijk dol verliefd geweest te zijn. Zij was zo'n vrolijk klein ding, zegt Papa, en zo lief voor haar zusjes en haar broer. Hun moeder was jong gestorven. Grootpapa Daendels werd ongeneeslijk ziek. Op zijn sterfbed heeft hij Papa toestemming gegeven Mama het hof te maken. Als hij in Probolinggo moest zijn, reed Papa elke dag na afloop van zijn werk te paard naar de onderneming Waroe, toen zij daar bij haar voogd woonde. Hij is twaalf jaar ouder dan zij. Zij heeft hem het ja-woord gegeven, vlak voor zij met haar stiefmoeder en de andere kinderen naar Holland ging. De familie Daendels in Hattem vond Papa niet deftig genoeg, omdat hij uit de Zutphense burgerstand afkomstig is, en Mama eigenlijk tot een regentengeslacht behoort. Zou zij nooit getwijfeld hebben in die twee jaar in Holland? Zij was toch nog zo jong. Maar zij droeg Papa's ring, die had zijn moeder haar in zijn opdracht aan de vinger geschoven toen zij voor de eerste maal de familie Roosegaarde bezocht. Zij draagt die ring nog altijd. Op haar achttiende is zij met kennissen mee teruggereisd naar Indië, en in Soerabaja getrouwd. Papa is alles voor haar, hij beslist over de dingen, zij ziet hem naar de ogen. Ik geloof niet dat zij zonder hem kan bestaan. Papa adoreert haar, maar hij beschouwt haar als zijn eigendom, het spreekt voor hem vanzelf dat zij niets kan, niets is, zonder hem. Hij is zo innig goed, en verstandig, maar altijd de baas. Mama las ons eens iets voor uit brieven die Papa haar geschreven heeft toen zij geëngageerd waren. Telkens heeft hij het daarin over het 'kooitje' dat hij bezig is voor haar in orde te brengen. Alsof hij haar gevangen moest houden! Alsof dát haar bestemming was! Ik weet wel dat het me niet past vragen te stellen over het huwelijk van mijn ouders. Maar ik voel de aanwezigheid van iets dat nooit aan de oppervlakte komt. Wat is dat toch?

Mama is in Indië geboren, in Semarang, en ik ook, wij zijn allemaal in Indië geboren, behalve de arme kleine Betsy. Toen wij in Holland waren heb ik gemerkt dat wij anders zijn. Wij zijn blank en blond, maar toch geen Europeanen. Ik heb het altijd dadelijk herkend bij mensen zoals wij, nu zie ik het ook bij mijzelf en Rose en Marie en de jongens. Papa heeft er geen oog voor. Hij is in Zutphen geboren en pas op zijn zesentwintigste in Indië gekomen. Hij denkt dat wij net zo echt Hollands kunnen zijn als hij, en dat hij daarom mag verwachten dat wij ook zo ferm en verstandig worden als hij is. Maar is dat afhankelijk van wat men wil? Men kan iets in zich hebben dat sterker is dan de meest oprechte wil. Ik weet niet wat het is, maar het is een vreemd gevoel, ik ken het goed. Treurig én opstandig. Bij Rose overheerst de treurigheid, Marie is meer opstandig. Bij mij gaat het samen. Van de jongens weet ik het niet, die zijn alleen maar stout. Men wordt als het ware naar twee kanten getrokken. Dat verlamt. Ik zou dan het liefst maar onbeweeglijk blijven, als een steen. Maar ik weet dat ik dat niet mag. Ik ben dan tweemaal zo ijverig. De huisjongens en de baboes zeggen: non is weer amat rajin, gètol. Kasian, ik ben zo veeleisend in zo'n bui! Ook voor mijzelf. Marie haat mij dan.

Marie is vreselijk verwend toen zij klein was, dat wreekt zich nu. Het is een driftkop, maar zo beeldig mooi, niemand blijft lang boos op haar. Zij begint aan dingen, doet ze half, dan mag een ander het werk afmaken. Meestal ben ik dat. In het huishouden is dat heel lastig. De bedienden zijn goed, zolang men er steeds het oog op houdt. Ik heb geleerd hoe het hoort met verzorging van linnengoed en de tafel, ik ben dol op keurig netjes. Papa stelt dat op prijs, en Mama ook wel, maar zij kan het zelf niet allemaal nalopen, en zij heeft daar ook de kracht niet voor. O, wat kost het een tijd! Het wil mij ook vaak niet lukken, dan erger ik mij aan de rommel en de wanorde, en kan toch niets doen om het te verbeteren.

Er is iets dat alleen Rose en ik weten. Eens waren wij op de pasar, met de juffrouw. Er kwam een oude vrouw bij ons staan, een echte nènèk, in vieze vodden, met een sirih-pruim in haar wang, dat zag eruit alsof zij haar mond vol bloed had. Ik dacht dat zij bedelde en wilde haar wat geven, maar zij begon tegen ons te praten, o, ik vergeet dat nooit. Ze zei dat zij wist wie wij zijn, en waar wij wonen, en dat wij afstammen van de Grote Heer die de Postweg over Java heeft laten aanleggen, en dat er veel zielen van doden om ons heen zijn, dag en nacht, die ons haten en ongeluk over ons zullen brengen, omdat die Grote Heer zoveel ellende van het volk van Java op zijn geweten heeft. Ik zei: ga weg, ga weg, maar zij bleef kakelen, en toen zijn Rose en ik zelf weggelopen, de juffrouw holde achter ons aan, die had er gelukkig niets van begrepen want zij kent maar een paar woorden Maleis.

Een paar weken geleden kwam Roesminah in het rustuur bij mijn bed, en zei dat er iemand achter was met een boodschap voor mij, die zij niet durfde wegsturen. Ik ging mee, daar stond diezelfde oude vrouw. Ze begon weer met dat vreselijke verhaal, een vervloeking eigenlijk. Ik was als verlamd, ik kon niets zeggen of doen. Nog één keer is zij op ons erf gekomen, toen heb ik haar laten wegjagen door een huisjongen. Gelukkig dat Mama er niets van heeft geweten. Maar die vrouw is altijd in de buurt, ik zie haar aan de kant van de weg als wij uitrijden. Zij kijkt alleen maar, dat is alsof er een schaduw over mij valt. Ik moet steeds denken aan haar woorden, dat er veel dood en ongeluk in ons leven zal zijn, dat er een wolk van geesten om ons heen hangt die ons kwaad willen doen. Ik probeer soms te bidden, maar helpt dat? Papa is vrijdenker, wij gaan nooit naar de kerk. Eigenlijk geloof ik niet, dus zou ik ook niet bijgelovig moeten zijn. Waarom maakt die vrouw mij dan toch bang?

Roesminah zegt: als men niet aan Allah gelooft, dan heeft men een lege ziel, en dan komt het ongeluk naar binnen. Een mens moet een ordelijke ziel hebben. Dat moet heerlijk zijn. Ik weet zeker dat mijn ziel niet ordelijk is, al wil ik dat nog zo graag. Ik heb zoveel tegenstrijdige gedachten. Soms ben ik tevreden, omdat ik mijn plicht doe en Papa en Mama kan helpen met het huishouden, en soms voel ik me achtergesteld, en ben ik boos en verdrietig, omdat alles op mij neerkomt, en dan haat ik mijzelf. Om de vloek af te wenden neem ik nog meer taken op me, en ik doe alles heel nauwkeurig, en dan nog weer een keer over. Dat lijkt toch op bijgeloof?

Er wordt zoveel kwaad verteld over onze overgrootvader, de Gouverneur-Generaal Daendels. Het is waar dat bij de aanleg van de Grote Postweg duizenden mensen zijn omgekomen. Maar volgens Papa kwam de wrede behandeling van de kant van de inlandse Hoofden, voor wie mensenlevens niet tellen, en is Zijne Excellentie een groot bestuurder geweest. Die weg moest er komen, zegt Papa, voor de verdediging van Java en de handel. Maar hoe kon Zijne Excellentie het over zijn hart verkrijgen om niet in te grijpen? Als staatsman kon hij niet tegen de afspraken met de Hoofden ingaan, zegt Papa, hij had niet het recht zich te bemoeien met de manier waarop die weg werd aangelegd, dat waren herendiensten voor de Hoofden. Hem was opgedragen door de regering van ons land om ervoor te zorgen dat die weg er kwám. Hij heeft de doden niet geteld.

Die nènèk is heel oud. Misschien moesten haar vader en broers werken aan de Grote Postweg. Daarom vervloekt zij ons. Maar wij zijn toch niet schuldig? Haar ogen zijn als twee gloeiende kooltjes, in diepe oogkassen, het vel eromheen is helemaal zwart alsof het verschroeid is. Roesminah is ook bang voor haar, zij heeft wierook gebrand, en iets, zij wil niet zeggen wat, begraven bij de poort van het erf, opdat de nènèk niet meer binnen kan komen. Zij komt toch, ik droom van haar. Rose ook wel eens, maar het is op mij gemunt. Roesminah weet dat. Zij is een goede trouwe ziel, zij heeft Rose en Marie en mij in de slendang gedragen. Zij wil mij beschermen, maar ik voel mij toch niet veilig.

Waarom schrijf ik deze dingen op? Ik zou niet eerlijk zijn als ik het niet deed, en ik wil graag eerlijk zijn. Cateau zegt dat ik zacht en evenwichtig ben. Bij de Henny's thuis ben ik ook zo. Als men met kinderen bezig is, mag men niet toegeven aan stemmingen. Zij hebben orde en liefde en helderheid nodig om zich te ontwikkelen. Voor kinderen kan men nooit zorgzaam genoeg zijn.

Wij hebben weer een broertje gekregen, hij heet Henri. Hij is heel klein en zwak, maar de dokter zegt dat we hem behouden mogen. Papa is natuurlijk verheugd, vooral omdat de bevalling ditmaal heel vlot is verlopen, maar toen Rose en Marie en ik vanmorgen met hem koffie dronken, zei hij opeens: 'Waar moet dat toch heen als het zo doorgaat?' Marie kreeg een lachbui waardoor zij haast in haar koffie stikte. Later vroeg ik haar hoe zij zo ongevoelig kon zijn. Wat zij toen antwoordde kan ik niet opschrijven.

Mama heeft ons vroeger veel overgelaten aan de bedienden, dat moest wel, zij had het te druk, en er was altijd een kleintje in de wieg. Vooral in Padang, waar onze twee eerste broertjes gestorven zijn, heeft zij het moeilijk gehad. Wij meisjes waren in die tijd meestal achter bij de meiden. Roesminah kon geen toezicht op ons houden, zij was Mama's lijfbaboe, en hielp met de kleintjes. Het ene kind hoort en ziet meer dan het andere. Ik denk dat ik erg dom was voor mijn leeftijd, of erg dromerig, want ik kan mij niets herinneren van al die verhalen die wij volgens Marie gehoord hebben als wij bij de spènkamer of de dapoer rondhingen. Ik weet alleen nog dat wij een tuinman hadden die kakkerlakken en spinnen tussen zijn vingers fijnwreef, en ons dan aankeek met zo'n vreemde grijns, hij moest lachen omdat wij griezelden. Marie zegt dat die man pinter boesoek was, en soms heel vieze dingen deed. Rose zou daar vreselijk van geschrokken zijn. Ik heb haar wel eens gevraagd wat het dan was, maar zij wil er niet over praten. Marie was de lieveling van alle bedienden, zij wilden haar allemaal vasthouden en strelen, zij kreeg ook altijd lekkers. Zij zegt dat zij 'alles al wist' toen zij vijf jaar was. Ik weet nu wel wat zij bedoelt, ik heb die dingen ook gehoord, maar pas veel later. Ik was twaalf, ik werd wat ze 'een jongedame' noemen, dat gebeurde mij eerder dan Rose, hoewel zij een jaar ouder is dan ik. Ik hoefde geen korte rokjes en pijpebroeken meer aan, en toen heeft Roesminah mij uitgelegd wat het allemaal te betekenen had. Maar Marie weet nog heel andere dingen. Zij kan op een bepaalde manier kijken, met een half lachje, wijs en neerbuigend en ook een beetje vals, dat hindert mij soms erg. Met Marie heb ik laatst vreselijke ruzie gehad. Zij had van Moenah en Itih van allerlei verhalen gehoord over de GG Daendels en over zijn vijftien kinderen en alle afstammelingen van hem die er in de kampoengs zouden rondlopen, en toen zei ze iets heel lelijks over Papa en Mama. Ik heb haar door elkaar geschud, zij werd ook woedend, we zijn elkaar aangevlogen als twee katten. Rose moest tussenbeide komen. Wat wil je, zei Marie later, wij hebben Daendels-bloed, 't zijn twee kanten van dezelfde medaille, geweld en zinnelijkheid.

Rudolf aan Cateau, januari 1877

'De theeveiling in Amsterdam heeft zowel Papa als mij erg teleurgesteld, maar niet terneergeslagen. Ik blijf vol vertrouwen de toekomst van onze financiën tegemoet zien, als Papa tenminste zijn belangstelling voor theezaken niet verliest. Ik kan mij voorstellen dat bij die voortdurende slechte markt de aardigheid er een tijdlang af kan gaan.

Wat mij betreft, ik ben best tevreden. Mijn jonge aanplant Javathee komt goed op, het zijn al struiken, na de regens kan ik voor het eerst plukken. Op de schoongemaakte velden in het bos heb ik nieuwe koffie geplant, een secuur werk, omdat ik vijf of zes variëteiten moet uitzetten, die niet door elkaar mogen raken.

Ik heb karbouwen gekocht. Gisteren zijn er zeker een half dozijn wilde honden achter die dieren aan geweest. Gelukkig is er één karbouw bij die zijn mannetje staat en een charge uitvoert als zo'n troep in de buurt komt. Als ze hem nu maar niet omsingelen en van de andere karbouwen afscheiden! Het regende de hele middag, dus kon ik er zelf niet heen gaan, gisteren, en vandaag ontbreekt me de moed om in dat diepe modderige ravijn af te dalen waar ik doorheen moet om bij de karbouwen te komen. Er wordt nu hard gewerkt aan een kraal.

Ik laat ook materiaal aanvoeren voor de bouw van mijn huis.

Julius en August zijn beiden door hun examens. Julius civiel-ingenieur! Hij heeft het toch maar klaargespeeld. Of August hier veel zal hebben aan die opleiding van hem in Wageningen valt nog te bezien. 't Komt toch in de eerste plaats aan op de praktijk. Nu gaat Papa's wens in vervulling: drie zoons om hem bij te staan!

Wij verwachten de jongens met de Prins van Oranje. Over de datum nog geen zekerheid. Natuurlijk kom ik naar Batavia om hen van de boot te halen.

Ik hoef wel niet te zeggen hoezeer ik mij verheug op het weerzien, niet alleen dat met Gus en Juus. Wacht mij een verrassing, Cateau? Niemand kent mijn wensen beter dan jij. De gedachte aan de vervulling van die wensen doet mij hier op Gamboeng volhouden. Ik tel de dagen.'

De twee kanonschoten van het wachtschip voor de kust, die de aankomst van de Prins van Oranje uit Holland meldden, brachten Jenny in een staat van opwinding die zij slechts met de grootste moeite verborgen kon houden voor haar moeder en zusters. Zij had toestemming gekregen om met de Henny's en Rudolf Kerkhoven mee te rijden naar de Kleine Boom. Kant en klaar wachtte zij in de binnengalerij.

De landauer reed voor, en de twee heren stapten uit om haar te begroeten. Voor het eerst sinds een half jaar zag zij Rudolf weer. Zij vond hem vermagerd, en heel bruin in zijn gezicht. Het was zo vreemd tegenover hem te zitten in het rijtuig en te converseren over ditjes en datjes, terwijl hij in de afgelopen maanden door Cateau op de hoogte was gehouden van wat haar vervulde, zoals zij, óók door

Cateau, alles wist van zijn werk op Gamboeng. Zij was bang geweest dat hij op de een of andere manier bevreemding of ontstemming zou tonen over die ontboezemingen waarvan zij niet wist of zij zich ervoor schamen moest of niet. Hij was, dat ontging haar niet, even zenuwachtig als zij, maar zo jongensachtig uitgelaten van blijdschap over het weerzien (Cateau amuseerde zich er kostelijk mee, Henny daarentegen scheen niets te merken) dat zij van de weeromstuit haar schroom aflegde; gedurende heel de rit langs Molenvliet en door de Benedenstad naar de Kleine Boom praatten en schertsten zij alsof zij elkaar dagelijks zagen.

In het gedrang onder het afdak bij de aanlegsteiger nam hij haar hand, en bleef die vasthouden tussen de plooien van haar japon. Zij voelde steeds die vaste warme hand om de hare, en beantwoordde de druk van zijn vingers, maar zij durfde hem niet aan te kijken. Zwijgend stonden zij zo een poos, tussen dames wier volants en voiles opwoeien in de lauwe zeewind, hetgeen aanleiding gaf tot veel gelach en uitroepen van ergernis, en heren, die gewikkeld waren in debatten over de voor- en nadelen van enerzijds de nieuwe geheel door stoomkracht gedreven, en anderzijds de beproefde nog voor de helft op zeilen aangewezen schepen. Pas toen de boot die de passagiers van de op de rede liggende Prins van Oranje naar de wal bracht, zo dicht genaderd was dat men de gezichten kon herkennen, liet Rudolf Jenny's hand los, om samen met Cateau roepend en wuivend naar voren te dringen.

Het weerzien tussen de broers ontroerde Jenny. Haar hart ging uit naar de stille Julius, nog zo onbeholpen in zijn tropenpak. August vond zij wat al te 'branie', een knappe jongen, zich zeer van zijn aantrekkelijkheid bewust, die vanaf het eerste ogenblik tot aan de thuiskomst bij de Henny's alle aandacht opeiste met verhalen over de reis en over staaltjes van savoir-faire die hij aan boord ten beste had gegeven. Zij zag dat de hereniging Rudolf gelukkig maakte. De mate waarin zij meeleefde deed haar beseffen hoezeer zijn wereld al de hare was geworden.

'U hebt me laten roepen, Papa?'

Jenny vond haar vader in de kamer die het 'kantoor' genoemd werd, omdat hij zich wanneer hij thuis was daar terugtrok om te lezen en brieven te schrijven. Hij zat aan zijn secretaire, in hemdsmouwen, zoals hij gewend was te doen als hij zich vrij kon voelen. Op de galerij buiten de kamer stonden potten met oleanders en andere hoog-opgroeiende planten, die inkijk beletten. Door de lichtval op deze tijd van de dag gaf dat een groenige weerschijn op de gepleisterde wanden en op de tegelvloer.

'Ik heb een schrijven ontvangen van de heer Kerkhoven van Ardjasari,' zei hij, terwijl hij een opengesneden enveloppe die voor hem op tafel lag met één vinger oplichtte en weer liet vallen. Jenny zag aan de zijkant het dubbelgevouwen vel papier in het couvert zitten. 'Hij wil mij een bezoek brengen om acces te vragen voor zijn zoon. Je weet natuurlijk dat het om jou te doen is. Ik heb tenminste van Joan Henny gehoord, dat je je onlangs, bij de Boom, nogal geafficheerd hebt met dat jongmens.'

Jenny zei niets. Ondanks schijn van het tegendeel had Henny zijn ogen niet in zijn zak gehad.

'Hoe ver gaat die kennismaking? Ik neem aan dat er nog geen sprake is van een declaratie, buiten mij om.'

Een roekeloos gevoel nam bezit van Jenny. 'Als hij zich gedeclareerd had, zou ik hem niet afgewezen hebben.'

De donkere wenkbrauwen gingen omhoog. 'Je kunt nog niet weten wat je wilt. Jonge mensen willen vaak overijld beslissingen nemen, waar ze later spijt van krijgen. Gelukkig is de heer Kerkhoven van Ardjasari een verstandig man, uit wiens brief ik kan opmaken dat hij de plannen van zijn zoon ook ietwat voorbarig vindt, al wil hij hem natuurlijk zijn steun niet onthouden.'

'U hebt Rudolf Kerkhoven ontmoet, aan tafel bij Cateau Henny, vorig jaar.'

'Dat weet ik, hij leek me een aangenaam mens, intelligent, een harde werker ook. Maar de theecultuur is een riskante aangelegenheid. Ik heb je niet grootgebracht om je ergens in de binnenlanden te laten verkommeren. Je weet niet wat het zeggen wil, als enige Europese vrouw op een afgelegen post te moeten leven. Je moet in elk geval één jaar in de wereld geweest zijn voor je je gaat binden. Ik zal de heer Kerkhoven antwoorden dat acces vragen voorlopig geen zin heeft.'

Jenny boog haar hoofd. De tranen die niet wilden komen, schenen zich achter haar ogen op te hopen. Zij voelde geen verdriet, maar een mengsel van machteloze woede en wanhoop, alsof haar de mogelijkheid ontnomen werd een ander te worden dan die zij was, iets af te schudden dat haar beklemde.

'Laat hij maar zorgen dat zijn land wat opbrengt,' zei haar vader, met de zachte stem die zij van hem kende als de stem-na-het-standje, wanneer hij duidelijk wilde maken dat iets voor haar bestwil geschiedde. 'Over een jaar zien we verder. Maar geen briefschrijverij! Dat moet je me op je erewoord beloven.'

In de achtergalerij heerste chaos. Philip zat brullend op een stoel; de kinderjuffrouw knielde bij hem neer, om een geschramd been te verbinden. Marie oefende toonladders op de ontstemde piano. Rose had verschil van mening met de menatoe die juist een vracht schoon linnengoed gebracht had. Buiten op het erf schoot Herman vanuit een boom met zijn katapult kleine harde vruchtjes naar de duiven op het dak van de bijgebouwen, zonder zich iets aan te trekken van de driftige kreten ('Laat dat! Kom naar beneden!') die de gouvernante slaakte. Mevrouw Roosegaarde zat in de deuropening naar de slaapkamer met de huilende baby op schoot. Naast haar liet een djait de naaimachine ratelen.

Jenny was het liefst gevlucht, maar haar moeder riep haar: 'Neem hem even! Hij heeft weer last van het zuur.'

Later, toen zij het eindelijk ingeslapen kind in de schemerdonkere slaapkamer in de wieg gelegd had, hoorde zij achter zich haar moeder binnenkomen en de deur naar de galerij sluiten.

'Je begrijpt het toch, Jenny? Ik heb je zo nodig, met kleine Henri. En wat moet Rose zonder jou? Het is hoog tijd dat zij in de wereld komt, zij is haast twintig. Alléén wil zij niet uit. Nu jij achttien bent, kunnen jullie samen gaan.'

Het bedrukte gevoel dat haar in haar vaders kamer overvallen had, maakte zich opnieuw van Jenny meester.

'Maar Mama, die bals kunnen mij niets schelen. Al die soesah, om te gaan dansen in de soos!'

'Je zou het ons later verwijten dat wij je niet de gelegenheid gegeven hebben om rond te kijken.'

'Toen u zo oud was als ik, was u al getrouwd.'

'Ja, daarom. Dáárom!' zei haar moeder heftig. 'Je moet toch even van je jeugd genieten. Als je trouwt is het voorbij. Dan kom je dadelijk in de zorgen.'

'Rose wil vast wel uitgaan als u erbij bent. Met de juffrouw als chaperonne is er niets aan.'

'Ik kon niet uit toen ik Henri verwachtte. En nu kan ik ook niet uit, zolang ik hem aan de borst heb.'

Jenny ging naast haar moeder op de rand van het grote bed zitten, tussen de naar weerskanten met zilveren haken opgehouden klamboegordijnen. Zij sloeg een arm om die tengere schouders, voelde de botten onder de dunne stof van de matinee.

'Het voeden put u uit, Mama. Henri is groot genoeg voor boeboer.'

'Jawel. Maar zolang ik een kind nog de borst geef kan ik niet zwanger worden.'

In de eerste weken na het teleurstellende bericht dat acces bij de Roosegaardes hem voorlopig niet was toegestaan, had Rudolf grote moeite gehad weer animo voor zijn ontginningswerkzaamheden op te brengen. Zijn verwachtingen waren zo hooggespannen geweest, de tijd die verlopen was sinds hij Jenny ontmoet had leek hem al een eeuwigheid toe; hij had het gevoel onmogelijk nog langer in onzekerheid te kunnen leven. August kwam hem op Gamboeng gezelschap houden, en praktische kennis van theecultuur opdoen, terwijl Julius op Ardjasari meeliep in de dagelijkse gang van zaken om te zien of dat werk hem lag. Het zag er niet naar uit dat de Kerkhovens zich in de naaste toekomst méér ondernemingen konden veroorloven, zodat er voor alle zoons een administrateursfunctie was weggelegd. Julius was geen buitenmens, August daarentegen wist zich goed aan te passen.

De afleiding van ritten te paard met zijn broer door het bergland, en van het gezamenlijk toezicht houden op de werkzaamheden, hielp Rudolf over zijn lusteloze stemming heen. Sneller dan hij gedacht had verrees aan de bosrand, tussen de rasamala's, zijn huis naar eigen ontwerp en eigen bouwtekeningen. Elke paal die de grond inging, elke plank die gelegd werd, moest haar voor wie die woning bestemd was, dichterbij brengen. In brieven aan Cateau (die Jenny lezen zou, daar rekende hij op) beschreef hij de vorderingen en illustreerde die met schetsjes. De voorgalerij, te bereiken langs twee trapjes aan weerszijden, kreeg een houten balustrade waarlangs klimplanten geleid konden worden. Hij had glas besteld, om in de vier kamers ramen te kunnen aanbrengen, de noodzakelijke beschutting bij kil en vochtig weer. Een aftakking van de beek die achter het huis langs de berghelling omlaag stroomde, zou hij letterlijk 'inbouwen': een nooit falende watervoorziening in de badkamer! Hij legde een moestuin aan, met aardbeien, tomaten en kool. Een perk op het voorplein stond vol met stekken voor een 'rozengaarde'.

Zodra er één kamer bewoonbaar was, verhuisde hij van de pondok naar zijn gedoeng. Na het vertrek van August bestond zijn gezelschap uit twee jonge brakken uit een nest op Ardjasari, die de plaats innamen van wijlen Tom. Rudolf vermaakte zich met het opvoeden en africhten van deze diertjes, die hij Kousie en Sokkie gedoopt had omdat zij in het begin als blijk van genegenheid tegen zijn benen plachten te plassen. Dagelijks kwamen nieuwsgierige apen uit het oerwoud zijn huis bekijken en pisang stelen van het achtererf–aanvankelijk nog bang voor de hondjes; maar toen zij merkten dat het bij blaffen bleef sloegen zij niet meer op de vlucht, en zaten brutaal een paar meter boven de grond in de bomen te krijsen en met de takken te schudden. Rudolf vreesde dat hij hun met een paar geweerschoten schrik zou moeten aanjagen, om te voorkomen dat in de toekomst zijn boomgaard voortdurend geplunderd werd.

's Avonds kortte hij zich de tijd met lezen, bij zijn petroleumlamp. Vergeleken bij het verblijf in de pondok was dit pas eenzaamheid. Bediendenkamers waren nog niet klaar, zijn kok en huisjongen woonden in de kampoeng Gamboeng. Weemoedig naar de maan staren wanneer die scheen, lag niet in zijn aard, maar hij bleef wel lang wakker voor hij de slaap kon vatten. 'Moet ik nog zeggen, <u>Cateau</u> (de onderstreping betekende dat daar een andere naam gelezen moest worden) waarheen mijn gedachten voortdurend afdwalen? Eigenlijk denk ik altijd aan datgene waarover ik niet schrijven mag. Ik hoop van ganser harte dat het niet alleen mij zo gaat!'

Uit het album van Jenny, 1877

Koningin Sophie is gestorven. Zij schijnt erg geleden te hebben. Ik hoorde Papa en Mama erover praten dat de Koningin zoveel verdriet heeft gehad. Wat een verschrikkelijk leven, altijd waardig te moeten zijn, altijd minzaam te moeten glimlachen, ook al voelt men zich diep ongelukkig. Mama zei: 'Een huwelijk moet een hel zijn, als er tussen man en vrouw geen liefde bestaat.' 'Als de temperamenten verschillen,' zei Papa, 'helpt liefde geen zier!' Hij lachte op een bepaalde manier, die hij heeft als hij Mama wil laten merken dat hij goed gestemd is, en hij kuste haar. Zij wisten niet dat ik in de naaikamer zat, met de deur naar de binnengalerij open. Ik kon hen zien in de grote passpiegel. 'O nee, o nee!' zei Mama telkens, maar zij drukte zich tegen hem aan, en Papa was zo heftig, het leek alsof hij haar wilde verslinden.

Ik verlang naar liefde, maar er is een harde kern in wat liefde heet, zo voel ik het. Ik ben bang.

Op ons achtererf staat een waringin. Ik vind dat bij dag de mooiste boom van de wereld, zo breed en vol en rijk met al zijn bladeren en vruchtjes, en luchtwortels die afdalen en zich vasthechten met kleine zuigmondjes en weer nieuwe stammen van diezelfde boom vormen – en dan de vogels en de kalongs en de krekels die erin wonen, en de wespen die om de vijgjes zoemen, het is een boom die gonst van leven. Maar als het donker is, durf ik er niet dichtbij te komen, dan denk ik aan wat Roesminah vertelde toen wij klein waren, dat het 's nachts niet meer dezelfde boom is, of niet eens een boom maar heel iets anders, waar mensen geen naam voor hebben. Dan moet men oppassen. De natuur heeft die kracht, wij zijn machteloos. Ik zeg tegen mezelf dat dit allemaal onzin is; als ik de provisie uitgeef, of Mama help met kleine Henri, of piano studeer, of speel met de kindertjes bij Cateau, verdwijnt het. Daarom wil ik met heel mijn hart helder en *goed* zijn, en mijn plicht doen, en zorgen voor wie ik liefheb.

Ik droomde dat ik in de nacht over een pad liep, onder de open hemel. Ik was me alleen bewust van de donkere grond, van een ruimte boven mij, zonder maan of sterren; ik onderscheidde bergen, ondoorzichtig donker tegen het transparante donker van de lucht, en, het zwartst van al, het bos waar ik heen ging, een golf van duisternis die me zou opslokken zodra ik er een voet zette. Badend in mijn zweet werd ik wakker. In de twee andere bedden hoorde ik Rose en Marie rustig ademen.

Was die droom een waarschuwing? Of juist een uitdaging om moed te tonen? In een van zijn brieven aan Cateau (en mij!) heeft Rudolf de ontmoeting met een panter beschreven. Wat mij het meest getroffen heeft: dat hij, hoewel het hart hem in de keel klopte toen hij op een open plek in het oerwoud plotseling oog in oog stond met het tot de sprong ineengedoken roofdier, maar één ding had kunnen doen, het gevaar tegemoettreden. Zou ik minder dapper zijn dan hij, die nu ook mijn angsten kent?

Ik ben nooit in de bergen geweest. Hoe moedig om in die wildernis jarenlang alleen te leven en te zwoegen! Dat iemand dan verlangt naar een ander, om op te vertrouwen en te beschermen, en alles mee te delen, begrijp ik heel goed. En als men zo iemand liefkrijgt, wil men zelf ook niet anders dan in voor- en tegenspoed altijd samen zijn. Ja, dat wil ik.

Rudolf aan Cateau, december 1877

'... Toen ik vanmiddag van mijn inspectietocht thuiskwam, stonden mijn jongens klaar om de meubels te versjouwen en matten op de vloer te leggen. Mama heeft mij beloofd gordijnen te maken en een zitbank te bekleden. Ook heb ik serviesgoed van Ardjasari gekregen. Mijn huis ziet er al zeer bewoonbaar uit.

Papa heeft me laten weten dat hij naar Batavia gaat om een arts te raadplegen in verband met zijn steeds maar weer ontstoken linkeroog. Hij zal van de gelegenheid gebruik maken om een bezoek af te leggen bij de heer Roosegaarde Bisschop.

Zelf heb ik een brief geschreven. Maar in plaats van rust, hetgeen ik gehoopt had (eindelijk kon ik onder woorden brengen wat ik op mijn hart heb!) heeft de verzending van die brief mij onrust bezorgd. Ik kan nu niet anders doen dan wachten, en dat valt mij even zwaar, of nog zwaarder dan na mijn terugkeer uit Batavia in het begin van dit jaar. Calme au dehors, mais agité en dedans! Kon ik maar beter slapen. Daarbij totaal gebrek aan eetlust. Ik houd me maar bezig met tuinaanleg. Ik doe zoveel mogelijk mijn best om niet aan het piekeren en plannen maken te gaan, maar och, daar is haast geen vechten tegen. Ook twijfel ik soms, of ik de zaak wel op de juiste manier heb aangepakt. Maar er is toch niets meer aan te doen. Mijn brief ligt nu al in Buitenzorg, en gaat morgen met de ochtendtrein naar Batavia. Het is mijn innige wens dat hij in Gang Scott een zeker iemand blij zal maken. Als je dit leest is alles al achter de rug, en weet ik waarschijnlijk ook, of ik in vliegende vaart naar Batavia mag vertrekken, mijn geluk tegemoet – of niet.'

Na ontvangst van Rudolfs brief, en het bezoek van de heer Kerkhoven, riep Jenny's vader haar bij zich. Hoofdschuddend, maar met een glimlach, zei hij dat hij er haar niet meer van zou weerhouden 'zich uit de wereld terug te trekken' in het bergland van de Preanger indien zij dat dan met alle geweld wilde. Haar moeder had haar schreiend omhelsd: 'Wat zal ik je missen!' Rose was oprecht verbaasd en verdrietig om de plotselinge ontwikkeling. Marie reageerde woedend: 'Dat je je gaat begraven in de oedik!' De oudste jongens verheugden zich op logeerpartijen. Zij waren nooit 'boven' geweest.

Cateau, nog dezelfde dag toegesneld, had het air van een triomfantelijke samenzweerster. 'Papa heeft al getelegrafeerd. Overmorgen komt Ru.'

Jenny trok haar mee in een hoek. 'Heeft hij nooit... nóóit iets gezegd over de dingen die ik opgeschreven heb... over vroeger, en over thuis?'

'Lieve engel, al die dromen en sombere gedachten van je heb ik hem maar niet overgebracht. Dat is veel beter. Neem een goede raad van mij aan, en praat daar nooit over. Ik wil dat jullie gelukkig worden. Jullie zijn zo'n mooi paar!'

'Ik heb gedaan wat jij vroeg en wat hij wilde, gezegd wat ik denk en voel,' zei Jenny fluisterend. 'Nu weet hij níéts.'

'Het is allemaal verbeelding. Zo Indisch! Jij bent toch niet Indisch, al ben je hier geboren?!'

Bij hun dagelijkse ontmoetingen, gedurende de paar weken die Rudolf in Batavia kon doorbrengen – hun wandelingen, gearmd, in de achtertuin van de Roosegaardes of in die van de Henny's; de gezamenlijke maaltijden, de avonden in de familiekring; de bezoeken bij verwanten en zeer vertrouwde vrienden; het inkopen-doen; de soiree in Concordia, waar zij voor het eerst met elkaar walsten – nooit en nergens vond Jenny gelegenheid of moed genoeg om mondeling nog eens aan te roeren wat zij op papier had durven uiten. Zij begreep achteraf niet dat zij zich zo had laten gaan. Zij was Cateau dankbaar dat die verzwegen had wat nu eenmaal niet gezegd kon worden.

Omdat de tijd voor de verlovingsrituelen beperkt was – wél nam August de zaken op Gamboeng waar, maar Rudolf wilde de eerste pluk van zijn proeftuin thee zelf leiden – werd het engagement publiek gemaakt, opdat Jenny haar aanstaande schoonouders kon vergezellen naar Ardjasari en tijdens die logeerpartij kennismaken met de omgeving waarin zij na haar huwelijk zou wonen.

Hoeveel kleiner en schameler was het huis op Gamboeng dan zij zich had voorgesteld aan de hand van brieven en tekeningen! Het was getimmerd uit ruw hout, de stijlen stonden, tegen de mieren, op losliggende platte stenen. De dakbedekking was gedeeltelijk van inlandse pannen, gedeeltelijk van palmvezels. Maar zij wilde geen domper zetten op de trots en blijdschap van Rudolf, die haar in het keukenhok hartstochtelijk omhelsde, terwijl zijn ouders en broers in de voorgalerij het uitzicht stonden te bewonderen.

De drietoppige Goenoeng Tiloe scheen haar een demonisch wezen, dat gehurkt zat te wachten om haar te vangen. Rudolfs huis stak zo kwetsbaar af tegen het donkere geboomte. Noch het frisse groen van de jonge theetuin op de helling voor de gedoeng, noch de bloeiende rozen in het perk op het voorplein en de potten met planten langs de veranda, en ook niet de Nederlandse driekleur die Rudolf te harer ere van een twintig meter hoge glad-geschaafde rasamalastam liet wapperen, konden de somberheid verdrijven die als een kille adem op haar toe kwam uit de diepten van het oerwoud. Links van het huis voerde een pad binnen in die duisternis. Het kwam haar zo bekend voor, zij moest er steeds naar kijken, al wilde zij dat niet.

Het gezin 1879-1907

Rudolf zou zich de eerste maanden van zijn huwelijk altijd herinneren als het toppunt van geluk, ook al mislukte op Gamboeng de theeoogst door de ergste droogte sinds mensenheugenis. Toen de verlossende regens ten slotte kwamen, brachten zij een woekering van een tot dusver onbekend hardnekkig onkruid, waardoor de tuinen weer op andere wijze in hun groei belemmerd werden. Het kon hem niet deren, hij liep op wolken. De voltooiing van zijn man-zijn waar hij al die jaren naar toe geleefd had, was een feit. Zag hij zijn jonge vrouw overdag bezig in huis, slank en waardig in haar flanellen kebaja en een mooie saroeng uit Solo, dan werd de opwelling haar mee te trekken, de slaapkamer in, naar hun bed om de nachtelijke vervoering te hernieuwen, hem soms bijna te machtig – nu eens niet in het donker, maar bij helder daglicht, of in de schemer van dicht bewolkt weer, terwijl buiten de regen ruiste. Maar het besef van de ogen en oren rondom, en van de status die zij op te houden hadden als djoeragan en djoeragan istri; de wetenschap dat westers liefdesgedrag als decorumverlies, als volstrekt belachelijk, beschouwd zou worden, weerhield hem ervan spontaan uiting te geven aan zijn gevoelens. Jenny en hij waren niet vrij. Zij zouden het nooit zijn.

Jenny's eerste zwangerschap verliep voorspoedig. Zij ging voor haar bevalling naar Ardjasari, waar in het laatst van augustus 1879 hun zoon geboren werd, weer een Rudolf, ter onderscheiding van zijn vader en grootvader voortaan meestal 'Baasje' genoemd. Het kind was voor hen een bron van vreugde en vermaak. Jenny vond hem beeldschoon, een 'lekker dier'; de Koningin zou wat graag zo'n prinsje willen hebben, dacht zij toen bekend gemaakt was dat de jonge tweede vrouw van Willem III een kind verwachtte. Kwam Rudolf bezweet en stoffig, of bemodderd en drijfnat uit de tuinen, dan haastte hij zich om een bad te nemen en zich te verkleden, opdat hij met het al heel vroeg alert-reagerende jongetje kon spelen, terwijl Jenny in de keuken instructies gaf aan een onervaren maar gewillige Gamboengse hulp.

Zij leefden uiterst zuinig. Rudolf stelde er een eer in dat zijn boeken altijd tot op de halve cent klopten, zijn administratie nauwkeurig bijgehouden was. Hij had het heel druk: er was veel jong theeblad te verwerken, hij moest zijn koffie-oogst wegen en verpakken, karren repareren, paardetuig maken; ook nam hij proeven met het planten van kina, hij had de indruk dat de grond en het klimaat op Gamboeng bijzonder geschikt waren voor die cultuur.

In verband met de oogziekte van zijn vader, die verergerde, besloten zijn ouders te repatriëren; Van Santen zou hen vergezellen, met zijn twee oudste kinderen (Rudi, de benjamin, bleef bij Cateau). Klachten van Jenny over het gebrek aan comfort, en de afgelegenheid van Gamboeng, brachten Rudolf ertoe zich af te vragen of hij in het belang van haar en Baasje het beheer van het zoveel geriefelijker ingerichte en dichter bij Bandoeng gelegen Ardjasari op zich moest nemen. Dan zou hij Gamboeng aan August moeten afstaan. Zijn vader had niet gewild dat Julius, die minder geschikt leek voor het plantersvak, als ingenieur genoegen zou nemen met een ondergeschikte functie op een onderneming, en via relaties voor zijn tweede zoon een post weten te bemachtigen bij de aanleg van de spoorlijn tussen Buitenzorg en Bandoeng.

Wanneer Rudolf langs de vertrouwde paden door zijn tuinen liep, of vanuit zijn voorgalerij uitkeek over de glooiing van de vallei met de koninklijke rasamala's voelde hij alle praktische overwegingen als verraad aan de grond die hij ten koste van zoveel inspanning tot de zijne had gemaakt. Ondanks zijn tegenzin om Gamboeng te verlaten, bevreemdde het hem echter toch dat zijn vader, toen de vertrekdatum naar Holland vastgesteld was, niet met hém, de oudste zoon, de voortzetting van de exploitatie op Ardjasari besprak. De mededeling dat August administrateur zou worden, en dat er om hem te steunen al een employé op komst was (hulp die híj zich niet kon veroorloven), krenkte hem. Voor de zoveelste maal werd er in een familie-aangelegenheid een beslissing genomen zonder dat men het de moeite waard achtte hem in de gang van zaken te kennen. Als gewoonlijk slikte hij zijn protest in, om het afscheid van zijn ouders niet te vertroebelen. Hij gunde August, met zijn kersverse diploma van de Landbouwschool in Wageningen, die mooie kans van harte, en hield zichzelf voor dat hij blij moest zijn omdat hij niet voor een moeilijke keuze werd geplaatst.

Hij schreef voortaan iedere week aan zijn ouders om hen op de hoogte te houden. De eerste berichten die zij na aankomst in Europa van hem zouden ontvangen, waren niet verblijdend. Een veepest-epidemie, die al sinds enige maanden in West-Java woedde, had zich tot de Preanger uitgebreid.

Rudolf aan zijn ouders, 1880-1881

'Ik heb nog altijd hoop dat onze geïsoleerde ligging ons zal vrijwaren voor de plaag. Overal worden op last van het gouvernement de karbouwen die zich op de transportweg bevinden, aangehouden. Ook zes van mijn trekdieren zijn daarbij. Er staan naar het schijnt wel ongeveer vijfhonderd karbouwen langs de weg. Die moeten afgemaakt worden. De kuilen zijn al gegraven, het wachten is op de soldaten die het moordenaarswerk komen verrichten. Kan de veepest op zichzelf ooit erger worden dan een onwetend, eigenwijs en tiranniek bestuur? Ook wordt er –onzinnige maatregel!– een omheining gebouwd rondom de besmette streek, door bossen en ravijnen, en over bergen heen. De wedana van Bandjaran heeft dagenlang bij mijn schrijver gelogeerd om toezicht te houden op de aanleg van zo'n pagger, dwars door het ravijn van de Tjisondari, tot op de top van de Goenoeng Tiloe. Daar eindigt dat "hek" dan plotseling. De stijlen zijn van hout, de horizontalen van bamboe. De hele pagger wordt gebouwd in zogenaamde betaalde herendienst. Honderden, nee, duizenden herendienstplichtigen slepen er de bamboe voor aan, van zeer grote afstanden.

In mijn ogen is het nut van zo'n pagger nihil, en zo denken alle wedana's en trouwens alle inlanders, er ook over, die op dit punt veel meer gezond verstand hebben dan de Bataviase bureau-heren met hun verordeningen. Geen mens of dier mag door die omheining heen. Net of de wilde varkens en buffels en neushoorns zich daaraan zullen storen, en de inlanders niet te vergeten! Alle karbouwen van een desa hier vlakbij zijn nu gedood, en ook vee uit andere dorpen dat daar weidde, is tot het laatste dier toe afgemaakt, zodat ik de enige in de omtrek ben die nog een kudde bezit. Vreemd nietwaar, dat mijn vee gespaard is gebleven. Zou dat komen omdat ik nog geen bezoek heb gekregen van veeartsen en andere colporteurs van de epidemie? Het schijnt dat men mij vergeten heeft, en daar morgen de controleur hier komt om de "omheining" te inspecteren, heb ik al order gegeven om het vee vér weg te drijven, waar hij het niet zien kan. En als hij het zien wíl, zal ik hem eens een wandeling laten maken die hem minstens veertien dagen in de benen blijft zitten.

Thans staat ons het bezoek te wachten van een veearts, een kersvers Hollandertje, geheel onbekend met taal en land en volk, dat roeping voelt om hier de veepest eens handig de kop in te drukken. Hij is uiterst streng in het toepassen van de krankzinnigste ordonnanties. 't Is hem niet genoeg als het vee opgesloten is op een plaats waar het door natuurlijke hindernissen, zoals een afgrond, of een steile rotswand, niet af kan lopen... nee, de verordening zegt dat het vee moet weiden op *omheinde* plaatsen, en dus onderzoekt hij of die paggers wel werkelijk doorlopen, en waar dit niet het geval is, maakt hij er rapport van en dwingt het bestuur om een massa mensen te straffen, die gezondigd hebben tegen de letter, maar niet tegen de geest van de wet. Ondertussen hebben wij er last van, en moet ik veel volk en geld besteden aan geheel nutteloze en nodeloze paggers. Dat heb je nu van die waanwijze heertjes, die alles beter menen te weten dan de oudgasten. Natuurlijk bereikt die man zijn doel toch niet, want zodra hij weg is, laat de eigenaar zijn vee toch weer uit de kraal. Onze arts vermoedt dit echter wel, en als hij nu buiten de omheining een hoefafdruk of uitwerpselen vindt, dan blijft hij daarbij staan en wil precies weten van welk beest dat nu toch zijn kan. Maar dan weet natuurlijk niemand hoe die vlaai daar gekomen is, en kijken de inlanders elkaar aan alsof ze elkaar ervan verdenken. Gelukkig dat de veearts geen Soendaas verstaat!

Sinds gisteren hebben wij hier op Gamboeng een desinfectie-station gekregen. Er staat een trog met modderig stinkend water aan de kant van de weg, en al wie er trek in heeft mag zich de handen en voeten desinfecteren. De mensen hier zeggen dat er soldaten komen om erop toe te zien dat dit gebeurt, en dat alle ongetrouwde meisjes voor die desinfectie-soldaten bestemd zijn. Er is dan ook paniek geweest, en men heeft een aantal kinderen schijnhuwelijken laten sluiten, opdat ze niet aan die soldaten uitgeleverd hoeven te worden. Als er op Java ooit werkelijk een opstand uitbreekt, dan zal dat enkel en alleen te wijten zijn aan de ambtenaren, die in hun kantoren in Batavia, en volkomen onbekend met de binnenlandse toestanden, allerlei wetten en verordeningen maken waarvan zij in de verste verte het effect niet kunnen berekenen of nagaan. Ik heb onder een schuilnaam een stuk over de veepest geschreven, dat de eer heeft genoten als hoofdartikel te worden opgenomen in het *Bataviaas Nieuwsblad*. Ik maak mij echter geen illusies dat het enig effect zal hebben.

De veepest-maatregelen worden hoe langer hoe krankzinniger. Om dienst te doen bij het militair kordon dat de paggers moet bewaken, zijn onder trommelslag in Bandoeng tweeduizend inlanders opgeroepen, tegen een beloning van twaalf gulden en de kost; en in Buitenzorg worden er nog eens ongeveer drieduizend bij elkaar gezocht om langs de zuidgrens van die afdeling wacht te lopen. Behalve dat het ploegvee afgemaakt wordt, onttrekt men dus ook een groot aantal handen aan de veldarbeid. De pagger die ons insluit, kost nu al honderdtwintigduizend gulden, en loopt *midden door* een besmette streek. Zo ook het militair kordon!

't Is vandaag een heerlijk warme zonnige dag. 't Is nu ongeveer vier uur en Jenny, Ruutje en ik zitten in de voorgalerij, zo gezellig als maar mogelijk is. Tussen de prachtig bloeiende rozenperken loopt Odaliske te grazen. Nu en dan hoort men een uitroep of galm van de fabrieksjongens, die nog aan het werk zijn na een bijzonder grote pluk. Baasje kruipt in het rond, speelt met de honden, doet nu en dan een poging om zijn ouders aan het stoeien te krijgen door zich aan onze stoelen op te trekken, wat hem al heel aardig lukt. Men zou dus zo oppervlakkig denken dat er niets aan ons geluk ontbreekt, en toch zitten wij helaas diep in de zorg. Van mijn prachtige kudde van zesentwintig karbouwen resten mij nu nog drie afgetobde uitgemergelde geraamten, die de ziekte hebben doorstaan, maar waarvan het nog twijfelachtig is of ze er ooit bovenop zullen komen. Al de andere zijn gestorven of afgemaakt. Hun stal hebben we verbrand. Men ziet daar niets dan een desolate dorre plek, met de rode aarde van de grafkuilen er middenin. 't Is om te huilen , en dat alles binnen veertien dagen! Ik had nooit gedacht dat die ziekte zo hevig was. Sinds twee weken ben ik bijna voortdurend bij de stal geweest om de dieren te observeren, te verzorgen, af te scheiden, te begraven. De geldelijke schade is nog het minst. Het ergste is, dat ik geen balken kan slepen, dat ik alle theekisten naar Tjisondari moet laten dragen, en dat ik geen mest heb voor de theetuinen. De enige troost in die narigheid is de uitzonderlijk grote hoeveelheid pluk. Ik maak tweemaal zoveel als in het vorige jaar.'

Tien maanden na de geboorte van kleine Ru kreeg Jenny last van maagpijn en onpasselijkheid die zij aanvankelijk toeschreef aan kouvatten. Het vermoeden dat soms bij haar opkwam verwierp zij onmiddellijk weer: zij gaf haar kind immers nog steeds de borst, zij had volop melk; de maandstonden waren nog niet teruggekomen. Op een dag had een van de kampoenghonden jongen gekregen, en haar nest onder het administrateurshuis gesleept. Niemand kon erbij. Jenny liep naar de groep mensen die na langdurig porren met stokken, en lokroepen, hun pogingen om de teef en haar jongen te pakken te krijgen hadden opgegeven. Zij had het gevoel alsof zij zich op een schip bevond, de grond scheen onder haar voeten te deinen. Met van drift overslaande stem gebood zij een tuinjongen hoe dan ook de pasgeboren hondjes onder het huis vandaan te halen en te verdrinken in het meertje bij de Tjisondari. Later verbaasde en schaamde zij zich over haar zinneloze heftigheid.

Die nacht in bed – zij lag wakker na een huilbui van de sinds kort lastige Ruutje – kon zij het voor zichzelf niet langer verbloemen: zij was weer zwanger. Het vooruitzicht opnieuw gedurende een aantal maanden onderhevig te zijn aan wat Rudolf en zij 'kwelkwalen' noemden, beklemde haar plotseling zo dat het zweet haar uitbrak. Zij had het gevoel opgesloten te zijn in een benauwde ruimte, met een loodzware last op haar borst. Waarom kwam nu de gedachte bij haar op aan de ingang naar het oerwoud, zelfs bij daglicht een zwart gat? Om het beeld kwijt te raken van het pad dat in het niets scheen te verdwijnen (zij liep nooit uit eigen beweging in die richting), draaide zij zich op haar zij, naar Rudolf toe. Bij het schijnsel van het nachtlampje op de tafel naast het bed, keek zij naar zijn kalme gezicht. Als Ruutje weer begon te huilen, zou het zijn beurt zijn om op te staan. Zij bewonderde hem om de onverstoorbare opgewektheid waarmee hij die taak, die hij zichzelf had opgelegd, uitvoerde; zo nodig verschoonde hij Baasje, en bleef zacht pratend of zelfs neuriënd naast het ledikantje zitten tot het kind weer ingeslapen was. Zij had nooit gehoord van een man die zijn vrouw op deze manier hielp. Tot de onuitwisbare herinneringen aan haar kindertijd behoorde het beeld van haar moeder, die verfomfaaid, bleek van vermoeidheid, bijgestaan door een ook al knikkebollende baboe, een van de krijsende broertjes trachtte te sussen op veilige afstand van de kamer waar Roosegaarde sliep.

Zij was zich ervan bewust een 'beste man' te hebben: haar respect voor hem was grenzeloos, zij zag in hem haar beschermengel, haar houvast. Maar zij voelde zich soms ook bezwaard door zijn liefde. Hield zij wel genoeg van hém? Zij wist dat hij daar nooit aan twijfelde. Die zekerheid van hem, zo tastbaar in de manier waarop hij haar omhelsde en liefkoosde, bezat, in hun intieme samenzijn, wekte soms gevoelens van verzet: hoe kon hij er zo vast van overtuigd zijn dat zij dezelfde verrukkingen kende als hij? Dat er voor haar niets te wensen overbleef? Zij moest denken aan die ooit eens opgevangen woorden van haar vader: als de temperamenten verschillen helpt liefde geen zier.

Haar huishouden stelde haar dagelijks voor problemen. Dag in dag uit bond zij de strijd aan tegen de tocht, die door de kieren van de deuren en de spleten in de planken vloer blies, en bij de lage temperaturen van het bergklimaat Rudolf, het kind en haar telkens weer verkoudheden bezorgde. Als het hard regende lekte het overal in huis. Vocht veroorzaakte zwarte vlekken in kleren, klamboes en linnengoed. De 'tafel' berokkende haar heel wat hoofdbrekens. Bij Cateau Henny en bij haar schoonmoeder op Ardjasari had zij tot in de perfectie verwezenlijkt gezien wat zij sinds haar Luikse kookcursus met wisselend succes had nagestreefd. Zij wilde Rudolf, die nu eenmaal niet van Indisch eten hield, het beste voorzetten waartoe zij met beperkte middelen in staat was. Zij had verschillende soorten van groenten en ook aardbeien en ananas in haar tuin, en rijst kon zij altijd wel krijgen, maar vlees, in normale omstandigheden al schaars, was sinds de veepest in de wijde omtrek niet te vinden. De kuikens die zij trachtte te fokken, om te zijner tijd over voldoende leg- en slachtkippen te kunnen beschikken, bezweken een voor een, of werden door wezels weggehaald.

Was het al moeilijk om voor de gewone dagelijkse kost te zorgen, hoeveel ingewikkelder werd het, wanneer er gasten kwamen. De luitenants die in verband met de veepest-maatregelen op de bewakingsposten bij Tjikalong en Tjisondari geplaatst waren, verschenen op een dag onverwacht om Gamboeng te inspecteren. Hun optreden was correct en vriendschappelijk; het lag voor de hand hen te eten te vragen. Terwijl Rudolf met de beide heren over zijn land reed, en Jenny in de keuken al haar vindingrijkheid te hulp riep om een redelijk menu samen te stellen, kwamen er plotseling nog twee gasten opdagen, een lid van de veepest-commissie uit de districts-hoofdplaats Tjiwidej met zijn vrouw, hij te paard, zij in een draagstoel. Jenny was onaangenaam getroffen door het gemak waarmee deze mensen, zich beroepend op de Indische gemoedelijkheid en gastvrijheid, haar huis in bezit namen alsof het een logement was, de staljongens en de baboes aan het werk zetten voor zich, hun paarden en hun dragers (en dat terwijl Jenny haar bedienden vrijaf gegeven had omdat er in de kampoeng Gamboeng een bruiloft werd gevierd). Mevrouw ging dadelijk baden en vroeg kleren van Jenny te leen om zich voor het eten te kunnen opknappen. Later aan tafel prees zij uitbundig Jenny's kookkunst (alle gasten aten zichtbaar met smaak; als ik maar genoeg heb, dacht Jenny wanhopig, het was haar eer te na dat er in de Preanger verteld zou worden dat het op Gamboeng krenterig toeging); de geleende japon kwam er minder goed af, model en stof werden ouderwets bevonden. Jenny zag hoe Rudolf zich zat te verbijten van ergernis over het ongegeneerde gedrag van de bezoekster.

Zowel de luitenants als het echtpaar bleven, eerst bij thee en daarna bij bitter en stroop, geanimeerd praten in de voorgalerij tot het donker werd, zodat er niets anders opzat dan hun, behalve een avondmaal, ook logies aan te bieden. Dit laatste vooral vereiste veel improvisatie. Toen Jenny, duizelig van moeheid (Ruutje, opgewonden door de ongewone drukte, was niet in slaap te krijgen) laat in de avond met lakens en nachtkleding de logeerkamer binnenkwam, stond de vrouw van de gecommitteerde naakt haar lange haren te borstelen.

‘Neem dat maar weer mee, hoor, wij kruipen zo wel onder de deken!’ zei zij, met een gebaar naar slaapbroek en nachthemd. Jenny, die de grootste moeite had opkomende onpasselijkheid te onderdrukken, ging even zitten op de rand van het bed.

‘U is wel gauw weer zwanger,’ zei de bezoekster. ‘Ik zag het dadelijk, ik vergis me nooit. Kasian, mevrouw, geniet toch van je leven! Op elke pasar kunt u djamoe krijgen die de maandstonden opwekt, weet u dat niet? Maar bij u is het al te ver.’

De bergbewoners hadden geen aanleg voor huisbediende; Jenny sprak ook nog niet goed genoeg Soendaas om haar bedoelingen altijd duidelijk te maken. Rudolf vond dat zij onevenredig veel gewicht hechtte aan kleine schermutselingen en misverstanden.

Ruutje werd gespeend. Omdat alle koeien aan de veepest bezweken waren, liet Jenny hem melk drinken van een merrie die juist een veulen geworpen had. Hij nam niet toe in gewicht, viel zelfs af; en nu werd er weer gezegd dat paardemelk geen voedingswaarde had. Jenny begon zich ongerust te maken. Wat moest zij Baasje te eten geven, die alle papjes uitspuugde? Zou zij in staat zijn het nieuwe kind ook gedurende negen maanden aan de borst te houden? Het vooruitzicht van een bevalling op Gamboeng hield haar niet minder uit de slaap dan de huilbuien van Ruutje. In Bandoeng was geen medische hulp te krijgen. Met de vrouwelijke doekoen die haar op Ardjasari onder toezicht van Rudolfs moeder had bijgestaan toen zij Baasje ter wereld bracht, durfde zij het alléén niet te wagen. Rudolf drong erop aan dat zij te zijner tijd naar Batavia zou gaan.

Om het kind eindelijk eens te vertonen aan zijn grootouders Roosegaarde, een te lang al uitgesteld bezoek aan de tandarts te brengen, en de mogelijkheden voor een toekomstig kraam-verblijf te onderzoeken, gingen zij ‘naar beneden’.

Zij vertrokken om half vijf in de ochtend, Jenny, het kind en de baboe in draagstoelen, Rudolf te paard; in Tjikalong stapten zij over in karretjes. Na een kort oponthoud in Bandoeng konden zij om elf uur hun tocht voortzetten. Daar een van de paarden voor de wagen waarin Jenny met Ruutje zat, zwak in de knieën bleek te zijn, moesten zij bij iedere steilte uitstappen en te voet gaan. Het kind was ongedurig, zodat zij hem bij de verschillende posthuizen telkens wat lieten rondkruipen. Door het gehots in het karretje braakte hij zijn voeding uit over Jenny, die gedwongen was midden in de wildernis achter een boom schone kleren aan te trekken, terwijl Rudolf met zijn geweer op wacht stond; in deze streek waren panters gesignaleerd. Na een tocht van zestien uren kwamen zij te Tjandjoer, waar zij een onrustige nacht doorbrachten in het enige logement ter plaatse; omdat er geen bedden vrij waren, bleven zij in de binnengalerij zitten; Ruutje sliep, op een kussen in een stoel. Voor dag en dauw gingen zij de volgende morgen weer op weg.

Tegen het vallen van de avond stapten zij in Buitenzorg doodmoe uit voor het huis dat Cateau en Henny daar met hun pleegkind Rudi van Santen om gezondheidsredenen betrokken hadden, nu de spoorverbinding voor Henny forenzen mogelijk maakte. Cateaus gastvrije onthaal, en een dag later de reis per trein naar Batavia, waren voor Jenny, ondanks haar kiespijn, een verademing. Zij wist nu zeker dat zij over enkele maanden, in hoogzwangere toestand, met een klein kind bij zich, zelfs in het vooruitzicht van goede verloskundige hulp, een dergelijke tocht niet zou kunnen ondernemen.

Eenmaal in Gang Scott aangekomen, merkte zij ook dat zij haar ouderlijk huis voorgoed ontgroeid was. Zij was bang dat haar wilde lastige broers een slechte invloed zouden hebben op Baasje; de jongste, Constant, was maar een half jaar ouder dan haar eigen kind, maar maakte de indruk wat achterlijk te zijn; het beangstigde haar te zien hoe Ruutje, wanneer de kinderen samen over de grond kropen, Constants kreten en kuren nabootste.

Haar vader zag er slecht uit, leek geheel en al in beslag genomen door zijn werk; haar moeder, ogenschijnlijk weer het popperig-tere vrouwtje van vroeger, gedroeg zich ook zoals Jenny zich dat van oudsher herinnerde: op zacht vermanende toon riep zij haar jongens tot de orde, die zich daar niets van aantrokken; plotseling kwam dan de gevreesde migraine opzetten, en moest zij gaan liggen, met natte doeken op haar voorhoofd. In het huishouden streden Rose, Marie, de twee juffrouwen en de hoofd-djongos om de voorrang. Marie was nog mooier geworden, maar nog eens zo scherp van tong.

'Je gaat Mama achterna. Een echte Daendels!' zei ze, met een blik op Jenny's buik; maar zij ging wel dadelijk bereidwillig achter de naaimachine zitten om voor haar zuster wijde katoenen matinees te maken.

Rudolf en Jenny logeerden met hun kind in het paviljoen, de 'buitenkamer'. Toen Rudolf weer naar Gamboeng teruggekeerd was, en zij 's nachts alleen lag in het grote bed, werden oude schrikbeelden in haar wakker. Al sliep Engko, Ruutjes baboe, op een mat voor de deur, was zij daarom veilig voor de nènèk, in levenden lijve of als schim? Nooit had zij Rudolf durven vertellen over die obsessie, zoals zij ook nooit gerept had van haar angst voor de zwarte ingang van het bos op Gamboeng.

Op de terugweg bracht Rudolf onaangekondigd een bezoek aan Ardjasari om eens te zien hoe de zaken daar stonden. Het viel hem niet mee, al had de veepest er minder slachtoffers geëist dan bij hem. Hij trof er een half dozijn heren-gasten, met wie August elke dag op jacht ging. Het huis waar zijn moeder eens de scepter zwaaide, maakte een rommelige en verwaarloosde indruk. Erger vond hij het dat ook een aantal theetuinen er onverzorgd bij lagen. De employé deed zijn best, maar kon het werk niet alleen aan. De rolmachine, een kostbaar apparaat dat zijn vader vóór het vertrek naar Holland had aangeschaft, en de machinale zeef die August onlangs had gekocht, leverden ongetwijfeld thee die mooi was om te zien, maar die volgens Rudolf een 'gemene' smaak had. Hij schreef dit euvel toe aan de fermenteer-methode die August toepaste: 'Die lagen verflenst blad zijn te dik, Gus,' zei hij, 'je moet het blad niet zo ophopen, maar meer uitspreiden, en zet als het even kan je tampirs in de zon, dat is oneindig veel beter dan braden boven houtskoolvuur.'

Zijn opmerking viel niet in goede aarde bij zijn broer, die niet kon nalaten er in tegenwoordigheid van zijn gasten de aandacht op te vestigen dat voor theecultuur Wageningen meer 'bij de tijd' was dan Delft.

Zonder Jenny en Ruutje vond Rudolf het op Gamboeng nat, koud en ongezellig. Een deel van het werkvolk had van zijn afwezigheid gebruik gemaakt om te staken. Omdat hij uit ervaring wist dat deze loonwerkers na een paar dagen wel weer terug zouden komen, nam hij er geen notitie van. Hij jaagde en schoot een paar zwarte panters, die pasgeboren veulens hadden gepakt. Met het werkvolk dat wél bleef komen, snoeide hij zijn tuinen: de grondigste snoei sinds hij vijf jaar tevoren met het planten van thee was begonnen. Nu moest hij wachten op de nieuwe uitloop. De verwerkte thee van de laatste pluk werd in kisten gedaan. Zelf begeleidde hij het transport naar Tjisondari. Voor de karren waren nu geen karbouwen gespannen, maar paarden, die hij nog niet allemaal voor dit werk had kunnen africhten. Onderweg viel er een, waardoor de boom van een kar brak. De stoet stond stil tussen de sawahs, in het open veld. Terwijl Rudolf de karrevoerders aanwijzingen gaf over de manier waarop de boom met behulp van bamboe hersteld kon worden, trok er een regenstorm, een van de hevigste die hij ooit had meegemaakt, over het land. Kletsnat en door en door verkleumd kwam hij, na zijn vracht afgeleverd te hebben, weer op Gamboeng terug.

Vervolgens trof hij voorbereidingen om Jenny te gaan halen uit Buitenzorg. Zij was met Ruutje naar Cateau verhuisd, omdat het kind in Gang Scott ziek dreigde te worden; hij werd daar schromelijk verwend, steeds op schoot genomen, en gevoerd met eten dat hij niet verdragen kon. Weliswaar had Henny, die voor zaken naar Bandoeng moest, aangeboden haar tot aan die plaats in zijn eigen reiswagen mee te nemen, maar 'Henny kennende', zoals zij schreef, en doodsbenauwd hem onderweg te ergeren door hangerigheid en de poepbroekjes van de kleine jongen, smeekte Jenny Rudolf zelf te komen om haar naar huis te brengen.

In Buitenzorg woeien vlaggen en oranje wimpels: Hare Majesteit Koningin Emma der Nederlanden had het leven geschonken aan een dochter, Wilhelmina.

De verkoudheid die Rudolf tijdens het noodweer had opgelopen, wilde niet slijten. Ondanks zijn hoest en een algemeen gevoel van onwelzijn bracht hij hele dagen in de tuinen door om toezicht te houden op de nieuwe pluk van prachtig jong blad: witpunt pecco, topkwaliteit. Dat brak hem op; hoge koorts dwong hem in bed te blijven. Hij bestreed de kwaal met kinine in poedervorm, het geneesmiddel à la mode, bereid uit de bast van de boomsoort die hij in ernst van plan was te gaan kweken. Hij kon proefondervindelijk vaststellen dat het bittere goedje inderdaad hielp, al leek het hem een paardemiddel.

Nog maar nauwelijks was hij op, en nog wankel ter been, of Jenny, die hem vol toewijding verzorgd had, stortte op haar beurt in. Nu zat hij naast haar bed, legde compressen op haar gloeiende hoofd, diende haar kinine toe, die zij echter slecht verdroeg en weer uitbraakte. Plotseling nam haar ziekte een volstrekt onverwachte wending. Heftige weeën, die de in allerijl uit Tjikalong ontboden inlandse vroedvrouw met geen van haar kruiden-obats kon onderdrukken, resulteerden in een vroeggeboorte: een zevenmaands kindje, een meisje, dat maar enkele uren leefde.

Rudolf begroef zijn dochtertje onder hoge bomen, even voorbij de plek waar het tuinpad in het donker van het oerwoud verdween.

In juli 1881 bezocht oom Eduard Kerkhoven voor de eerste maal Gamboeng. Juist terug uit Nederland, waar hij naar zijn kinderen was wezen kijken (ook Carolientje werd daar nu opgevoed), had hij op Ardjasari bij August gelogeerd, met wie hij naar de races zou gaan. Bandoeng kon sinds kort bogen op een renbaan die groter, en beter aangelegd was dan het parcours te Buitenzorg. Als gewoonlijk had Eduard potentiële winners ingezet, en ook August zou een paard laten lopen.

Eduard sloeg zijn handen ineen toen hij Rudolf zag: 'Met die baard lijk je als twee druppels water op je vader, zoals die eruitzag toen hij in Indië kwam. Je hebt ook iets van Karel Holle. Jullie zijn me een stel patriarchen!'

Hij vond de theeloods goed georganiseerd, en de tuinen het aanzien waard.

'Maar neem een goede raad van mij aan, en ga over op Assamthee,' zei hij tegen Rudolf, toen zij naast elkaar over de weg langs de waterleiding reden. 'Albert en ik doen het ook.'

'Van de Assam-pitten die Albert uit Ceylon heeft laten komen, heb ik een proeftuin gemaakt. Maar 't is tot nog toe niet veel zaaks gebleken. Mijn Java Sinensis doet het beter.'

'Toch doorzetten,' meende Eduard. 'De heesters worden veel hoger en forser dan die van Java Sinensis. Het blad is groot en mals, fris lichtgroen. Als je bij de jonge plant na één jaar de hoofdstam uitsnijdt, krijg je een sterk, breed twijgenstelsel, dat levert bij regelmatig snoeien prachtstruiken, met een groot plukvlak. We hebben ellende genoeg gehad met China-thee, die trekt allerlei ziekten aan, bladpest, parasieten, ik hoef je niets te vertellen. Assam is bepaald een gezondere soort. Dertig plukken per jaar schijnt geen uitzondering te zijn.'

‘Ik zal u straks mijn kweekbedden kina laten zien, succirubra. Neef Karel Holle blijft er maar op aandringen dat ik op kina zal overschakelen, omdat ik geen groene thee wil maken. Ik denk erover kina als tweede cultuur te nemen.’

Zij hielden hun paarden in op het punt vanwaar zij uitzicht hadden op de hoogvlakte. Rudolf reikte Eduard zijn verrekijker: ‘U kunt Ardjasari zien liggen.’

‘Je broer August is een pittige vent. Een ruiter, een jager! Ik mag hem graag.’

‘Als hij het daar op Ardjasari maar klaarspeelt. Ik vind zijn tuinen nogal vuil. Hij laat te veel over aan zijn employé en zijn mandoers.’ Rudolf hoorde zichzelf praten en was verwonderd over het gemak waarmee kritische opmerkingen hem over de lippen kwamen. ‘En hij gaat ook zo vaak weg. Als hij geen logés heeft houdt hij het niet langer dan een paar dagen achter elkaar uit op de onderneming. Dat is verkeerd.’

Eduard begon te lachen. ‘Hij is te veel alleen! Hij moet een vrouw hebben. Daar maakt hij trouwens druk werk van. Hij is smoorlijk verliefd op je schoonzuster, Marie Roosegaarde. Weet je dat nog niet? En zij ook op hem, als ik het goed begrepen heb. Hij heeft mij al gepolst over een mooi rijpaard voor haar.’

Jenny was zo mogelijk nog meer verbluft dan Rudolf, toen zij het nieuws vernam. Het stak haar dat Marie haar niet in vertrouwen genomen had. Zij wist wel dat August en Marie elkaar hadden ontmoet bij de Henny’s in Buitenzorg, toen August daar de wedrennen bijwoonde. Het vooruitzicht misschien haar eigen zuster tot buurvrouw te krijgen, lokte haar wel aan, maar toch was zij ook bang dat er nooit sprake zou zijn van een echt warme verstandhouding. Als Marie djoeragan istri werd op Ardjasari, dat ouder en belangrijker was dan Gamboeng, zou zij zich telkens wanneer het in haar kraam te pas kwam laten voorstaan op die hogere positie.

Het was ook te verwachten dat onder haar invloed Augusts houding ten opzichte van Rudolf zou veranderen. Nog altijd gedroeg August zich jegens zijn oudere broer met respect, maar Jenny merkte herhaaldelijk dat er sprake was van wrijving en kleine meningsverschillen, met name over de boekhouding op Ardjasari, die Rudolf plichtsgetrouw nakeek, omdat hij zich mede-verantwoordelijk voelde. Dat er in een huishouding onder Maries leiding zuinig geleefd zou worden, betwijfelde Jenny. Zo zuinig leven als zij het op Gamboeng deden, was op Ardjasari ook niet nodig, dank zij de zeer gunstige regeling die voor August getroffen was toen hij zijn vader als administrateur opvolgde.

Marie zou royaal gasten kunnen ontvangen; August en zij zouden naar de races kunnen gaan, dé jaarlijkse evenementen in de Preanger. Jenny zou dat graag ook eens meemaken. Voor het eerst hadden Rudolf en zij een uitnodiging ontvangen. Eduard drong erop aan dat zij die zouden aannemen; zij moesten zich eens vertonen, relaties aanknopen. Rudolf had haar voorgerekend wat een week logeren in een hotel zou kosten (zij kenden in Bandoeng niemand bij wie zij gastvrijheid konden vragen, en wilden niet met een introductie van Eduard bij vreemden komen aanzetten); zij zouden personeel mee moeten nemen, vooral in verband met Ruutje die begon te lopen, en geen ogenblik alleen gelaten kon worden; en Jenny had een baltoilet nodig, en japonnen om naar de races te gaan. Het was allemaal te duur, en te veel soesah.

Uiteindelijk beschikten zij over een geldig excuus. Een nieuwe zwangerschap kondigde zich aan: in de zesde maand zou Jenny onmogelijk in het openbaar kunnen verschijnen, laat staan deelnemen aan officiële feestelijkheden.

Nu het vaststond dat zijn ouders niet meer zouden terugkeren naar Ardjasari – iets waar zij in de eerste tijd van hun verblijf in Europa nog wel eens over gedacht hadden – nam Rudolf de taak op zich hun in de administrateurswoning achtergebleven eigendommen uit te zoeken, voor zover nodig na te sturen, en anders van de hand te doen.

August vond dat daar niet zoveel haast bij was. Zowel Rudolf als Jenny legden zijn talmen uit als onwil om afstand te doen van dingen die allure gaven aan zijn huis.

'Hij wil de indruk wekken dat het allemaal van hém is,' zei Rudolf, die van mening was dat de moeite van het stap voor stap opbouwen van eigen bezit August niet bespaard mocht blijven: die ervaring was onmisbaar! Zaken waar hij zelf hard voor had moeten zwoegen waren August bij wijze van spreken in de schoot geworpen: een al ontgonnen en beplant land, produktieve tuinen, een volledig geïnstalleerde fabriek, personeel, een stal met goede paarden.

'Hij wil natuurlijk Marie een kant en klaar ingerichte woning aanbieden.' Jenny dacht aan het gevoel van teleurstelling dat haar bevangen had toen zij voor het eerst op Gamboeng kwam. Zij had er heimelijk op gerekend wat meubels en bibelots te mogen hebben uit de inboedel van haar schoonouders. De ijver waarmee zij Rudolf hielp op Ardjasari kasten leeg te halen, en zilver en linnengoed in te pakken voor verzending naar Holland, had – dat was zij zich wel degelijk bewust – te maken met haar overtuiging dat het Marie, die toch al zo verwend was, geen goed zou doen alles op een presenteerblad aangeboden te krijgen.

August ontving hen wel hartelijk, toen zij van Gamboeng overkwamen, maar bemoeide zich niet met het inventariseren en opruimen. Hoewel er nog geen sprake was van een officiële verloving tussen hem en Marie, gedroeg hij zich alsof de trouwdag voor de deur stond. Hij had zijn ouders geschreven over zijn plannen, en van hen een brief ontvangen die hij voorlas: Marie werd door hen al beschouwd als een 'lieve dochter'. Rudolfs voorstel om zogenaamd overtollige, voor de vendutie bestemde meubels in een berghok apart te zetten ergerde hem; en de zorgvuldigheid waarmee Jenny en Rudolf een aantal dingen die zij graag zouden meenemen naar Gamboeng taxeerden – om de waarde ervan te kunnen vergoeden – vond hij ronduit onzinnig. Oud kinderspeelgoed! Een koffer met wol en knippatronen!

Jenny moest bezig, in beweging blijven, om er niet voortdurend aan te hoeven denken dat zij weer in verwachting was. Maar een speelmakker voor Baasje zou welkom zijn; het kind hunkerde naar gezelschap. Kwamen de mandoers 's middags verslag uitbrengen, en geld halen om met de boedjangs en pluksters en uitzoeksters te kunnen afrekenen, dan kroop Ruutje naar de rand van de voorgalerij waar zij gehurkt zaten, en grabbelde met beide handjes tussen het kopergeld, om dat vervolgens energiek in het rond te strooien. De mannen lieten 'Agan', de kleine mijnheer, begaan, zochten keer op keer de munten bij elkaar en stapelden die tot torentjes, zodat hij zijn spelletje kon herhalen. Hij begon te praten; omdat zijn baboe, Engko, met eindeloos geduld de namen noemde van alles wat hij aanwees, kende hij meer Soendase woorden dan Nederlandse. Hij was dol op dieren, rolde over de grond met de honden, wilde in de stal de paarden aaien, en bootste de geluiden van hanen en vogels na. Het liefst zat hij in de timmerloods te kijken naar het zagen van planken en de fabricage van theekisten.

Om de donkere bosrand waar het kleine graf was, buiten haar gezichtskring te bannen, maakte Jenny veel werk van haar tuin, plantte met stekken van Ardjasari groepen heesters die mooie bloemen droegen, zaaide kleur waar dat maar kon. Op haar uitnodiging kwamen haar broers August en Herman hun vakantie op Gamboeng doorbrengen. August, een uit zijn krachten gegroeide verlegen vijftienjarige, had veel van zijn vroegere balsturigheid verloren; Herman van twaalf was daarentegen dubbel zo lastig geworden, haalde telkens gevaarlijke streken uit, en gedroeg zich zo onberekenbaar en eigenaardig, dat zij hem geen ogenblik met Baasje alleen durfde laten. Hij deed haar aan Frits denken, die ook zo vreemd was geweest, en die gedachte bracht haar ertoe in een brief aan haar schoonouders aandacht te vragen voor de twee jongens in Holland, over wie in Gang Scott nauwelijks gesproken werd. 'Ik heb nog een vriendelijk verzoek aan u, en wel, of u tijdens uw voorgenomen vakantieverblijf in Arnhem aan mijn broertjes zou willen schrijven waar u logeert, zodat zij u eens kunnen opzoeken. Ik zou het zo heerlijk vinden om van u te horen hoe zij eruitzien, en welke indruk zij op u maken.'

Na afloop van de races kwamen de Henny's met hun pleegzoontje Rudi van Santen op hun beurt Gamboeng bekijken. Zij reden in hun mooie reiswagen, gevolgd door een karretje met personeel, tot Tjikalong, waar Rudolf hen opwachtte met paarden en draagstoelen. Jenny, die alles binnenstebuiten gekeerd had om hen zo geriefelijk mogelijk te kunnen huisvesten (er waren ook twee logeerkamers bijgebouwd) wist niet goed of zij zich gekrenkt moest voelen of niet, nu Henny door zijn kok mee te brengen zelfs háár tafel bleek te wantrouwen; maar bij nader inzien vond zij de aanwezigheid van die handige bediende wel gemakkelijk.

Rudolf nam zijn gasten mee op tochtjes te paard en te voet in de naaste omgeving. Jenny wuifde hen spijtig na; zij kon niet meer op een paard zitten, en ook niet langs steile paden klimmen, en bleef bij de kinderen thuis. Rudi van Santen was haast zeven jaar, een vroegwijs jongetje, dol op Cateau en vermakelijk vrijmoedig tegenover Henny. Rudolf en Jenny konden het niet laten veelbetekenende blikken te wisselen over de verdraagzaamheid die Henny jegens zijn pleegkind aan de dag legde. 'Ik begrijp het wel,' zei Rudolf, 'voor Henny is het einde in zicht. Over een half jaar gaan zij naar Holland, dan komt de jongen in huis bij Van Santen en de andere kinderen, en heeft Henny zijn plicht gedaan.'

Er was veel te bespreken. In de eerste plaats de bepaald niet wolkeloze vrijage van August en Marie. Tijdens een verblijf bij de Henny's in Buitenzorg hadden de jongelui zich vreemd gedragen. Na een langdurige compromitterende avondwandeling, samen alléén (notabene terwijl zij te gast waren op een soiree!) hadden zij, teruggekeerd in het gezelschap à bout portant hun engagement publiek gemaakt, maar de dag daarna al een zo hevige ruzie gekregen dat Marie halsoverkop weer naar Batavia was gegaan en August evenmin langer in Buitenzorg had willen blijven.

'Maar waarom dan toch? Wat is er aan de hand?' vroeg Jenny verschrikt.

'Dat weten wij niet,' zei Cateau. 'Wij waren er niet bij. Henny zat op kantoor, ik was met Rudi achter. Ik hoorde Marie vreselijk tekeergaan, binnen, de bedienden schrokken ervan. Ik schaamde mij dood!'

'Zij passen niet bij elkaar,' merkte Henny op. 'Zij zit hem nu al op zijn kop. Zij heeft geen grein respect voor hem.'

Rudolf knikte. 'August is te jong om een huishouden te beginnen, en hij moet zich nog inwerken op Ardjasari.'

'Ik ben bang dat leven in de oedik niets voor Marie is,' vulde Jenny aan.

'Volgens mij gaat het juist daarom,' zei Henny. 'Zij wil in Buitenzorg wonen, maar liever nog in Batavia. Dan moet August maar een beheerder aanstellen. Marie heeft bepaald een heel florissante indruk van het fortuin van de Kerkhovens.'

'Zoals jij toen je met mij trouwde,' mompelde Cateau. Jenny praatte er snel overheen: 'Zij zijn allebei zo ongeduldig, en veeleisend.'

'Die twee zouden eigenlijk eens een maand elke dag samen moeten zijn, om te zien of ze het op den duur met elkaar kunnen uithouden,' meende Rudolf.

'Ik heb Marie gevraagd om weer bij ons in Buitenzorg te komen,' zei Cateau. 'Dan zou ik August ook uitnodigen. Maar zij wil niet. En August twijfelt er nu ook aan of zij wel genoeg om hem geeft.'

'Het lijkt mij het beste om de zaak langzaam te laten doodbloeden,' vond Henny. 'Niets doen! Er zijn wel meer engagementen afgeraakt zonder dat de wereld er veel van merkte.'

'Voor Marie is het veel erger. Een meisje wordt op zo iets later altijd aangekeken!'

'Ik zal er mijn ouders over schrijven,' zei Rudolf. 'Die hebben vol goede bedoelingen, maar wel erg voorbarig, hun instemming betuigd met een huwelijk.'

'Ik héb al een brief aan Papa en Mama gestuurd,' zei Cateau.

'Ik ga naar Gus toe,' besliste Rudolf. 'Hij moet inzien dat het een bevlieging is geweest. Zij hebben elkaar alleen op het uiterlijk gekozen.'

Henny stond op en haalde een sigarenkoker uit zijn zak. 'Wij zijn het dus eens. Hoe eerder er een eind komt aan dat engagement, hoe beter.'

Terwijl de mannen rokend buiten voor het huis op en neer liepen, trokken Jenny en Cateau zich terug in de zithoek in de slaapkamer.

'Lastig dat we geen binnengalerij hebben. Ik moet bezoek altijd hier ontvangen wanneer het te koud of te vochtig is om vóór te zitten. Damesbezoek dan, heren gaan met Ru naar het kantoor.'

Door het raam konden zij de kinderen buiten op het grasveld zien lopen.

'Wat speelt Rudi aardig met Baasje. Een grappige jongen! Toen jullie aan het wandelen waren, wilde ik wat met hem praten. Hij ging eerbiedig voor mij op de grond zitten, precies zoals de bedienden doen. Ik kon mijn lachen niet houden.'

'Ik zal hem zo missen. Hij is zeven jaar lang mijn kind geweest.'

'Ik zal jou missen, lieve Cateau.'

'Ik wil in Duitsland een badkuur doen. Daar zijn van die geneeskrachtige bronnen voor vrouwenkwaaltjes. Je weet nooit... enfin. Luister, Jenny. Ik ben er niet over begonnen waar Rudolf en Henny bij waren. Ik kreeg een brief van mijn ouders nadat jouw broers Frits en Willem bij hen op bezoek waren geweest. Dat was toch jouw idee?

Mama is nogal geschrokken van Frits. Die jongen schijnt niet helemaal normaal te zijn. Marie zegt dat Herman bepaald gek is... En Marie zelf... zij kan zo vreemd, zo grillig zijn... Het is te hopen dat het nooit iets wordt tussen haar en August.'

De tranen sprongen Jenny in de ogen. 'Arme Marie. Kasian!'

'Ik zeg het je maar ronduit, Kerkhoven, je land valt mij nogal tegen. Ik ben onlangs op Soekawana geweest, waar Hoogeveen nu zit. Ik vind zijn thee er mooier bij staan. En zijn kina is beslist spectaculair. Ik hoor dat jij iets tegen kina hebt.'

In de afgelopen dagen was Rudolf verrast geweest door een zekere vlotheid en lankmoedigheid die hij niet van zijn zwager gewend was. Nu kwam de oude ergernis weer in hem op. Vanwaar toch die neiging van Henny om alles wat hij op Gamboeng zag af te keuren? Tijdens hun rondgang over het terrein van de onderneming maakte hij voortdurend aanmerkingen op de toestand van de wegen, de ligging van de fabriek, en zo meer.

'Hoe kom je erbij dat ik iets tegen kina zou hebben? Ik zal je mijn aanplant eens laten zien.'

Hij verwachtte dat Henny overtuigd zou raken door de aanblik van de duizenden plantjes in de kweekbedden, maar dat was niet het geval.

'De boel droogt uit! Op Soekawana worden de zaailingen elke avond begoten.'

'Zie je mij al met een gieter rondlopen? Er is geen beginnen aan op zo'n uitgestrekte ipoekan. De lucht zit hier trouwens vol vocht.'

'Op Soekawana zeggen ze dat je een verklaarde tegenstander bent van kinacultuur, en dat je August afraadt eraan te beginnen.'

Rudolf voelde zich kwaad worden. 'Wie zegt dat, op Soekawana? Ik heb het er nooit met Hoogeveen over gehad.'

''t Is ook de mening van Karel Holle, die heb ik daar ontmoet. Als jij iets voor die cultuur voelde, zou je geen succirubra planten, die heeft een laag kininegehalte. Je moet Ledgeriana nemen, dat is de fijnste soort.'

'Ik weet het, en als ik dat kan krijgen, zaai ik het. Er is heel moeilijk aan te komen. Laat nu maar aan mij over wat hier verbouwd wordt! Dit is mijn onderneming!'

'Pardon, Kerkhoven, Gamboeng is voor de helft van jou, en voor de andere helft van je vader en Van Santen. Ik bemoei me ermee in het belang van Cateau, en van de kinderen van Bertha, nu Van Santen niet hier is. En dat geldt ook voor Ardjasari. Het schijnt dat je vader in Amsterdam directeur van een kininefabriek kan worden en de man van mijn jongste zuster, die makelaar is, zou er wel voor voelen als tussenpersoon op te treden voor de veiling.'

Dat Henny, die geen verstand van thee- of kinazaken had, en anderen napraatte, zich nu opwierp als een expert, en als waakhond voor familiebelangen, hinderde Rudolf minder dan de gedachte dat zijn vader verzuimd had hem op de hoogte te brengen van nieuwe ontwikkelingen. Hij kon echter niet ontkennen dat zijn zwager een zeker recht had zich met Gamboeng te bemoeien.

'Ik zal je morgen de boeken tonen,' zei hij kortaf. Zij keerden de kweekbedden de rug toe en wandelden langzaam terug naar het huis. In de fabriek was het uitzoeken van de laatste pluk nog in volle gang, maar een deel van het werkvolk stond op uitbetaling te wachten, en de mandoers hurkten al aan de rand van de voorgalerij.

Voor de Henny's weer vertrokken, kwam ook August nog een keer op Gamboeng. Tot ieders verbazing was hij verre van neerslachtig, nog vol van de wedrennen, en van de fameuze partijen die hij in Bandoeng had bijgewoond. Toen Rudolf onder vier ogen voorzichtig de kwestie van de verloving aanroerde, gaf August toe dat hij al in weken geen brief van Marie had ontvangen. Omdat hij zich dit niet al te zeer scheen aan te trekken, liet Rudolf het onderwerp voorlopig rusten.

August bleef logeren, op een bank in Rudolfs kantoor. Zij hadden een ouderwets gezellige avond, en ook aan het ontbijt, de volgende morgen, heerste de stemming van een geslaagde familiereünie.

'Jammer dat Juus er niet bij is!' verzuchtte Cateau. 'Hoe maakt die goeie jongen het toch, wij horen nooit iets van hem.'

Rudolf haalde een paar briefjes te voorschijn die hij van Julius ontvangen had.

'Hij zit daar best, in Krawang. Volgens mij is die baan bij de spoorwegen geknipt voor hem. Als hij nu maar promotie kan maken! Hij heeft weer, net als in Holland, de neiging om op de achtergrond te blijven. Hij gaat met niemand om.'

Henny was van tafel opgestaan, en liep buiten heen en weer met zijn horloge in de hand. Staljongens hadden de paarden voorgebracht, dragers hurkten bij de gereedstaande tandoes.

'Altijd die haast,' fluisterde Cateau met ten hemel geslagen blik.

'Zie mijn tegenwoordigheid van geest!' riep August. 'Ik neem rustig nog een boterham terwijl de locomotief al staat te dampen.'

Rudi van Santen rolde haast onder de tafel van het lachen, en begon tot grote pret van Baasje puffende en stampende geluiden te maken.

Bij het afscheid nemen zei Henny tegen Rudolf: 'Blijf jij maar thee planten. Je boeken hebben het me bewezen: niemand produceert zo zuinig thee als jij. Daar zal je nog fors aan verdienen.'

'Gisteren wou je me met alle geweld aan de kina hebben!' Rudolf wendde zich tot zijn broer. 'Heb je dat gehoord, Guus, dat wij Kerkhovens geen kina willen planten? Met de Kerkhovens is niets te beginnen, schijnt neef Karel Holle gezegd te hebben.'

August, die te paard zou meerijden tot Bandjaran, boog zich vanuit het zadel naar Rudolf toe: 'Ik heb Ledger-zaad gekregen.'

'Hoe ben je daaraan gekomen?' vroeg Rudolf bevreemd. 'Ik doe al maanden mijn best om Ledgeriana los te krijgen van de gouvernements kina-onderneming, maar ze zeggen daar steeds dat ze niets hebben.'

'Ik heb het mijne wél van de gouvernements kina-onderneming gekregen.'

Rudolf was onaangenaam getroffen. 'Daar begrijp ik niets van. Die zending moet voor mij bestemd geweest zijn.'

Jenny omhelsde Cateau. 'Zie ik je nog eens voor jullie naar Holland gaan, in april? Ik heb dan weer een wiegekind, ik kan niet van huis.'

'Gelukkige Jen! Rijke Jen!' zei Cateau. Voor de stoet zich in beweging zette, fluisterde zij nog: 'Merk je wel, dat Gus het allemaal nogal kalm opneemt? Alles komt terecht.'

Alles komt terecht voor Kerkhovens, dacht Jenny, de reizigers nawuivend. Maar voor Marie? en voor Herman en Frits? en voor mij?

Op zeven december 1881 werd, na een langdurige, zware bevalling, zonder hulp van dokter of vroedvrouw, op Gamboeng de tweede zoon van Rudolf en Jenny geboren. Hij kreeg de namen Eduard Silvester.

De zon ging onder. In de westelijke hemel stond een waaier van vurige strepen, die langzaam verbleekten. Rudolf en Jenny wandelden arm in arm langs de kweekbedden waarin de enkele maanden tevoren eindelijk verworven zaden van kina Ledgeriana waren uitgezet. Boven zijn rijen zaailingen had Rudolf een beschermend afdak van bamboe-vlechtwerk laten aanbrengen.

Zij liepen blootsvoets; het had die middag lang en hevig geregend, de paden waren week van modder. Met innig welbehagen snoof Rudolf de geur van het oerwoud op, die mengeling van bittere, rinse en kruidige aroma's. Hij drukte Jenny's arm. Zij had er nog nooit zo goed uitgezien als nu, vier maanden na de geboorte van Edu. Toen hij haar ondersteunde in die uren durende marteling, had hij gezworen dat dit niet meer gebeuren mocht; en zij, uitgeput, verzwakt door bloedverlies, was het met hem eens geweest dat zij voortaan gescheiden moesten slapen, iets dat trouwens voor de hand lag, omdat er twee kinderbedjes naast het grote ledikant stonden, aan elke kant één, en ook Engko 's nachts in die kamer haar mat ontrolde. Rudolf had in zijn kantoor, achter een scherm, een slaaphoek ingericht, met een bank (de klamboe hing hij eroverheen met behulp van een kapstok) en een ijzeren wastafeltje. Daar lag hij Spartaans op zijn brits, als een militair te velde, of een kloosterling in zijn cel.

Maar nu hij Jenny aankeek, in de glans van de avondzon, leken zijn voornemens onuitvoerbaar geworden. Het meisjesachtige was verdwenen uit haar gezicht en gestalte, hij vond haar mooi op een nieuwe, rijpe manier, die hem hevig aantrok. Hij had in de loop der jaren zoveel schijnbaar niet te verwezenlijken opgaven tot een goed einde gebracht; ook voor dit vraagstuk in zijn huwelijksleven moest een oplossing te vinden zijn. Hij gaf haar een kus; haar nauwelijks merkbaar instinctief terugtrekken, dat hij zich herinnerde uit de eerste dagen van hun vrijage, wekte in hem weer dezelfde gewaarwordingen van toen. Het was alsof alles opnieuw begon.

Myriaden druppels fonkelden in de boomkronen en in het struikgewas; onder de vlammende hemel was het groen van het gebladerte en van de theetuinen zo intens, dat het de zintuigen pijn deed; maar de bergen in het westen en noorden verdonkerden al tot silhouetten. Uit de kampoeng Gamboeng klonken vertrouwde avondgeluiden: doffe slagen op de gedoek, flarden van uitroepen: Tah! Eh! Paman kadijeuh! en het sissende Sijeuh! Sijeuh! waarmee de kippen op stok gedreven werden.

De huisjongen en de stal-boedjangs zaten op gedempte toon te praten op het trapje voor het bediendenverblijf. In de woning van de djoeroetoelis was de lamp al aangestoken. Maar in de voorgalerij van hun gedoeng, pal op het zuidwesten, moest het nog licht zijn. Zij hoorden het stemmetje van Ruutje, die tegen Engko praatte, en even later zagen zij hem aan de hand van de baboe om de hoek van het huis komen. Het kind holde naar Rudolf toe: 'Ama!' en wilde op diens rug getild worden. Jenny pakte hem onder zijn armpjes en hield hem boven een diepe plas op het pad, zodat Engko zijn modderige voetjes kon wassen.

Daarna wandelden zij nog even door de moestuin, Rudolf met het kind op zijn schouders, Jenny telkens bukkend om planten te inspecteren. Het werd nu snel donker.

'Laten we naar huis gaan,' zei Jenny, 'Edu moet drinken.'

Rudolf vond dat hij alle reden had om tevreden te zijn. De pluk had die van vorige jaren verre overtroffen, en hoewel hij door het natte weer niet al het blad op de gewenste manier had kunnen behandelen, zag de Gamboeng-thee er behoorlijk uit, en bleek bij het proeven ook niet de eigenaardige bijsmaak van pijpaarde te hebben die aan de thee van Ardjasari afbreuk deed, volgens hem een gevolg van onzorgvuldig uitzoeken. Hij had bezoek gehad van de resident van Bandoeng en van de wedana's van Bandjaran en Tjisondari, die eenparig het voorkomen van Gamboeng hadden geprezen, hetgeen hem na de kritiek van Henny veel genoegen deed, al moest hij toegeven dat zijn tuinen niet een zo welige en frisse aanblik boden als die van August

–maar die bestonden dan ook al langer. Hij had hoge verwachtingen van zijn eigen, nog niet zo volle en dicht op elkaar groeiende heesters; voor het lopende jaar rekende hij op een produktie van meer dan duizend pond per bouw.

Jenny had voor het woonhuis cipressen, en in de kampoeng vruchtbomen geplant. Op haar verzoek had Rudolf de strook van wilde pisang tussen huis en oerwoud laten kappen en uitgraven, zodat men nu vanuit de voorgalerij uitzicht had op enkele fraaie stammen aan de bosrand waar orchideeën en klimplanten tegenop groeiden. Een panter zou daar niet ongezien op de loer kunnen liggen.

De onderneming leek van maand tot maand meer op het gedroomde beeld. Wanneer Rudolf tijdens de ochtendrit over zijn land uitkeek op het punt vanwaar hij Gamboeng voor het eerst had aanschouwd, vond hij het haast ongelofelijk hoeveel er al bereikt was: zijn gedoeng, met bijgebouwen en stallen, omringd door de trotse rasamala's, en lager op de helling de fabrieksloodsen en de kweekbedden, en dan zo ver het oog reikte de tuinen, in plukperken verdeeld, die door bosjes en paden van elkaar gescheiden waren.

Hij had nu twee flinke gezonde zoontjes. Van de zuigeling kon hij nog niet veel anders waarderen dan het vroege lachje van herkenning, als hij zich over het kind heen boog. Aan Baasje hechtte hij zich van dag tot dag meer; het was een stoer jongetje, dat al een aardig eind kon meelopen door de tuinen en dan de namen van alle bomen en planten wilde weten, graag bij zijn vader voor op het paard zat, en zich zonder een kik te geven had laten inenten tegen de pokken tijdens een ceremoniële zitting van de mantri tjatjar op het voorplein, samen met nog veertien kinderen uit de kampoeng.

Het deed hem goed dat Jenny tot rust kwam. Zij zat na het tuinieren met naaiwerk in de voorgalerij, terwijl Ruutje speelde, en Engko heen en weer liep met Edu in de slendang. Het was alle dagen prachtig weer, zonnig en aangenaam tot drie of vier uur in de middag; dan viel de regen, die de tuinen nodig hadden.

Rust leek ook weergekeerd in de familie-omstandigheden. August maakte de indruk geheel op te gaan in zijn onderneming, en vooral in zijn plannen voor een eigen renstal. In brieven en bij ontmoetingen repte hij niet van Marie, wel van de Sandalwood-hengst die hij gekocht had. Marie van haar kant schreef weinig, en nooit over August.

Rudolf en Jenny vermeden in hun correspondentie iedere toespeling op het engagement dat als een nachtkaars uitging. Eenmaal nog waren zij eraan herinnerd door een brief van Rudolfs ouders, die schenen te denken dat de verwijdering te wijten was aan al te afwijzende bemoeienis van Rudolf. Achter de woorden proefde hij een onuitgesproken verwijt.

Hij antwoordde: 'U schrijft over de "scheve verhouding" in positie tussen Gus en mij als administrateurs van Ardjasari en Gamboeng. Dat die scheve verhouding bestaat, behoeven wij niet voor elkaar te verzwijgen. Ik word er dagelijks, en dikwijls niet op een aangename manier aan herinnerd. Maar ik ben veel te filosofisch gestemd om me daardoor te laten verbitteren. Er is niets aan te doen, en het heeft ook geen invloed op ons levensgeluk.'

Jaloers? Hij schoof het denkbeeld van zich af. Hij was vierendertig jaar, een man van middelbare leeftijd, te oud voor afgunst. Hij was echtgenoot en vader, hoofd van een bedrijf, en hoe dan ook 'chef de famille' van zijn generatie Kerkhovens in Indië. Hij genoot gezag op zijn land, ontving bewijzen van aanhankelijkheid en vertrouwen van zijn ondergeschikten. Om zich te distantiëren van het 'mondaine' en 'moderne' element in August en Henny en Cateau, dat hij niet gunstig achtte voor de ontwikkeling van de koloniale verhoudingen, legde hij in zijn eigen gedrag en uiterlijk de nadruk op waardigheid in de trant van zijn vader. Behalve de baard van een wijze, droeg hij nu altijd, ook binnenshuis, een hoofddeksel. Hij at geen varkensvlees en dronk geen alcohol. Hij nam de gebruiken in acht aan welke de mensen die op Gamboeng leefden, gewend waren. Wanneer hij bij het invallen van de duisternis na een lange dag vanuit de Tji Enggang naar boven rijdend, Gamboeng naderde, in de voorgalerij het licht zag branden, en naarmate hij dichterbij kwam Jenny kon onderscheiden, aan tafel, met theegerei voor zich, en ook het hoofdje van de kleine Ru ontdekte die op een bankje achter de balustrade naar 'ama' stond uit te kijken, overweldigde hem het besef dat hij met niemand zou willen ruilen. 'Où peut-on être mieux?' mompelde hij dan, ouder gewoonte puttend uit zijn voorraad zegswijzen. Hij was een gelukkig mens.

Jenny had mét Rudolf geloofd dat er een luwte was ingetreden in hun bestaan. Wanneer zij in de heldere frisse ochtenden in de tuin werkte, terwijl Ruutje zat te timmeren op het trapje naar de voorgalerij (energiek sloeg hij spijkers in de treden totdat de koppen bijkans in het hout verdwenen), en Edu door Engko werd rondgedragen, gaf zij zich rekenschap van de grootse rust in het landschap rondom, voelde zij zich voor het eerst veilig tussen de drie toppen van de Goenoeng Tiloe. Op zo een stralende dag, met gezoem van insekten tussen de bloemen, en het geluid van de stemmen der pluksters in de meest nabije theetuinen opklinkend in de klare lucht, was zij een eind met Rudolf meegelopen. Zij stonden even stil in de kweektuin, waar Ruutje zijn emmertje en gietertje met water vulde in de goot langs de zaaibedden. Rudolfs hand vattend had zij uitgesproken wat zij nog nooit eerder zo van ganser harte had gemeend: 'Hier moeten wij blijven. Nergens zullen wij het zo goed hebben!'

Juist op dat ogenblik kwam er een bode aanrennen met een die ochtend vroeg te Bandoeng telegrafisch ontvangen bericht uit Batavia: de heer Roosegaarde Bisschop had een beroerte gehad en was zonder bij kennis te zijn gekomen in zijn woning aan de Gang Scott overleden.

Jenny pakte in vliegende haast een reistas. Er werden paarden gezadeld voor Rudolf en de bediende die hem tot het spoorstation van Soekaboemi zou vergezellen. Het liefst was zij dadelijk met Rudolf meegegaan, maar zij kon de kinderen niet alleen laten, en ook de zuigeling niet blootstellen aan de zware tocht. Pas toen de ruiters verdwenen waren achter de bergkam, drong de tijding in volle omvang tot haar door.

Tegen de avond kwam August, door een boodschap van Rudolf gewaarschuwd, uit Ardjasari. Tot diep in de nacht zaten zij in het kantoor. Jenny schreide om haar vader; August stortte zijn hart uit over Marie.

'Wat moet ik doen, Jenny? Ik wil haar nu niet in de steek laten. Als ik haar zie, ben ik verliefd, maar ik houd niet van haar. Ik denk niet dat ik met haar kan leven.'

Rudolf bleef langer in Batavia dan voorzien. Roosegaarde had een chaos van paperassen nagelaten; zijn apathische weduwe wist niet hoe te handelen in verband met de erfenis en andere zakelijke aangelegenheden; zij kon niet besluiten of zij (zoals 'men' passend vond en ook verwachtte) met haar zeven nog thuiswonende kinderen naar Holland zou gaan. Moest zij alleen de grotere jongens voor hun opvoeding wegsturen, en zelf met Rose en Marie en de kleinsten een huis huren in het gezonde Buitenzorg? Moest zij de woning in Gang Scott verkopen? Roosegaarde was ab-intestatio gestorven. De helft van zijn vermogen kwam dus toe aan haar, de andere helft aan de kinderen. Het aandeel van de minderjarigen diende bij de Weeskamer gedeponeerd te worden.

Vol verbazing over het slordige financiële beheer van zijn schoonvader had Rudolf alles uitgezocht, brieven geschreven naar de familie in Holland, en getracht orde op zaken te stellen in het ontredderde gezin. Het vertrek van de Henny's naar Holland deed mevrouw Roosegaarde er ten slotte toe besluiten dat voorbeeld te volgen, althans voor de duur van de studiejaren van haar zoons, die naar alle waarschijnlijkheid later toch weer naar Indië zouden gaan. Rudolf raadde haar aan haar huis zolang aan het gouvernement te verhuren. Marie die hem zoveel mogelijk ontliep, en hem achter zijn rug voortdurend tegenwerkte, verzette zich hevig tegen het voorstel.

Toen hij haar eens alleen aantrof in de binnengalerij, greep hij de gelegenheid aan om het pijnlijke onderwerp ter sprake te brengen dat hij tot nog toe had vermeden.

'Marie, ik heb een brief van August ontvangen. Hij wil weten waar hij aan toe is. Hij neemt zijn woord niet terug, maar laat de beslissing aan jou over.'

Marie, die al op het punt gestaan had als gewoonlijk zwijgend langs hem heen te lopen, keerde haar gezicht naar hem toe. Bleek, met gladgestreken en in een wrong opgestoken haar, en geheel in het zwart gekleed, was zij van een dramatische schoonheid.

'Hij weet waar hij aan toe is. Dat heb ik hem in Buitenzorg al gezegd. Zo'n leven als Jenny moet leiden, wil ik niet. Ik zou het niet uithouden, ik zou me van kant maken. Ik ben geen broedkip en geen blanke njai. Merci!'

Rudolf staarde haar aan, even sprakeloos van verbazing om wat zij durfde zeggen. Het liefst had hij haar een draai om haar oren gegeven, maar hij beheerste zich.

'Je beledigt Jenny. En je beoordeelt August verkeerd. Jullie hebben je niet de tijd gegund elkaar goed te leren kennen.'

'Wie hebben ons niet de tijd gegund?' riep Marie stampvoetend. 'Waar bemoeit iedereen zich eigenlijk mee, jij vooral. Dáárom praat ik niet met je! Nu weet je het! Zoals jij hier rondloopt om alles te bedisselen, dat kan ik niet uitstaan.'

'Maar wie zou het anders moeten doen? Wie moet de verantwoordelijkheid dan dragen?'

'Ik, ik, ik! Ik ben verantwoordelijk!' schreeuwde Marie en holde weg.

Rudolf aan zijn ouders, april 1882

'De boedelscheiding geeft mij nogal wat te doen, want daar komt veel bij kijken, en 't is ongelofelijk hoe weinig de notaris op de hoogte is van hetgeen hij mijns inziens behoorde te weten over de waarde van coupons, en van het verschil tussen aandelen en obligaties, enzovoort. Een paar kolossale blunders hebben mij de ogen geopend, en nu rijd ik hem achterna, en reken alles nog eens uit. Jenny krijgt vijftienduizend gulden als vaderlijk erfdeel. Zij wil daar een spaarpotje van maken, en ik ben daar niet tegen. Zij krijgt enige aandelen in de Javasche Bank.

Het is in het gezin Roosegaarde toch eigenlijk een ongelukkige toestand. Ik heb nu gezien dat Marie hier in alles de baas is. 't Zou me te ver voeren u daar meer van te vertellen. Haar moeder beeft voor haar, en zoekt alles te schikken en te plooien om toch maar niet in botsing te komen. – Indien er ooit iets met Jenny en mij zou gebeuren, dan mogen onze kinderen *onder geen beding* dáár in huis komen. Dat moet u mij beloven.'

Het geluid van ontploffingen dat in de eerste week van mei 1883 op Gamboeng telkens hoorbaar was, schreef Rudolf toe aan de werkzaamheden bij de aanleg van de spoorbaan, die van Buitenzorg naar Bandoeng werd doorgetrokken. Hij stelde zich voor hoe Julius daar nu ergens in het bergland bezig was rotsen op te blazen. Maar de couranten meldden dat de vulkaan op het eiland Krakatau in Straat Soenda was gaan werken, iets dat men in Batavia ook pas na enkele dagen had begrepen. Belangstellenden konden voor veertig gulden per persoon met een plezierboot meevaren om het verschijnsel van nabij te zien.

Nog niet uitgedoofde vulkanen telde Java in overvloed; toen de eerste opwinding geluwd was, dacht men er niet meer aan. Op Gamboeng ging het leven zijn gewone gang. Door de droogte liep de pluk terug. Toch waren de prijzen die de thee opbracht zeker niet slechter dan die van andere ondernemingen, en de produktie per bouw voldeed aan wat men op een hoogte van vierduizend voet mocht verwachten. Rudolf had nog tien bouws jonge aanplant in de pluk kunnen opnemen. Dagelijks was hij al vóór het ontbijt in de tuinen.

Meer zorg berokkenden hem zijn nieuwe kina-kweekbedden, die hij nu voor alle zekerheid iedere middag liet begieten. Regelmatig wandelde hij, vaak met Jenny, naar de gouvernementstuinen op Rioeng Goenoeng om te kijken hoe het daar stond met de kina-oogst: welke bomen of takken er gekapt werden, en op welke wijze het schillen en drogen van de bast gebeurde. Zodra zijn aanplant volwassen was, zou hij deze bereiding immers ook toepassen. Steeds vaster werd zijn voornemen in de toekomst op zijn land meer ruimte vrij te maken voor kinacultuur. Het totaal van het al beplante en bewerkte oppervlak van Gamboeng bedroeg nu honderdtwintig bouws. Hij zou dus nog heel wat bos kunnen kappen voor kinatuinen. Alleen daardoor kon hij de slechte jaren van een zo wisselvallig en onberekenbaar produkt als thee te boven komen. Sancta Chinchona, heilige Kina, sta ons bij! smeekte hij in stilte.

Nu het weer zo warm en droog was, konden Ruutje en Edu de hele dag buiten zijn. Liefst zaten zij poedelnaakt in een kuil vol water, die in de moestuin gegraven was om de tuinlui de gelegenheid te geven hun gieters te vullen. De twee kleine jongens maakten daar modderpuddingen met behulp van bloempotjes.

De vierjarige Ruutje kreeg al rijles, en zat met aangeboren gemak op de pony die Rudolf had aangeschaft als kinderpaard. Ook klom hij voor zijn leeftijd zeer behendig in een wijdvertakte heester op het voorplein, en bootste het schrille gekwetter van de apen na, terwijl hij, zelf onzichtbaar tussen het loof, de takken schudde. Op hun tenen onder de boom staken Rudolf of Jenny hem dan een pisang toe. De kleine Edu deed zijn broertje na, maar op de begane grond, door tussen de uit luchtwortels gevormde nieuwe stammetjes te kruipen en daar te gaan zitten piepen.

De kinderen waren nu 's nachts meestal rustig, nadat Rudolf hun discipline had bijgebracht door degene die zonder aanwijsbare reden bleef huilen, met bedje en al naar het kantoor te verbannen. Vooral Jenny was blij eindelijk goed te kunnen slapen. Zij had dat nodig, want zij was weer in wat zij bij zichzelf 'een beklagenswaardige periode' noemde. 'Mama heeft de ooievaar besteld!' vertelde Rudolf zijn zoontjes.

Rudolf aan zijn ouders, 27 augustus 1883

'... Gistermiddag, terwijl er een flauw onweer aan de lucht was, met zachte regen, verbeeldden wij ons telkens een dreunen te horen en te voelen. Eerst meenden wij dat dit verre donderslagen waren, maar het onweer hield op, en de dreuning werd sterker, met doffe slagen ertussendoor. 's Avonds tegen zeven uur hoorden wij onophoudelijk zware knallen. Blijkbaar hadden we te doen met de uitbarsting van een vulkaan. Wij stelden ons niet anders voor of 't was de vulkaan van Krakatau, op een afstand van 270 kilometer van hier, die drie maanden geleden al een uitbarsting had.

De kinderen waren angstig, maar raakten toch in slaap; ook wij gingen om tien uur of half elf naar bed, en sliepen in. Tegen twaalf uur werd ik wakker door het steeds toenemende geweld. Deuren, ramen, kasten, alles rammelde. Ook Jenny en de kinderen ontwaakten. Toen viel er een slag die alle vorige in hevigheid overtrof. Ons hele huis daverde ervan. Het was alsof vlak onder ons raam een kanon werd afgeschoten. Een eigenlijke aardbeving was er niet bij, maar wel een voortdurende trilling of dreuning. Toen de rust zowat hersteld was, wees mijn horloge enige minuten voor één uur.

Buiten was het stikdonker, zoel en bladstil. De hele nacht hielden de ontploffingen aan, nu eens sterker, dan weer zwakker. 's Morgens hoorden wij dat de inlandse bevolking de nacht slapeloos in en om het huis van de djoeroetoelis had doorgebracht. Sommigen dachten dat de Goenoeng Tiloe instortte, anderen dat het ons woonhuis of de fabriek was. Allen stonden klaar om te vluchten. De moeders hadden hun kleine kinderen in de slendang, en de mannen waren beladen met hun meest kostbare bezittingen. Maar niemand wist waarheen hij vluchten moest.

Vanmorgen werden de uitbarstingen afgewisseld door periodes

van stilte. Om half elf kwam een grauwe, loodkleurige wolkenbank uit het westen opzetten. De zon, die steeds omneveld was geweest, verdween geheel, en het werd angstig donker. Om twaalf uur kon ik in mijn kantoor niet goed meer lezen. Het werkvolk liep uit de tuinen naar huis, de kippen gingen op stok, en de krekels begonnen te sjirpen. Na een paar hevige windstoten uit het zuiden werd alles bladstil. De temperatuur daalde snel verscheidene graden, het werd onaangenaam koud. Tegen half één ontstond er in het oosten een lichte streep aan de horizon, net als bij het aanbreken van de dageraad. De hanen begonnen te kraaien en de vogels weer te fluiten. De hele natuur scheen in de war.

Langzamerhand werd de grauwe nevelmassa iets ijler, en tussen drie en vier uur konden we tenminste de plaats weer zien waar de zon moest staan. Ik kan maar niet loskomen van de gedachte dat die grauwe nevel een asmassa geweest moet zijn, hoog in de lucht. Maar hier viel geen as, en ook roken we geen zwavel.'

3 september (een briefkaart)

'Een enkel woord maar, om u te zeggen dat hier alles wel is. Na de verzending van mijn vorig schrijven, zagen wij 's nachts duidelijk de hoog-oplaaiende vlammen van de Krakatau. Welk een vreselijke ramp voor Bantam! De couranten hebben u natuurlijk alle details gebracht. Wij zijn er vervuld van, en dachten niet, toen ik u op de 27e schreef (de verjaardag van Ruutje!) dat de ramp zo ontzettend zou zijn.'

11 september

'... Wij besteden tegenwoordig nogal eens een extra gulden aan bodes naar Bandoeng om couranten te halen, want wij verkeren nog altijd in zenuwachtige spanning, en verlangen naar berichten. De kust van Bantam heeft voornamelijk geleden door de zeebeving. Het water is kilometers ver het land binnengestroomd, en verwoestte alles, spoelde huizen en mensen mee in zee. Daarna kwam de asregen. Telok Betoeng is verwoest, en de baai is ontoegankelijk geworden door onafzienbare puimsteenmassa's, waar geen schip doorheen kan komen. Tienduizenden lijken drijven bij de ingang van Straat Soenda...'

Hadden bij Jenny's vorige bevallingen pijn en angst overheerst, haar vierde kraambed, in het begin van oktober 1883, werd onvergetelijk door ergernis om het heerszuchtige optreden van de dure, en met veel egards vanuit Batavia aangevoerde 'accoucheuse', die weliswaar een examen voor vroedvrouw had afgelegd, maar over geen enkele praktijkervaring (en dus ook niet over getuigschriften) beschikte. Jenny leed meer onder de onrust en drukte, het voorbarige gesleep met emmers en kannen water, stapels handdoeken en lakens, en de onafgebroken woordenstroom van 'dat mens', dan door de weeën. Dat zij om Rudolf riep bij elke pijnvlaag, en zijn hand wilde vasthouden, en dat hij steeds klaarstond om haar te ondersteunen, beschouwde de accoucheuse als verkapte kritiek op haar arbeid; zij reageerde heftig en vijandig op alles wat Rudolf zei en deed, en toen hij opmerkte dat zij in een zo vroeg stadium van de bevalling de vliezen nog niet mocht breken, toonde zij haar macht door dit juist wél te doen. Nooit zou Jenny dat nijdige gezicht vergeten, dat met zwiepende blauwe kralen oorbellen boven haar heen en weer bewoog; of die handen, en die armen, tot de ellebogen ingevet met slaolie (wel een halve fles! had Jenny bezorgd gedacht), die in haar lichaam woelden.

Het besef dat zij, en ook het pasgeboren kind –weer een zoontje, dat Emile zou heten– overgeleverd waren aan deze tiran, maakte Jenny zo nerveus, dat Rudolf ten slotte de knoop doorhakte, en de 'vroedmeesteres' nog voor de afloop van haar diensttermijn, maar met behoud van haar volledige vorstelijke salaris, ontsloeg en de terugreis voor haar regelde.

'Dat is eens maar nooit weer!' zei hij tegen Jenny. 'Dan maar liever Ma Endoet uit Tjikalong of Ma Mina uit Bandjaran, of een andere doekoen.'

Jenny zuchte. 'Ik hoop dat het helemaal niet meer nodig is. Tenminste de eerste tien jaren niet.'

Drie zoons! Rudolf wilde hen zo vroeg mogelijk harden. Emile had nog geheel en al Jenny's koestering nodig, maar Ruutje en Edu dienden snel handig en weerbaar te worden, wilde men hen met een gerust hart buiten laten rondlopen. Zij moesten altijd op zijn minst dertig meter van de bosrand vandaan blijven; Rudolf had de grens aangegeven met behulp van bakens: bomen, een perk, grote stenen. Ruutje ging nooit zonder twee staljongens uit rijden op zijn pony, en in het oerwoud kwamen de kinderen slechts met Rudolf, die gewapend was. Ruutje vond het heerlijk door de bruisende Tjisondari te waden, al moest hij zich aan zijn vader vastklemmen om niet door het water meegesleurd te worden.

Een van de geschenkpakketten die de grootouders regelmatig uit Holland stuurden, bevatte een speelgoedgeweer en een doos met klappertjes. Ruutje ontpopte zich weldra als een schutter in de dop. Ook de kleine Edu schrok al gauw niet meer van knallen, en van de knetterende petasan, miniatuur-voetzoekers, die bij stroken tegelijk in de waroeng te koop waren. Het was hun grootste genoegen om samen met Irta, de huisjongen, het geweer van Rudolf te poetsen. Zij hadden allebei een klein kapmes, waarmee zij naar hartelust inhakten op stukken pisangstam, bij voorkeur in de timmerloods, tussen het werkvolk. Van de mandoer kregen zij dan een strosigaret zonder tabak of vuur, waaraan zij met een achteloos air zaten te paffen.

De goedhartige Ruutje gedroeg zich tegenover Edu altijd als beschermer, en Rudolf moedigde dat verantwoordelijkheidsgevoel aan. Maar toen bij stoeipartijen Edu begon te bijten, kreeg Ruutje van zijn vader de raad dergelijke venijnigheden met een ferme tik te beantwoorden. Gewoonlijk bedaarde het daarop volgende boze gekrijs van Edu na enige tijd vanzelf. Eens, toen het de spuigaten uit liep, sloot Rudolf het door het dolle heen geraakte kind op in het kantoor, waar het van 's middags twee uur tot 's avonds half zeven met een verbazingwekkende (en naar Jenny's oordeel respect-afdwingende) koppigheid bleef staan schreeuwen. Baboe Engko hurkte verslagen buiten onder het vergrendelde raam, en de mandoers die kwamen afrekenen wierpen Rudolf van terzijde donkere blikken toe.

Achter de deur riep Edu: 'Bageur deui! ik ben weer zoet!' maar als Rudolf opendeed en hem vroeg dit te herhalen, weigerde het kind. Jenny verbeet zich, maar kon niet tussenbeide komen in deze uitoefening van het vaderlijk gezag; ook Ruutje die zachtjes huilde van medelijden, was ooit eens, zij het in een minder langdurige scène, tot gehoorzaamheid bekeerd. Toen Edu eindelijk aan Rudolfs verzoek voldeed, en oog in oog met zijn vader met een schor stemmetje zijn: 'Bageur deui!' uitbracht, werd hij als een verloren zoon ingehaald, omhelsd, getroost, gewassen, in schone kleren gestoken. Hij mocht zijn melk drinken uit Ruutjes zilveren geboortebeker.

De achterban in Holland: zijn vader, Van Santen en Henny, ervoer Rudolf in toenemende mate als belemmerend. Hij had het gevoel beknot te worden in zijn vrijheid van handelen als administrateur door de vaak tegenstrijdige en zijns inziens niet van deskundigheid getuigende adviezen die zij hem uit de verte deden toekomen. Eén ding wist Rudolf zeker: zodra hij het geld ervoor had, zou hij hun aandeel in Gamboeng overnemen.

Intussen was aan het licht gekomen, dat de thee die hij een paar jaar tevoren op aanraden van Eduard Kerkhoven en Albert Holle als 'Assam' had geplant, een hybride was. Pas nu kon hij de echte Assampitten krijgen; hij had zich onmiddellijk een voorraad aangeschaft en die gezaaid. Hij zou er veel meer van willen hebben, maar kon en mocht die grote uitgave niet doen zonder toestemming van zijn mededeelnemers in Gamboeng. Gaven zij die, dan vreesde hij dat zij zich niet voldoende bewust waren van het risico. Hij was ervan overtuigd dat deze thee op de markt een zeer hoge prijs zou moeten halen om de produktiekosten goed te maken.

In verband met kina had hij weer andere zorgen. Hij was bang dat er –nu zoveel ondernemingen kina gingen verbouwen– binnen afzienbare tijd overproduktie zou ontstaan, die aan kininefabrikanten en apothekers fortuinen zou opleveren maar de planters zou dwingen hun bast tegen steeds lagere prijzen op de markt te brengen. Kinacultuur kon onder die omstandigheden pas winstgevend zijn indien de kinine door de ondernemingen zelf, of in opdracht van de ondernemingen door een eigen lokale fabriek werd gemaakt. Vergeleken bij de kosten van onderhoud der theetuinen waren die van de kinaplantsoenen miniem, en ook de bewerking van de bast was voordeliger. De zes kisten takbast van Rudolfs eerste oogst hadden al voldoende opgebracht om alle onkosten aan dat plantsoen besteed te dekken. Zijn stoutste verwachtingen waren overtroffen.

Omdat het sulfaatgehalte van kinabomen onderling sterk verschilde, stuurde hij zijn vader wat schaafsel van een boom die hij gekweekt had uit een Ledger-stek van de gouvernementstuinen. Mocht bij laboratoriumonderzoek de kwaliteit inderdaad superieur blijken, dan was hij van plan uitsluitend die boom voor zaadwinning te gebruiken.

Van tijd tot tijd kwam August, die met dezelfde problemen kampte, over van Ardjasari. Rijzig en goed gekleed, op en top de 'country gentleman', bovendien geestig en hartelijk (de jongetjes waren dol op hem) bracht hij op Gamboeng een vleug werelds vertier. Naast hem voelde Rudolf zich een woudloper.

Beslopen door afgunst, gemengd met melancholie, luisterde Jenny naar de verhalen over de wedrennen, de feesten, de toiletten van de vrouwen der hogere ambtenaren en militairen, de bendies en américaines en andere elegante rijtuigjes met mooie paarden bespannen, die deze dames eigenhandig menden, de bloemencorso's en fancyfairs, de schitterende diners die Eduard Kerkhoven van Sinagar zijn logés en gasten aanbood in een huis dat hij speciaal voor de duur van de races in Bandoeng placht te huren. Wanneer Rudolf dan ironische opmerkingen maakte over dit geldverslindende mondaine gedoe dat op hem geen enkele aantrekkingskracht uitoefende, integendeel, hij meed het als de pest, stegen woede en teleurstelling in haar op: waarom werd haar mening nooit gevraagd? waarom nam hij als vanzelfsprekend aan dat zij, net als hij, niets gaf om zwier en plezier? Zij was van plan in de toekomst haar leven anders in te richten. Na lange aarzeling nam zij haar jonge flinke huisbaboe Nati, haar rechterhand, die zij zelf had opgeleid, in vertrouwen, en stuurde haar naar de pasar in Tjikalong om djamoe te kopen van het soort dat jaren tevoren de vrijpostige bezoekster haar had aanbevolen. Voortaan zou zij die kruiden gebruiken, om de ooievaar op een afstand te houden.

Zij moest nodig naar de tandarts, en dat betekende een tocht naar Batavia. Nu de spoorlijn tot Bandoeng was doorgetrokken, kon zij zonder Rudolf op reis gaan. Met Emile en zijn baboe zat zij acht uur in de trein, het toppunt van modern comfort vergeleken bij de eerdere expeditie, die haar nog heugde. Gelegenheid om te genieten van de fraaie uitzichten vanaf de viaducten in het bergland kreeg zij echter niet, want het kind was kribbig en ziek van de hitte in de wagon, en huilde vrijwel zonder ophouden. Bij elke halte moest zij uitstappen om hem te wassen en te verschonen.

Het verblijf in de stad leek haar een hemel op aarde. Zij logeerde bij een vriendin uit haar meisjesjaren in een riant huis aan het Koningsplein, vlak bij Gang Scott. Zij keek haar ogen uit naar de woningen en hun inrichting, de tuinen, de winkels, de nieuwe wijken in het zuiden van de stad. Zij ging bloemen leggen op het graf van haar vader, en bracht bezoeken bij een paar bekende families, relaties van Rudolf vooral, de Denninghoff Stellings en de Van den Bergs. Zij kocht een parasol en een paar opengewerkte schoenen, dingen waaraan zij op Gamboeng geen enkele behoefte had. Bij de tandarts maakte zij kennis met een der nieuwste zegeningen van de wetenschap: het lachgas.

Maar toen zij weer terug was op Gamboeng stemde al het mooie en moderne dat zij 'beneden' gezien had, haar mistroostig. Hoe armoedig was haar huis, hoe schril stak haar leven af bij dat van de vriendin in de stad! Zij viel vaker uit tegen de bedienden, verdroeg minder van de kinderen. Wanneer die bij regenachtig weer binnen moesten spelen, en over de planken vloer renden tot het hele huis ervan dreunde, kon zij wel gillen.

Rudolf was tevreden: eindelijk hadden zij eens een meevaller! De oogst van de koffie in zijn tuinen, het produkt dat hij gaandeweg als bijkomstig was gaan beschouwen, bleek plotseling overweldigend groot: per dag wel vijfduizend pond bonen! De hele bevolking van Gamboeng plukte koffie; dan droegen de mannen de zware vrachten naar de loods waar de pelmolen stond, liepen weer terug om meer te plukken en weg te brengen, terwijl de vrouwen en de kinderen bij de struiken aan het werk bleven tot de zon onderging. De molen maalde tot 's avonds laat, gedreven door het waterrad dat Rudolf uit rasamalahout had geconstrueerd, en dat eigenlijk bestemd was om de cirkelzaag in de kistenmakerij aan de gang te houden. Zolang er gewerkt werd stond hij in de loods om erop toe te zien dat bij het storten van die overvloed aan koffie de molen niet verstopt zou raken. Binnen veertien dagen had hij al zestig pikoel meer geoogst dan zijn aanvankelijke raming. Nu het transport van Bandoeng per spoor kon geschieden, ging de afvoer ook veel sneller in zijn werk: zes weken, in plaats van vier maanden, zoals nog in 1880.

Het hinderde Rudolf dat zijn vader de zaken van Gamboeng altijd zo somber inzag. Hij hoopte dat zijn ouders nog eens een keer de reis naar Indië zouden maken om met eigen ogen te zien hoeveel uitgestrekter de bewerkte gronden, en hoeveel beter ingericht de fabrieksloodsen op Gamboeng waren dan in 1880. Het meest stak het hem dat er geen begrip getoond werd voor de veranderingen en vernieuwingen die hij in de loop der jaren bedacht en aangebracht had in de theepluk, en bij het enten van Ledger-kina op stammen van mindere soort – in het algemeen voor zijn streven naar kwaliteitsverbetering en zijn experimenten om dat te bereiken.

Ook had hij een sterker model tampir ontworpen, en klampkisten voor de verpakking van de thee – allemaal zaken die door collegaplanters in de Preanger wel degelijk naar waarde geschat bleken te worden. De pas-opgerichte Bandoengse Landbouwvereniging had hem het voorzitterschap aangeboden; hij was gevoelig voor de eer, maar bedankte toch, omdat hij geen tijd kon vrijmaken voor reizen en vergaderen, en omdat de bijkomende kosten hem niet convenieerden: de heren hielden hun koempoelans bij voorkeur tijdens de races, de duurste dagen van het jaar.

Het verwijt dat hij soms van Henny en Van Santen te horen kreeg, als zou hij niet met zijn tijd meegaan, griefde hem des te meer, omdat zij tegelijkertijd allerlei bezwaren opperden wanneer hij vroeg om weliswaar dure maar onmisbare machines te mogen aanschaffen, zoals August er op Ardjasari wél bezat.

Van Santen begon ook aan te dringen op betaling van de achterstallige acht procent rente van het werkkapitaal dat hij destijds had voorgeschoten. Omdat hij volgens de bij de oprichting van de burgerlijke maatschap gesloten overeenkomst recht had op die zeven- à achtduizend gulden per jaar, en het totaal bedrag tot duizelingwekkende hoogte dreigde op te lopen, begon Rudolf aan de aflossing. Dank zij de goede koffie-oogst kon hij dit doen zonder aan de rand van het bankroet te raken. Ditmaal was Sancta Arabica zijn beschermheilige.

In november 1885 kwam onverwacht Marie Roosegaarde uit Holland over. Als reden voor haar bezoek werd opgegeven dat zij oude kennissen in Batavia en Buitenzorg, en vooral Jenny, weer eens wilde zien. Rudolf dacht dat deze reis wel het gevolg zou zijn van een van die stormachtige opwellingen die zij van Marie gewend geweest waren, en hield zijn hart vast. Hij ging haar in Bandoeng van de trein halen. Vanaf het ogenblik dat hij haar zag uitstappen, wist hij dat er 'iets was'. Hij vond haar nog wel mooi, maar uiterst nerveus en gespannen. Terwijl zij in het karretje naar Tjikalong zaten, gevolgd door een tweede wagen met de koffers, praatte zij zo druk, van de hak op de tak springend, dat hij er geen woord tussen kon krijgen, of staarde met afgewend hoofd naar buiten, als om een gesprek te vermijden. In Tjikalong wachtten staljongens met paarden voor de laatste steile klim naar Gamboeng. Maries vragen en haar verraste en verbaasde opmerkingen toen zij door de theetuinen en langs de fabrieksloodsen en de kampoeng naar het administrateurshuis reden, deden bij Rudolf het vermoeden rijzen dat zij uit Nederland was gekomen met onder andere de opdracht om eens goed te kijken hoe de zaken er op de onderneming voor stonden. Na de mededeling dat zij vóór haar vertrek Van Santen en de Henny's had ontmoet, was hij daar vrijwel zeker van.

Het ontging hem niet dat zij schrok toen zij Jenny zag. Huilend omhelsden de zusters elkaar. De rest van de middag en avond was gewijd aan het uitpakken van de geschenken die 'tante Malie' had meegebracht. De blijde opwinding van de drie kleine jongens overstemde al het andere.

'Mijn God, wat zie je er slecht uit, Jenny! Wat ben je mager. Vel over been.'

'Ik heb veel last van mijn maag. Ik kan haast niets verdragen.'

'Maar doe daar dan toch iets aan. Ga naar een goede dokter in Batavia!'

'Wat zou een dokter voor me kunnen doen. Wij hebben veel zorgen.'

'Jullie land ligt er anders heel welvarend bij. Terwijl jij hier nog steeds zo armoedig woont. Moet dat nu echt? Die goedkope rotan meubels! Die planken vloer! Ik voel de koude tocht door de matten heen.'

‘Als Ru maar eerst meer verdient en tantièmes krijgt van de winst, zullen we wel nieuwe dingen kopen. Ik snak ernaar. Ru zou ook een employé moeten hebben. En ik wil een goede juffrouw voor de kinderen, die ze les kan geven. Maar dat gaat allemaal nog niet.’

‘Ik heb van Cateau gehoord dat je een piano besteld hebt. Daar hebben jullie dan blijkbaar wél geld voor.’

‘Dat is míjn geld, Marie. De rente van mijn erfenis. Het is nodig dat de kinderen muziek horen, en kunnen zingen. Ze missen al zoveel.’

Jenny en Marie zaten in het succirubra-plantsoen als in een prieel. De gladde stammetjes droegen loofkronen van brede glanzende bladeren, van boven groen, aan de onderkant dieprood van kleur. De zusters hadden pisangbladeren naast elkaar op de grond gespreid, om geen modder aan hun saroengs te krijgen. De kinderen renden heen en weer tussen de bomen.

‘Marie, zeg me eerlijk: waarom ben je gekomen? Is het om August?’

‘Ze zeiden dat ik moest gaan... Mama, en ook jouw schoonouders. Is het waar dat August hier nog altijd als geëngageerd wordt beschouwd? Ik trouwens ook. Ik word nergens uitgenodigd, in Holland.’

‘Waarom heb je vier jaar geleden August zo vreemd behandeld, Marie? Waarom toch?’

‘Ik wilde hem een lesje leren. Hij was zo zeker van zichzelf. Hij wist zo goed hoe onweerstaanbaar iedereen hem vond. Omdat ik de belle du bal was, ja dat was ik toen, moest ik van hém zijn. De mooiste onderneming, het mooiste paard, het mooiste meisje, in die volgorde, begrijp je. Hij deed zo verliefd, hij heeft op zijn knieën gelegen in die tuin in Buitenzorg: Marie, Marie, ik smeek je, ik kan niet wachten, ik doe alles wat je wilt. Goed, zei ik, maar ik ga niet in de wildernis wonen, ik wil wat van de wereld zien, Parijs, Venetië. Hij heeft het me beloofd. En toen hebben we ons engagement publiek gemaakt. Maar de volgende dag, bij Cateau thuis, lachte hij om die belofte. Hij had maar wat gezegd, om me te kunnen kussen. Dat kon ik niet uitstaan. Ik dacht: als hij mij werkelijk wil hebben, geeft hij toe.’

‘Maar Marie, wat kinderachtig. Hoe kon je nu geloven... Zo te gaan reizen, dat was toch onmogelijk geweest!’

‘Als hij maar toegegeven had, zou ik me heus wel geschikt hebben... dan was ik misschien ook wel op Ardjasari gaan wonen. Maar ik wilde horen dat ik meer voor hem betekende dan zijn onderneming en zijn paarden, dat hij alles voor me over had. En dat heeft hij niet gedaan. En ik kon niet meer terug. Dat kón ik niet.'

'Geef je nog om hem?'

'O, ik weet het niet. Wist ik het maar. Ik denk altijd aan hem. Maar ik heb hem in zo lang niet gezien.'

'Rudolf vindt dat jullie elkaar niet kunnen ontmoeten, nu je hier bent.'

'De mensen kletsen er al over. In Batavia zeggen ze dat ik met hangende pootjes ben teruggekomen, is het niet afschuwelijk? Help me, Jenny!'

Rudolf had achter het huis een langwerpige kuil laten graven, en daar uit de bergstroom water in geleid. Ruutje zwom al binnen enkele dagen, Edu en Emile spartelden als kleine karbouwen in het ondiepe gedeelte van de poel, die chocoladekleurig was door de opgewoelde modder. Jenny en Marie zaten er op een houtblok naar te kijken.

'Ik vind Ruutje eigenlijk te groot om naakt te lopen,' zei Marie. 'Het is geen gezicht.'

'Och kom, Marie. Je vertelt me zelf dat jij thuis Henri en Constant in het bad doet. Die zijn toch allebei ouder dan onze Ru. Daar keek ik van op. Zulke grote jongens! Dat hoort toch niet.'

Marie kreeg een kleur. 'Voor mij zijn het nog baby's. Ik kan ze zo lekker mokkelen. Jullie Ru is een mánnetje. Hij praat ook zo wijs. Onze broertjes zijn anders.'

'Hoe bedoel je dat?' vroeg Jenny zacht. Zij keken elkaar aan. Marie haalde haar schouders op.

'Constant is een engeltje... maar nu ja... Herman is erg moeilijk, daar heeft Mama veel verdriet van. En Frits, och, dat weet je zelf. Die verandert nooit. 't Is het Daendels-bloed. Daar kunnen wij niets aan doen. Wees maar blij dat jouw kinderen zo goed zijn uitgevallen.'

De zusters zaten in de voorgalerij te naaien aan een kebaja voor Jenny, geknipt uit een lap rode zijde die Marie voor haar had meegebracht.

'Weet je dat ik een heel jaar met geen andere vrouwen gepraat heb dan met Engko en Nati en de vrouw van de djoeroetoelis?'

Marie legde haar hand op die van Jenny: 'Misschien blijf ik langer in Indië.'

'Zo, wat hoor ik,' zei Rudolf die uit het kantoor kwam. 'Het is anders een dure grap, zo'n vakantiereis naar het andere einde van de wereld.'

'Ik betaal het zelf, van mijn erfenis. Ik wil tenminste plezier hebben van mijn geld.'

'Als je het goed belegt, zoals ik voor Jenny gedaan heb, krijg je rente. Dan groeit je kapitaal.'

'Thee groeit, kina groeit, kapitaal groeit. Dat is het enige waar jij je voor interesseert,' zei Marie driftig. 'Kijk toch eens naar Jenny, hoe ze eruitziet! En die regen, die regen, die verschrikkelijke regen elke dag! Geen wonder dat jullie zo vaak verkouden zijn, en koorts hebben, dat hoor ik van Jenny.'

Jenny schudde haar hoofd; toen zij zag dat Marie van plan was op het onderwerp door te gaan, stond zij op en liep naar het smalle achtergalerijtje, waar de kinderen bellen zaten te blazen.

Marie vertrok naar Buitenzorg en Batavia, om te gaan logeren bij kennissen van vroeger.

'Het is me hier te stil! en dan heb ik mijn avondjaponnen tenminste niet voor niets meegenomen!' riep zij, opzettelijk wuft, vanuit het raampje van de treincoupé naar Rudolf, die haar had weggebracht. Maar een maand later stond hij wéér op het station in Bandoeng, om haar voor de tweede maal af te halen. Met gemengde gevoelens hoorde hij dat August haar in Buitenzorg had opgezocht en naast haar had gezeten aan een diner. Zij hadden zelfs samen gedanst.

'En nu wil hij ook eens van Ardjasari overkomen naar Gamboeng.'

'Wat dat moet worden?' zei Rudolf onder vier ogen tegen Jenny. 'Ik vind het onvoorzichtig van August.'

Jenny dacht tevreden aan een briefje dat zij enkele weken tevoren heimelijk door een koelie naar Ardjasari had laten brengen.

August liet echter op zich wachten. Eindelijk, op een ochtend, toen zij nog aan het ontbijt zaten, reed hij op zijn Sandalwood vanuit het dal van de Tji Enggang naar boven. Hij dronk een kop koffie, en vroeg Marie om een eind met hem te gaan wandelen. Jenny zag hoe zij verdwenen in de laan met de boomvarens, aan de rand van het oerwoud. Zij bleven lang weg.

Dat er een knoop was doorgehakt, werd duidelijk zodra het paar weer opdook in de looftunnel, August met een strak gezicht, Marie doodsbleek. Jenny dankte de hemel dat Rudolf naar de tuinen was, en dat de kinderen onder de hoede van Engko in hun 'zwembad' ploeterden; want nauwelijks had August het huis de rug toegekeerd, of Marie liet alle zelfbeheersing varen, gooide zich schreeuwend en snikkend op de grond, en bonsde met haar vuisten op de planken. Samen met de verschrikt toegesnelde Nati wist Jenny haar ten slotte op de been te helpen en naar de slaapkamer te brengen.

'Waarom zou ik blijven leven? Wat heeft het voor zin?'

'Schaam je!' zei Jenny, terwijl zij Maries voorhoofd bette. 'Zeg zulke dingen niet.'

'Denk jij daar dan nooit aan? Wij zijn allemaal ongelukkig. Rose heeft ook al eens in het water willen springen. Moet ik de rest van mijn leven op mijn gekke broertjes passen? – Uit belééfdheid is hij naar Buitenzorg gekomen, zegt hij, verbeeld je! Maar we hebben gewálst, en tête-à-tête zitten praten. Nu weet iedereen dat hij me niet wil hebben. Wie komt er nog om mij?'

'Marie, ik weet zeker...'

'O, jawel. Natuurlijk,' zei Marie schamper. 'Er is iemand in Holland die me wel neemt... de zoon van een vriendin van Mama, een goeierd. Hij wil in de tabak. Maar mijn God, moet ik daarmee leven, jaar in jaar uit, en dan in Deli, op Sumatra! Alleen maar om geen oude vrijster te worden? Ik wil liever dood.'

'Je wordt heus nog wel gelukkig. Je verdient het.'

Marie begon te lachen, maar de manier waaróp joeg Jenny meer angst aan dan de stormachtige huilbuien van een uur geleden.

Van ongerustheid kon Jenny die nacht niet slapen. Zij tilde de klamboe op en stak op de tast de kaars aan die op haar nachttafeltje stond. Emile lag rustig ademend ineengerold onder de deken in zijn ledikantje. Zij keek in de aangrenzende kamer van Ru en Edu, daar was alles stil. Als altijd hing er de vertrouwde geur van de klapperolie die Engko in haar haren wreef.

In de logeerkamer zat Marie bij het schijnsel van een nachtlichtje op de rand van haar bed, met een glas water in de hand. Er lagen beschreven papieren op tafel.

'Wat doe je?' fluisterde Jenny.

'Laat me maar, ga weg. Ga alsjeblieft weg.'

'Wat is dat voor rommel?' Jenny greep het zakje met poeder dat Marie onder haar kussen wilde schuiven. 'Ben je gek geworden!' Zij gaf Marie een paar harde klappen in haar gezicht, links en rechts, knielde daarna naast haar op de bedrand en sloeg de armen om haar heen. Marie begon geluidloos te huilen.

'Het is mijn straf. Alles wat mij overkomt is voor straf.'

'Maar wat dan toch, waarom?'

'Toen Constant geboren was... Mama was zo bang om weer een kind te krijgen... De meiden zeiden dat er op de pasar een nènèk zat, die obat verkocht... tegen lúst... begrijp je? en toen heb ik elke ochtend, als Rose en ik met Papa koffie dronken een lepeltje daarvan... Ik wilde Mama helpen, ik dacht: als Papa niet meer.... die vrouw op de pasar zei: wie het neemt wordt kalm. Maar nu weet ik dat het hart ervan blijft stilstaan.'

Bij bezoeken aan kina-ondernemingen op de hoogvlakte van Pengalengan zag Rudolf met verbazing dat de beheerders en hun Europese opzichters op het werk wapens droegen. Er werd gezegd dat er in de Preanger gevaar dreigde voor opstanden onder de inlandse bevolking.

Rudolf was ervan overtuigd dat een planter die zijn volk rechtvaardig en correct behandelde, zich niet ongerust hoefde te maken. Angst en wantrouwen tonen door gewapend rond te lopen, leek hem volstrekt verwerpelijk.

Toen op een onderneming boven Buitenzorg een bloedige rel uitbrak waarbij veertig mensen gedood en zeventig gewond werden, schreef hij die ramp toe aan het zijns inziens onverantwoordelijke optreden van de eigenaar die, naar hij gehoord had, in de loop van een paar jaar meer dan zevenhonderd opgezetenen van zijn land van negenduizend bouws wegens verzuim op het werk en kleine delicten door de Landraad had laten berechten.

In planterskringen beweerde men dat een fanatieke moslim-sekte het volk opruide tegen de ongelovige blanke overheersers, en dat er een verband bestond tussen deze ongeregeldheden en de toestand van oorlog noch vrede in Atjeh.

Rudolf herinnerde zich dat in 1874 de assistent-wedana in Tjikalong hem iets had verteld dat hij toen uiterst ongeloofwaardig had gevonden, en dat bij navraag niemand had kunnen bevestigen: dat Karel Holle met een zeer geheime opdracht van het gouvernement een rondreis door de archipel maakte om de gezindheid van de moslimleiders te peilen. Later vernam Rudolf dat Karel Holle in die tijd inderdaad gedurende enige maanden niet op zijn onderneming Waspada was geweest; maar niemand, ook niet Rudolfs vader of Eduard

Kerkhoven van Sinagar, had daar nadere inlichtingen over kunnen geven.

Hoewel hij geen ogenblik bang was dat hij op Gamboeng met onlusten te maken zou krijgen, besloot hij voor de goede orde, ter wille van de veiligheid van zijn gezin, zijn licht te gaan opsteken bij degene die nu eenmaal gold als de kenner bij uitstek van de Indische moslimgemeenschap.

Sinds vele jaren was hij niet meer op Waspada geweest. Nu, als bij vorige keren, trof hem de schitterende ligging van die onderneming. Vanuit Karels hooggelegen gedoeng op de helling van de berg Tjikoeraj overzag men de naar alle kanten afdalende terrasvormige tuinen, ware theesawahs, met een totale oppervlakte van ongeveer tweehonderd bouws.

Karel Holle ontving Rudolf in zijn kantoor, tevens studeerkamer, een met uitpuilende boekenkasten en tafels vol paperassen bijkans dichtgebouwde ruimte. Op de grond lag een rij brokstukken van wat ooit een stenen paal of zuil geweest was. Rudolf onderscheidde resten van een inscriptie in Oudjavaanse lettertekens. Karel Holle zat op een laag bankje, met een vergrootglas in zijn hand. Rudolf vond hem sterk verouderd. Van het gezaghebbende optreden dat hem vroeger gekenmerkt had, was weinig meer over. Zijn vele Soendase huisgenoten–bedienden? leerlingen?–die in en uit liepen, om thee en verversingen te brengen, of om iets te zoeken in een boekenkast of tussen de papieren op de tafels, behandelden hem met respect, maar meer als een bejaarde vader dan als een gebieder. Omdat Rudolf wel wist dat hij in de omgang met neef Karel de inheemse adat in acht moest nemen, luisterde hij eerst geduldig naar lange uiteenzettingen over de inscriptie die deze bezig was te ontcijferen: naar alle waarschijnlijkheid een loflied op een veldheer-vorst uit de dagen van Airlangga. Pas toen Karel hem vroeg naar de reden van zijn komst, kon het gesprek beginnen. Karel gaf toe dat er sprake was van enige agitatie onder moslims die tot een bepaalde sekte behoorden, echter niet die van zijn vriend de penghoeloe Radèn Hadji Mohammed Moesa; integendeel, Moesa bestreed juist de opvattingen van de onrustzaaiers. Volgens hem waren zij afkomstig uit de kringen van Hoofden die zich benadeeld achtten door de hervormingen van het gouvernement. Moesa had in die groep veel persoonlijke vijanden, omdat hij in 1871 de Nederlandse autoriteiten gesteund had bij de invoering van de nieuwe agrarische wetgeving.

'Het tragi-komische van de situatie is, dat zij helemaal geen reden meer hebben om Moesa te haten want er is van die vernieuwingen toch maar bitter weinig terechtgekomen. Het gouvernement heeft mij destijds verzekerd dat men de bevolking prijsverhoging voor haar produkten zou toestaan, daar hebben de mensen op gerekend, en dat is voor hen economisch ook noodzakelijk. En nu gaat die prijsverhoging niet door, en mijn adviezen voor de oprichting van scholen heeft de regering eveneens naast zich neergelegd. Een stap achteruit! De toestand dreigt weer te worden zoals die vroeger was: Indië een wingewest, met een bevolking die het werk in de cultures als dwangarbeid beschouwt. Om niet beschaamd te staan voor de mensen op Waspada heb ik uit mijn eigen zak bijbetaald wat het gouvernement hun niet wil geven.'

Volgens Karel Holle moest het bloedbad op die onderneming boven Buitenzorg beschouwd worden als een helaas uit de hand gelopen protest van de opgezetenen tegen als te drukkend ervaren lasten, en niet als een geval van collectieve razernij met religieuze achtergrond, al sloot hij niet uit dat de bewuste sekte gebruik had willen maken van de onrust onder de mensen.

'De administrateur van dat land is geen slechtere djoeragan dan de meeste particuliere ondernemers. Hij bemoeit zich feitelijk niet met de zaak, woont meestal elders, laat zijn employés, en vooral de inlandse en Chinese opzichters, hun gang gaan. Zijn grootste fout is dat hij geen rekening houdt met de adat in zijn rijstlanden, namelijk dat er door de opgezeten gezinnen en hun verwanten geoogst moet worden. Hij heeft vreemd werkvolk aangeworven, waardoor het aandeel van de eigen mensen te gering wordt voor hun behoeften. Die hele geschiedenis is een teken aan de wand. Ik ben benieuwd hoe het gouvernement zal reageren.'

'Neef Karel, is het waar dat u destijds met een geheime opdracht hebt rondgereisd, zelfs helemaal naar Borneo en Singapore?'

Karel Holle zuchtte. 'Ook dat schijnt verloren moeite geweest te zijn. Mijn goede vriend James Loudon, de toenmalige GG, heeft mij erop uitgestuurd om te onderzoeken hoe men in gelovige moslimkringen over de expeditie naar Atjeh dacht. Er werd in die tijd beweerd dat de moslims de gelegenheid zouden aangrijpen om overal in de archipel een heilige oorlog tegen ons te beginnen. Ik kon Loudon berichten dat men, ondanks Atjeh, nog steeds op onze hand was. Mij werd herhaaldelijk verzekerd dat wij ons door rechtvaardigheid en menslievendheid zouden kunnen handhaven. Let wel: ik had te maken met ontwikkelde en vooruitstrevende figuren in de moslimwereld, niet met fanaten of met spreekbuizen van inlandse Hoofden die hun oppergezag over de bevolking terug wilden hebben. – Maar laten wij van dit chapiter afstappen. Ik word ziek van die Nederlandse "Linie" in Atjeh, die onzinnige enclave, die nergens toe dient behalve om de manschappen van de bezetting te demoraliseren, en als broedplaats voor epidemieën.'

Karel Holle stelde nu vragen over Gamboeng, Rudolfs gezin, de vooruitzichten van zijn thee- en kina-aanplant. Hij knikte instemmend toen Rudolf beschreef hoe hij door een speciale bestuivingstechniek superieur kinazaad hoopte te winnen.

'Je werkt hard op je land. Het is een zware taak voor een man alleen. Eduard heeft op het ogenblik op Sinagar een leerling, jouw neef Ru Bosscha, een zoon van de professor uit Delft.'

'Ik weet het, ik ken hem wel,' zei Rudolf. 'August is als hbs'er in huis geweest bij de Bosscha's. Ru was toen nog een klein kind. Ik had medelijden met hem, omdat hij kreupel was en altijd een verhoogde schoen moest dragen.'

'Zie dat je die als employé krijgt. Dat is nu eens geen present-kaasje, maar een veelbelovende jongeman.'

'Ik hoor dat hij zijn ingenieursdiploma niet heeft gehaald, en dat mank lopen is ook niet best voor het werk.'

Karel Holle keek hem even peinzend aan voor hij antwoordde: 'Ik heb hem gezien en gesproken toen ik onlangs in Buitenzorg was. Hij is uit het goede hout gesneden. Als ik hier bleef, zou ik hem bij mij op Waspada nemen.'

'Gaat u hier weg?' vroeg Rudolf verwonderd.

'Ik moet Waspada verkopen. Ik kan niet blijven, ik heb geen geld meer voor een verantwoorde exploitatie. En ik ben versleten. Mijn tijd is voorbij. Mijn goede vriend Hadji Moesa is ziek en zal niet lang meer leven. Wij hebben de bibit geplant, maar wij zien de oogst niet. Anderen moeten ons streven overnemen. Ik heb wel eens gehoopt,

Rudolf, dat jij tot diegenen zou behoren. Je bent rechtvaardig, je volk is behoorlijk gehuisvest, maar wat doe je verder nog voor die mensen?'

'Ik heb drie zoons groot te brengen. En Jenny is weer in verwachting. Ik kan me nog geen filantropie veroorloven.'

'Het is geen filantropie, maar ereplicht,' zei Karel Holle. Hij zuchtte. 'Het zij zo.'

In april 1887 werd de vierde zoon van Rudolf en Jenny geboren, Karel Felix, een schriel rimpelig kindje. De broertjes vergeleken hem met een hagedis: 'Net een tjitjak!'

Nog voor hij een half jaar oud was kondigde zijn opvolger zich aan.

'Nee, beste Mama,' schreef Jenny aan haar schoonmoeder, 'ik kan met de komst van ons vijfde kind nog geen vrede hebben. Persoonlijk kunnen die nieuwe zorgen me weinig schelen. Ik ga toch zo helemaal op in het meest alledaagse, en de omgang met baboes en kinderen is al zo groot, dat één meer of minder er niet veel toe doet. Maar mijn liefste illusie: om mijn jongens hier te kunnen houden, zal ik wel op moeten geven. Als ik mij had kunnen wijden aan het onderwijs van de drie oudsten, dan hadden zij het met Rudolfs hulp zeker nog wel een jaar of wat verder kunnen brengen, zonder dat vreemde hulp nodig is. En dan nog zouden we een gouverneur of onderwijzer, om hen klaar te maken voor de hbs, alleen kunnen krijgen voor veel geld. Dat vele geld schiet er ook niet meer voor over nu we zoveel monden te voeden hebben. En moet ik nu die kinderen die ál mijn omgang en afleiding zijn, aan anderen afstaan? Als er kans op was dat wij zelf naar Holland konden gaan om hen weg te brengen, of hen over enige jaren op te zoeken. Maar die kans is ook al bitter klein. Nee, al drukken mij de zorgen wel eens zwaar, om meer gemak en wereldse genoegens te kopen door het wegsturen van de jongens kan mij niet bevredigen. Trouwens, dan heb ik nóg kleine kinderen om mij aan huis te binden. Ik merk wel dat er van mijn vroegere gezondheid en onvermoeibaarheid weinig meer over is. Hadden wij maar een ruimer huis, dan zou het mij veel beter gaan. Stel u bij slecht weer voortdurend al die mensen voor in onze kleine voorgalerij en binnenkamer, 't is soms niet om uit te houden. Het lage plafond drukt mij altijd, en de kou vind ik onaangenaam. En dan krijg ik het verlangen om maar ver, ver weg te vluchten naar het bos, om daar stilte en rust te vinden. Vroeger was ik bang voor het bos. Nu denk ik soms: kon ik dáár gaan liggen, en slapen.'

Rudolf aan zijn vader, januari 1888

'Het onderhandse aanbod van Henny en Cateau om onze Ru in het belang van zijn opvoeding bij zich in huis te nemen, zullen wij op den duur met beide handen aannemen. Ru zou nergens beter terecht kunnen, maar op het ogenblik is het nog niet nodig. Hij leert heel aardig bij Jenny en mij, en dat kan zo nog wel doorgaan.'

Postscriptum van Jenny: 'Ru en Edu mogen nooit gescheiden worden!'

Dat het zonder vreugde verwachte kind een meisje bleek te zijn, was een schrale troost. Toen Bertha aan haar broers werd getoond, wekte zij nog minder geestdrift dan Karel. Ru en Edu stonden zwijgend te kijken. Emile kroop op het grote bed om zijn zusje heen, dat in moeders arm lag. 'God, God, alweer een orok!' zei hij in het Soendaas, met zijn voor een vierjarige merkwaardig diepe stem. 'Wéér een zuigeling!'

Rudolf boog zich naar Jenny toe. Zij zag wat haar nog niet eerder was opgevallen: dat er grijze strepen liepen door zijn hoofdhaar en baard.

In januari 1890 stierf Rudolfs vader. De verdeling van de boedel liet op zich wachten. Wel bracht het familiecontact over de nalatenschap aan het licht hoe veel gunstiger Ardjasari ervoor stond dan Rudolf had kunnen vermoeden op grond van zijn schaars-geworden ontmoetingen met August. Sinds kort was Ardjasari schuldvrij. August bleek grote plannen te hebben voor uitbreiding van de onderneming; ook wilde hij in de naaste toekomst meer kina gaan planten.

Bevreemd vernam Rudolf dat zijn vader in de mening had verkeerd dat de verbetering en bevordering van de kinacultuur op Java vooral Augusts verdienste waren. Dat hij, Rudolf, een superieure kwaliteit bomen kweekte, niet met de zijns inziens onbetrouwbaar gebleken ent-techniek die August nog steeds toepaste, maar door zaad te winnen van de allerbeste Ledgeriana volgens een door hemzelf uitgevonden en vervolmaakte methode, was dus nooit tot zijn vader doorgedrongen.

Verschillende laatste wilsbeschikkingen weerspiegelden de onevenredig hoge verwachtingen die zijn vader met betrekking tot August gekoesterd had. Dat August niets ondernam om de ware stand van zaken uit de doeken te doen, kon Rudolf wel begrijpen: August wilde trouwen, had zijn zinnen gezet op de dochter van de resident van Bandoeng, kon iedere vermeerdering van prestige goed gebruiken. Toch viel het Rudolf bitter tegen dat zijn broer zich lof en voordeel liet aanleunen die hem in feite niet toekwamen.

Rudolf aan zijn moeder, augustus 1890

'... De theepluk blijft goed, en de prijzen bevredigend. Waar zowel Van Santen als Henny aan August een compliment maken over zijn mooie prijzen, voel ik mij gepasseerd, omdat wij van Gamboeng voor onze thee veel mooiere prijzen gemaakt hebben, en zelfs nog een speciaal pluimpje van de makelaars kregen.

Ik durf wel te zeggen dat wij op de veiling gemiddeld de hoogste prijs gemaakt hebben. Wilt u mij het genoegen doen bijgaand veilingverslag aan Henny en Van Santen te laten zien, om hen te overtuigen dat Gamboeng geenszins voor Ardjasari onderdoet... integendeel!'

Het deed hem goed, dat een buitenkans hem in staat stelde de Erven R.A. Kerkhoven in Holland, zijn moeder, Julius, Cateau, Henny en Van Santen, de ogen te openen. De kinamarkt, de publieke opinie, de cijfers! zouden onfeilbare pleitbezorgers zijn.

Rudolf aan zijn moeder, 20 maart 1891

'... Even een bericht van ons schitterend succes op de kinaveiling van februari j.l. 't Is een merkwaardig en ongeëvenaard feit in de annalen van de kinacultuur. Verschillende couranten hebben erop gewezen. Nog nooit was er zo'n rijke bast aan de markt geweest! We waren een volle twee procent hoger dan ooit door een onderneming bereikt is. Dit is helemaal in overeenstemming met wat ik u enige tijd geleden schreef, namelijk dat Gamboeng eenmaal boven aan de lijst zou staan. En dat is nu nog maar de oogst van ongeveer twintig bouws, terwijl ik van dezelfde kinasoort – de beste! – nu al zo iets als honderdzeventig à honderdtachtig bouws in de grond heb.

Natuurlijk zullen we die hoge positie niet altijd kunnen handhaven. Ik maak me geen illusies dat we ook in de toekomst alle concurrenten de baas kunnen blijven. Anderen hebben intussen het kunstje van mij afgekeken. Het is zelfs waarschijnlijk dat zij door het aanbrengen van kleine wijzigingen een nog beter resultaat zullen bereiken. Zo gaat het altijd in de wereld. De navolgers profiteren van de ondervinding van de voorganger. Maar na het nu verkregen onovertroffen resultaat kan niemand mij de eer betwisten in deze zaak de pionier, de wegwijzer, te zijn geweest.'

Jenny aan haar schoonmoeder, augustus 1892

'... Ik schrijf u deze brief op de ligstoel, omdat ik eergisteren een miskraam gehad heb. Ik wist niet dat zo'n geschiedenis nog zo pijnlijk was.

Rouwig ben ik er niet om, integendeel, ik was er zeer melancholiek onder om alweer al dat getob met een klein kind te moeten beginnen, en vooral omdat ik hoop Ru en Edu zelf naar Holland te kunnen brengen.

Ik ben zo verlangend te horen of Cateau onze twee oudste lievelingen allebei in huis kan nemen. Het gaat mij hoe langer hoe meer aan mijn hart om van hen te moeten scheiden. Als mijn kinderen niet bij Too kunnen komen, die zo consciëntieus en zo zorgzaam en verstandig en zacht is, zou ik hen aan niemand anders willen geven.'

Rudolf aan zijn moeder, september 1892

'... Wij hopen zeer dat Henny en Cateau zullen kunnen besluiten om Ru en Edu in huis te nemen. Ja, wij zien zeer goed in dat het voor hen beiden een hele onderneming is, wij gevoelen dat zéér, maar ik geloof dat Ru en Edu samen haast nog gemakkelijker zullen zijn dan één kind alleen.'

Rudolf aan zijn moeder, november 1892

'... Wat is het heerlijk dat zowel u als Cateau zoveel baat gevonden hebt bij uw reis naar een kuuroord. Wij zijn een tijdlang ernstig bezorgd geweest dat Henny en Cateau de jongens niet in huis zouden willen nemen om Cateaus gezondheid. Het was ons een grote opluchting toen het bericht kwam dat zij hun belangeloze aanbod gestand willen doen.

Ik heb een hut met drie kooien besproken aan boord van de Bromo, de beste boot van de Rotterdamse Lloyd.'

Jenny aan haar schoonmoeder, december 1892

'... Met een juffrouw om mij te vervangen zijn wij gelukkig goed geslaagd. Zij is een dochter van de dominee in Soekaboemi, die negentien kinderen heeft. Veel van die meisjes zijn onderwijzeres geworden.

Als er niets meer tussenbeide komt, vertrekken Ru en Edu en ik op 1 maart per Bromo.'

Voor de kinderen op Gamboeng vloeiden de jaren ineen tot een zee van tijd. Al hun spelen waren afgestemd op de natuur die hen omringde, en op de bezigheden van de onderneming.

Waren zij nog te klein om op een pony te zitten, dan draafden zij – met zweep en tuig tegelijkertijd ruiter én paard – over het grasveld voor het huis; later leerden zij eerst in de manege bij de stallen de beginselen van de rijkunst, en dan, zadelvast, de fijne kneepjes op de paden in de kinaplantsoenen en het bos; tot zij, volleerd, hindernissen konden nemen en hun rijdier over goten en omgekapte bomen laten springen. Onder de vele rij- en trekpaarden hadden zij hun favorieten: de fraaie Falco, de zachte Amina, de trotse Hector, de pittige Badjing. Voor hen, voor al het volk, was het een dag van rouw toen de oude schimmel van hun vader, Odaliske, ging liggen en niet meer kon opstaan.

Als kleuters hurkten zij in de timmerloods op veilige afstand van de cirkelzaag, maar al gauw speelden zij zelf timmerman bij een denkbeeldige machine, terwijl zij het vertrouwde geluid nabootsten: nè..è..è..èng...! Met een sigarenkistje, een touwtje, en een uit blik of zink geknipte gekartelde schijf maakten zij een miniatuur-cirkelzaag, waarmee zij vermolmd hout, papaja, of papier in stukken sneden. Van grote groene citrusvruchten fatsoeneerden zij waterwieltjes met schoepen, die klosjes dreven. Een omgekeerde kruiwagen was hun gruismolen voor denkbeeldige kinabast. Toen Ru en Edu twaalf en tien jaar waren, zetten zij een echt waterrad van hout in elkaar op de achtergalerij.

Zij gingen eindeloos op jacht. De rij grote planten voor hun vaders kantoor was hun oerwoud; zij gooiden werpspiesen naar onder de bladeren verscholen 'tijgers'. Edu droeg op zijn derde jaar een (stomp) mes opzij, Ru op zijn zesde een echte golok, zoals de mannen die in het bos en de tuinen werkten. Zij joegen op wespen met een vliegenklap, en vingen grote houtbijen, die gaten boorden in palen en balken, door ze met een in kleverig sap gedoopt strootje naar buiten te trekken. Zij hanteerden stokken en proppeschieters, speelgoedgeweren, en nog voor hun tiende jaar de kleine Flobertbuks van hun vader. Altijd liepen zij rond met in hun zakken lucifers, lege kruitblikjes of patroonhulzen. In de kinatuinen schoten zij grote spinnen uit de webben tussen de bomen. Als zevenjarige wist Ru meermalen de schietschijf te raken, en na elk schot bekwaam de buks weer te laden. Omstreeks hun twaalfde mochten de jongens, ieder op zijn beurt, meedoen aan het kleiduivenschieten dat door hun vader als ontspanning voor de boedjangs van tijd tot tijd georganiseerd werd op het terrein bij de fabrieksloods. Had hun vader een panter 'gehaald', hetgeen nogal eens voorkwam, dan bekeken zij met kennersblik het dode dier, welks huid bestemd was om geprepareerd verzonden te worden naar Holland als cadeau voor de familie. Samen met de honden (zij hadden er in de loop der jaren talloze, groot en klein, 'ras' en 'gladakkers') gingen zij achter loewaks en ratten aan.

Zij koesterden een troetelhaan, die in een zeepkistje begraven werd toen hij stierf, en een kip die 'koninginnetje' heette, en daarom met diepe buigingen gegroet diende te worden wanneer men haar tegenkwam.

Zij gingen hengelen in het meertje aan de benedenloop van de Tjisondari onder geleide van de tuinman Martasan, en vliegeren met Sastra, de hoofdmandoer, die hun ook leerde zelf vliegers te maken door met pasta van kleefrijst Chinees vloeipapier te plakken op een geraamte van twee dunne bamboes: een verticale 'mannelijke', en een horizontale 'vrouwelijke' staaf. Ademloos luisterden zij naar de spannende en griezelige verhalen van de plukbaas Moehiam, die het langst op Gamboeng had gewerkt van al het volk: bij voorbeeld hoe hij op het eilandje in het meer, waar men naar toe kon waden, eens een slang die hem wilde aanvallen doodgeknepen had – maar er waren er meer, en een kind zou dat niet lukken, dus ze moesten daar vandaan blijven! – en over een monsterlijke bloedzuiger die in datzelfde meertje woonde, en die men naar zich toe lokte door een been in het water te steken, iets dat de kinderen dus zorgvuldig nalieten wanneer zij op hun vlot ronddreven.

Zij voelden zich thuis bij de djoeroetoelis en zijn vrouw Nji djoeroetoelis. Het was een feest daar in de keuken te hurken tussen de houtskoolkomforen en lekkers te krijgen dat in moeders stopflessen niet te vinden was: asamkoekjes en klapperpudding, en vooral stukken suikerriet, om op te zuigen. De djoeroetoelis kende een oneindig aantal Soendase raadsels, zoals: wat gedragen wordt loopt, die draagt staat stil. De oplossing: de pantjoeran, de holle bamboe-waterleiding. Of: het kind heeft een baadje aan, de moeder is naakt. Het antwoord: de bamboe, met haar groene spruitje.

Zij waren innig verknocht aan Engko, die hen allemaal in de slendang gedragen had toen zij nog klein waren, en van wie zij hun eerste woorden hadden geleerd, in het Soendaas, dat zij spraken voor zij Nederlands kenden. Naar Engko liepen zij om geholpen te worden met de knopen en bandjes van hun kleren, om zich te laten troosten na een val, of om aan haar als eerste de geschenken te tonen die uit de 'Hollandse' kisten te voorschijn waren gekomen. Engko sliep op een mat bij de kleinsten in de kamer; en lichtte de groteren bij met een kaars als zij in het donker naar het bamboehokje buiten moesten om hun behoefte te doen. Engko wekte hun bewondering omdat zij haar nog brandende strosigaret op haar tong durfde doven. Zij kende geheimzinnige spreuken, en kon pijn wegnemen door strijken of blazen op de zere plek.

Zij hielden veel van hun moeder met haar zachte en lichtgrijze ogen. Zij waakte over alles wat er in huis gebeurde, leerde hun lezen en schrijven en aardrijkskunde (van hun vader kregen zij rekenen) in de leskamer, die eigenlijk de logeerkamer was, en ontruimd moest worden wanneer er gasten kwamen. Was zij de 'juffrouw', dan trok zij een rok aan, en een witte bloes met een strik aan de kraag, keek heel streng, gaf standjes en strafwerk, leek een heel ander mens. Toen Edu eens met zijn hand vol steentjes gezegd had: wie mij vandaag wil laten leren krijgt deze stenen in zijn gezicht, had hij veertien dagen lang elke dag moeten nablijven om regels te schrijven.

Wanneer hun moeder aan de piano zat, kwamen zij om haar heen staan, zij konden niet genoeg krijgen van die liedjes; 's avonds speelde zij hen in slaap. Zij noemden haar 'Moekie' en vaak ook 'Katje', want zij uitte bezorgdheid door boos te worden, en kon heel scherp en streng praten tegen de bedienden, zelfs tegen Engko, die wel langzaam liep en veel dingen vergat, maar de goedheid in persoon was. Als hun moeder op het hoekbankje in haar slaapkamer stil voor zich uit zat te staren, alsof zij sliep met open ogen, bleven de kinderen op een afstand.

Voor hun vader koesterden zij een mateloze verering. Hij was de sterkste, de knapste van alle mensen. Met zijn geweer Si Matjan, 'de Tijger' werd hij de gevaarlijkste roofdieren de baas. Hij kon werktuigen en machines maken en wat kapot was herstellen. Hij wist overal raad op. Van ver buiten Gamboeng kwamen zieke mensen naar de onderneming om zich te laten behandelen en medicijnen te vragen. Ru en Edu stonden erbij, toen hij een man hielp die met de cirkelzaag een stuk van zijn linkerhand had afgesneden; iedereen dacht dat die man wel dood zou gaan, maar een paar weken later was hij weer aan het werk. Heersten er koortsen, dan moest al het volk kinine komen innemen onder hun vaders toezicht, want gaf hij de medicijn mee, dan gooiden de mensen die weg omdat het bitter smaakte.

Zelf gaven de kinderen zich vol vertrouwen aan hem over als zij splinters en dorens in vingers of voeten, of iets hards in een oog gekregen hadden. Met zijn fijnste kleine nijptang trok hij hun wisselkiezen, en later ook de aangestoken echte kiezen en tanden wanneer een watje met chloroform geen verlichting bracht en de data voor de jaarlijkse bezoeken aan de tandarts in Batavia nog niet waren aangebroken. Hun vaders blik, de aanraking van zijn warme handen, deed hen – als een eerste poging mislukt was – vrijwillig bij hem terugkomen en hun bebloede mondjes wijd opensperren.

Streng was hij ook, vooral om onrechtvaardige handelingen, laffe streken, bedrog, te kort schieten in discipline. Het plagen van een baboe die latah was, en alles nabootste wat men haar voordeed (op die manier had zij schuldeloos serviesgoed of emmers met water uit haar handen laten vallen) bezorgde de jongens de meest ongenadige aframmelingen die zij ooit kregen.

Tot hun leven behoorden vanaf 1887 ook de employés van hun vader, en de juffrouwen die hun moeder moesten helpen in het huishouden en bij het lesgeven. Sommigen van deze mensen bleven maar zo kort, dat zij geen enkele herinnering achterlieten. Maar onvergetelijk was de domme assistent, die altijd grote afstanden naar huis moest lopen omdat het niet bij hem opkwam zijn paard aan een boom te binden of bij iemand in bewaring te geven wanneer hij onderweg eens afsteeg; en een ander die wegens dronkenschap werd weggestuurd, maar hen wél 'Tarara boemdiee, de blikken dominee, die zakte door de plee...' leerde zingen; en de Duitser, die 'voorbijgaan' vertaalde met 'voorovergaan' en een botervlootje een 'vetslof' noemde; en de juffrouw bij wie zij regelmatig de slappe lach kregen omdat het voor hen uiterst komische woord 'broddelwerk' haar in de mond bestorven lag; en de vrolijke mevrouw van wie zij Engels leerden, die in een badkostuum vol stroken en flodders samen met hen in hun zwemkuil plonsde.

Er waren ook wel geheimzinnigheden: het ontslag op staande voet van de employé die door het werkvolk altijd uitgelachen werd omdat hij in de theetuinen niet bij de pluksters was weg te slaan; als men zijn hoed op zijn wandelstok ergens boven de heesters zag uitsteken, moest men daar uit de buurt blijven, had een van de boedjangs aan de kinderen verteld en daarbij een gebaar gemaakt dat in elk geval Ru en Edu meenden te begrijpen, maar waarover zij aan hun ouders geen uitleg durfden vragen; geheimzinnig ook waren de flarden van gesprekken die niet voor hun oren bestemd waren, over theezaken, en geldkwesties, en ingewikkelde ruzies met mensen die zij niet kenden, en zo meer; een gedrukte stemming in huis was vooral akelig wanneer het dagenlang regende en zij niet buiten konden spelen. Op den duur, toen zij groter werden, trokken zij zich van die regen weinig meer aan, regen hoorde nu eenmaal bij Gamboeng; hun kletsnatte kleren werden elke avond boven houtskoolvuur in de keuken gedroogd.

Zij waren het liefst op Gamboeng, tussen de vertrouwde mensen en dieren. Gingen zij een enkele keer – en dan altijd in familieverband – uit logeren bij vreemden, in Bandoeng, of op een andere onderneming, dan kregen zij last van hun ingewanden of werden verkouden. Zelfs bij oom August op Ardjasari, waar het toch heerlijk was, vooral door de aanwezigheid van Kees, de tamme aap, hadden zij na twee dagen al heimwee naar hun eigen erf met klimbomen en zwemkuil, naar Engko, en naar de rasamala's, die nergens mooier groeiden dan op Gamboeng, en die namen droegen, Si Toembak, Si Sroetoet, Si Pièn, Si Bangboeng, Si Sentèg, en de grootste van allemaal, Si Doekoen, de Tovenaar.

Voor Ru waren het bevriende reuzen. Eens, toen hij, alleen in die hoek van het erf waar Si Doekoen hoog boven alle bomen uitrees, met zijn voorhoofd tegen de stam gedrukt zachtjes praatte, merkte hij plotseling dat zijn vader achter hem stond. Hij schrok niet, voelde zich wél verlegen. Maar hij zag dadelijk dat zijn vader praten tegen een 'Mala' niet gek vond.

''t Zijn de mooiste bomen van de hele wereld.'

'Dat ben ik met je eens. Daarom moeten we ze ook beschermen. Ze worden in de bossen omgehakt om hun prachtige harde hout. Dat betekent, dat ze uitsterven als er geen nieuwe opslag is.'

'Gebeurt dat dan niet? Wat stom!'

'Jawel, maar volgens mij gebeurt het verkeerd. De lui van bosbeheer halen jonge Mala-plantjes uit het oerwoud en brengen die over naar kweektuinen. Dat mislukt, omdat de planten niet zo lang achter elkaar uit de grond kunnen blijven. Door de kina weet ik, geloof ik, ongeveer wat we moeten doen om nieuwe Mala's te laten groeien. Kom mee, dan zal ik je wat laten zien.'

In het kantoor nam zijn vader een doosje uit de kast, en uit dat doosje een bolletje met een licht-geschubde schil.

'Je weet toch wat dat is?'

'Een Mala-vruchtje. Ik heb ze door de verrekijker in de boom zien zitten.'

Zijn vader sneed met zijn mes het bolletje door: 'Van binnen is het verdeeld in hokjes. En als je die nu openmaakt...'

'Zaadjes!' riep Ru, wijzend naar minuscule witte korreltjes.

'Ik heb dat ook heel lang gedacht. Maar het is me nooit gelukt uit zo'n dingetje een plantje te kweken. Kijk nu eens door mijn vergrootglas. Zie je tussen de korrels die schilfers, dunner dan het dunste vloeipapier? Ik pak er een met een pincet. In het midden is het vliesje dikker. Dat is het zaad. En daaruit ontkiemt een Mala.'

'Zo'n reuzenboom uit zo'n piepklein poepie!' Ru likte aan zijn vinger en nam de schilfer op.

'Loop straks met mij mee naar de kina-ipoekan, daar heb ik nu ook een rasamalabed. Sommige planten zijn al haast een meter hoog. Die ga ik binnenkort hier op het erf in de grond zetten.'

'U kunt alles, vader. Echt alles.'

Ook Edu voerde in zijn eentje gesprekken, maar niet met rasamala's, en hij vond het niet prettig als men hem stoorde. Merkte hij dat er op hem gelet werd, dan zweeg hij en liep weg. Eens was hij zo verdiept in zijn spel dat hij zijn vader niet had horen aankomen.

'Wat doe je toch? Met wie praat je?'

Eerst wilde hij niet antwoorden, maar zijn vader gaf het niet op.

'Met mijn mentjèks,' zei Edu stug.

'Zo? Hou jij er herten op na?'

'Wel tien. Of honderd.'

'En waar zijn die dan wel?'

'Ze komen alleen als ik ze roep. Ze doen alles wat ik wil.'

'Wat bij voorbeeld?'

'Ze plukken apels uit de bomen.'

'Het is *appels*, Edu. En je weet heel goed dat die hier niet groeien.'

Meer wilde Edu niet zeggen, want hij zag dat die verhalen zijn vader niet bevielen. Dat hij ook wel eens een spook zag, en andere enge dingen, durfde hij helemaal niet te vertellen, zelfs niet aan Ru. Engko wist ervan, zij begreep het, en de jongens uit de kampoeng met wie hij wel ging spelen (als zijn moeder het niet merkte, want zij wilde dat volstrekt niet hebben) kenden nog veel griezeliger geschiedenissen, daarom was hij ook zo vreselijk bang in het donker.

Op een dag, toen Emile in de ruimte onder het huis met de jonge honden zat te spelen kwam er een schorpioen in gevechtshouding op hem toeschieten uit een lege bloempot. Hij bracht de hondjes in veiligheid in een kist voor hij zich uit de voeten maakte en hulp ging halen. Van een zo dapper kind vond zijn vader het vreemd dat hij bang was voor onweer. Zodra het begon te bliksemen en te rommelen in de verte, kroop hij onder de tafel in de voorgalerij, of ging met een matje over zich heen op de bank in het kantoor liggen. Was het onweer voorbijgetrokken dan holde hij als een dolle door het huis, of demonstreerde hoe lang achter elkaar hij op zijn hoofd kon staan.

Hun leven was vol gebeurtenissen die stadskinderen nooit zouden meemaken. Al werden zij daar door leeftijdgenoten bevreemd bekeken, en zelfs gehoond omdat zij ook in Bandoeng en Batavia het liefst op blote voeten liepen, dat liet hun koud. Zij hoefden op Gamboeng alleen akelige warme 'Hollandse' kleren en schoenen aan wanneer er bezoek kwam, en droegen anders altijd katoenen broeken en baadjes, ook de kleine Bertha. Zíj trokken met hun vader door het oerwoud; het was niets bijzonders om daar bij voorbeeld een hele troep wilde varkens aan te treffen; hun vader kon die bagongs alle kanten uit laten stuiven door het gegrom van een panter na te doen. Zíj hadden eens tijdens een spel staan trekken aan de palen van de voorgalerij, toen op hetzelfde ogenblik een aardbeving het hele huis deed schudden. Zíj hadden, na de uitbarsting van de vulkaan Galoenggoeng in een geheel grijs geworden landschap een dikke laag as van de bladeren der planten en struiken kunnen vegen, en datzelfde landschap spierwit zien worden in een hagelbui. Zíj wisten hoe thee geplukt en kina geënt moest worden, zíj mochten meehelpen bast te schillen. Zíj konden als zij dat wilden hun dagelijkse bad in de regen nemen, spiernaakt buiten op het grasveld, of onder de zware waterstraal die aan de oostkant van hun huis uit de overlangse dakgoot spoot. Zíj (behalve Bertha natuurlijk) bezaten op hun twaalfde al éénloopsgeweren uit Paderborn; hún vader had dozijnen panters gedood, en eens zelfs een koningstijger, waarvan niemand begreep hoe die in de bergen verdwaald geraakt was, een geweldig groot gestreept exemplaar dat toen het verstijfd was, door Martasan en Artaredja, vaders jacht-helpers, in de theeloods rechtop gezet en aan een paal gebonden was–de uitzoeksters vielen haast flauw van schrik toen zij daar binnenkwamen. Als Ru en Edu daarna met hun vader te paard door Tjikalong reden, riepen de oude vrouwtjes op de pasar hun na: 'Koemaha, djoeragan, badè njandak deui? Hoe is het mijnheer, gaat u er weer een halen?'

Zij hadden een menigte ooms: de vrolijke oom August van Ardjasari, die mooi Chinees vuurwerk voor hen meebracht; maar hem zagen zij zo vaak niet meer sinds hij getrouwd was met de niet-zo-aardige tante die een dochter was van de resident van Bandoeng; oom Julius, die zij oom Bandjar noemden omdat hij in die plaats bij de spoorwegen werkte–hij stuurde met Sint-Nicolaas pakketten vol snoep. Zij hadden nog een oudoom Eduard, over wie thuis vaak gesproken werd; alleen Ru had eens een keer met hun vader mee mogen gaan naar Sinagar en daar op ooms tamme olifant gereden. Die oom was beroemd, kreeg bezoek van hooggeplaatste personen, een prins, een aartshertog. Zijn paarden wonnen op alle races. Dan was er oom Udo de Haes, de man van hun tante Marie, die maar heel kort bij hen had gelogeerd maar die zij nooit vergaten omdat hij zijn oren kon bewegen, als een echte haas; en oom Frits, de broer van hun moeder, die eerst op Gamboeng zou blijven wonen om in de fabriek te helpen, maar plotseling weer wegging, omdat hij zoals hun vader zei 'getikt' was, en dagenlang niet uit zijn kamer kwam. Zij hadden nog een oom, die eigenlijk een achterneef was, en die zij Boska noemden – hij was mank, en liep met een stok, maar had geweldig sterke armen, sterker nog dan hun vader. Al deze ooms zagen zij slechts sporadisch, in tegenstelling tot de on-echte oom, mijnheer Van Honk van Rioeng Goenoeng, die vaak met hun vader kwam praten over kina en wegaanleg; zij gingen daar ook wel met zijn allen op bezoek en kregen dan heerlijke kweekwee van tante, die alleen Maleis sprak, wat zij nu weer niet zo goed verstonden.

De jaren van de kinderen op Gamboeng waren te verdelen in verschillende perioden. De eerste werd bepaald door wat Ru en Edu beleefden (Emile mocht meedoen, mits hij zijn oudere broers gehoorzaamde). Dan was er de korte periode waarin Emile de leidende rol vervulde ten opzichte van Karel en Bertha, toen de grote jongens naar Holland vertrokken waren om naar de middelbare school te gaan (Emile had hen, lang voor zonsopgang, met hun ouders en begeleiders horen wegrijden; zij riepen zo luid afscheidsgroeten door de nog in rust verzonken kampoeng, dat de mensen wakker werden en uit hun huizen kwamen lopen om hen na te wuiven; maar Karel en Bertha hadden door al die commotie heen geslapen). Dat hun moeder een paar maanden weg zou blijven vonden zij eerst wel naar; maar als zij aan het spelen waren dachten zij daar niet aan, en de nieuwe juffrouw, een piepklein vrolijk mensje, viel bij hen zeer in de smaak. De laatste periode was die van Karel en Bertha, na Emiles vertrek; door het kleine verschil in leeftijd haast een tweeling, waren zij altijd samen, deden dezelfde spelletjes, tollen op de harde vloer van de fabriek wanneer er geen tampirs stonden, of bèngkat, buiten op het erf, een kegelspel met stenen of vruchten. Het waren niet meer de spannende spelen uit de tijd met alle broers erbij, zoals 'oorlog': de strijd tussen Engelsen en Boeren, of de belegering van een benteng in Atjeh, of de beschieting van de grote terong-vruchten in de moestuin, die dan in het veldhospitaal geopereerd werden. Toch beleefden Karel en Bertha spannende dingen die Ru, Edu en Emile nu weer niet hadden meegemaakt, zoals de aanleg van de telefoon (de goede Engko kon niet begrijpen hoe stemmen hoorbaar werden door een draad die niet hol was), en in 1899 de bouw van het nieuwe grotere huis vlak achter het oude. Het verlof dat zij tussen april en december 1897 met hun ouders in Holland doorbrachten om hun broers te zien, bleef lange tijd een onaangename herinnering voor hen, door de sombere stemming van hun vader en moeder, de talloze 'geheimzinnigheden', niet- of halfbegrepen nare dingen die aan de orde van de dag schenen te zijn. En toen zij terugkwamen, was Gamboeng een wildernis en de kampoeng van het werkvolk half leeggelopen.

Rudolf aan zijn moeder, september 1894

'... Ik wil het hebben over het plan waarover ik vroeger al eens een balletje heb opgegooid, namelijk om in overleg met Van Santen, zo mogelijk door aankoop, eigenaar te worden van het één vierde aandeel in Gamboeng dat nu aan de onverdeelde boedel toebehoort.

Ik zie heel goed in dat ik dan veel langer zal moeten blijven werken om vrij van schuld te worden, en dat dit enigszins kritiek is, met het oog op leeftijd, gezondheid enzovoort. Intussen is het voor mij ook een gevoelskwestie. Net zoals vader alléén eigenaar van Ardjasari wilde zijn, zo is het nu mijn ideaal om (zoveel mogelijk) alléén eigenaar van Gamboeng te worden.

Ik hoop zeer dat u in principe niet tegen mijn voorstel zult zijn, en het zult willen ondersteunen. Daar zult u mij een groot genoegen mee doen. Hetzelfde zal ik ook aan Julius vragen.'

Rudolf aan zijn broer Julius, 9 januari 1895

'... Er wordt, ook van officiële zijde, ernstig gezocht naar een middel om de overproduktie van kina op Java te beperken. Als de oogst van bast zo groot blijft, zullen de lage prijzen zeker nog wel tien jaar aanhouden. Dit klopt precies met mijn eigen opvatting die algemeen bekend is, en die ik niet speciaal vooropstel nu ik wil proberen het één vierde aandeel in Gamboeng van de boedel over te nemen.

De door Henny geschatte voorlopige waarde van dat aandeel, namelijk honderdduizend gulden, zullen jullie bij nader inzien dus wel gewijzigd hebben. Ik zeg daar verder liever niets over, voordat ik jullie voorstel ken.

Het trof mij dat de brieven van Mama, van jou, en van Henny, die ik onlangs kreeg, allemaal over die zaak gaan, maar dat niemand het cijfer noemt waar het hier uitsluitend op aankomt.'

Rudolf aan Van Santen, 10 januari 1895

'... Omtrent de zaak van de overname van één vierde aandeel in Gamboeng heb ik nog niets naders vernomen. Henny's nota met de taxatie moet nu bij August zijn. Ik ben er zeer benieuwd naar.'

Rudolf aan Van Santen, 15 januari 1895

'... Ik kan nog steeds niet definitief antwoorden op de kwestie van de overname van één vierde aandeel in Gamboeng, omdat ik de nota van Henny niet van August kan loskrijgen. Voor ik dat stuk gelezen heb, wil ik me liever nergens over uitlaten uit vrees een voorbarig oordeel te vellen.'

Rudolf aan zijn moeder, 23 januari 1895

'Beste Mama, ik kan u meedelen dat ik op het voorstel dat de Erven R.A. Kerkhoven aan mij gedaan hebben inzake de verkoop van één vierde aandeel in Gamboeng, niet kan ingaan, omdat het mij veel te duur is. Ik hoop echter, dat de Erven mijn salaris in overeenstemming zullen brengen met de grote waarde van dat aandeel in Gamboeng, dat door hen op bijna een ton is geschat! en geef tevens als mijn wens te kennen dat aan Jenny een weduwenpensioen wordt toegekend. Zij heeft inzake Gamboeng evenveel gedaan als ik. De waarde van een ton, zo maar klakkeloos voor de boedel verworven, geeft mij wel recht op enige substantiële waardering, nietwaar?'

Rudolf aan zijn broer Julius, 24 januari 1895

'... De grondfout is, dat jullie taxatie uitgaat van het hoogste winstcijfer ooit door Gamboeng gemaakt, namelijk dat van 1891. Daarop voortbouwende schatten jullie het eindcijfer natuurlijk ook te hoog. Ook houden jullie geen rekening met de veranderde omstandigheden en de lage stand van de kinaprijzen. Jullie schatting (door jullie notabene "matig" genoemd!) wijkt zozeer af van de mijne, dat ik die maar voor mij zal houden. Tot overeenstemming komen wij toch niet. Ik laat mijn illusie dan ook varen. Maar wél vind ik dat de man die voor de Erven een bezit heeft verworven dat door hen "matig" op een ton wordt geschat, aanspraak kan maken op een betere bezoldiging, vooral omdat geen der Erven ooit iets voor Gamboeng gedaan heeft. Ook komt het mij voor dat Jenny recht heeft op een weduwenpensioen, als ik eens mijn nek mocht breken, of wegens ziekte mijn betrekking moet opgeven. Ik heb daarover ook aan Van Santen en Henny geschreven, en jij zult er dus wel eens met hen over spreken, waarbij ik me voor jouw steun aanbevolen houd.'

Rudolf aan zijn zuster Cateau, 9 februari 1895

'... Aan Mama kan ik over deze zaken niet zo openhartig schrijven als ik aan jou kan doen. Want allicht kom ik tot een vergelijking tussen mij en August, en dat moet ik bij Mama maar liever vermijden. Maar jij zult het toch niet onnatuurlijk vinden dat ik mezelf dikwijls afvraag waarom hij zo bevoordeeld moet worden? Hij geniet uit Ardjasari allerlei voordelen die mij onthouden worden, terwijl ik veel langer en harder gewerkt heb, en bovendien de winst en waarde van Gamboeng door jullie nu getaxeerd worden hoger te zijn dan die van Ardjasari. Ik heb hier een brief van August waarin hij over die taxatie schrijft: "Ik kan mij ermee verenigen." '

Rudolf aan zijn moeder, 27 april 1895

'... Op mijn verzoek om salarisverhoging heb ik van u en van Van Santen volledig instemmend antwoord gekregen, maar verder nog niets gehoord. Als vader nog leefde, zou het er al door zijn, want vader heeft mij dat indertijd zelf aangeboden toen de omstandigheden minder gunstig waren. Ik heb er toen, om niet baatzuchtig te schijnen, voor bedankt. Als Henny er toespelingen op maakt dat door salarisverhoging een van uw kinderen boven de anderen bevoordeeld wordt, dan zou u hem er toch wel op kunnen wijzen dat ík toch zeker nooit bevoordeeld ben. Al wat ik bezit is de vrucht van eigen werk. Van Santen is voor zijn financiële hulp ruim betaald door de *rente* en door zijn *aandeel* in Gamboeng. Door grote zuinigheid en veel overleg, en door ons bijna alle genoegens te ontzeggen, is het Jenny en mij gelukt nog wat te sparen, hetgeen weinig mensen ons van een inkomen van vijfhonderd gulden zouden hebben nagedaan. Pas in de allerlaatste jaren heb ik een noemenswaard winstaandeel gehad.'

Rudolf aan zijn zwager J. E. Henny, mei 1895

'... Je vriendelijke woorden over trouwe plichtsbetrachting, eerlijkheid, grote tevredenheid, reden tot waardering, ijver en goed werk, hoge eer, bloeiende zaak, enzovoorts, enzovoorts, zijn mij zeker veel waard, maar het komt mij voor dat het gebruikelijk is om bij al het goede dat men over iemands werk zegt, ook tastbare bewijzen te geven dat het met die woorden érnst is, en dat ze niet enkel dienst doen als verguldsel om de traditionele bittere pil. Want een bittere pil is het, en wel een zeer bittere, die je mij te slikken geeft, en ik loop rond met een drukkend gevoel van onbehagen, dat mij ongeschikt maakt voor mijn werk.

Zolang het met Gamboeng schijnbaar minder goed ging, heb ik gezwegen, en mij tevreden gesteld met een matig loon, dat lager is, beslist láger, dan dat van administrateurs met wie ik mij mag vergelijken.

Later heb ik een tantième in de winst aangenomen; maar mijn uitgaven waren toen ook aanmerkelijk gestegen–en ook nu is de toestand zodanig dat ik van mijn salaris natuurlijk niet kan rondkomen. Zelfs met de grootste zuinigheid, zelfs met de hulp die ik van jou ondervind omdat je zonder geldelijke vergoeding onze Ru en Edu in huis genomen hebt, kunnen wij niet leven van vijfhonderd gulden in de maand.

Hadden jullie nu maar willen toegeven aan mijn wens om aan Jenny een behoorlijk weduwenpensioen te verzekeren, dan zou ik geruster kunnen zijn, en meer armslag hebben. Maar ook dát willen jullie niet. Wij zijn dus wel gedwongen met onze hoogst zuinige levenswijze voort te gaan, opdat ik tenminste íéts zal kunnen nalaten aan Jenny en de kinderen, onder andere als fonds voor de opvoeding.

De enige persoon die redelijkerwijze zou kunnen opponeren tegen een verhoging van mijn salaris is Van Santen, omdat zijn vordering op mij nog niet is afgelost. Maar nu is het juist Van Santen die mijn verzoek billijk noemt, en die mijn salaris wil verhogen met tweehonderd gulden in de maand, in te gaan op 1 januari 1895. Dat een van de andere belanghebbenden: Mama, Julius, of August, daar bezwaar tegen zou hebben, kan ik niet geloven. Maar jouw oppositie, als minderheid met een veto, komt mij dus te staan op vierentwintighonderd gulden per jaar. Heb je daar wel eens aan gedacht?

Ik houd vol dat er van de "bloeiende plantages" niet één is, wier beheerder na twintig jaar arbeid zo karig beloond wordt als ik. Vader begon direct met vierhonderdtwintig gulden, Sinagar en Parakan Salak betalen ruim. En denk je nu dat die zoveel meer winst maken dan Gamboeng? Dan heb je het mis! August had voor vaders dood al vierhonderdzeventig gulden, en daarna vijfhonderd gulden, plus dadelijk tien procent van de winst, plus emolumenten, en anderen krijgen ook meer dan ik, 't zij in salaris, 't zij in emolumenten, en bovendien genieten zij tantième zodra er exploitatie-winst is.

Ik kan je verzekeren dat ik nooit, zelfs niet in de dagen van de grootste tegenspoed, zo weinig lust en opgewektheid heb gehad voor het dagelijkse werk, en zoveel neiging heb gevoeld om alles neer te gooien, als sinds de ontvangst van jouw brief.'

Jenny aan haar schoonmoeder, juni 1895

'... Ik vind het heel lief van u, dat u mij zoveel eer wilt geven van de braafheid van onze Ru en Edu. Zij hebben van nature een goed hart, dat zegt het meest, en verder hebben zij het voorbeeld van hun vader gehad.

Mijn bijdrage zijn de lichamelijke opofferingen geweest, en de vele ontberingen die ik lijden moest, en die ben ik moe, bepaald moe.

Die lijdensjaren zitten mij nog in de botten, en te weten dat ik dat allemaal eigenlijk voor niets geleden heb, maakt me bitter en ontevreden. Ik heb veel meer moeten presteren dan andere vrouwen, en veel minder teruggekregen. Er zijn toch jaren geweest dat er hier op Gamboeng letterlijk niéts aangenaams of geriefelijks voor mij was; dat ik ziek en ellendig boven mijn krachten moest werken, en geen enkel plekje voor mijzelf had, behalve het plekje waarop ik sliep – en dat alles op zo'n rijke onderneming.

Geloofde ik nog maar aan een plaatsje in de hemel. Dan kon ik me daar tenminste een sierlijk ingericht boudoir dromen. Maar die troost heb ik ook niet. Jammer! Onze lieve Heer lijkt zo'n royale gastheer.

Was ik maar niet over dat prachtige paleis (!) van ons begonnen, waarin ik me nu al zeventien jaar onnodig opgeofferd heb. Die verloren jaren komen nooit terug.'

Rudolf aan zijn moeder, september 1895

'... Dat Jenny u zo'n mistroostige brief geschreven heeft, was mij niet bekend. Maar zij heeft gelijk. Wij zijn allebei mistroostig door het gebrek aan waardering dat wij voor mijn, neen, voor óns werk ondervinden.

Een nieuw huis. Ja, dat zou hoognodig zijn, maar wie zal het meubileren? Wat wij bezitten is zo goed als niets.

Een reis naar Holland? Ja, dat is een oude droom van ons, maar een die bij vervulling een gat zou slaan in ons opgespaarde kapitaaltje, dat bestemd is en blíjft voor Jenny en de kinderen na mijn dood.

En als ik, wat mijn grote dagelijkse vrees is, ziek mocht worden, dan kunnen de Erven het gevoel hebben dat zij mij ten slotte "eronder" gewerkt hebben, en dan zal ik bij hen komen bedelen voor mijn vrouw en kinderen.'

Rudolf aan zijn broer Julius, januari 1896

'... Ik sta tegenover een parti-pris van Henny. Niemand van jullie kan daar blijkbaar iets aan veranderen. Ik ben gebonden door de aanwezigheid bij hem van Ru en Edu, om niet te spreken van Cateau.

Ik twijfel niet aan de goede bedoelingen van Mama en jou, maar jullie zien de zaken verkeerd in, en het lukt mij niet jullie te overtuigen van het onrecht dat mij wordt aangedaan. Uit goedheid willen jullie mij nu wat tegemoetkomen, en mij de helft van mijn reiskosten voor een verlof naar Holland aanbieden. August heeft destijds op kosten van Ardjasari verlof mogen nemen. Mijn plan om eens naar Holland te gaan prijzen jullie allemaal aan. Maar met merkwaardige eenstemmigheid moeten volgens jullie Jenny en de kinderen dan maar zolang ergens in Bandoeng blijven. Denk je werkelijk dat het verlof op die manier een kalmerende invloed op mijn overspannen zenuwen zou hebben?

En ben jij vergeten, hoe je eens bij zuinige Henny aan tafel gevraagd hebt of je soms nog voor een dubbeltje wijn kon krijgen?'

Rudolf aan zijn zuster Cateau, 24 juni 1896

'... Het hoge woord moet eruit. Me dunkt, jij moet dit al lang hebben zien aankomen: je weet toch wel dat ik er de man niet naar ben om op den duur gunsten te blijven aannemen van iemand die mij niet genegen is? Ik heb een vol jaar gewacht; ik heb herhaalde pogingen gedaan om vrede te sluiten; ik heb gehoopt dat Henny langzamerhand wel tot een beter inzicht zou komen – maar het is alles tevergeefs. Ik wil het risico niet lopen dat mijn kinderen mij zouden minachten omdat ik hen liet profiteren van iemand die mij (via jou en anderen) zijn verontwaardiging laat betuigen, zonder mij zelfs te willen meedelen waar die verontwaardiging op berust, en die elke toenadering afwijst en mij geen letter schrijft.

Ik heb er genoeg van. Ik heb aan Julius gevraagd om een ander onderkomen voor Ru en Edu te zoeken.

Dit is allemaal zo treurig en zo ernstig, dat ik me weinig gestemd voel om over andere dingen te schrijven. Ik kan niet geloven dat ook jíj mij zou verdenken van dezelfde lelijke dingen – welke dat ook zijn mogen – die Henny aanleiding geven tot zijn houding; maar natuurlijk kies jij de kant van je man, en dan rijst bij mij de vraag: zal de vriendschap die sinds onze kinderjaren tussen jou en mij bestaan heeft, daar niet onder lijden?'

Het plotselinge overlijden van Van Santen in januari 1896 markeerde een beslissende wending in Rudolfs leven. Vanaf het ogenblik dat Henny hem de voet begon dwars te zetten, had déze zwager hem juist meer dan ooit tevoren vertrouwen geschonken. Van Santen, die in Amsterdam directeur van de Nederlands-Indische Handelsbank was, had hem zelfs bemiddeling aangeboden bij het verkrijgen van een nieuwe lening, voor het geval Rudolf, met het oog op de toekomst van zijn zoons, grond voor een tweede onderneming zou willen pachten.

In zijn verbittering om Henny's onverklaarbare animositeit, de vooringenomenheid van zijn moeder waar het August betrof, de onwil of lafheid van zijn broers en zuster om zijn partij te kiezen, had Rudolf alle aarzelingen overboord gezet. Op de hoogvlakte van Pengalengan, ten zuidwesten van het Malabar-gebergte, was een aantal percelen beschikbaar, tot een oppervlakte van ruim elfhonderd bouws, meest oerwoud en woeste gronden, maar door de bodemgesteldheid bij uitstek geschikt voor het planten van thee. Nu de kinacultuur door de gevreesde overproduktie oneindig veel minder winstgevend bleek dan de planters in hun aanvankelijke euforie hadden geloofd, en als gevolg van de oorlog tegen de Boeren in Zuid-Afrika de Engelse theehandel in het gedrang kwam, was oom Eduard er zeker van dat de Assam-thee van Java de 'rage' zou worden. Een enkele onderneming – Soekawana van Hoogeveen! – maakte al aanstalten zich weer op theecultuur toe te leggen. Rudolf wilde zijn uitgestrekte kinaplantsoenen op Gamboeng niet offeren. Een nieuwe onderneming, ontgonnen en beplant vóór anderen goed en wel de omschakeling volbracht hadden, zou een enorme voorsprong betekenen. Hij had immers al eerder, en met minder kans op slagen, groot risico durven nemen.

Twee zoons van zijn oom, professor Bosscha, waren al sinds enige tijd in Indië op ondernemingen werkzaam. Rudolf wilde de jongste, 'manke' Rudolf, hem destijds door Karel Holle zo warm aanbevolen, als beheerder aanstellen, zolang zijn eigen Ru nog niet in staat was de leiding van het bedrijf op zich te nemen–iets dat op zijn minst nog tien jaar zou duren.

De dood van Van Santen, kort nadat Rudolf beslag had weten te leggen op de vijf percelen die samen het land Malabar moesten vormen, dreigde de financiering in gevaar te brengen. Zonder diens gezaghebbend advies stelde de Bataviase Nederlands-Indische Handelsbank voorwaarden die Rudolf onaanvaardbaar vond. Zijn plannen opgeven wilde hij tot geen prijs. Met behulp van andere geldschieters richtte hij een naamloze vennootschap op, en liet een prospectus rondzenden om aandeelhouders te werven.

Hij had zich met verbeten energie in deze voorbereidingen gestort; reisde naar Bandoeng om met bestuursambtenaren te spreken, naar Batavia voor financiële onderhandelingen. Naarmate de zaak van de grond kwam, de intekenlijst voor deelname aan 'Malabar' volliep, maakte zich een gevoel van triomf van hem meester, realiseerde hij zich ook dat hij dit alles deed om de 'Erven' te bewijzen dat hij het zonder hun bevoogding kon stellen, niet en nooit afhankelijk zou zijn van de inkomsten die zij hem genadiglijk wilden gunnen, zoals men een knecht met een fooi denkt af te schepen. Hij zou voortaan zijn zuinigheid, zijn zelfs door Henny geprezen 'rekentalent', in dienst stellen van een doel dat hij nooit als zaligmakend had beschouwd: rijk worden! Jenny, zijn kinderen, een overvloed bieden, waar de welstand van de Hollandse krentenwegers bij zou verbleken.

Rudolf aan zijn moeder, augustus 1896

'K.A.R. (Ru) Bosscha wordt administrateur, en ik commissaris-superintendent van Malabar. Ik zal één vierde van de zaak bezitten. Vermoedelijk zullen binnenkort, medio augustus, de ontginningswerkzaamheden een aanvang nemen. Vanuit Gamboeng is Malabar in twee en een half à drie uren te paard te bereiken.

Bij al deze onderhandelingen is de telefoon ons van groot nut geweest. Wij zegenen het ogenblik waarop dat dunne ijzerdraadje ons met "de wereld" verbonden heeft.

Malabar, en mijn mooie kinaprijzen bezorgen mij helaas vijanden, ook, vooral, onder mijn naasten. Qu'y faire?'

In het jaarverslag van Ardjasari over 1895 nam August Kerkhoven de volgende zinsnede op: 'Ik vlei mij met de hoop nog te mogen beleven dat Ardjasari niet alleen goede tuinen, maar ook een der beste, zo niet dé beste theefabriek van Java zal bezitten.'

Aan zijn mede-eigenaren, Van Santens zoons, en de Erven van zijn vader, stelde hij voor tien procent van de winst van het afgelopen jaar te mogen bestemmen tot vorming van een fonds waaruit de kosten bestreden zouden worden voor de bouw van een modelfabriek. Rudolf maakte gebruik van zijn vetorecht (waarom wéér voordeel voor August ten koste van onder andere zíjn aandeel in de winst?), met het gevolg dat de zaak niet doorging. August vatte dit op als een wraakoefening.

Rudolf aan zijn broer Julius, december 1896

'... Malabar marcheert. Van de vierhonderd aandelen zijn er driehonderdtachtig geplaatst, en steeds komen er nieuwe inschrijvingen bij. Ik heb er de beste verwachtingen van. Nu de bossen gekapt worden, gaan wij vermoedelijk ook gezaagd hout, in het groot, verkopen.

August heeft het mij hoogst kwalijk genomen dat ik niets voelde voor zijn "modelfabriek" van honderdduizend gulden. Hoewel alle andere belanghebbenden, jij ook, daarin met mij meegaan, moet ík er weer de schuld van dragen. Deze nieuwe onaangenaamheid zou vermeden zijn, als jullie mijn naam, bij de verwerping van Augusts voorstel, maar niet zo op de voorgrond hadden geplaatst.'

Mr. Joan E. Henny aan Rudolf Kerkhoven, februari 1897

'In zeven vierendeel jaars heb ik je niet geschreven. Ik liet dat na ter wille van jouw jongens, Ru en Edu, die drie en een half jaar bij mij in huis zijn geweest. Als ik je wél geschreven had, dan had ik je in goed Hollands de waarheid moeten zeggen, en dan zou je moreel verplicht geweest zijn om je jongens uit mijn huis weg te nemen en tegen kostgeld bij vreemden te doen. Dat ogenblik wilde ik zo lang mogelijk uitstellen. Ik begreep dat zij het bij mij beter hadden, en met vrij wat meer liefde en zorg behandeld werden dan zij ooit bij vreemden zouden ondervinden, en ik wilde hen er niet onder laten lijden dat jij je aan mij van een geheel nieuwe, en laat ik zeggen, volkomen onverwachte kant hebt getoond. Ik deed er het zwijgen toe. Bovendien was het mogelijk dat mijn zwijgen je zou prikkelen, zoals het tot mijn leedwezen in hoge mate gedaan heeft, en zoals dikwijls voorkomt als het geweten niet helemaal zuiver is. Mijn vrouw, Cateau, pleitte voor je, en verzocht mij steeds de breuk niet groter te maken. Nu je zelf gewild hebt dat Ru en Edu bij vreemden in huis zijn, is de hoofdreden voor mijn zwijgen vervallen. Wat mij betreft hadden zij kunnen blijven, maar jij hebt het zo beschikt. Met het oog op je aanstaande komst naar Europa wil ik je nu duidelijk maken hoe het komt dat ik je brieven zo lang niet heb beantwoord.

In 1894 gaf je als je wens te kennen om het vierde aandeel in Gamboeng dat tot de boedel van je vader behoort, te kopen. Ik besprak jouw verlangen met Mama, Cateau, Van Santen en Julius. Wij vonden het allen billijk, en waren geneigd het in te willigen. Om praktisch te werk te gaan en de zaak vooruit te brengen, maakte ik een voorlopige taxatie (sindsdien is gebleken dat mijn taxatie volstrekt niet te hoog, maar met het oog op mogelijke toekomstige prijsstijging van de produkten van Gamboeng, eerder te laag was).

Jij vond mijn taxatie wél te hoog. Het bleek tevens dat je dat één vierde aandeel in Gamboeng niet tegen een redelijke prijs, maar heel goedkoop wilde hebben. Aan een poging te bewijzen dat mijn taxatie foutief was, heb je je niet gewaagd. Toen wilde je dat ten minste je traktement als administrateur zou worden verhoogd, en dat er door de onderneming een weduwenpensioen zou worden toegekend aan je vrouw. En tot motivering bracht je je dwaze en ongegronde afgunst jegens je broer August op Ardjasari te berde, die je flink hebt opgeschroefd. Van een peuleschil maak je een berg!

Doordat je al een half aandeel van Gamboeng bezit, behoor je mijns inziens tot de best bezoldigde administrateurs onder degenen met vergelijkbare ondernemingen. Toen ik je schreef dat je je niet moest blindstaren op Ardjasari, maar zelf een ruimer en beter huis bouwen, antwoordde je dat je dat niet deed, omdat je niet de middelen had om zo'n huis naar behoren te bewonen. Toen je je beklaagde omdat August als vrijgezel een kort verlof naar Europa gevraagd en gekregen had (terwijl jij zelf nooit verlof had gevraagd vóór je huwelijk) heb ik je aangespoord om dadelijk een jaar verlof te nemen, met de toevoeging dat ik, zodra ik zou horen dat dit je plan was, de Erven wilde voorstellen om je reiskosten en de meerdere kosten die jouw afwezigheid van Gamboeng zou meebrengen, voor rekening van de onderneming te noteren. Je antwoordde dat je een reis naar Europa niet kon bekostigen.

Van Santen heeft als geldschieter successievelijk zijn geld met de rente teruggekregen, en jij hebt als administrateur van Gamboeng een goed bestaan gehad en zelfs naar blijkt, nog wat kunnen sparen. Nog niemand van de andere mede-eigenaren heeft als zodanig nog ooit iets uit Gamboeng ontvangen.

Je neemt me kwalijk dat ik niet heb begrepen dat jij voor een schijntje een zo belangrijk deel van de boedel van je vader in eigendom wilde krijgen, tot nadeel van je moeder, je broers en je zuster, en dat ik daartoe niet wil meewerken. Je neemt me kwalijk dat ik me verzet heb tegen een traktementsvermeerdering van jou, die feitelijk zou neerkomen op een jaarlijkse lijfrente als overbedeling boven je moeder, broers en zuster, en Bertha's kinderen. Je neemt me ook kwalijk dat ik opkom voor mijn zwager, de makelaar Van Dusseldorp, die jarenlang tot jouw volle tevredenheid de kinabast van Gamboeng op de veiling in Amsterdam heeft gebracht, en achter wiens rug om, toen de prijs je eens éénmaal tegenviel, je jouw produkt onder een vreemd merkteken, dus onherkenbaar gemaakt, door een andere firma hebt laten verhandelen.

Ik heb je tegengewerkt en dat neem je mij geweldig kwalijk. Het is dan ook hoogst onaangenaam voor je. Je voelt je door mij zwaar te kort gedaan. Een pruilend kind dat zijn zin niet krijgt, zou precies zo reageren als jij doet.

In een van je laatste brieven aan Cateau zeg je het voorlopig niet wenselijk te vinden Ru en Edu volledig in te lichten over de redenen waarom je hen uit ons huis hebt weggenomen. Cateau en ik vinden dat ook. Ru en Edu hebben van ons nog nooit een onaangenaam woord over jullie gehoord. Naar meer uitsluitsel over deze kwestie hebben zij niet gevraagd.

Omdat jouw jongens ons lief zijn geworden, heb ik de straf die jij hun door jouw handelingen en brieven hebt opgelegd, zoveel mogelijk verzacht. Ons hart en huis blijf ik voor hen openstellen, zo dikwijls zij komen willen en mogen. Dan bezorg ik hun zo nu en dan eens een prettige dag.

Wat betreft je aantijging aan het adres van Julius, dat hij zich door mij zou hebben laten dwingen tegenover jou als mijn spreekbuis op te treden, daarover zal hij jou zelf wel schrijven.'

(Rudolf voorziet deze in vrijwel onleesbaar kriebelschrift gestelde brief van potloodaantekeningen in de kantlijn: Onwaar! Perfide voorstelling! Juist het tegendeel is gebleken! Leugens!)

Rudolf aan zijn oom Eduard Kerkhoven

'... Julius heeft, uit zwakheid, Henny herhaaldelijk geholpen bij zijn aanvallen op mij. Henny moet dus wel denken dat Julius het met hem eens is.

Nu schrijft Julius mij, dat hij het níét met Henny eens is, maar Henny weet dit niet. Ik wens nu dat Julius aan Henny duidelijk maakt, dat hij niet zíjn, maar míjn partij kiest. Mijns inziens mag hij Henny niet in de mening laten dat hij nog aan diens kant staat. Dat is onbillijk tegenover mij.

Julius wil aan mijn verlangen niet voldoen. Vandaar de spanning tussen ons.'

Eduard Kerkhoven aan zijn neef Rudolf

'... Het spijt mij dat de verhouding tussen jou en Julius niet goed is, omdat hij eigenlijk te goedhartig is om ruzie mee te hebben. 't Is echter zoals je zegt. Hij is zeker gebiologeerd door Henny, die iemand met een zacht gemoed zoals Julius heeft, geheel de baas is.

Julius schreef mij dat de reden waarom hij geen contact met je zoekt, jouw eis is dat hij partij zal kiezen tussen jou en Henny, en dat hij zich door niemand, ook niet door jou, de wet wil laten voorschrijven.

Hij liet zich anders volstrekt niet onaardig over jou uit, maar zei dat jij vreselijk heftig was geweest, en dat dit werkelijk niet nodig was.'

Rudolf schreef Julius' weigering om hem openlijk bij te vallen niet in de eerste plaats toe aan onafhankelijkheidszin, maar aan rancune in verband met een geheel andere kwestie. Julius had enkele jaren tevoren – alweer uit pure goedhartigheid – een weesje onder zijn hoede genomen, het kind van een Europese militair en een inlandse vrouw. Hij wilde dat meisje, Truitje, een goede opvoeding geven, dacht er zelfs over haar te adopteren.

Rudolf had hem gewezen op alle problemen die er uit een dergelijke situatie konden voortvloeien. Julius had hem vooroordeel en gebrek aan humane gevoelens verweten: 'Jullie beseffen niet hoe hárd jullie zijn! Jullie durven inlanders, al is het dan ook schertsend bedoeld, "apen" te noemen. Het staat voor jullie vast, dat mensen van gemengd bloed minderwaardig zijn. Heb ik Jenny niet eens "Goddank!" horen zeggen, omdat het kindje van de baboe, die op Ruutje moest passen, al gauw na de geboorte gestorven was, zodat die vrouw er geen zorg, en jullie er geen soesah van hadden! En maak je je niet dáárom zo druk over mijn zorg voor Truitje, omdat je bang bent dat daardoor iets afgeknabbeld zal worden van Ons Erfgoed (met hoofdletters). Ik mag ook vooral niet verwachten dat de Familie (ook met hoofdletter) dat arme bruine kind ooit zal "accueilleren"!'

Toen Karel in 1900 naar de hbs moest, in Batavia in de kost gedaan werd, en alleen voor vakantie op Gamboeng kwam, kromp Bertha's wereld in tot het huis en het erf. Dat huis was nu mooi en groot en zij had een eigen kamer, en veel 'meisjesspeelgoed' waar zij maar zelden naar omgekeken had toen zij met haar broers mocht meedoen. Zij moest voortaan jurken aan, en schoenen, had alléén school in de leskamer, van haar moeder, maar vaker van een van de elkaar opvolgende gouvernantes. Die bleven nooit langer op Gamboeng dan drie of vier maanden, en vertrokken gewoonlijk nogal plotseling. Het leek alsof haar moeder niet tevreden kon zijn: de ene was te dom, de andere te lui, een derde kon geen les geven; of haar moeder vond de juffrouw te koket, te vrijpostig, of geen aangename huisgenote.

De vreselijkste herinnering aan haar kinderjaren was voor Bertha verbonden aan een van die gouvernantes, juffrouw Nora Verwey, die muziek gestudeerd had in Zürich en nog mooier piano kon spelen dan haar moeder. Zij was pas een paar weken op Gamboeng toen zij ernstig ziek werd. Bevend van angst had Bertha aan de deur geluisterd, en haar horen schreeuwen van pijn. De dokter kwam uit Bandoeng, maar kon haar niet beter maken; zij had een ontsteking in de buik, werd later gezegd. Op een ochtend was juffrouw Nora dood. Bertha moest in haar kamer blijven, maar had toch door een kier van de jaloezieën gezien hoe timmerlui van de fabriek een lange kist brachten, en hoe die kist daarna weggedragen werd door de laan met de boomvarens. Haar vader liep erachter. Zij had 's middags bloemen mogen leggen op de plek waar de omgewoelde aarde donker afstak tegen de bodem eromheen, naast het grafje van het zusje dat gestorven was voor men het Bertha had kunnen noemen.

Zij had het gevoel dat met haar broers alle leven verdwenen was.

Waarom was zij geen jongen? Alleen jongens telden mee op Gamboeng. Haar vader lachte haar uit toen zij vroeg of zij mee op jacht mocht gaan: 'Poesje, dat is veel te gevaarlijk!' Maar zij kon toch leren schieten? Zij had in het spel al zo dikwijls de ongeladen Si Soempitan of Si Matjan geschouderd. Rijden mocht zij wél, maar alleen onder geleide van haar vader, en niet meer schrijlings, zoals toen zij klein was, maar op een dameszadel.

Na het middageten schopte zij haar schoenen uit, klom in een boom op het erf, en ging daar zitten lezen. Aan de theetafel was zij dan weer een jongedame, die borduurde. Zij liep graag naar Engko, die oud werd en nu er geen kind meer te verzorgen viel meestal op een vaste plek in de achtergalerij hurkte, en bracht haar lekkers uit de goedang, of wat tabak.

Als Karel 'boven' kwam, speelden zij ook nooit meer, daar waren zij nu allebei te groot voor. Dat haar vader voor het huis een tennisveld liet aanleggen, gebeurde niet voor háár plezier, maar omdat haar moeder die moderne sport beoefenen wilde (in de *Ladies Home Journal* uit de leesportefeuille stonden fotografieën van tennis-dames in voetvrije rokken). Toen het gras aan de eisen voldeed, en het net gespannen kon worden, werd er iedere dag gespeeld, door Bertha en haar moeder en de juffrouw van het ogenblik, en Karel als hij er was, en de gasten, en de employé. Haar vader voelde er niets voor. Hij had, zei hij, lichaamsbeweging genoeg.

Portret van een familie-reünie, 1901

De tijd is midzomer, de plaats de achtertuin van het huis aan de Loolaan in Apeldoorn waar Jenny's moeder woont met haar zoons Herman en Frits. Het copieuze middagmaal is achter de rug, de familie heeft zich rondom Mama Roosegaarde opgesteld tegen een achtergrond van hoog struikgewas. Nog altijd broos als een porseleinen popje, een bebloemde toque op het spierwitte haar, kijkt zij lief glimlachend naar de fotograaf. Dit groepsportret is bedoeld als souvenir aan een zeldzaam samenzijn van de Roosegaardes en de Kerkhovens van Gamboeng, die een verlof in Europa doorbrengen om hun drie studerende zoons op te zoeken.

De Kerkhovens staan in een rij achter Mama Roosegaarde: de zeventienjarige Emile, juist geslaagd voor zijn eindexamen, gewichtig met hoge boord en das; Bertha van dertien in het wit; Rudolf senior, baardig en besnord volgens de mode van een voorbij tijdperk; Edu, negentien; Jenny, zeer elegant gekleed (haar hoed is in Parijs gekocht); Rudolf junior, nu al een volwassen man van tweeëntwintig. Wie ontbreekt is Karel, die vanwege zijn overgangsexamen naar de tweede klas van de hbs in Batavia heeft moeten achterblijven.

Aan Emiles rechterhand ziet men Frits Roosegaarde, naar uiterlijk en houding nog even onzeker en afwezig als tijdens zijn mislukte verblijf op Gamboeng, tien jaar tevoren. Naast Ru staat Jenny's jongste broer Constant, die niet deugen wil, niets uitvoert, de dandy uithangt; en aan diens linkerzijde August Roosegaarde (lang en mager, zorgelijk en teruggetrokken ogend, voor familiebezoek overgekomen uit Zuid-Afrika waar hij in de handel is), met schuin voor hem zijn Engelse vrouw en een van hun kinderen.

Op de stoelen aan weerszijden van Mama, in een bonte rij: Maries echtgenoot Udo de Haes, Deli-planter in ruste, en dan Marie zelf, uitgedijd tot een dikke matrone (op haar bolle gezicht is geen spoor meer te vinden van haar vroegere schoonheid), en verder een broer en een neef van Mama, en haar twee ongetrouwde zusters. Op het gras, aan de voeten van de volwassenen, zitten kinderen: drie van Marie, en nog een van August.

Niet aanwezig zijn vijf Roosegaardes: Herman (geestelijk zwaar gestoord, in zijn moeders huis achter slot en grendel gehouden), Rose (die met haar familie gebroken heeft en elders woont), Philip, die als hoofdagent van de Java-China-Japan lijn in Hongkong werkt, Willem (advocaat in Londen) en ten slotte Henri, de fotograaf van het tafereel in de tuin.

Jenny heeft gelukkig en trots haar linkerarm door die van Ru gestoken en houdt met haar rechterhand Edu vast. Zij zou niets liever willen dan in Europa blijven. Toen zij in 1893 haar twee oudsten zelf naar Holland bracht, heeft zij met hen Parijs en Brussel bezocht, hen meegenomen naar het Rijksmuseum in Amsterdam, de Sint-Bavo in Haarlem, het Muiderslot, Delft, Den Haag; de jongens vonden er nog niets aan, en dus kon zij ook niet genieten. Zij zou het graag allemaal overdoen, en daar de tijd voor nemen.

Voor Rudolf is het nu wel mooi geweest. Hij geniet van de ontmoeting met zijn zoons, met Ru vooral, die het volgend jaar op het Polytechnikum in Zürich zijn diploma elektrotechnisch ingenieur zal halen. Om Edu, die niet leren kan, heeft hij zich lange tijd ernstige zorgen gemaakt; maar nu de jongen een praktische opleiding volgt aan de machinisten-school, is hij gerust: ook in dat eenvoudige maar degelijke beroep valt eer te behalen. Emile gaat natuurlijk naar Zürich. In zijn dure donkere kostuum van Oger Frères voelt Rudolf zich uit zijn gewone doen. Eerlijk gezegd snakt hij naar het ogenblik dat hij weer in keper broek en katoenen jas, met zijn oude toedoeng op het hoofd (een 'tropenhelm' nieuwe stijl is niets voor hem) zijn tuinen en plantsoenen in kan trekken. Ditmaal zal hij Gamboeng niet zo verwilderd aantreffen als na het vorige verlof in 1897; hij heeft nu een behoorlijke assistent om de zaken waar te nemen.

Zoals hij hier staat tussen de bloedverwanten van Jenny, kan hij niet te midden van zijn eigen familieleden staan. Een half jaar geleden is zijn moeder gestorven; nooit meer zal hij in een vertrouwelijk gesprek de onpersoonlijke conventionele toon van de briefwisseling der laatste jaren ongedaan kunnen maken. Omdat hij Henny niet zien wil, is er ook tussen Cateau en hem een kloof ontstaan. Korte ontmoetingen met Julius hebben hem doen beseffen dat hij van zijn jongere broer vervreemd is; Julius, getrouwd met een 'geleerde' vrouw (doctor in de wis- en natuurkunde!) behoort tot een intellectuele kring met uiterst vooruitstrevende denkbeelden, leest werken van een Russische anarchist, Kropotkin, waar hij Rudolfs interesse voor tracht te wekken. Rudolf heeft enkele boeken ingekeken, *Paroles d'un révolté*, *La conquête du pain*, maar die met de opmerking: ''t Is allemaal zo tendentieus en eenzijdig voorgesteld', weer teruggestuurd.

De enige bloedverwant in Nederland met wie hij een goed en vruchtbaar contact heeft, is zijn oude oom, professor Bosscha, emeritus hoogleraar in de natuurkunde, wiens zonen nu aantreden als een nieuwe generatie van planters in Indië. Rudolf Bosscha, voor het gemak gewoonlijk met de uit zijn voorletters gevormde naam KAR aangesproken, vervult sinds enkele jaren bekwaam de functie van administrateur op Malabar. Rudolf zelf blijft superintendent. Kar heeft beloofd te zijner tijd zijn taak te zullen overdragen aan jonge Ru, zoals van meet af aan Rudolfs opzet is geweest. Voor Kars oudere broer Jan, die tot voor kort op Borneo gewerkt heeft, is ook al een plaats als administrateur beschikbaar, op een onlangs door Rudolf gepacht theeland, Taloen, niet ver van Malabar en Gamboeng in het Pengalenganse gelegen.

Het leven in Holland bevalt Rudolf niet: hij vindt de mentaliteit onbegrijpelijk veranderd. De tegelijkertijd liberale en aristocratische levenshouding, kenmerkend voor de mannen die in zijn jeugd als vernieuwers de toon aangaven, bestaat niet meer. De sociaal-democratische beweging, het streven naar vrouwenkiesrecht, nieuwe ontwikkelingen in de kunst, blijven hem vreemd. Jenny's gretige aandacht voor al deze zaken vindt bij hem geen weerklank; zij hebben tegenwoordig vaak meningsverschillen die de stemming dreigen te bederven. Gelukkig fungeren de zoons, vooral Ru, die al iets heeft van een 'man van de wereld', als bliksemafleider.

De bezwaren tegen hem waarmee zijn familie is komen aanzetten, acht hij te gek voor woorden. Ze moeten ongetwijfeld afkomstig zijn uit de koker van Henny. Hem wordt verweten dat hij al sinds zijn jongensjaren op een achterbakse manier getracht zou hebben Julius en August te benadelen, door tegenwerking en verkeerde adviezen, en door hen bij zijn ouders in een ongunstig daglicht te stellen; dat hij door slinkse manoeuvres nummer één onder de kinaplanters geworden is en Malabar verworven heeft; dat hij alles op een koopje wil hebben, en onder veel vertoon van correctheid anderen voor de kosten laat opdraaien; dat hij op Gamboeng aartsvaderlijk optreedt, maar desondanks zijn werkvolk uitbuit; kortom, dat hij een inhalige hypocriet is, die op zijn centen zit. Dat laatste verwijt zal de familie moeten inslikken nu hij op een zo royale wijze in Holland verblijf houdt; dank zij het feit dat Gamboeng eindelijk vrij van schuld is, en het dividend een klein fortuin bedraagt, kan hij met zijn hele gezin in Hotel de l'Europe in Amsterdam logeren, en als buitenverblijf een chique villa bij Apeldoorn huren.

Maar de andere aantijgingen blijven hem dwarszitten. Als ze ook maar voor een deel gegrond waren, zou hij die last niet kunnen dragen, en liever een einde aan zijn leven maken. Noch Henny en Cateau, noch Julius en August beseffen blijkbaar wat dergelijke beschuldigingen betekenen voor iemand die zich zijn hele leven – daar is hij diep van overtuigd – heeft laten leiden door eerlijkheid en goede trouw. Het meest grieft hem daarom de zinsnede uit een brief van Henny, die in zijn geheugen gebrand staat: 'dat je je over dit alles zo opwindt, bewijst dat je geweten niet helemaal zuiver is!'

Een troost is het voor hem dat zijn zoons tijdens de jaren die zij in Holland hebben doorgebracht, niet door laster en roddel zijn beïnvloed. In Zürich bestaat dat gevaar niet. Daar hebben zij een vaderlijke vriend in de persoon van de botanicus professor Schröter, die tijdens een studiereis op Java te gast is geweest op Gamboeng, en door zijn deskundige publikaties over Rudolfs kinaplantsoenen op internationaal niveau duidelijk gemaakt heeft dat 'der hervorragende Chinchonen-Pflanzer Javas' geen bedrieger is die met andermans veren pronkt.

Nog even, dan kan hij met Jenny en Bertha terugkeren naar de wereld die de zijne is en altijd blijven zal: Gamboeng, de Goenoeng Tiloe, de rasamala's.

Uit de memoires van Carmen Erdbrink-Bosscha, dochter van J. Bosscha, administrateur van Taloen

'De 20e december 1902 brachten mijn zuster Connie en ik ons eerste bezoek aan Gamboeng. Neef Rudolf Kerkhoven zou ons paarden tegemoet zenden. Wij deden het eerste gedeelte (vanaf Malabar, waar wij toen logeerden op de onderneming van oom Kar) te voet. Mijn ouders begeleidden ons, Mama tot aan de grens van Malabar, mijn vader nog een heel eind verder. Eerst door oude gouvernementskoffietuinen. Deze vormden een soort van bos, we liepen op de smalle paden als door looftunnels; het waren lange lanen, soms met een gouden plek zonlicht aan het eind. Mos en bosplanten groeiden op de grond, en ook hele bossen fijn venushaar, dat overal in die streek als onkruid voorkwam. Na enige tijd kwamen we in een meer open gedeelte en daalden af naar een wijde vallei. Langs aardappelvelden van de bevolking, met heggen van bloeiende ketjoeboeng, wier bedwelmende geur de lucht vervulde, en het mooie meertje van Tjileuntja, liepen we naar het punt waar de weg naar Rioeng Goenoeng afsloeg. Daar vonden we stalknechts met de paarden. Papa ging nog een eindje met ons mee, totdat we neef Rudolf Kerkhoven ontmoetten, die iets verder in het kinabos bij een beekje op ons zat te wachten, vergezeld van vier chocoladebruine Duitse staande honden, elk met een wit puntje aan de staart.

Hier keerde mijn vader terug, en wij reden met neef Rudolf door het hoge kinabos, nog een oud gedeelte, met de decoratieve succirubra: hoge witte stammen, met grote bladeren, die gedurende een tijd van het jaar felrood gekleurd zijn. In de nieuwere tuinen werd deze soort meer en meer verdrongen door de economisch voordeliger smalbladige bronsgroene Ledgeriana, die als boom veel minder indrukwekkend is. De lekkere kruidige geur van de witte bloempjes is echter bij beide soorten dezelfde.

Bij de pas van Rioeng Goenoeng begon een heel steile afdaling, langs een weg door het bos die door de regen zodanig was uitgeschuurd, dat er overal rotsblokken bloot kwamen, en wij moesten afstappen om het de paarden niet al te moeilijk te maken. Toen we de grootste steilte achter ons hadden, waren we al gauw in de tuinen van Gamboeng, en weldra reden we over een grasweg door een prachtig stuk tot park gemaakt oerwoud naar het huis, dat op de helling van de Goenoeng Tiloe lag, met een mooi uitzicht naar het westen.

Neef Rudolf was toen een goede vijftiger, en een opvallende verschijning. Hij had een krachtig figuur, niet bijzonder lang, ook niet zwaar, maar stevig gebouwd. Hij had al een witte baard, en een kaal hoofd, waarop hij een zwart mutsje droeg, een Schots model, met een gleuf in het midden en twee afhangende korte linten van achter. Oom Eduard van Sinagar en ook mijn vader droegen hetzelfde model, ik herinner mij niet dat bij anderen ooit gezien te hebben.

Gamboeng had een heel bijzondere sfeer, zeer conservatief. De onderneming lag vrij eenzaam, en de bevolking had zich weinig vermengd met vreemde elementen. De oude gebruiken bleven er dan ook nog steeds gelden, en de verhouding tussen landheer en opgezetenen had iets aartsvaderlijks behouden. 's Middags aan de thee, in de ruime voorgalerij, kwamen twee mandoers verslag uitbrengen. Zij zaten dan met gekruiste benen boven aan de trap, en wachtten tot zij werden aangesproken, om dan op plechtige toon en met de nodige sembahs te antwoorden. Maar ondanks dit 'afstand bewaren' was er een hechte band tussen de gedoeng en de bevolking.

Neef Rudolf was pas op volwassen leeftijd in Indië gekomen. Ofschoon hij zich volkomen had aangepast en voortreffelijk Soendaas sprak, ook uitstekend op de hoogte was van de zeden en gebruiken van het volk waar hij onder leefde, was er toch altijd iets zeer oudhollands in hem. Hij was een man uit één stuk, een nobele figuur, zeer ontwikkeld, genereus en degelijk, maar conventioneel. Zijn woord moest wet zijn, en zijn kinderen accepteerden dit op een manier die bij anderen dikwijls verbazing en soms ergernis wekte. Hij had smaak en een goed oordeel op het gebied van kunst, muziek en literatuur, mits het niet modern was, want dat kon hij volstrekt niet waarderen, en hij sloot zich daarvoor volkomen af met de fenomenale koppigheid die hem eigen was.

Nicht Jenny was ook zeer ontwikkeld, maar had een veel ruimere blik op de wereld dan haar man. Zij was zelfs zeldzaam onbevooroordeeld, en wist de dingen te nemen zoals ze kwamen, zonder rancune als het eens anders ging dan zij gewild had. Zij had een zeer juiste kijk op mensen, en in veel opzichten een grote levenswijsheid, die zij vaak op kernachtige wijze te pas wist te brengen. De enige schaduwzijde was haar nerveuze aanleg, die met de jaren erger werd, waartoe het feit dat haar huwelijk niet gelukkig was niet weinig bijdroeg. In het begin, toen zij als heel jonge vrouw in de binnenlanden kwam, was het dat wel geweest, maar later, toen haar persoonlijkheid zich meer ontwikkelde, en vooral na haar reis alléén in 1893, om de twee oudste jongens naar Nederland te brengen, kon zij zich niet meer schikken in de klimop-rol, die neef Rudolf toch eigenlijk van een vrouw verwachtte. Wel maakte hij haar deelgenoot van zijn plannen, en was zij volkomen op de hoogte van zijn zaken, maar hij was een paus, en vond het vanzelfsprekend dat iedereen in huis zich naar zijn inzichten schikte, iets dat zij niet meer kon. Dat gaf dan wel eens botsingen, die in de loop van de jaren erger werden; hij zweeg dan maar en ging toch zijn gang, wat haar nog bozer maakte. Het was in-jammer, want beiden waren zulke voortreffelijke mensen.'

1903/1904

'Mijn vader was intussen druk bezig op Taloen. Voordat de verhuizing van mijn moeder en Connie en mij daarheen plaatsvond, waren wij nog eens op Gamboeng, waar neef Rudolf en nicht Jenny de thuiskomst vierden van hun oudste zoon Ru, die zijn ingenieursstudie in Zürich beëindigd had, en na een reis door de Verenigde Staten, Japan en China, naar Gamboeng terugkeerde.'

Ru Kerkhoven aan zijn broers Edu en Emile, 6 februari 1904

'Van Moeder zullen jullie waarschijnlijk per briefkaart al wel het een en ander over mijn terugkomst gehoord hebben. Maar omdat jullie verlangend zullen zijn daarover wat meer te weten, wil ik proberen een geregeld verslag van mijn "Joyeuse Entrée" te maken.

Op 25 januari, bij het aanbreken van de dag, stoomden wij de haven van Tandjong Priok binnen, en juist toen de boot vastgelegd werd, kwam ook de eerste trein van Weltevreden aan, met Vader, Moeder en Bertha. Karel was er niet bij, want hij wilde de school niet verzuimen, omdat hij toch een paar dagen vakantie zou nemen om mee te gaan naar Gamboeng.

De treinreis naar Bandoeng was nog precies zoals vroeger, met dit verschil dat men tegenwoordig om 12 uur in Bandoeng aankomt in plaats van om 3 uur. Van Bandoeng herkende ik zo goed als niets. Ik kon daar al merken, dat boven grote toebereidselen gemaakt werden, want er was een voortdurend heen-en-weer geloop van boden en bestellers, terwijl de telefoon geen ogenblik stilstond, en Moeder steeds in gesprek was met Malabar, Taloen, Ardjasari, enzovoort, enzovoort.

Eindelijk brak de grote dag aan. Onze eigen américaine bracht ons eerst tot Koppo, waar ons een vers span paarden wachtte, en toen over Tjisondari verder. Tot Tjisondari was alles heel gewoon, maar nauwelijks waren we daar linksaf geslagen, of we zagen overal troepen inlanders in hun mooiste kleurigste baadjes, op weg naar Gamboeng. Voor het huis van de tjamat stond een escorte van inlandse ruiters ons op te wachen, dat tot Gamboeng toe voor ons uit reed. Onderweg kwamen er nog vele bij, zodat we met een grote stoet de grens van Gamboeng bereikten.

In de kampoeng Gamboeng was een prachtige erepoort opgericht, en de hele weg, vanaf de plek waar hij uit het ravijn van de Tji Enggang de theetuin voor het huis ingaat, was versierd met bogen van bamboe, omvlochten met jong kawoeng-blad.

Bij de waringin voor het huis van de djoeroetoelis kreeg ik voor 't eerst een kijkje op de nieuwe gedoeng. De weg was stamp- en stampvol, maar er was, zoals bij een waardige ontvangst past, geen geschreeuw en gejoel. Daardoor kwamen de feestelijke tonen van de gamelan zoveel te beter uit, en maakten, vooral op mij, een diepe indruk. De emoties die ik had, toen onze plechtige optocht langzaam het huis naderde, zal ik nooit vergeten. In de eerste plaats lag daar het ouderlijk huis, al was het ook niet meer het oude, vóór mij; dan de werkelijk uniek mooie omgeving, de feestelijke stemming van de menigte die op het voorplein samengestroomd was, de muziek, het prachtige weer, alles werkte mee om het verdriet van de scheiding, elf jaar geleden, opeens te doen vergeten, en daarvoor in de plaats een dankbaar gevoel te voorschijn te roepen dat ik mijn hele leven zal blijven houden.

Op het ogenblik dat ik uit het rijtuig stapte en mijn voet op de eerste trede van de trap van 't huis zette, maakte zich een oud vrouwtje van mij meester, en hing als een klis aan mij, zodat ik moeite had boven in de voorgalerij te komen. Het was Engko; zij wilde mij maar niet loslaten en huilde tranen met tuiten. Ik liet haar eerst maar begaan, en toen ze eindelijk wat gekalmeerd was, konden de al aanwezige gasten mij bereiken. Een half uur later kwamen ook nog de wedana's van Bandjaran en Tjisondari. Toen begon de ommegang door het huis en de onmiddellijke omgeving. Alles was versierd met vlaggen, wimpels en groen, en vlak voor het huis stond een prachtige erepoort op vier zuilen, uitgevoerd naar een idee van Moeder.

De nieuwe fabriek was geheel ingericht voor het feest van de bevolking; er was een toneel opgesteld voor de wajangvoorstellingen, en een paar gamelans zorgden voor de muziek. Ook daar was alles groen gemaakt en met vlaggen versierd.

Het eigenlijke feest zou pas de volgende dag plaatshebben. 's Middags na het eten zijn we wat gaan rusten, en daarna heb ik de kennismaking hernieuwd met vele dierbare oude dingen, de geweren Soempitan en Matjan, en de Flobert, en mijn boeken van vroeger. Ook vele oudgedienden kwamen mij opzoeken, waaronder er verschillenden waren wier namen ik mij niet eens herinneren kon. Spreken kon ik natuurlijk niet met hen, want mijn Soendaas was ik vergeten; maar Vader of Karel deden meestal het woord voor mij.

Het was merkwaardig, zoals bekende geluiden oude herinneringen bij mij opwekten, en vooral het horen van de vogels mij weer helemaal in de omgeving van vroeger verplaatste. Maar wat is er in werkelijkheid weinig van die omgeving overgebleven. Hier bij het huis staan eigenlijk alleen nog de stal en het geraamte van de eerste fabriek. In de tuin is niet zo heel veel veranderd, maar de moestuin is totaal verdwenen. In de thee- en kinatuinen is geloof ik nog het minste veranderd, maar daar ben ik nog niet overal weer geweest. Ik had gedacht dat alles mij kleiner zou lijken, maar dat valt toch nogal mee. De Goenoeng Tiloe is veel dichterbij dan ik mij herinnerde. Wat mij bijzonder opviel, was het mooie van de natuur op Gamboeng. Ik kan daar nu beter over oordelen dan vroeger, toen ik eigenlijk niets anders kende dan onze eigen omgeving. Maar ik zou geen plaats kunnen noemen waar de natuur zo overweldigend mooi en tevens zo liefelijk is als hier. Ook de ligging van het huis is uniek.

De volgende morgen werd ik om half zeven wakker onder de tonen van de polyfoon. Ik stond dadelijk op, en vond al iedereen in de weer om toebereidselen te maken voor de ontvangst van de overige gasten die allemaal in de loop van de morgen verwacht werden. Een inlands muziekkorps uit Bandoeng was naast het huis opgesteld om bij de aankomst van iedere gast het een of andere deuntje te spelen. Omstreeks tien uur kwamen de eersten en zo ging het door totdat we op het laatst met ons drie-en-twintigen in de voorgalerij zaten.

Omstreeks twaalf uur had er een typisch inlandse plechtigheid plaats: het begraven van een karbouwekop, onder het dak van de nieuwe fabriek, want dit feest diende tevens om dit gebouw in te wijden. De kop werd in een plechtige optocht, en gedragen in een mooie palankijn, onder de tonen van de gamelan op het voorplein gebracht. Daar stelden wij Europeanen ons aan het hoofd van de stoet, en gingen langzaam naar de nieuwe fabriek, waar al vlak bij de hoofdingang een kuil gegraven was. De met doeken omwikkelde kop werd met wat bloemen in die kuil neergelaten, en toen sprak de lebè een lang en plechtig gebed uit, waarna de kuil weer dichtgemaakt werd.

Ook Vader moest een paar patjoel-slagen doen, en na hem ik zelf, en de overige heren van het gezelschap. Toen was de plechtigheid afgelopen en kon het feestmaal beginnen. Daartoe waren al diegenen uitgenodigd die aandeel hebben gehad in de bouw van het nieuwe huis en van de fabriek, en verder alle mensen die mij vroeger goed gekend hebben, in totaal ongeveer tachtig man.

Toen allen gezeten waren, op de grond zoals dat de gewoonte is, hield Vader een heel mooie toespraak, waarvan hij mij zo even de vertaling gaf. Ik laat de tekst hier volgen. Die was in de toon van het volk gesteld, en in "toren"hoog Soendaas uitgesproken:

"Gij allen, zusters, broeders, vrienden, Radèn Wedana van Bandjaran, Radèn Tjamat van Tjisondari, dorpshoofden, mandoers, timmerlieden, fabrieksboedjangs, bewoners van Gamboeng, en gij allen die hier tegenwoordig zijt: de redenen waarom wij bijeengekomen zijn om feest te vieren, zijn drie.

In de eerste plaats hebben wij kortgeleden een nieuwe gedoeng gebouwd, en dat is zonder ongelukken geschied.

In de tweede plaats hebben wij onlangs deze nieuwe fabriek zonder ongelukken opgericht. Vanaf het vellen van de bomen in het bos, tot en met het opleggen van de ijzeren platen die ons nu tot dak dienen, is er door Allahs hulp geen enkel ongeluk voorgekomen. Niemand werd door de vallende bomen getroffen, niemand viel van de steigers naar beneden.

De derde reden is, dat ik vóór tien jaar en elf maanden twee mijner zonen naar Holland zond, om daar op school te gaan, en dat op de dag van gisteren de eerstgeborene van die twee bij ons terugkwam.

Daarom is het mijn wens, dat gij allen deelt in mijn vreugde en blijdschap, en de gaven van Allah met dankbaarheid aanvaardt.

En nu verzoek ik de eerwaarde priester om, zoals de gewoonte meebrengt, tot Allah te bidden, en hem welvaart en gezondheid voor u allen af te smeken."

Daarna volgde een lang gebed van de lebè, en het gewone verloop van de maaltijd.

Óns diner had 's avonds om acht uur plaats. Het slaagde uitstekend, dank zij Moeders zorgen. Er werd gesproken door oom August, neef Jan Bosscha, Vader, en mij. Behalve de wedana van Bandjaran, de employés, een paar buren en de gouvernante van Bertha, waren er van onze familie nog Kar Bosscha, de nichtjes Bosscha, Rudi van Santen, en Lien (de jongste dochter van wijlen oom Eduard van Sinagar) met haar man en neef Adriaan "Tattat" Kerkhoven. En ons gezin natuurlijk; we misten jullie beiden!

Met Vader en Karel ben ik alweer een paar maal op jacht geweest.

Nu wordt het dus langzamerhand tijd om aan het werk te gaan. Voorlopig blijf ik enige tijd bij Vader in de leer; ik moet hem onder andere helpen met het opmaken van de plannen voor de nieuwe elektrische installatie, en met het traceren van de waterleidingen daarvoor. Bovendien ga ik weer Soendaas leren.'

Groepsportret: een bruiloft, 1905

De achtertuin van een villa in Hilversum, het buitenverblijf van de heer Lambrechtsen, directeur van Publieke Werken te Amsterdam. Een warme septemberdag (de ramen op de eerste verdieping zijn omhoog geschoven). Toch is te midden van het nog zomerse loof één boom al geheel ontbladerd.

Op het grasveld bij de serre staat de familie aangetreden. De bruidegom, Eduard Silvester Kerkhoven, in lange geklede jas, een roos in het knoopsgat, en zijn witte bruid met haar sleep en sluier en omvangrijke boeket, lijken minder prominent dan háár ouders, deftige corpulente burgers, gearmd in het midden van de groep. Ook de krasse mevrouw Roosegaarde, grootmoeder van de bruidegom, en twee struise bruidsjuffers, trekken de aandacht.

Op de achtergrond staat Rudolf. De rand van zijn 'hoge zijden' beschaduwt zijn ogen, zijn grijze baard golft over zijn borst. Een hoofd dat opduikt achter de schouders van twee massieve herengestalten, moet dat van Emile zijn, die voor de bruiloft van zijn broer uit Zürich is overgekomen. Men mist Jenny, de moeder van de bruidegom; misschien is zij de dame wier kostbare toilet met kanten volants aan de rand van de fotografie maar voor de helft zichtbaar is. Ook Bertha valt in dit gezelschap niet te ontdekken.

Eduard is zojuist in de echt verbonden met Madeleine Lambrechtsen. Financiële steun van Rudolf heeft dit huwelijk mogelijk gemaakt. Edu heeft na zijn niet voltooide machinisten-opleiding stage gelopen bij fabrieken in Pittsburgh, in de Verenigde Staten, en door bemiddeling van zijn schoonvader een betrekking gekregen bij de Paraffinefabriek aan de overkant van het IJ te Amsterdam, maar moet nog bewijzen dat hij zich een vaste positie met een goed inkomen verwerven kan. De verbintenis met dit meisje uit een degelijke welgestelde familie betekent hoe dan ook voor Rudolf een pak van zijn hart. Edu is niet geschikt voor cultures, ook zou Madeleine, die niet sterk van gestel is, het leven op een Indische onderneming niet aankunnen. Maar zij heeft een kalme nuchtere aard en weet wat zij wil; wat dat betreft is zij de ideale vrouw voor Edu, met zijn zowel driftige als weinig ambitieuze karakter.

Nu Emile op het punt staat op zijn beurt in Zürich af te studeren, Karel in Batavia eindexamen doet (en zeker slagen zal), en Ru op Gamboeng als plaatsvervanger van zijn vader optreedt (bovendien leiding geeft bij de bouw van een elektrisch krachtstation zoals dat waarover August al sinds enige tijd op Ardjasari beschikt), voelt Rudolf dat de inspanningen en opofferingen van de achter hem liggende jaren niet tevergeefs zijn geweest. Zijn zoons zullen zich in de wereld kunnen handhaven; zo nodig kan hij hun leven vergemakkelijken en hen helpen toekomstplannen te verwezenlijken, want geld is geen probleem, en zal het nooit meer zijn, nu Malabar ongekend rijke winst afwerpt (ruim een miljoen pond thee geoogst in 1903! een dividend van dertig procent!), Taloen–voorlopig onder leiding van Jan Bosscha, later hoopt hij Emile of Karel daar te plaatsen–veelbelovend lijkt, en hij binnenkort een derde perceel woeste grond, Negla, gaat ontginnen.

Nu moet Bertha nog haar entree in de wereld maken. Als Rudolf na afloop van al deze recepties en diners en andere plichtplegingen eindelijk met een zucht van verlichting in Genua of Marseille aan boord gaat, zullen Jenny en Bertha achterblijven, voor de 'finishing touch' die het jonge meisje uit de tropen zal omtoveren in een dame naar Europees model.

De rand van de hoge hoed sluit knellend om Rudolfs voorhoofd. Zonder zorg is hij niet, op dit feest. Tussen hem en het echtpaar Lambrechtsen is verschil van mening gerezen. Hij heeft destijds, na ontvangst van die in zijn ogen perfide brief van Henny, van zijn zoons geeist dat zij–mochten zij in gezelschap ooit die oom ontmoeten–zelfs diens uitgestoken hand zullen weigeren; Ru, Edu en Emile hebben hem dat beloofd en zich sindsdien aan die belofte gehouden. Lambrechtsen vindt dit te ver gaan. Hij meent dat het niet in het belang van het jonge paar, noch van beide betrokken families, en zelfs maatschappelijk funest is, om een 'brouille' dusdanig op de spits te drijven dat die het karakter van een vete aanneemt. Ru en Edu zijn drie en een half jaar bij de Henny's in huis geweest, Cateau was als een tweede moeder voor hen, Henny is lid van de Tweede Kamer en van de Raad van State!

Rudolf van zijn kant houdt vol dat zijn zoons, door – zij het uit diplomatieke overwegingen – Henny beleefdheid te bewijzen, als het ware hém, hun vader, publiekelijk verloochenen. Op dit punt valt er met hem niet te praten. Cateau heeft nog niet lang geleden iets geschreven in de geest van 'vergeven en vergeten', maar naar zijn indruk bedoelt zij dat de anderen hém iets te vergeven hebben, in plaats van omgekeerd. Hij heeft dan ook laten weten dat hij dergelijke woorden pas au sérieux zal nemen, indien zij hun beweringen intrekken en hun verontschuldigingen aanbieden. Daar is geen antwoord op gekomen.

Dubbelportret: Moeder en dochter, 1906

Het portret is gemaakt in Amsterdam, bij een gerenommeerde fotograaf op het Rokin. Jenny en Bertha, naast elkaar, doemen volgens moderne artistieke concepties 'en buste' op uit een wazig gehouden omgeving. De zeventienjarige Bertha is al langer dan haar moeder. Zij heeft dezelfde helle grijze blik als Jenny.

Deze fotografie kent een voorgeschiedenis. Enkele maanden eerder is er een afbeelding van Bertha alléén, met opgestoken haar, als een verrassing voor haar vader naar Gamboeng gestuurd, om hem te laten zien hoe het kind-op-blote-voeten, dat het liefst in bomen klom, het dochtertje dat hij intelligent maar helaas! niet mooi vond, zich in dat ene jaar in Europa ontwikkeld heeft, niet tot een salon-schoonheid, maar tot een energieke en levenslustige jonge vrouw.

Rudolf heeft dankbaar geantwoord: '... en weet je wel wie mij op dit ogenblik aankijkt? Dat ben jij zelf, en nu zeg ik tegen je: wel, Poesje, wat ben jij een knap meisje geworden! Je staat op de schrijftafel en leunt tegen de inktkoker. Je hebt me een groot genoegen gedaan door me je portret te sturen... en ik was alleen maar een beetje teleurgesteld omdat Moeder er niet bij was.'

Het in die woorden besloten verzoek heeft Bertha goed begrepen. Het heeft haar moeite gekost haar moeder, die in toenemende mate aan sombere buien lijdt, waarin zij op alles aanmerkingen maakt, en klaagt en tobt over de kleinste kleinigheden, opnieuw mee te tronen naar het atelier op het Rokin. Op aandringen van Bertha met zorg gekapt, en in een van de dure japonnen die zij tijdens hun rondreis, Bertha's 'grand tour', in Parijs of Wenen heeft gekocht (Bertha staat vaak versteld van het gemak, ja, de onverschilligheid waarmee haar moeder handenvol geld kan uitgeven), heeft Jenny samen met haar grote dochter geposeerd. Bertha is erin geslaagd met een gefluisterd: toe, kijk nu niet zo star! de mistroostige uitdrukking op Jenny's gezicht te doen plaats maken, weliswaar niet voor een glimlach, maar in elk geval voor een kalme blik, die niets verraadt van recente zwartgalligheid en onrust. Bertha kijkt stralend in de lens: hoe vindt u dit dubbelportret, Vader? Alléén wil Moeder niet. Zij noemt zich daar te 'bedaagd' voor. Is dat geen onzin? Ziet zij er niet goed uit?

Bertha weet dat haar vader verlangt naar hun beider thuiskomst op Gamboeng, maar alle begrip heeft voor hun plan om in Holland te blijven tot in augustus de eersteling van Edu en Madeleine geboren is. Bovendien willen zij Karel verwelkomen als die na zijn eindexamen in juli arriveert; hij zal het moeilijk hebben, omdat hij er eigenlijk niets voor voelt Indië te verlaten.

Rudolf Kerkhoven aan een aspirant-theeplanter, 1906

'... Ik heb in mijn vijfendertigjarige Indische loopbaan heel wat ondervinding opgedaan, en ik ben steeds overtuigd dat voor energieke jongelieden Indië een betere kans oplevert dan Europa om tot welstand te komen.

Een ontwikkeld werktuigkundig ingenieur, kalm en bedaard, niet driftig, sterk en gezond, een goed "werker", dragende een gunstig bekend staande naam, en die nog bovendien over enig kapitaal beschikken kan: wel, ik vraag mij af, voor wie kan de kans op slagen beter zijn? Maar de absolute zekerheid kan niemand u geven.

Maar u wilt wel erg secuur gaan. U wenst dat er een "vast" plan bedacht wordt, u wilt (reeds bij voorbaat) u associëren. Hebt u het oog op een associatie met mijn zoon Rudolf?

Wij denken in het volgend jaar te beginnen met de ontginning van Negla, waartoe ik het kapitaal verschaffen zal. Wij zullen kalmpjes aan beginnen, en stellen ons voor de latere grotere uitbreidingen te bekostigen uit de winsten die wij hopen te maken.

Op die manier houden wij de zaak geheel aan ons.

Het heeft mij altijd gespeten dat ik, nu tien jaar geleden, de onderneming Malabar, die ik voor weinig geld gekocht had, niet geheel voor mijzelf kon houden. Dat ging toen boven mijn krachten. Ik maakte er daarom een naamloze vennootschap van, waarin ik evenwel belangrijke aandelen bezit. Mijn neef Rudolf, Kar Bosscha, heeft daar een prachtige positie als administrateur.

Wij streven er nu naar om Negla geheel in de familie te houden, hoewel de grote winsten daardoor wat langer op zich zullen laten wachten.

Op Negla is geen plaats voor een associé.'

Momentopname: vier generaties, 1906

Een hoek van de kraamkamer, waar Madeleine Kerkhoven enkele dagen tevoren het leven heeft geschonken aan een zoon. Een gebloemd scherm onttrekt ten dele de wastafel met kom en lampetkan aan het oog.

De oude mevrouw Roosegaarde zit in een fauteuil, en houdt haar achterkleinzoon in een gehaakt dekentje op schoot. Edu, achter haar, kijkt neer op zijn kind.

De vierde aanwezige is de kersverse grootmoeder, Jenny. De forse maar waardige en nog altijd knappe vrouw van middelbare leeftijd van het dubbelportret met Bertha, is in verbijsterend korte tijd (nauwelijks een half jaar!) veranderd in een corpulente matrone met een verbitterd gezicht. Haar haren zijn geheel grijs geworden. Zij staat erbij als een pop van hout. Het kan haar niet meer schelen wat de beschouwer van deze fotografie, wie het ook moge zijn, zal denken.

Zij heeft een kleinkind, maar het maakt haar niet trots of gelukkig. Zij zal het niet zien opgroeien, en er geen vreugde aan beleven. Zij beseft alleen dat zij oud wordt. De generaties schuiven op. Haar kinderen zullen haar allemaal een voor een verlaten. Dan blijft zij tot het einde van haar dagen op Gamboeng, met Rudolf, en met herinneringen aan zware jaren, misoogst, plagen, tegenslag, ziekte, ongemak, angst, en altijd regen, regen. Zij zijn nu rijk. Het nieuwe huis is groter en geriefelijker dan de houten keet waarin zij twintig jaar heeft moeten leven. Zij hebben telefoon, en elektrisch licht, en lichtkronen van Venetiaans glas in de voorgalerij. De steile weg van Babakan omhoog naar de onderneming is verbeterd, en als Bertha en zij op Gamboeng terugkomen zal er een nieuw rijtuig zijn, waarmee zij zich als zij dat wil naar Bandoeng kan laten rijden om kennissen op te zoeken of boodschappen te doen. Maar het komt allemaal te laat.

Eenmaal heeft zij tijdens dit jaar in Holland Cateau gezien. Niet bij de Henny's thuis; evenmin als haar zoons wil, mág zij Henny ontmoeten. Wat zij zich ook van dat weerzien heeft voorgesteld, in geen geval dat haar schoonzuster háár de schuld zou geven van Rudolfs echte of vermeende tekortkomingen. Zíj zou hem door haar ontevredenheid, haar afgunst op zijn moeder, op Cateau, op Marie, en later op Augusts vrouw, de residentsdochter, tot wanhoop gedreven hebben. Om het háár naar de zin te maken, en daarvoor steeds meer geld te verdienen, zou Rudolf halve waarheden verteld, en mensen tegen elkaar opgezet hebben. Zíj, met haar 'Indische' overgevoeligheid, zou de ware schuldige zijn van de breuk tussen Rudolf en zijn familie. En uit angst dat Ru en Edu aan Cateau de voorkeur zouden geven boven haar, zou zíj bewerkstelligd hebben dat de jongens weg moesten: 'Wie weet beter dan jij, Jenny, hoe ik eronder lijd als kinderen aan wie ik gehecht ben, waar ik als een moeder voor gezorgd heb, mij worden afgenomen. Zij kwamen hier als halve wilden, ondervoed, slecht gekleed – wij hebben er Hollandse jongens van gemaakt. Is dat de dank voor de discretie die ik in acht genomen heb toen Rudolf jou wilde leren kennen? Hoe het met de Roosegaardes gesteld is, weten wij nu wel! In Edu heb ik soms iets herkend van jouw angsten en chimères. Jíj bent Rudolfs ongeluk!'

De vrouw met het verbeten gezicht, die daar stijf als een plank, en alsof zij er niet bij hoort, in de kraamkamer van haar schoondochter staat, is zo onvoorstelbaar anders dan de Jenny die hij een jaar geleden na Edu's bruiloft achterliet – om maar te zwijgen van de vroegere Jenny, zijn liefste en kameraad, de jonge moeder van zijn kinderen, het middelpunt van zijn leven – dat Rudolf ontzet blijft staren naar de fotografie die Edu hem heeft toegestuurd. Die vreemde vrouw is nu, aan boord van de Rembrandt, onderweg naar Indië, naar hem.

De verandering in haar moeders persoonlijkheid had zich zo geleidelijk voltrokken dat die Bertha pas opviel door de reacties van derden. Wat gedurende de laatste weken in Holland nog kon worden toegeschreven aan de vermoeienis van het inpakken en de emoties van het afscheid-nemen – ook Karel had na zijn aankomst tegenover Bertha zijn schrik weggepraat met dat argument – bleek aan boord van de Rembrandt tot een vast gedragspatroon te zijn geworden: overdag kribbigheid, klachten over de bediening en de accommodatie, en over Bertha's vermeende gebrek aan medeleven; maar 's avonds, na een paar glazen wijn aan het diner, een opvallende, pijnlijke mededeelzaamheid. Bertha schaamde zich voor haar moeders onafgebroken drukke praten met luide stem, en voor de niet bij haar leeftijd passende gretigheid en opwinding tijdens het meedoen aan gezelschapsspelen. De bevreemde blikken en zichtbare gêne van de andere passagiers maakten het verblijf in de conversatie-salon van het schip voor Bertha tot een beproeving. De convenances eisten dat zij, als nog niet 'uitgebracht' jong meisje, in haar moeders nabijheid bleef; maar die vergat in haar zucht naar verstrooiing de plicht om zich in elk geval voor middernacht met haar dochter terug te trekken.

Na Suez werd Bertha ziek. Steeds terugkerende koorts dwong haar in haar couchette te blijven. Nu gold heel haar moeders rusteloze aandacht haar. Tot Batavia toe brachten zij hun dagen door in twee aan elkaar grenzende hutten.

Het gezicht van haar vaders wachtende gestalte op de kade van Tandjong Priok deed Bertha in tranen uitbarsten. Alle opgekropte spanning brak zich baan. Daar stond hij, in een van de 'nette pakken' die hij zo ongaarne aantrok; zelfs zijn toedoeng had hij verwisseld voor een hoed van Panama-stro. Onder zijn snor was het gezwollen litteken te zien van de operatie die hij niet lang tevoren had laten verrichten aan zijn geïnfecteerde onderlip. Zijn mond was misvormd, maar zijn stem niet veranderd. Snikkend viel Bertha hem om de hals. Dat hij haar, tegen zijn verwachting, zo bleek en vermagerd terugkreeg, temperde voor hem de schok van het weerzien met zijn vrouw.

Pas op Gamboeng werd het onherstelbare in volle omvang duidelijk. Maar omdat vrijwel vanaf de eerste dag van hun thuiskomst een onafgebroken stroom van bezoekers de onderneming aandeed – nooit minder dan drie of vier gasten tegelijk – en de ontvangst en huisvesting en het vertier van al die mensen veel aandacht opeisten, leek oppervlakkig gezien de sfeer dezelfde als vroeger. Het huis, riant gelegen in de parkachtige tuin met rasamala's en bloeiende perken, tussen het oerwoud en de plantage, de honderden mensen die in de loodsen en tuinen hun werkzaamheden verrichtten, de vertrouwde gezichten van Engko en Irta en Nati, en van de bejaarde djoeroetoelis en zijn vrouw, de geuren en geluiden van het bergland, het licht, de wind, de middagregens, de honden en paarden; heel het leven op Gamboeng, zoals zij dat sinds haar kleine kindertijd gekend had, wachtte op Bertha's aandacht. Zij hoefde zich maar over te geven aan de oude gewoonten, het oude ritme, dan zou zij voorgoed ingelijfd worden bij die wereld. Zelfs het vreemdste, het meest onbegrijpelijke zou aanvaardbaar zijn als onderdeel van de natuur.

Maar zij was veranderd. Zij kon de kern die zij als 'zelf' ervoer, niet loslaten. Dat 'zelf' was zich ervan bewust dat er iets gebeuren moest, dat er zorg, hulp, nodig waren voor de vrouw wier wisselingen van stemming (door huisgenoten en gasten eufemistisch als zenuwachtigheid aangeduid) van dag tot dag verontrustender werden. De eerste maal dat Bertha eens alléén met Ru een wandeling kon maken, naar zijn elektrische centrale die gedreven werd door de waterkracht van de Tjisondari, begon zij erover. Maar de broer op wiens ernstige aandacht zij dacht te kunnen rekenen, bleek nu vervuld van eigen zaken. Terwijl zij aarzelde, zocht naar woorden om het pijnlijke onderwerp in te leiden (zij zaten een eindje stroomopwaarts op een van de rotsformaties aan de oever die vroeger in hun oorlogsspel een citadel was geweest), onderbrak hij haar met een opgewekt: 'Weet je, in Bandoeng bouwen ze nu zo'n krachtstation in het groot, maar dit hier is het eerste in zijn soort op Java, veel beter dan dat op Ardjasari!' en

stortvloed van klachten en verwijten betrof telkens weer nog heel andere zaken dan het al dan niet kopen van een Dion-Bouton of een Voisin.

Er werd gezinspeeld op financiële en familie-aangelegenheden, en met name op een recente 'perkara' waarvan Ru en Emile op de hoogte bleken te zijn; Bertha begreep alleen dat haar moeder alle ellende toeschreef aan haar vaders heers- en bemoeizucht, zijn volgens haar ziekelijke behoefte om gelijk te hebben, zijn inhaligheid – beschikte hij niet sinds jaar en dag ook al over háár geld, Roosegaarde-geld? Dergelijke beweringen brachten haar vader ertoe zwijgend weg te lopen en zich in zijn kantoor op te sluiten.

Nu Ru het zo druk had met de voorbereidingen tot zijn huwelijk, maakten Bertha en Emile er een gewoonte van om na de thee, wanneer hun vader de mandoers te woord stond, met de honden de tuinen in te gaan. Emile had een liefhebberij uit zijn jongensjaren weer opgevat, het 'vogeltjes-kijken' zoals hun vader het noemde.

'Kijk, Bertha, de manoek seupah, zie je ze?'

'Die rode vogels?'

'Je weet toch wat seupah is? Het rooie speeksel van de sirih-pruimers? Maar er is ook een manoek met een bijna gele kleur. Hoor je wel eens hoe de vogels hier in het bos aan koorzang doen? al die verschillende soorten tegelijk?'

'Ik luister ernaar, maar ik ken de namen niet. Ik weet nog wel van sommige vogels hoe wij die vroeger noemden, de berkesèset en de zilverkopjes.'

'In het Soendaas zijn de namen haast allemaal nabootsingen van het geluid dat de vogels maken. Doedoet troktrok, dat is een spoorkoekoek.'

'O ja, en de djokdjok!'

'Het is soms net een vergadering waar ze allemaal door elkaar zitten te schreeuwen.'

Bertha bleef stilstaan, raapte een tak op en smeet die weg. De honden stoven ernaar toe.

'Emile, wat is dat in vredesnaam voor een perkara waar Moeder het telkens over heeft. 't Maakt Vader in de war. Het gaat toch over Ardjasari, dacht ik, en niet over Gamboeng?'

'In a nutshell, dan,' zei Emile zuchtend. 'Zoals je weet is oom August vorig jaar voorgoed naar Europa vertrokken. Hij heeft geen opvolger voor de onderneming gekozen, maar twee beheerders aangesteld, en zelf de functies van directeur en administrateur behouden, dat is zot, als je zo ver weg zit! Bovendien heeft hij alle boeken en archiefstukken van Ardjasari meegenomen. Vader en neef "Tattat" van Sinagar moeten als commissarissen hier de zaken met de aandeelhouders waarnemen, en Vader is door oom tot zijn gemachtigde benoemd. 't Blijkt dat oom de statuten gewijzigd wil hebben, om zichzelf op een onmogelijke manier te bevoordelen, het is allemaal zo onreglementair als het maar kan, en dus is Vader er mordicus tegen. Maar als ooms gemachtigde moet hij diens opdrachten uitvoeren, terwijl hij als commissaris zou protesteren.'

'Wat een gedoe!' zei Bertha nors.

'Vader heeft aangetoond dat op die manier Ardjasari niet te besturen is. Dat neemt oom August hem kwalijk, en nu is Vader onlangs ontslagen als gemachtigde. Door zijn jongere broer! Dat zit hem hoog. Je weet hoe Vader is. Ik heb geen zin er verder over te praten.'

'Vind jij Vader autoritair?'

'O, betoel! De Koning van de Preanger.'

'Wat was dat gisteren tussen Vader en jou over dat boek? Zat je weer in Nietzsche te lezen?'

'Nee, in een roman van Couperus. Vader vindt dat smaakbedervende en decadente lectuur, hij ergert zich er dood aan. Ik lees Couperus en Streuvels voortaan maar in m'n kamer, en als ik binnen zit neem ik een van Vaders favorieten, *Treasure Island* van Stevenson of *Ferdinand Huyck* van meneer Van Lennep!'

Ru vertrok naar Malabar. Emile was heel de dag in de tuinen. Op aandrang van haar moeder nam Bertha invitaties aan voor logeerpartijen. Zij moest 'uitkomen' in de week van de races, begin augustus; het scheen nodig te zijn dat zij vóór die tijd 'connecties' kreeg, als zij op de feesten geen muurbloem wilde blijven. Toen zij dertien, veertien jaar was, had zij haar oudere nichtjes Bosscha, en ook de al volwassen nichten van Sinagar, Pauline en Caroline, benijd omdat die dat allemaal mochten meemaken, maar nu kon zij geen belangstelling opbrengen voor praatjes over hoeden en waaiers en kostuums voor het gemaskerde bal, en voelde zij zich saai en stijf in de gezinnen-met-dochters die haar hadden uitgenodigd. Weer thuisgekomen op Gamboeng, merkte zij dat haar moeders koortsachtige energie geheel gericht was op het debuut van Mejuffrouw Bertha Elisabeth Kerkhoven, met wie Bertha zich niet vereenzelvigen kon, maar haar moeder des te meer.

Al hadden zij op Gamboeng zeven logeerkamers, een voortreffelijke 'tafel', dozijnen goede rijpaarden, en een grasbaan om tennis te spelen, zij waren het, vond haar moeder, aan de debutante verplicht ook in Bandoeng een huis te hebben, zeker nu het niet vaststond of zij – vanwege de om Ardjasari ontstane wrijving in de familiekring – welkom zouden zijn in de 'pondok Sinagar' van neef Adriaan Kerkhoven. Bertha's vader had een gemeubileerd huis overgenomen van een kennis, maar dat viel na bezichtiging niet in haar moeders smaak. Voor de races werden er appartementen besproken in Hotel Wilhelmina in Bandoeng, dat minder de 'loop' had dan het vanouds bekende Homann, maar waar de bediening beter was.

Zo ging Bertha dan naar de wedrennen, om haar entree in de wereld te maken. Van heinde en verre kwamen de bewoners van de ondernemingen, en uit kleinere plaatsen, Garoet, Tjandjoer en Soekaboemi, en voor zover het 'sportsmen' en de bezitters van racepaarden betreft, ook uit Buitenzorg en Batavia, naar Bandoeng. De grote huizen aan de Postweg, langs Keboen Djati en Soeniaradja waren tijdelijk, door de vele logés, als het ware in particuliere hotels herschapen; de eigenaren hadden de lage muurtjes die hun erven aan de straatzijde begrensden, de pilaren aan weerszijden van de toegang tot de oprit, en de bloempotten in de tuin laten witten. In de door flamboyants en kenaribomen beschaduwde lanen, en op Braga, de winkelstraat, was het een va-et-vient van rijtuigen. Voor de drie of vier automobielen die zich daar vertoonden, maakten zowel de américaines, de milords en de bendies als de dos-à-dos en andere huurwagentjes ruim baan. Het was stampvol in de stad. Langs de wegen naar de renbaan stonden waroengs met fruit, in pisangblad verpakte hapjes en snoepgoed; er werden vlaggetjes, vuurwerk, bloemen voor in de haarwrong, zoete stroop en strosigaretten verkocht. De bevolking scheen vertienvoudigd. Iedereen was op de been in feestkleding. Parasols van papier in alle kleuren van de regenboog, ééndags-zonneschermen om op het raceterrein te gebruiken, vormden al vroeg in de ochtend een levendiger–want beweeglijke–versiering dan het vlaggedoek en de slingers aan de tribunes. De klanken, voortgebracht door muziekkorpsen, gamelan- en angkloengorkesten, vloeiden ineen tot een kakofonie. Boven alles uit schetterde het koper van de militaire kapel.

Te midden van de feestgangers reden Bertha, haar ouders, Ru en Jo naar de renbaan Tegallega. Zij hadden gereserveerde plaatsen op de grote tribune van de Wedloop-Sociëteit, onder een beschermend dak. Bertha, in een Europese zomerjapon van genopte voile, met een hoed van fijn stro vol gesteven gazen strikken op het hoog-opgestoken haar, een geurig boeketje (hommage aan de debutante) aan haar schouder, werd zeer 'geëntoureerd'. Zij zag de paarden lopen (Buccaneer en Jason van Sinagar behoorden als gewoonlijk tot de winners van de hoofdprijzen) en mocht zelf de door haar vader ter ere van haar achttiende verjaardag uitgeloofde 'Gamboeng-beker' overhandigen aan de eigenaar van het paard dat in de betrokken categorie zegevierde. Later bleef zij ook nog toekijken bij de steevast als komisch slotnummer vertoonde race tussen dos-à-dos-koetsiers. Ten slotte ging zij zich verkleden, dineren, dansen op het Sociëteitsbal; diep in de nacht viel zij half bewusteloos van vermoeidheid en champagne in bed.

De volgende ochtend maakte zij zich, mét haar vader, ongerust over haar moeder die in morose stemming in het hotel achtergebleven was. Een omstreeks het middaguur door Adriaan Kerkhoven gestuurde uitnodiging om toch vooral te komen rijsttafelen in de 'pondok Sinagar', bleef onbeantwoord, omdat, naar men in het hotel wist te melden, mevrouw Kerkhoven met andere gasten per automobiel voor een dagtocht vertrokken was.

Emile Kerkhoven aan zijn broer Edu en diens vrouw, 14 augustus 1907

'Beste Edu en Madeleine,

Op verzoek van vader moet ik nog spoedig, voor de mail sluit, jullie op de hoogte brengen van de treurige toestand waarin wij nu verkeren. Ach, ik heb het gevoel alsof ik duizelig ben van de zware slag die ons plotseling getroffen heeft. Wij hebben vanmiddag onze lieve Moeder naar haar laatste rustplaats gebracht. Onverwacht is er een einde gekomen aan het vreselijke lijden dat Moeder het leven onmogelijk maakte. De toestand verergerde de laatste tijd, en Moeder had bijna geen gelukkig ogenblik meer, tot vannacht tussen twaalf en één uur een zenuwtoeval plaatsgreep. De dokter werd dadelijk gewaarschuwd, maar kon toen hij per auto omstreeks twee uur boven kwam, slechts een hartverlamming constateren.

En nu is alles reeds afgelopen, en ligt onze lieve Moeder in het bos begraven. Je kunt je wel voorstellen waar: in het oude proeftuintje, bij het graf van ons zusje en juffrouw Verwey. Behalve Ru en Jo waren alleen de neven Bosscha bij de begrafenis, anderen konden zo gauw niet overkomen.

En nu zitten wij maar bij elkaar en kunnen niet begrijpen hoe gauw alles in zijn werk gegaan is. Ach, wij troosten ons met de gedachte dat het voor Moeder zo maar het beste is. Zij had geen leven meer, en de doktoren gaven geen hoop op herstel. Maar welk een verlies het voor ons is, kunnen wij nog nauwelijks beseffen. Want Moeder was hier de spil waar alles om draaide.

Ik kan niet nalaten om mijn bewondering uit te spreken voor de gelatenheid waarmee Vader gedurende jaren alles van Moeder verdroeg. Ach, en jullie kunnen niet beseffen hoe zwaar Vader getroffen is!'

Op verzoek van haar vader had Bertha de brief aan Karel voor haar rekening genomen. Maar zij kon haar pen nauwelijks vasthouden.

De gebeurtenissen van het afgelopen etmaal waren, in nog verschrikkelijker vorm, een herhaling geweest van wat zij al eerder had meegemaakt in dit huis; in juist zo een nacht had zij, opgeschrikt uit haar slaap, heftig gefluister, gedempte stemmen en voetstappen gehoord in de aangrenzende kamer; net als toen had zij nu niet mogen weten wat er aan de hand was, niets mogen zien. Emile had zij opzij geduwd in haar poging om bij haar moeder te komen, maar voor het in een grimas van huilen vertrokken, haast onherkenbare gezicht van haar vader, zijn zwijgend hoofdschudden, was zij geweken. Men had haar even toegelaten in de verduisterde kamer voordat de kist gesloten en weggedragen werd.

Later, toen zij als verdoofd in de achtergalerij zat, was Engko bij haar gekomen. In haar radeloosheid hervond Bertha instinctief een gebaar uit haar kindertijd; zij was naast Engko neergehurkt, had haar hoofd gelegd op die vertrouwde schouder en Engko had haar op de wat dommelige verstrooide manier van een oud vrouwtje, over haar rug gestreken.

Van Engko wist zij ook wat het was dat haar vader en Emile voor haar verzwegen, en wat geheim moest blijven: dat haar moeder vergif genomen had.

Rudolf aan zijn zoon Edu en diens vrouw, 18 augustus 1907

'... Het is die overgrote zenuwachtigheid van Moeder geweest, die geleid heeft tot haar plotseling sterven. De komst van Emile, het aanstaande huwelijk van Ru en Jo, en nog vele andere minder aangename dingen, vervulden haar onophoudelijk en lieten haar geen ogenblik met rust. Daarbij haakte Moeder altijd naar verstrooiing en afwisseling; maar voor mij was het duidelijk dat al die zogenaamde "afleiding" haar dikwijls meer kwaad dan goed deed.

Volgens haar wens woonden wij de races te Bandoeng bij. Op de tweede dag maakte Moeder zonder ons een autotocht mee, naar Malabar en terug, en dit schijnt te veel voor haar geweest te zijn. Zij is daarna eigenlijk niet meer normaal geweest.

Die auto's vervulden Moeder veel te veel. Herhaalde bezoeken van vrienden per auto, en zelfs jullie brieven over tochtjes met een auto, wonden haar op; en daar kwamen natuurlijk nog andere dingen bij.

De dertiende 's avonds ging Moeder vrij kalm naar bed. Ik had nog het een en ander te doen, en moest nog sluiten, en liep heen en weer in de verschillende kamers. Tot mijn verwondering merkte ik opeens dat Moeder weer op was geweest, en een kaars had aangestoken, waarvoor eigenlijk geen reden was. Toen ik bij het bed kwam en de klamboegordijnen opende, was zij al bijna buiten kennis, en kon alleen nog iets zeggen over Bertha, en over sleutels. En toen was het gauw gedaan. Moeder heeft goddank niet veel geleden, het duurde maar kort.

Wij hebben Bertha op een afstand gehouden. Alleen Emile en ik waren getuige van Moeders laatste ogenblikken. De dokter kwam dezelfde nacht nog bij ons, maar natuurlijk te laat. Hij had trouwens toch niets kunnen doen. Hartverlamming ten gevolge van overspanning der zenuwen, luidde zijn uitspraak. Al vaak had ik hem (en ook anderen) over Moeders toestand geconsulteerd, maar niemand kon mij hoop op beterschap geven; en zelfs heeft men mij gezegd dat Moeder door dit plotselinge sterven voor erger gespaard gebleven is.

Met Ru en Emile heb ik Moeder in haar laatste woning gelegd. Wij konden het denkbeeld niet verdragen dat vreemde handen haar zouden aanraken. Op de veertiende 's middags hebben wij haar begraven, op de plek die Edu wel kent, aan de bosrand. Moge Moeder daar de rust vinden die zij in haar leven niet deelachtig kon worden.

Haar rusteloosheid was in de laatste tijd zeer opvallend. Zij kon niet kalm op een stoel zitten, maar vloog telkens op om de bedienden na te gaan, of om huishoudelijk werk te doen. Ook had zij de gewoonte aangenomen om te veel en te druk te praten, met zeer grote snelheid. Maar wat zij zei was altijd de moeite waard, behalve als zij over haar grieven begon. Dit nu was in de laatste tijd veel te veel het geval; het was ook voor vreemden een aanwijzing dat Moeder niet toerekenbaar was.

Hàar heengaan laat een onherstelbare leegte achter, want wij zijn er toch allen van overtuigd dat zij zo door en door goed en hulpvaardig was, en haast alle goede vrouwelijke eigenschappen in zich verenigde. Wij kunnen het alleen maar diep betreuren dat haar zenuwziekte het haar onmogelijk maakte om het geluk te genieten dat voor haar voeten lag. Zij kón dat niet.

Wat er nu van ons leven worden moet, weet ik nog niet.'

Gamboeng, de laatste dag
1 februari 1918

Hij stond in de diepe koele schaduw aan de rand van het oerwoud. Vlekken zonlicht beefden op de grond voor zijn voeten. Als hij omhoog keek, zag hij achter, boven, de bewegende loofmassa's de felle glans van de middaghemel. Nog was de bodem vochtig na de laatste regenval. Hij ademde de geur van het groen in, de geur van Gamboeng. Hij hoorde het ruisen van de wind in de boomtoppen, geritsel en zacht kraken en knappen binnen die verstrengeling van vegetatie.

In het metselwerk tegenover hem was een steen gevoegd met haar naam, en de jaartallen. De steen ter rechterzijde droeg geen naam. Even verderop was nog een graf, zonder steen. Vijfenveertig jaar geleden had hij op deze plek in het bos zijn eerste thee geplant.

Hij steunde op de stok die hij sinds enige tijd bij het lopen niet meer missen kon. Het dof knagende gevoel in zijn onderlichaam was geen pijn – nog niet. Hij wist dat het hem nooit meer zou verlaten, dat iets (hij kende de naam van zijn kwaal niet), hem van binnen opvrat, uitholde. De grens van zijn bestaan was in zicht gekomen. Dit zou zijn laatste bezoek aan Gamboeng zijn.

Sinds een jaar woonde hij met Bertha in Bandoeng, in het huis dat hij daar in 1907 gekocht, maar nooit betrokken had. De huurder had het hem tijdelijk afgestaan. Niet ver daarvandaan verrees de derde gedoeng van zijn leven, een vorstelijk huis, waar Jenny gelukkig geweest zou zijn, met ruime galerijen, hoge kamers, marmeren vloeren. Samen met Bertha had hij, de ernst van zijn toestand verbloemend, nog een tocht naar Batavia ondernomen, om de meubels en lampen te bestellen die Jenny gekozen zou hebben. De woning lag op een schitterend terrein, Keboen Karet, dat door de inlandse bevolking als een haast heilig oord werd vereerd omdat er een groep oude waringinbomen groeide. Dat witte huis, in een evenwichtige moderne stijl gebouwd, zou hij nalaten aan zijn kinderen, een plaats waar zij elkaar konden ontmoeten als zij van Gamboeng, Malabar of Negla naar de stad kwamen: een familie-huis voor Kerkhovens, een Indisch Hunderen.

Hij stond hier om afscheid te nemen van Gamboeng. Nog eenmaal had hij een rondgang gemaakt door de fabriek, die reeks van loodsen met hun nieuwe machines voor verflensen, drogen en sorteren. Tussen de mensen die daar werkten had hij mannen en vrouwen bezig gezien die in de kampoeng Gamboeng opgegroeid waren, kinderen van Martasan en Moehiam en Kaidan en Moentajas en Sastra, de opgezetenen van het eerste uur.

Omdat lopen hem moeilijk viel, en hij niet meer op een paard kon zitten, moest hij afzien van zijn plan de tuinen in te gaan. Emile en zijn vrouw, die nu Gamboeng beheerden, hadden in de voorgalerij een gemakkelijke stoel voor hem neergezet, en hem met rust gelaten, opdat hij van het uitzicht kon genieten. Maar ook met dichte ogen droeg hij dat landschap op zijn netvlies, de wijde golving omlaag naar het dal van de Tji Enggang, de wal van rasamala's, de ooit door Jenny geplante, nu tot majestueuze bomen opgegroeide tjemara's en damars en cipressen, het groen, blauw en violet van de nabije en verre bergen. Hij had dat uitzicht een mensenleven lang voor ogen gehad, het was een deel van hemzelf geworden. Terwijl hij daar zo zat had hij moeten denken aan een opmerking van Julius: 'Je moest toch nog eens trachten iets tot stand te brengen van blijvende waarde.' Destijds was zijn reactie een glimlach geweest. Hij had toen, óók vanaf zijn voorgalerij, in alle richtingen om zich heen gekeken. Van blijvende waarde? Dáár ligt mijn antwoord!

Maar die trotse zekerheid bezat hij niet meer. Sinds hij Jenny verloren had, vroeg hij zich af of er waarheid school in wat zij hem zo vaak in drift voor de voeten had gegooid: dat hij alles, zijn leven en het hare, en de jeugd van hun kinderen, had opgeofferd aan de verwoede geldingsdrang die hem maar deed sloven en slaven, en aan zijn onvermogen bejegeningen te vergeten en te vergeven in welke hij een belediging of minachting meende te proeven.

IJdel was hij nooit geweest. Het lag ook niet in zijn aard anderen met wantrouwen tegemoet te treden. Voor zijn naaste familieleden had hij in beginsel alles over gehad. In lange nachten, als hij niet slapen kon, had hij in bijbelse zin 'zijn nieren geproefd'. Henny had geen gelijk toen hij beweerde dat hij, Rudolf, zichzelf niet durfde kennen.

Hij keek naar de steen voor hem, waarin haar naam gebeiteld stond. Daaronder, in de grond van Gamboeng, was het geliefde lichaam tot stof vergaan. De struiken en planten die het graf omringden, werden gevoed door aarde die minieme deeltjes bevatte van haar vlees en bloed.

Uit zijn correspondentie met haar zuster Marie had hij, geschokt, begrepen hoe al vroeg in hun huwelijk, lang voor hij daar zelf enig vermoeden van kreeg, Jenny bittere gevoelens van teleurstelling had gekend. Marie had hem een fragment gestuurd van een oude brief uit 1890, in Jenny's vertrouwde, vloeiende handschrift: '...Ik wil mijzelf niet bedriegen. Ik ben niet gelukkig, ik kan het niet zijn. Ik houd mijzelf voor dat de weelde van hartstocht maar één vorm van geluk is. Die weelde heb ik niet gekend. Maar toch: mijn leven heeft een doel. Er is ook bevrediging te vinden in plichtsvervulling, zelfopoffering. Mijn kinderen zijn mijn geluk.'

'Weelde van hartstocht'. Waar had hij gefaald? Zij was voor hem de enige geweest. Alle hartstocht die hij te geven had, was aan haar geschonken. En nog oneindig veel meer dan een minnares had zij voor hem betekend. Aan Marie, die gezinspeeld had op zijn gebrek aan inzicht in het wezen en de behoeften van een vrouw, had hij weerom geschreven: 'Nog elke dag voel ik plotseling de neiging om het een of ander dat ik gehoord, of gelezen of gedacht heb, met Jenny te bespreken. Wij waren dat zo gewend, tot in kleinigheden toe, die ons allebei interesseerden – in elk geval in haar goede jaren, en ook nog later, als de zenuwen en waanvoorstellingen haar niet overheersten. – Door Jenny's dood heb ik eigenlijk het doel van mijn leven verloren. Ik had altijd veel plezier in mijn werk, en verheugde mij in het succes. Maar het was toch voornamelijk om haar. Die gedachte heeft mij altijd vervuld sinds ons huwelijk, en dat levensdoel is mij ontvallen. Hoe verlang ik soms terug naar de tijd toen wij arm waren en met onze vijf kinderen in dat kleine houten huis woonden, en wij het dikwijls moeilijk hadden. Wat zou ik niet willen geven om mijn lieve vriendelijke Jenny van toen weer bij mij te hebben...'

De herinnering aan haar 'slechte' jaren overviel hem nog steeds, als was het pas gisteren. Diep gekwetst had zij hem door die waanvoorstelling, als zou hij zich meester gemaakt hebben van haar erfenis – terwijl hij juist door zorgvuldig beheer en weldoordachte belegging haar geld tot een aanzienlijk kapitaal had doen groeien. Aanvankelijk had hij geloofd dat haar ziekelijke argwaan berustte op de angst om eens, zonder weduwenpensioen, van vreemden of onwillige familieleden afhankelijk te worden, 'genadebrood' te moeten eten. Maar ook toen de winsten van Gamboeng, Malabar en Taloen haar een gevoel van zekerheid konden verschaffen, was zij zich blijven beklagen over het feit dat zij volgens de wet zijn tussenkomst nodig had om over haar geld te kunnen beschikken.

Dingen die hij nooit volledig tot zich had laten doordringen, verschenen hem in een nieuw licht. Toen Jenny in 1893 Ru en Edu naar Holland bracht, had zij haar terugkeer op een voor hem onbegrijpelijke wijze telkens weer uitgesteld. Zij had een tijdlang niet of nauwelijks op zijn wekelijkse brieven geantwoord. Voor zij zich ten slotte in Genua inscheepte, had hij zelfs even niet geweten waar hij haar bereiken kon. Haar latere verklaring, dat zij van de gelegenheid gebruik gemaakt had iets van Italië te zien – Florence, Verona – had hij zonder meer aanvaard in zijn vreugde om haar thuiskomst. De Jenny die vanaf Tjikalong te paard, fier in het zadel, gekleed in een hem onbekend elegant zwart amazone-kostuum met hem naar Gamboeng was gereden, Emile, Karel en Bertha tegemoet, had hem bekoord als nooit tevoren door de prikkelende mengeling van vertrouwdheid en iets anders, dat hij toeschreef aan de gunstige invloed van de Europese lucht en de zeereis. Sinds de onthulling in die brief van haar aan Marie, vroeg hij zich af wat – of wie – die in werkelijkheid maar kortstondige metamorfose had teweeggebracht. Had zij erover gedacht hem te verlaten?

Zij was, dat zag hij nu in, na 1893 nooit meer helemaal dezelfde geweest als voordien. Zij wilde gaan vertalen, 'speldengeld' verdienen, zoals zij het ironisch noemde, reisbeschrijvingen en actuele beschouwingen van moderne Franse en Engelse auteurs opzenden naar de grote Indische dagbladen, en zij had het hem kwalijk genomen dat hij haar op een omslachtige manier, alsof het een hem vaag-bekende persoon betrof, bij de redactie van de *Java-Bode* had aanbevolen (mevrouw X, die anoniem wenst te blijven, en voor zij iets instuurt wil weten welk honorarium zij verwachten kan). De courant had geantwoord geen behoefte te hebben aan amateurs. Ook had zij hem verweten dat hij niet meeleefde met de gebeurtenissen en ontwikkelingen die de beschaafde wereld in beweging brachten. Maar zijn aandacht gold nu eenmaal het voor de hand liggende, de dagelijkse problemen van de onderneming, die hij overzag en waarvoor hij verantwoordelijk was. Die pragmatische instelling bepaalde ook zijn houding ten opzichte van het wereldgebeuren. Hij volgde de berichten in de couranten, wilde weten hoe de internationale toestand, vooral economisch gezien, Nederland en Indië beïnvloedde. In de grote oorlog die nu woedde tussen de Geallieerden en de Centrale Mogendheden, was dat niet anders dan in de dagen van de strijd tussen de Engelsen en de Transvalers, of van het Russisch-Japanse conflict.

Jenny's felle medeleven met politieke en sociale aangelegenheden, dat vooral tot uiting kwam in de eindeloze telefoongesprekken die zij voerde met enkele gelijkgestemde geesten, had hij altijd gerespecteerd, en hij was er, toen hun financiële omstandigheden dat toelieten, niet tegen geweest dat zij een goed doel daadwerkelijk steunde. Aan Jenny's inzet was het voor een groot deel te danken dat op de races te Bandoeng in 1899, een half jaar na het verschijnen van de geruchtmakende aanklacht *J'accuse* door Emile Zola, bij de tribunes en in de sociëteit handtekeningen waren verzameld voor een Indische sympathie-betuiging aan 'le capitaine Dreyfus'.

Als student had hij geloofd dat hij van nature in een grotere ruimte thuishoorde dan de mensen die hij kende, maar dat was zelfbedrog geweest. In werkelijkheid had zijn wereld altijd bestaan uit zijn ouders, broers en zusters, met een periferie van nog enkele leden uit de wijdvertakte familie die in zijn overgrootouders Van der Hucht haar oorsprong vond. Met Jenny en zijn kinderen had hij een nieuwe 'uitloop' gevormd. In de praktijk had hij alle fasen van verbond en oorlog, conflict en gewapende vrede ervaren binnen de beperkte kring van zijn bloedverwanten. Hij was bereid nederig te erkennen dat het levenslang zijn grootste ambitie was geweest in díé kring een ereplaats in te nemen, door de enigen die hij letterlijk als zijnsgelijken beschouwde, gewaardeerd, bewonderd en bemind te worden. De ruimte die aan zijn bestaan de onontbeerlijke dimensies had verleend, was niet-menselijk van aard. Ruimte was voor hem: Gamboeng.

Gedurende tien jaar had hij iedere dag die hij op Gamboeng doorbracht een poos in gedachten verzonken op deze plek onder de rasamala's aan de bosrand gestaan, bij voorkeur in de vroege ochtend wanneer het oerwoud ontwaakte, dauw aan de bladeren hing, en het duizendstemmige koor van vogels de zon begroette.

Hij had gemeend in Jenny's geest te handelen door al zijn zorg en beschermende aandacht te wijden aan Bertha, zijn dochter, die hem de eenzaamheid hielp dragen, de gastvrouw in zijn huis (zij beheerde nu Jenny's sleutels), zijn gezelschap als hij voor zaken naar Bandoeng of Batavia ging, zijn trots wanneer zij op haar zwarte Sandalwood naast hem galoppeerde over de bergwegen. Zij mocht zo vaak en zo veel als zij wenste toiletten en frivoliteiten bestellen in Parijs, boeken, muziek, bibelots, decoratie voor haar kamer laten komen uit alle uithoeken van de wereld, logés uitnodigen, en zelf uit logeren gaan (maar lang kon hij zijn schat niet missen). Om Bertha afwisseling te bezorgen en tevens om de drie zoontjes van Edu en Madeleine, zijn enige kleinkinderen, te zien, had hij in 1912 een lang verlof in Holland doorgebracht. Geld speelde geen rol. Als vorsten hadden zij geresideerd in het Amstel Hotel te Amsterdam, en het Kurhaus in Scheveningen. Bertha was veel uitgegaan. Hij meende dat zij zich best geamuseerd had. Ter wille van haar had hij zijn bevreemding en ergernis over mensen en dingen in Holland ingeslikt.

Na hun terugkeer hadden zij hun leven op de oude voet voortgezet. Karel trouwde en vestigde zich op Negla. Emile verloofde zich; hij zou na zijn huwelijk op Gamboeng blijven wonen. Ru was nog steeds tweede man op Malabar; het hinderde Rudolf dat Kar Bosscha niet van zins was de plaats van hoofdadministrateur aan Ru af te staan, zoals zij ooit hadden afgesproken. Maar Kar deed zijn werk voortreffelijk, was zeer gezien bij het volk op de onderneming, leek in de voetsporen van Karel Holle te treden. Ru en Jo schenen tevreden in de schaduw van deze achterneef, wiens ambities om een vriend en weldoener van de mensen in de Preanger te zijn verder reikten dan de stoutmoedigste dromen van Karel Holle; van zijn winsten besteedde Kar grote bedragen aan sociale en culturele voorzieningen voor de streek, en vooral voor Bandoeng.

De aanwezigheid van Bertha was Rudolfs steun en troost. Juffrouwen van de huishouding, hoe handig en beschaafd ook, voelde hij als indringsters. Ervaring had geleerd dat Bertha maar het best alléén haar 'staf' kon dirigeren: drie huisjongens, drie baboes, twee koks, twee wasbazen, tuinlui, een naaister, stalpersoneel, boodschappers. Met respect en voldoening zag hij haar dag in dag uit in de ochtenduren mensen te woord staan, die om orders of instructies kwamen vragen; onderhandelen met verkopers van rijst, vruchten, groenten, kippen en eenden; wasgoed tellen en uitgeven; en 's middags en 's avonds, vooral wanneer zij gasten hadden (en dat was heel vaak het geval) theeschenken, de 'tafel' verzorgen, een wakend oog houden op het comfort van de logés. Had zij in huis eens niets om handen, dan liep zij met de honden in de tuin. Rustgevend stoffeerde haar gestalte het panorama dat hij door het raam van zijn kantoor kon zien. Wat hem betreft mocht het altijd zo blijven. Hij wenste niet meer.

Maar op een dag had Bertha gezegd: 'Vader, over een jaar word ik dertig.'

En Jo, die het hart op de tong droeg, had hem onder vier ogen onbewimpeld toegevoegd dat hij een 'morele moord' beging door Bertha op Gamboeng te houden.

Hij had getracht zijn 'Poesje' te bekijken met de ogen van een buitenstaander. Voor het eerst viel het hem op dat de middelbare leeftijd zich al aankondigde in haar wat zwaarder-geworden figuur en in de niet meer zo gave en strakke contour van wangen en kin. Het meest trof hem haar geresigneerde blik.

Hij had zijn Chinese aannemers opdracht gegeven onmiddellijk te beginnen met de bouw van Gedoeng Karet in Bandoeng.

In de verte hoorde hij het ronken van Ru's automobiel, die vanuit het dal van de Tji Enggang over de grindweg aan kwam rijden. Hij hoefde zich niet om te draaien om te weten hoe nu, zodra de auto tot stilstand was gekomen voor de trap van de voorgalerij, Ru en Jo van hun zitplaatsen omlaag zouden klimmen, híj in zijn smetteloze tropenpak, met een linnen pet en een stofbril, 'goggles', en zíj ook geheel in het wit, om haar hoofd een sluier, welks lange uiteinden zij tijdens het rijden met volgens Rudolf levensgevaarlijke zorgeloosheid naar buiten liet fladderen.

Hij zat niet graag in zo'n vervoermiddel, maar hij moest toegeven dat het wel snel ging. Hij kon zich nauwelijks voorstellen dat hij veertig jaar geleden een halve dag nodig had gehad om de afstand af te leggen die nu per automobiel ruim een uur rijden vergde.

Hij steunde op zijn stok, het lange staan begon hem te vermoeien. Hij dacht aan Cateau en Henny, beiden dood, aan wier graven hij nooit zou toeven. Toen hij in verband met de verhuizing naar Bandoeng papieren ordende, had hij weer eens de brief van Henny in handen genomen, die hij destijds 'perfide' had gevonden om de zijns inziens opzettelijke verdraaiing van wat hij zelf geschreven had over Gamboeng, een nieuw huis, een Europees verlof, financiële zekerheid voor Jenny en de kinderen. Nu, na al die jaren, was Henny's brief hem deerniswekkend voorgekomen. Hij proefde uit die regels het verdriet dat het kinderloze paar gevoeld had, toen het de jongens, zíjn jongens, moest laten gaan. Hij begreep waarom Henny, tegen beter weten in, zijn verzoek om hogere bezoldiging had afgewezen. Wat betekenden het armoedige huis, het harde werk in de tuinen en het oerwoud, al het ongerief, in vergelijking met het voorrecht een gezin te hebben? Hij beseft, dat niet alleen Cateau maar ook Henny werkelijk gehouden had van de jongens die drie en een half jaar bij hen in huis waren geweest, en hij schaamde zich omdat hij in zijn eigen gekrenktheid die verwarring en pijn had ontkend.

In een flits, sneller dan de schaduw van de vogel die boven zijn hoofd van de ene boomkroon naar de andere dook, zag hij zichzelf als klein kind in het park van Hunderen, spelend met zijn zusje Bertha; zij had hem juist een gevoelige tik toegediend omdat hij met modderige handjes haar zondagse jurk van geruite tafzijde had bevuild. Hij huilde van woede, niet om die klap, maar omdat zij een jaar ouder was dan hij, omdat zij de oudste van de kinderen was, en iedereen haar lief en braaf en knap, en hem een lastige kleine jongen noemde, terwijl hij toch zijn uiterste best deed. Cateau was een zuigeling in de armen van zijn moeder, Julius en August en Paulientje, ongeboren, hadden nog niet op hun beurt de ouderlijke aandacht opgeëist. Oud zeer, dat een leven lang had doorgewerkt, werd plotseling benoembaar. Was de band met Cateau en August en Julius verloren gegaan omdat hij, zo lang geleden al, gegriefd, gekwetst, had moeten aanvaarden niet de enige lieveling van zijn moeder, de enige trots en hoop van zijn vader te zijn?

Toen in 1880 zijn vader zo ernstig ziek lag op Ardjasari dat voor zijn leven gevreesd werd, was Rudolf van Gamboeng daarheen gegaan om bij de verpleging te helpen. Hij had 's nachts aan het bed gewaakt, in de smalle hoge kamer met kale muren, de zogenaamde 'kleedkamer' die voor de zieke was ingericht. Meestal lag zijn vader in een toestand van halve bewusteloosheid roerloos uitgestrekt. Het nachtlampje gaf te weinig licht om erbij te lezen. Rudolf zat stil naast het ledikant, keek door de klamboe naar het gezicht op het kussen, of volgde met zijn ogen de tjitjaks die over de gewitte wand schoten, happend naar insekten.

Eens op een nacht begon zijn vader tegen hem te praten. Rudolf was onder de klamboe door op de rand van het bed gaan zitten, had de naar hem uitgestoken hand in de zijne genomen. 'Jij bent de oudste,' had zijn vader gezegd, en hem fluisterend verteld waar bepaalde papieren opgeborgen waren met betrekking tot Ardjasari; hem aanwijzingen gegeven waar hij begraven wilde worden: in de tuin achter de gedoeng 'op mijn land, in mijn grond'. Ondanks de ernst van het ogenblik hadden die vertrouwelijke woorden, de zwakke druk van zijn vaders vingers, Rudolf een gevoel van geluk geschonken. Hij was al haast twee jaar getrouwd, toen, had zelf een kind, maar in die ogenblikken was hij vóór alles zoon geweest, zich eindelijk bewust van een gedeeld saamhorigheidsbesef. Zijn vader, die dacht dat hij stervende was, had zich tot hém gewend, en niet August en Julius die in hetzelfde huis sliepen, en zelfs niet zijn moeder, in de aangrenzende kamer, laten roepen. Maar later, na de genezing, had zijn vader nooit meer gezinspeeld op die toenadering in extremis.

Voetstappen kwamen dichterbij over het pad achter hem, hij hoorde het ruisen van een rok.

'Bertha?'

'Gaat u mee, vader? Ru en Jo wachten bij de auto om ons naar Bandoeng te brengen. En u moet vanmiddag nog rusten. Waarom lacht u?'

'"Repos ailleurs"! Dat is het devies van Marnix van Sint-Aldegonde. Neef Karel Holle wilde dat als grafschrift hebben. Welk grafschrift zal ik kiezen?'

Zij kwam naast hem staan, nam naar gewoonte zijn arm. 'Daar hoeft u nog niet over na te denken.'

'Mijn vader had graag op Ardjasari begraven willen worden. Nu ligt hij in Amsterdam. Ik wil niet in Bandoeng liggen.'

'Alstublieft, Vader!' zei Bertha afwerend.

Hij keek naar de grond voor zijn voeten.

'Hier!' zei hij halfluid. 'Hier.'

VERANTWOORDING

Heren van de thee is een roman, maar geen 'fictie'. De interpretatie van karakters en gebeurtenissen berust op brieven en andere documenten die mij ter beschikking gesteld zijn door de stichting 'Het Indisch thee- en familie-archief': nakomelingen en bloedverwanten van de personages in mijn boek. In het bijzonder dank ik dr. K. A. van der Hucht voor zijn stimulerende aandacht en de bereidwilligheid waarmee hij mij in de loop der jaren voorzien heeft van relevant materiaal.

Ook de heer J. Ph. Roosegaarde Bisschop ben ik zeer erkentelijk voor de gegevens uit het archief van zíjn familie.

De stof is dus niet verzonnen, maar wél geselecteerd en gearrangeerd volgens de eisen die een roman-aanpak stelt. Dit betekent dat ik tal van bijzonderheden die in een strikt historische benadering volledigheidshalve aan de orde zouden komen, moest laten liggen, en dat de nadruk valt op individuele lotgevallen en ontwikkelingen.

Aan de brieven ontleend is voorts woordgebruik dat afwijkt van het huidige (bij voorbeeld Soendaas in plaats van Soendanees).

H.S.H.

adat het geheel van tradities, overgeleverde gewoonten

amat rajin, gètol (overdreven) ijverig

angkloeng van bamboe vervaardigd muziekinstrument

asam tamarinde

atjar 'zuur' van groenten of vruchten

baar 'baroe', nieuweling

badak neushoorn

bagong wild varken

bandjir overstroming, buiten de oevers getreden (berg)rivier

benteng vesting, bolwerk

besar groot

betoel echt hoor! zeker!

bibit jonge rijstplantjes

bingoeng in de war, er genoeg van hebben

Bismillah zo iets als: moge Gods zegen erop rusten

boeboer pap

boedjang ongetrouwde mannelijke arbeidskracht op een onderneming

boengoer lagerstroemia loudoni, boom met lila-roze en paarse bloesemachtige bloemen

bonang, saron, gendèr slagwerk-instrumenten van verschillende vorm en materiaal

bruidstranen klimplant met witte en roze bloemtrossen

cultuurstelsel stelsel van koloniaal beheer, waarbij de bevolking verplicht werd bepaalde gewassen ten behoeve van het gouvernement te verbouwen

dapoer keuken

dendeng gekruid, gedroogd vlees

desa dorp met eigen bestuur
djait naaister
djamoe hele of gestampte (geneeskrachtige) kruiden
djoeragan landheer, baas, eigenaar
djoeroetoelis klerk
djongos huisjongen
doekoen heelmeester, medicijnman
gamelan Javaans orkest van hoofdzakelijk slagwerk-instrumenten
gedoek uitgeholde boomstam waarop signalen geslagen worden
gedoeng groot huis van steen
gending melodie, muzikaal thema
goedang voorraadkamer
goenoeng berg
golok kapmes
ipoekan zaaiveld
istri echtgenote
kaboepatèn regentenwoning
kain saroeng langwerpige gebatikte lap, waarvan de smalle kanten aan elkaar genaaid zijn
kalong vleermuis
kampoeng in het algemeen: inlandse agglomeratie in een stad; ook: nederzetting van werkvolk op een onderneming
karbouw waterbuffel
kasian zielig
keboen tuin, plantage
kepiting krab
ketjil klein
ketjoeboeng datura arborea, struiken met witte trompetvormige kelken
klamboe bedgordijn van gaas tegen de muskieten
koempoelan vergadering, bijeenkomst
kolong ruimte onder het op neuten gebouwde huis
kraton paleis van een Javaanse vorst
kree zonnescherm van bamboelatjes
kwee-kwee koekjes
ladang bouwland, akker
latah nerveus

lebè priester
loewak bunzing
maloe verlegen, beschaamd, niet op zijn gemak
mandi-bak gemetselde bak met badwater
mandoer opzichter
mangkè dadelijk
manoek vogel
mantri tjatjar beambte die de inentingen verricht
menatoe wasbaas
mentjèk hert
nènèk grootmoeder, oma
njai concubine van een Europeaan
nonna jonge (halfbloed) vrouw
obat medicijn
oedik binnenland
orok baby
padi te velde staande of pasgeoogste rijsthalmen
pagger omheining, schutting (van bamboe)
pajoeng paraplu, parasol
pak (bapak) aanspreektitel voor oude man
pantjoeran waterleiding van holle bamboe
pasar markt
patih onder-regent
patjoel schop, schoffel, houweel
penghoeloe mohammedaanse godsdienstleraar
peranakan op Java geboren Chinees
perkara geschilpunt, ruzie
petasan klein vuurwerk, voetzoekers
pikoel 'schoudervracht'; handelsgewicht (61,7 kg)
pinter boesoek slecht, verdorven geest
pisang banaan
pondok eenvoudig (logeer)huis van hout en bamboe
ramah-tamah heel vriendelijk
Ratoe Adil de Rechtvaardige Vorst, een Messias-figuur
rebab Javaans strijkinstrument
sambalan sterk gekruide bijgerechten
saroeng-kebaja kleding van Javaanse vrouwen: een gebatikte doek

om de heupen, en een jakje met lange mouwen; bij Europese vrouwen tot ongeveer 1930 in zwang als ochtenddracht

sawah rijstveld

sedep malam tuberoos, die gaat geuren als het donker wordt

sedia klaar

selamatan, sedekah plechtige (feest)maaltijd

sembah betuiging van eerbied

sepoeh oud, de voornaamste

sirih pruimtabak, gemaakt van de plant piper betle

slendang lange sjaal, diagonaal over schouder en heup gedragen

soempitan blaaspijp

soesah last, moeite

soka pentas lanceolata, karmijnrode en witte bloemen in 'bijschermen'

spènkamer dispenskamer, provisiekamer

tampir ronde platte schotel van bamboe vlechtwerk

tandoe draagstoel

tani boer

terong aubergine

tjamat assistent-districtshoofd

toea oud

toedoeng zonnehoed, schotelvormig model

totok volbloed Europeaan

waroeng winkeltje

wedana districtshoofd

Ondernemingen	*Oppervl. in ha.*	*Hoogte*	*Produkten*		
Parakan Salak	± 1500	625-950 m	thee, later ook rubber	1844	G.L.J. van der Hucht koopt half contract
Sinagar-Moendjoel	± 1400	400-500 m	thee, later ook rubber	1865	G.L.J. van der Hucht koopt contract t.b.v. A. Holle en E.J. Kerkhoven
Waspada	± 200	1250 m	thee, kina, iets koffie	1865	K.F. Holle wordt contractant
Ardjasari	± 620	950-1250 m	thee, kina	1869	Mr. R.A. Kerkhoven wordt contractant
Gamboeng	± 620	1250-1400 m	thee, kina, iets koffie	1873	Ir. R.E. Kerkhoven wordt contractant
Soekawana	± 455	1500 m	kina, later ook thee	1877	W.F. Hoogeveen c.s. verkrijgt erfpacht
Malabar	± 1710	1500 m	thee, kina	1890	eerste erfpacht Ir. R.E. Kerkhoven c.s.
Negla	± 1120	1800 m	thee, kina	1899	eerste erfpacht Ir. R.E. Kerkhoven c.s.
Taloen	± 930	1600 m	thee, kina	1902	eerste erfpacht Ir. R.E. Kerkhoven c.s.

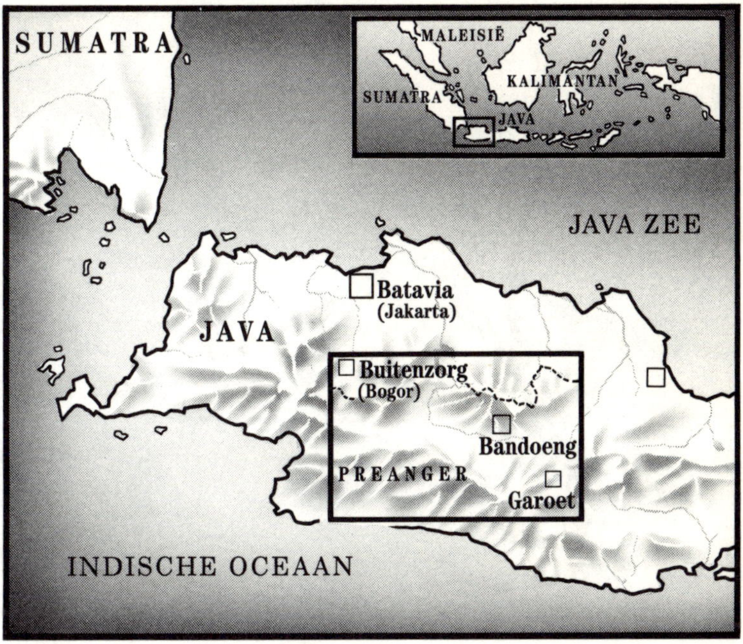
MALEISIË
KALIMANTAN
SUMATRA
JAVA
SUMATRA
JAVA ZEE
Batavia
(Jakarta)
JAVA
Buitenzorg
(Bogor)
Bandoeng
PREANGER
Garoet
INDISCHE OCEAAN

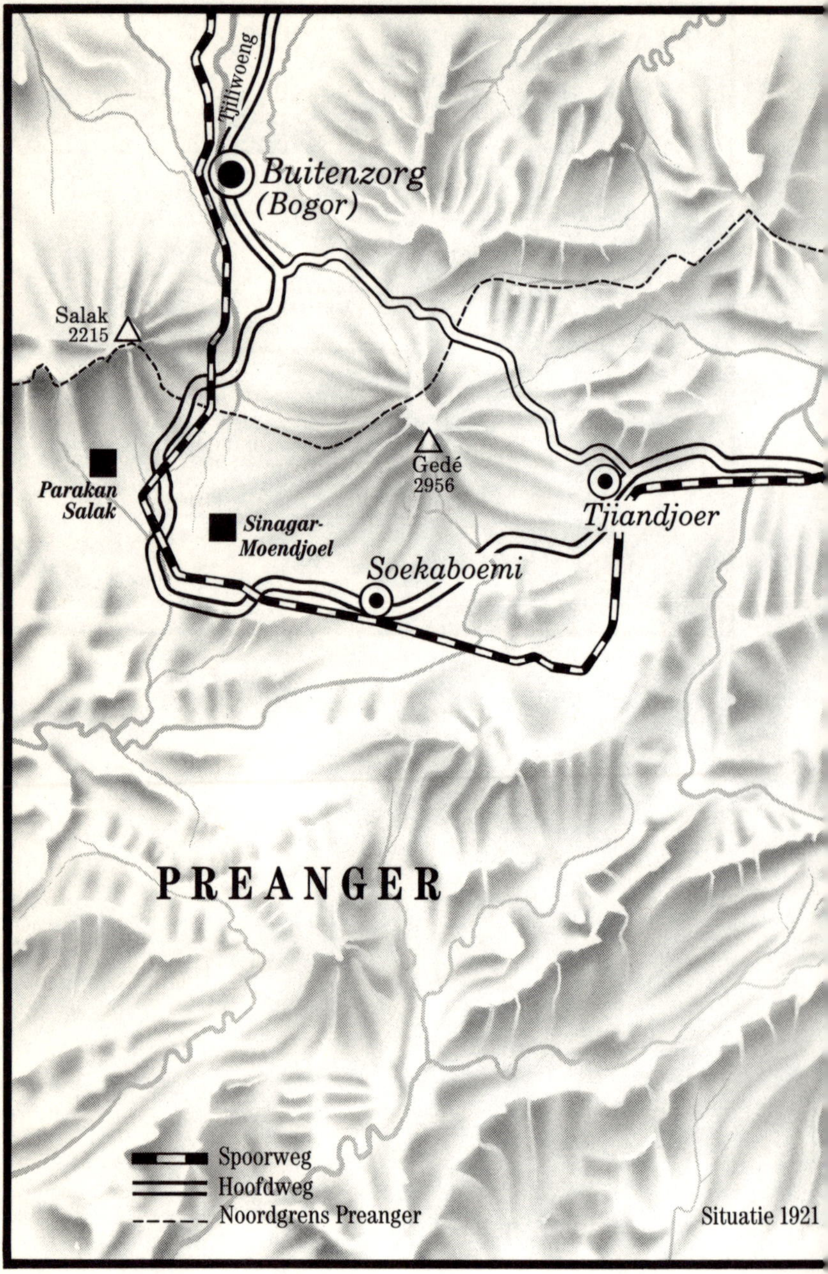
Tjiliwoeng
Buitenzorg
(Bogor)
Salak
2215
Parakan
Salak
Sinagar-
Moendjoel
Gedé
2956
Tjiandjoer
Soekaboemi
PREANGER
Spoorweg
Hoofdweg
Noordgrens Preanger
Situatie 1921

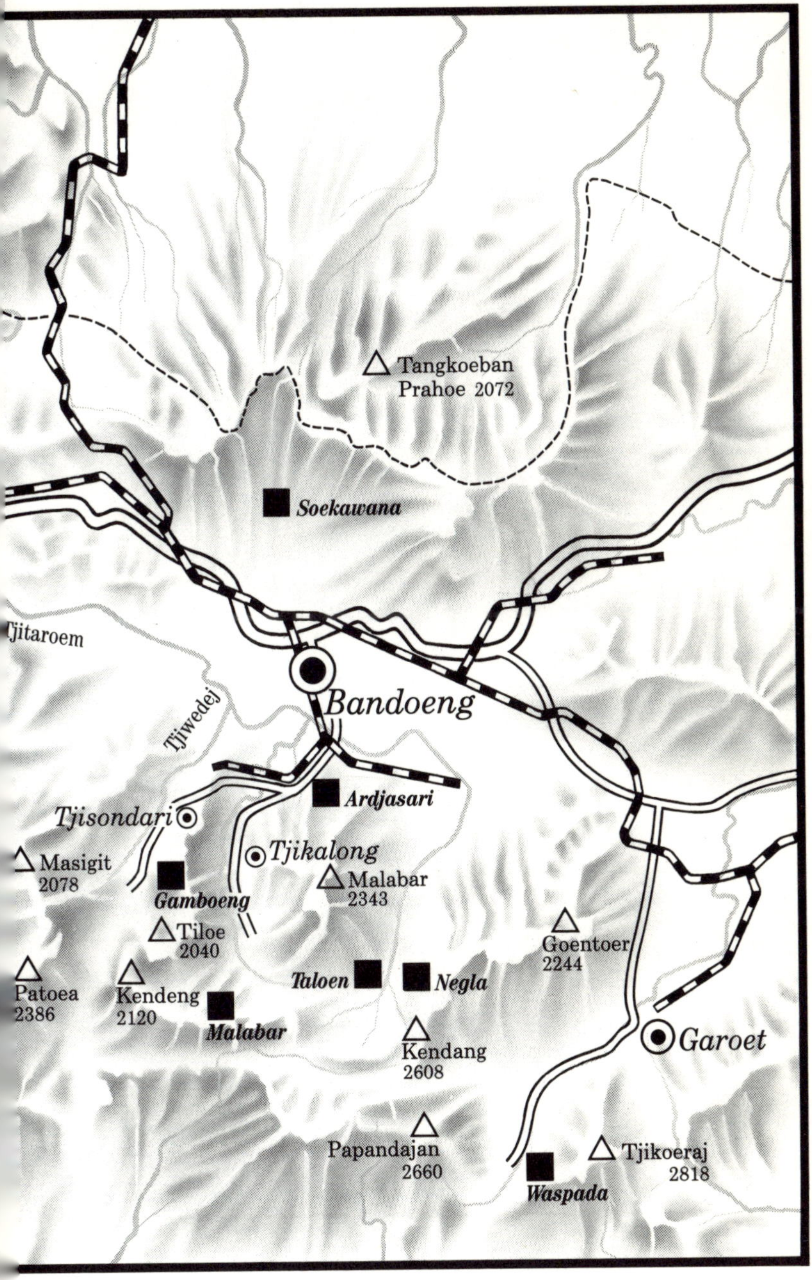

Tangkoeban
Prahoe 2072
Soekawana
Tjitaroem
Bandoeng
Tjiwedej
Ardjasari
Tjisondari
Tjikalong
Masigit
2078
Malabar
2343
Gamboeng
Tiloe
2040
Goentoer
2244
Patoea
2386
Kendeng
2120
Taloen
Negla
Malabar
Kendang
2608
Garoet
Papandajan
2660
Waspada
Tjikoeraj
2818